브라운 신부의 실제 모델은 그의 친구인 존 오코너 신부로
알려져 있는데, 브라운 신부의 역설적이고도 기지 넘치는 발언들은
1922년 로마 가톨릭으로 개종한 작가 자신의 모습과
종종 겹치기도 한다.
늘 우산을 들고 다니는 브라운 신부의 이미지가 워낙 유명해져서,
우산을 탐정의 상징으로 사용하던 기존의 출판사들이
모두 이를 바꾸어야 했을 정도로 그 당시 영국 추리소설계에
체스터튼과 브라운 신부가 미친 영향은 컸다.
체스터튼은 그 밖에도 저널리스트로서 4천 편이 넘는 신문 칼럼을
기고하는 한편, 『G. K.' s Weekly』라는 주간지를 직접 편집 발행하기도
했다.
특히 그는 그 당시의 지성인들인 조지 버나드 쇼, H. G. 웰스,
버트란드 러셀 등과 논쟁을 벌인 것으로 유명하다.
당시의 기록에 따르면, 체스터튼이야말로 그 모든 논쟁들의
승자였음에도 불구하고 세상은 그를 잊고 패자들만을
칭송하고 있는 것이다. 조지 버나드 쇼는 '세상이 체스터튼에 대한
감사의 말에 인색하다' 는 말로 체스터튼의 업적을 인정하였다.
T. S. 엘리엇은 체스터튼을 일컬어 '영원토록 후대의 존경을
받아야 마땅한 사람' 이라고 말했다.
더불어 후대의 대표적인 문인들, 가령 어니스트 헤밍웨이,
그레이엄 그린, 호르헤 루이스 보르헤스, 가브리엘 가르시아 마르케스,
마셜 맥루한, 애거서 크리스티 등은 체스터튼의 작품에 큰 영향을
받았음을 고백하고 있다.

ILLUSTRATIONS by Sydney Seymour Lucas
from the original 1911 edition of *The Innocence of Father Brown*

표지 디자인 이승욱

결백

결백

브라운 신부 전집 1

G.K. 체스터튼 지음 | 홍희정 옮김

북하우스

| 차례 |

다비도 부부에게

왈도 다비도(Waldo Percy Henry d'Avigdor)는 체스터튼과 세인트 폴 스쿨 동창으로 평생 친
교를 나누었다. 부인 밀드레드(Mildred)의 결혼 전 성은 웨인(Wain)이며, 슬레이드 예술학교
음악과에 재학중이던 때 체스터튼을 알게 되었다. 밀드레드는 후에 체스터튼의 부인이 되는
프랜시스 블록(Frances Blogg)의 친구이기도 했다.

푸른 십자가

범죄자가 창조적인 예술가라면, 탐정은 비평가에 지나지 않지.

찬란한 은빛으로 밝아오는 아침 하늘과 그 빛을 받아 반짝이는 초록 바다의 수평선 사이, 한 척의 배가 하리치 항으로 들어와 한 무리의 사람들을 개미떼같이 풀어놓았다. 여기서 우리가 주목해야 할 사람은 그리 특별해 보일 것도 없고, 또 특별해 보이는 걸 원하지도 않는 듯한 한 남자다. 휴가라도 떠나는 듯한 가벼운 옷차림에, 지극히 사무적인 진지함을 띠고 있는 표정이 묘한 대비를 이루고 있을 뿐, 그에게서는 눈에 띨 만한 점이라고는 찾아볼 수가 없었다. 그는 가볍고 옅은 회색 재킷에 흰색 조끼, 그리고 푸른 회색 빛이 도는 리본을 두른 은색 밀짚모자를 쓰고 있었다. 하지만 옷차림과는 대조적으로 그의 안색은 어둡고 초췌해 보였다. 스페인풍으로 짧게 자른 검은 수염은 마치 엘리자베스 여왕 시대의 주름 깃을 연상시켰다. 그는 막 아침 업무를 시작하는 사람처럼 심각한 표정을 하고는 담배를 한 대 피워 물었다. 그의 회색 재킷 안에 장전된 연발 권총과 경찰 신분증이 숨겨져 있으며, 평범한 밀짚모자 속에 명석한 지성이 숨죽이고 있으리라 생각하는 사람은 아무도 없었다. 이 남자가 바로 세계에서 가장 유명한 형사이자 파리 경찰청의 청장인 발렝탱이었다. 그는 지금 세기에 길이 남을 거물 체포 임무를 띠고 브뤼셀에서 막 영국에 도착한 참이었다.

플랑보는 영국에 있었다. 벨기에의 헨트에서 브뤼셀로, 브뤼셀에서 네덜란드의 후크로 이 거물급 범죄자의 뒤를 추적하던 세 나라의 경찰들은 마침내, 이자가 영국에서 열릴 예정인 성체 학술 대회의 어수선함과 혼란을 틈타 런던으로 잠입하리라는 추측을 해냈다. 그는 아마도 이 학술 대회와 연관된 서기관이나 수행 비서로 가장하여 여행을 할 것이었다. 하지만 발렝탱은 물론이고 플랑보의 행적에 대하여 확신할 수 있는 사람은 아무도 없었다.

세상을 뒤흔들던 이 거물급 범죄자가 갑자기 사라진 지 여러 해가 지났다. 그가 사라지자 세상에는 오랜만에 평화가 찾아들었다. 한창 전성기 즉, 최고로 악명 높던 시기에는 독일 황제만큼이나 세계적으로 이름을 날리던 인사였다. 일간지에서는 거의 매일 아침, 그가 저지른 엄청난 범죄의 수사를 끝마치기도 전에 또다른 범죄를 저질러 수사망을 뚫고 달아나고 있다는 새로운 기사를 내보내곤 했다.

플랑보는 프랑스 가스코뉴 지방 출신으로 거인같이 키가 크고, 몸집이 단단했다. 너무나도 원기가 왕성한 사람이라, 유별나고 무모한 무용담도 많이 나돌았다. 판사의 판결문을 거꾸로 놓고, '머리를 맑게 하기 위해서'라며 물구나무를 서서 읽었다는 얘기가 있는가 하면, 양팔을 잡고 있는 경찰들을 끌고 리볼리 거리를 내달렸다는 얘기도 있었다. 그의 엄청난 육체적 힘은 주로 이렇게 자잘하고 품위 없는 하찮은 해프닝이나 만드는 데 사용되곤 했다. 하지만 그가 저지르는 진짜 범죄들은 달랐다. 그것들은 하나같이 치밀하게 계획된 대규모 사건들이었다. 그는 거의 매번 새로운 수법을 사용했으며 그것들은 매번 그 자체로 완벽했다.

런던에서 유제품은커녕 젖소 한 마리, 배달차 한 대, 우유 한 방울 없이, 몇천 명의 고객들을 거느리고 저 커다란 '티롤* 우유' 회사를 경영하고 있는 사람도 다름아닌 플랑보였다. 그는 다른 사람들의 대문 밖에 배달된 우유를 슬쩍 집어다가 자신의

___
* 오스트리아 서부 및 이탈리아 북부의 알프스 산맥 지대.

고객들의 문 앞에다 놓아두는 간단한 방법으로 회사를 운영하고 있었다.

플랑보는, 편지마다 검열을 받아야 하는 어떤 젊은 여인과 기발한 방법으로 비밀리에 서신 왕래를 계속하기도 했다. 현미경 슬라이드 위에서만 볼 수 있도록 축소 편지 사진을 찍어 보냈던 것이다. 하지만, 그의 수많은 범죄적 시도들의 특징은 뭐니뭐니해도 완벽한 단순성에 있었다. 한번은 단순히 어떤 여행자를 유인하기 위해 한 거리의 번지수를 죄다 바꾸어 다시 써넣은 적도 있었다. 휴대용 우체통을 고안해낸 것도 분명히 그가 한 일일 것이다. 조용한 외곽 지역의 모퉁이에다 설치해놓고는 사람들이 집어넣는 우편환을 가로채는 데 이용했던 그 우체통 말이다. 플랑보는 깜짝 놀랄 만한 곡예사로도 알려져 있었다. 엄청난 거구였지만, 메뚜기처럼 가볍게 뛰어올랐으며, 원숭이처럼 나무 사이로 스스로 사라졌다. 상대가 이러했기 때문에, 발렝탱은 플랑보를 찾아나서면서 이미, 그를 찾아내는 것만으로 끝날 싸움이 아니라는 것을 잘 알고 있었다.

하지만, 플랑보를 어떻게 찾아낸단 말인가? 위대한 발렝탱 형사의 머릿속에서는 이 생각이 떠나질 않았다.

플랑보가 그 솜씨 좋은 변장술로도 가릴 수 없는 한 가지가 있다면, 유별나게 큰 그의 키였다. 발렝탱의 날카로운 눈은, 키 큰 사과장수 아낙네나 키다리 보병조차도 그냥 통과시키지 않을 만반의 태세를 갖추고 있었다. 유별나게 키가 큰 그 상대가 설사 공작 부인이었다 해도, 발렝탱은 그 자리에서 상대를 조사했을 것이다. 하지만 기차 안을 아무리 살펴보아도, 변장을 한 플랑보일 것 같은 인물은 눈에 띄지 않았다. 배 안에 있던 사람들은 이미 발렝탱의 날카로운 관찰을 통과하여 혐의를 벗었으며, 하리치 항에서 시작해 기차에 올라탄 사람들은 여섯 명밖에 되지 않았다. 땅딸막한 철도원이 한 명 있었고, 두 정거장 지나서 키가 꽤 작은 야채장수 세 명이 기차에 올랐다. 에식스 읍내에서 작달막한 미망인 하나가 탔고, 같은 에식스 지역이지만 좀 작은 마을에서 역시 키가 작은 로마 가톨릭 신부 한 명이 올라탔다.

이 여섯번째 인물을 봤을 때 발렝탱은 모든 것을 포기하고 웃음을 터뜨릴 뻔했다. 그 작달막한 신부는 전형적인 동부 촌사람의 모습을 하고 있었다. 얼굴은 둥글넙적하니 둔해 보였으며, 눈은 북해(北海)만큼이나 공허했다. 신부는 꽤나 버거워 보이는 갈색 꾸러미 몇 개를 들고 있었다. 성체 학술 대회는 항상 이렇게, 땅 속에서 나와 갑자기 세상의 밝은 빛을 본 두더지처럼 아무것도 모르고 무력한 부류의 인물들을 불러모으곤 했다.

철저한 프랑스식 무신론자인 발렝탱은 성직자를 좋아하지는 않았지만 그들을 동정할 만큼의 인정은 있었다. 기차에 오른 그 신부의 모습은 발렝탱뿐 아니라 누가 봐도 연민을 자아낼 만큼 애처로웠다. 신부는 손에 들고 있던 커다랗고 낡아빠진 우산마저도 바닥에 떨어뜨리고 말았다. 그는 다른 한 손에 쥐고 있는 왕복 차표 중 돌아갈 때 사용하는 것이 어느 쪽인지도 모르는 듯했다. 그러면서도 승객들에게, 자기가 들고 올라탄 갈색 짐꾸러미들 중 하나에 '푸른 돌'과 함께 순은으로 된 중요한 물건이 들어 있기 때문에 함부로 취급해선 안 된다고, 백치 같은 단순함을 드러내며 호들갑스런 설명을 해댔다. 그에게서 절묘하게 어우러져 배어나오는 에식스 지역 특유의 바보스러움과 신앙심 깊은 단순성이 스트랫퍼드에 도착할 때까지 발렝탱에게 뜻하지 않은 즐거움을 선사해주었다.

스트랫퍼드 역에 도착하자, 성직자는 짐꾸러미를 모두 들고 내렸다가 잊고 내린 우산을 찾아오기 위해 다시 기차에 올랐다. 그 모습을 본 발렝탱은 이 순진무구한 성직자에게 다가가, 은으로 만든 물건이 그렇게 중요하다면 아까처럼 사람들에게 떠벌려서는 안 된다고 주의를 주었다. 하지만 신부에게 말을 하고 있는 순간에도, 그의 눈은 계속해서 주위를 살피며 지나가는 사람들을 훑고 있었다. 그가 끊임없이 찾고 있는 사람은 가난뱅이이건 부자이건 여자이건 남자이건 상관없이 키가 180

센티미터가 족히 되는 사람이었다. 플랑보의 키가 180~190센티미터 정도이기 때문이었다.

리버풀 가에서 내린 발랭탱은 아직까지는 범죄자를 놓치지 않았다고 확신하고 있었다. 그는 런던경찰국으로 가서 자신의 신분을 밝히고 필요할 경우 도움을 요청할 수 있도록 조치를 취했다. 그리고는 담배를 피워 물고 런던 거리를 천천히 걷기 시작했다. 빅토리아를 지나 광장과 거리 이곳저곳을 둘러보던 발랭탱은 갑자기 걸음을 멈추었다. 고풍스럽고 고즈넉한, 사고가 일어난 순간의 고요가 가득한, 전형적인 런던의 광장이었다. 주변의 높은 아파트들은 한때는 번성했었으나 지금은 아무도 살지 않는 것 같았다. 중앙에 있는 관목 숲은 태평양에 떠 있는 작은 섬처럼 버려져 있었다. 이 광장의 네 면 중 한쪽 면이 마치 연단처럼 나머지보다 조금 더 높았다. 영국에서 보기 드문 훌륭한 식당 건물이 들어서면서 그쪽 면의 윗선을 다른 것들보다 올라가게 만들었는데, 이 식당 건물은 마치 소호 거리에서 떨어져나온 듯, 화분에 담긴 작은 식물들이 가지런히 놓이고 레몬색과 흰색의 블라인드가 쳐진 굉장히 매력적인 건물이었다. 런던을 수놓는 다른 건물들보다 특히 높이 솟아 있었으며, 거리에서부터 곧게 뻗어올라간 계단은 마치 화재가 발생하여 일층 창문까지 올라가 있는 비상 난간처럼 현관문과 만나고 있었다. 발렝탱은 레몬색과 흰색이 어우러진 블라인드 앞에 서서 담배를 피우며 한동안 생각에 잠겼다.

　기적에 관한 한 가장 믿을 수 없는 사실은 그 기적들이 실제로 일어난다는 것이다. 하늘에 있는 몇 조각의 구름이 한데 모여 어떤 인간의 눈 모양을 하고 내려다보고 있다거나, 마음에 의구심을 가득 채우고 여행을 하다보니 풍경 속에 정확하고 정교한 의문 부호 모양의 나무가 서 있다거나 하는 경우가 그것이다. 그는 지난 며칠 동안 이런 일을 직접 경험했다. 승리의 순간에 죽음을 맞이하는 넬슨 장군 같은 사람이 있는가 하면, 윌리엄이라는 이름의 남자는 우연히 윌리엄슨*이라는 이름의 사내를 살해해, 마치 가족 살해 같은 상황이 벌어지기도 한다. 다시 말해 평범하게 생각하는 사람들은 영원히 놓쳐버리기 쉬운, 짓궂은 꼬마 요정이나 만들어낼 법한 우연이 우리 삶에는 분명히 존재한다는 것이다. 포의 역설에서 잘 드러나듯이, 지혜는 우연에 의존해야 하는 법이다. 아리스티드 발렝탱은 철저한 프랑스인이었다. 프랑스의 지성보다 순수하고 특별한 지성이 있을까? 하지만 그는 '생각하는 기계'는 아니었다. 왜냐하면 이 무식한 말은 현대 운명론과 물질주의의 산물이기 때문이다. 생

---

* 윌리엄의 아들이라는 의미.

각할 수 없으므로, 기계는 기계일 뿐이다. 하지만 발렝탱은 생각하는 인간이며, 동시에 평범한 인간이었다. 그가 이룬 모든 훌륭한 성공은 마술이라도 써서 얻어낸 것 같지만, 그의 부단한 논리와 분명하고 일반적인 프랑스식 사고방식에 의해 얻어진 결과물이었다. 프랑스인들은 말을 비트는 역설이 아니라 자명한 이치만으로 세상을 감동시킨다. 이들은 프랑스 혁명에서 그랬듯이, 아직도 자명한 이치의 가치를 신봉하고 있다. 하지만, 발렝탱은 이성이 무엇인지를 정확히 이해했기 때문에, 이성의 한계 또한 너무나 잘 알고 있었다. 자동차에 대하여 아무것도 모르는 사람만이 휘발유 없이 자동차 여행을 가자고 하듯이, 이성에 대하여 아는 바가 없는 사람만이 강력하고 명백한 기본 원리 없이 이성에 대해 왈가왈부하게 마련이다. 현재 발렝탱에게는 강력한 기본 원리가 없었다. 그는 하리치에서 플랑보를 찾지 못했다. 만약 플랑보가 런던에 있다면 그는 윔블던 광장의 키 큰 방랑자에서부터 메트로폴 호텔 연회장의 키 큰 사회자에 이르기까지 다양한 모습으로 변장해 있을 것이다. 수사의 기반이 될 만한 확실한 근거가 없는 무지의 상태에 빠졌을 때 발렝탱에게는 사건의 실마리를 풀어내는 자신만의 시각과 방법이 있었다.

이런 경우에 그는 예측할 수 없는 우연에 의존했다. 합리라는 기차를 따라갈 수 없는 상황이라면, 그는 냉철하고 주의 깊게 비합리라는 기차를 따라갔다. 은행이나, 경찰서, 혹은 집결지와 같이 갈 만한 장소를 찾아가는 대신, 발렝탱은 의도적으로 엉뚱한 장소, 즉 빈집의 문을 두드리거나, 막다른 골목으로 접어들거나, 쓰레기 더미로 막아놓은 난간 위로 올라가거나, 쓸데없이 진로에서 벗어나게 하는 우회로를 찾아다녔다. 그는 정신 나간 듯이 보이는 자신의 행동을 다음과 같은 논리로 설명했다. 사건의 단서가 있는 사람에게는 이것이 최악의 방법이지만, 단서가 없는 사람에게는 이것이 최선의 방법이라는 것이다. 추적자의 눈을 끄는 기이한 것은 예외없이 추적 당하는 사람의 눈도 잡아끌 것이라는 생각이었다. 어딘가에서 시작을 해야 한다. 그렇다면 다른 사람이 멈추었음직한 곳이 바로 적절한 장소이다. 건물의 문 앞까지 곧게 뻗어올라간 계단과 식당의 기묘한 분위기와 함께 건물을 감싸고 도는 정적이 발렝탱 형사에게 보기 드문 낭만적 환상을 불러일으켜 일단 여기서 실마리를 풀어보자는 결정을 내리도록 만들었다.

그는 계단을 올라가 창가에 자리를 잡으며 블랙 커피 한 잔을 주문했다. 탁자 위에 남겨진 다른 사람들의 식사 흔적을 보자 발렝탱은 시장기를 느꼈다. 아침 시간이 지났는데도 아직 식사 전이었던 것이다. 수란(水卵)을 추가로 주문하고 커피에 설탕을 넣어 저으며 그는 내내 플랑보 생각을 했다. 한번은 손톱깎이를 이용해서 빠져나갔고 화재를 이용한 적도 있었다. 소인이 찍히지 않은 편지에 값을 지불하게도 했고 세상을 멸망시킬지도 모르는 혜성이라며 사람들에게 망원경을 들이밀기도 했다. 모두 다 탈출을 위한 수단이었다. 발렝탱은 자신이 그 범죄자만큼 머리가 좋다는 것을 알고 있었다. 하지만 자신이 불리한 입장에 놓여 있음을 분명히 깨닫고 있었다.

"범죄자가 창조적인 예술가라면, 탐정은 비평가에 지나지 않지."

그는 씁쓸한 미소를 지으며 중얼거렸다. 그리고는 커피 잔을 입술로 천천히 가져갔다가 황급히 내려놓았다. 설탕 대신 소금을 탔던 것이다.

발렝탱은 자신이 덜어낸 흰 가루가 들어 있는 병으로 시선을 돌렸다. 분명 설탕 병였다. 샴페인 병에 샴페인이 들어 있듯이 설탕 병에도 분명히 설탕이 들어 있어야 옳았다. 설탕 병에 소금이라…… 발렝탱은 같은 종류의 병이 더 있는지를 찾아보았다. 아니나 다를까, 소금 병에 하얀 가루가 가득 차 있었다. 발렝탱은 그 병의 가루를 찍어 맛을 보았다. 틀림없는 설탕이야……. 발렝탱은 호기심이 가득한 눈으로 식당 안을 둘러보며, 설탕과 소금 병을 바꿔치기한 솜씨와 비슷한 수완을 부린 또다른 흔적이 없나 하고 찾아보았다. 하지만 하얀 벽지의 한쪽 면에 액체가 튄 듯한 검은 얼룩이 있을 뿐, 식당은 깔끔하고 밝은 분위기였으며 평범해 보였다. 그는 벨을 눌러 종업원을 불렀다.

졸린 눈을 한 곱슬머리 종업원이 서둘러 나왔다. 발렝탱은 설탕 병 속의 설탕 맛을 보라며 이것이 명성 있는 식당에 걸맞는 서비스냐고 호통쳤다. 맛을 본 종업원은 쏟아지던 졸음이 화들짝 달아나는 듯했다.

"아침마다 이런 식으로 감쪽같이 손님들을 속이시나? 소금과 설탕을 바꾸어 넣는 장난이 그렇게 재미있소?"

상황을 파악하자 종업원은, 의도적으로 그런 것이 아니라 어처구니없는 실수일 뿐이라며 형사를 납득시키려 했다. 설탕과 소금 병을 번갈아 집어들어 살피는 그의 얼굴에 당혹스런 빛이 더해갔다. 종업원은 결국 황급히 죄송하다는 말을 하며 사라지더니 곧이어 지배인과 함께 되돌아왔다. 병들을 살펴본 지배인 역시 당혹스러운 기색을 감추지 못했다.

종업원이, 마음은 급한데 말이 잘 안 나오는 것처럼 더듬거렸다.

"저…… 저 성…… 성직자들이요…… 두…… 두 명의 성직자들이 한 짓 같습니다."

"두 명의 성직자라니?"

"저기 벽에다 수프를 쏟은 성직자 두 사람 말입니다."

"벽에다 수프를 쏟았다고?"

"예, 저쪽 벽에다가요."

종업원은 흰 벽에 검은 얼룩이 진 부분을 손가락으로 가리키며 대답했다.

발렝탱이 지배인에게 의혹의 시선을 던지자 그가 자세하게 진술했다.

"네, 손님! 그런 일이 있었습니다. 그 두 사람이 이번 일과 무슨 관련이 있는지는 모르겠습니다만 아침 일찍 식당 문을 열자마자 와서는 수프를 먹었죠. 둘 다 아주 조용하고 점잖았습니다. 식사를 마친 후 한 사람은 계산을 하고 나갔는데, 다른 한 사람은 소지품을 챙기느라 조금 지체했죠. 헌데 밖으로 나가기 직전에 의도적으로, 반쯤 남은 수프 그릇을 들어 벽에다 철썩 뿌리지 뭡니까. 뒤쪽에 이 친구와 함께 있었던 터라, 그 자리로 가봤을 때는 이미 벽에 저렇게 얼룩이 지고 손님들은 사라진 후였습니다. 특별히 해가 된 건 아니지만, 정말 지독히 고약한 행동 아닙니까. 그래서 이 사람들을 잡으려고 서둘러 거리로 뛰어나갔죠. 너무 멀리 갔더라구요. 길 모퉁이를 돌아 카스테어즈 가로 접어드는 뒷모습만 확인했습니다."

어느새 형사는 자리에서 일어나서, 모자를 쓰고 손에는 지팡이를 들고 있었다. 발렝탱은 한치 앞도 볼 수 없었던 어둠 속에서 우연히 발견하게 된 첫번째 지표가 지시하는 곳으로 따라가 봐야겠다고 생각했다. 그는 계산을 하고 유리문을 닫고는 곧 다른 거리로 접어들었다.

이렇게 몹시 흥분되는 순간에도 다행히 발렝탱의 관찰력은 여전히 냉철하고 정확했다. 한 가게 앞을 지나는데 무언가가 섬광처럼 지나쳐 가는 게 있었다. 그는 이를 확인하기 위해 지나쳐 온 가게로 되돌아갔다. 유명한 청과물 가게였는데, 밖에 진열된 물건들 사이사이에 품목과 가격이 적힌 푯말들이 평범하게 꽂혀져 있었다. 가장 눈에 띄는 것은 오렌지와 땅콩 더미였다. 헌데 땅콩 더미 사이에 꽂힌 푯말에는 푸른색 분필로 굵게 '맛좋은 감귤, 두 개에 1페니'라고 적힌 게 아닌가. 오렌지 쪽을 확인해보니 아니나 다를까 정확하고 분명하게 '최고급 브라질산 땅콩, 500그램에 4페니'라고 적힌 푯말이 버젓이 자리를 차지하고 있었다. 발렝탱은 방금 전에 경험한, 미묘하게 비슷한 방식의 장난이 생각났다. 가판대를 유심히 살피는 발렝탱 덕에, 거리 이곳저곳을 시무룩하게 둘러보던 불그스름한 얼굴의 주인은 푯말이 잘못 놓여져 있음을 알아채게 되었고 아무 말 없이 재빠르게 올바른 위치를 찾아주었다. 발렝탱 형사는 우아하게 지팡이에 몸을 기대고 가게를 계속해서 유심히 살펴보다가 마침내 입을 열었다.

"실례합니다. 저, 확인해볼 것도 있고 생각나는 것도 있고 해서 뭣 좀 묻고 싶어서요."

주인은 골칫거리가 걸렸다 싶었는지 신경질적인 기색이 역력한 눈빛으로 발렝탱을 바라보았지만, 발렝탱은 아랑곳없이 지팡이를 흔들며 계속 말을 이었다.

"왜, 가게의 푯말의 위치가 잘못 되어 있는 걸까요? 마치 런던으로 휴가를 나온 셔블 모자*를 쓴 성직자들처럼 말입니다. 아, 그러니까 좀더 쉽게 말해서, 제 직감으로는 땅콩과 오렌지의 푯말이 바뀌어 있는 것이, 한 명은 키가 작고 한 명은 키가 큰 두 성직자들과 무슨 관련이 있는 듯한데요?"

화를 참을 수가 없는지 주인의 눈이 마치 달팽이 눈처럼 튀어나오는가 싶더니 당장이라도 앞에 있는 이 얄미운 낯선 행인에게 달려들 태세였다. 그는 잔뜩 독이 오른 목소리를 삭이며 대답했다.

"당신이 이 일과 무슨 상관이 있는지는 모르겠지만, 그놈들과 한 패거리라면 똑똑히 전하시오. 다시 한번 내 가게의 사과

---

* 성직자들이 쓰는 챙 넓은 모자.

더미를 뒤집어엎는 날에는, 성직자건 뭐건 그 자리에서 때려눕혀버리겠다고 말이오."

"정말입니까? 그자들이 주인장 사과를 그렇게 만들었단 말이오?"

발렝탱 형사가 안타까운 목소리로 말했다.

"그자들 중 한 놈이 그랬소. 거리 가득 사과들을 던져놨으니, 내 그 또라이 같은 녀석들을 잡았어야 하는 건데, 사과를 주워 담느라 놓쳐버렸지 뭐요."

"어느 쪽으로 갔습니까?"

"왼쪽에 있는 두번째 도로를 따라 올라가더니 광장을 가로질러 갑디다."

"고맙습니다."

인사를 건넨 발렝탱은 잽싸게 자리를 떴다. 그는 광장 맞은편에서 경관 한 명을 발견했다.

"긴급상황이오, 경관. 셔블 모자를 쓴 두 명의 성직자를 보지 못했나?"

경관은 키득거리며 대답했다.

"봤죠. 한 명은 술에 취했더군요. 도로 한가운데 서서는 허둥대는데……"

"어느 쪽으로 갔나?"

발렝탱은 경관의 말을 끊었다.

"저쪽에서 햄스테드로 가는 노란색 버스를 탔습니다."

"그들을 추적해야 하니 경관 두 명을 요청해주게."

발렝탱은 공식 신분증을 내보이며 재빨리 지시를 내리고는 길을 건넜다. 이런 그의 분위기가 전염이라도 되었는지, 둔해 보이는 경관이 아주 민첩하게 지시 사항을 수행했다. 몇 분 지나자 반대쪽 보도에서 경관 한 명과 사복 형사 한 명이 발렝탱과 합류했다.

경관이 긴장한 미소를 띤 채 말을 건넸다.

"저, 무엇을……."

발렝탱은 갑자기 지팡이를 들어 버스를 가리키며 "저 버스에 타고 난 뒤 말해주겠네"라고 짧게 대답하고는, 어지럽게 서 있는 차들을 교묘히 피하면서 잽싸게 앞으로 나아갔다.

세 명이 모두 노란색 버스에 올라타 자리를 잡고 앉자 경관이 한마디 했다.

"택시를 잡아타면, 몇 배는 더 빨리 갈 수 있을 텐데요."

"맞는 말이지. 다만 우리가 가려는 목적지를 분명히 알고 있다면 말이네."

발렝탱은 침착하게 대꾸했다.

"저…… 그럼 어디로 가시는 겁니까?"

사복 형사가 발렝탱을 쳐다보며 물었다. 발렝탱은 잠시 동안 얼굴을 찡그리며 담배를 피우다가 던지며 대답했다.

　"만일 상대가 뭘 하고 있는지 안다면, 상대보다 앞서가면 그만일 테지. 하지만, 상대가 뭘 하고 있는지 알고 싶다면, 상대의 뒤를 따르는 것이 상책이란 말일세. 상대가 길을 잃으면 같이 길을 잃고, 상대가 멈추면 같이 멈추고 하면서, 상대만큼 천천히 여행을 하는 거지. 그러다보면 상대가 본 것을 자네도 보게 될 테고, 상대가 행동하는 것처럼 행동하게 되는 거야. 자세히 관찰해서 미심쩍은 사항들을 하나씩 처리하는 것이 지금 우리가 할 수 있는 전부라네."

　"미심쩍은 거라면 어떤 것을 말씀하시는지?"

　경관이 물었다.

　"어떤 것이든 말일세. 미심쩍은 것이라면 뭐든지."

　발렝탱은 이렇게 대답하고 다시 그 고집스러운 침묵 속으로 빠져들었다.

　노란색 버스는 여러 시간 계속해서 북쪽 도로를 따라 기어올라갔다. 우리의 위대한 형사 발렝탱의 입에서는 더이상 아무런 설명이 나오지 않았고, 동행한 경찰들은 그의 심부름꾼 노릇을 하는 것이 옳은 일인지에 대한 의구심을 키우며 침묵을 지키고 앉아 있었다. 점심때를 훨씬 넘겼기 때문에 허기가 지기 시작

한데다가 런던 북쪽의 외곽 지역을 따라가는 길고 긴 도로 여
정으로 지쳤기 때문에 그랬는지도 몰랐다. 이 버스 여행은 승
객들로 하여금 이제야 겨우 투프넬 공원의 어귀에 와 있을 뿐
인데 마치 세상 끝까지 여행을 한 것같이 느껴지게 하는 지루
한 여정이었다. 런던이란 도시는 지저분한 술집들을 지나고 적
막한 관목 숲속으로 사라졌다가 번화한 거리와 호화스러운 호
텔을 앞세우며 다시 나타나곤 했다. 마치 각기 다른 열세 개의
도시를 잠깐씩 정차하며 지나가는 것 같았다.

겨울 석양이 이미 거리에 깔리고 있었지만, 파리 출신의 형
사는 여전히 침묵을 지키고 앉아서 정면에 보이는 양쪽 거리에
서 한시도 시선을 떼지 않았다. 캠던 타운을 뒤로 하고 떠날 즈
음에는 경관들은 잠에 빠져들었다.

갑자기 발렝탱이 벌떡 일어나 버스 운전사에게 멈추라고 소
리쳤다. 그 갑작스런 외침과 그들의 어깨를 잡아 흔드는 손에
경관들은 화들짝 놀라 깨어났다.

그들은 왜 내려야 하는지 영문도 모른 채 곤두박질치듯 거리
로 내려섰다. 어리둥절한 채 주위를 둘러보는 경관들에게 발렝
탱은 승리감에 젖어 왼쪽 길가의 유리창을 손가락으로 가리켰
다. 삐까번쩍하게 호화로운 술집의 한쪽 면을 차지한 커다란
유리창이었다. '식당'이라는 표지판이 붙어 있는 유리창은 호

텔에서 볼 수 있는 것들처럼 무광택에 무늬가 들어간 종류였다. 하지만 어찌된 일인지 유리창 가운데가, 얼음 속에 새겨진 별처럼 커다랗고 휑하게 뚫려 있었다.

"마침내 단서를 잡았어. 창문이 깨진 바로 저곳이야."

발렝탱이 지팡이를 흔들며 외쳤다.

"무슨 창문 말씀이십니까? 무슨 단서요? 참나, 이게 그자들과 관련이 있다는 증거라도 있나요?"

"증거라고?!"

발렝탱은 화가 나 대나무 지팡이를 거의 부러뜨릴 뻔했다.

"맙소사! 이 친구가 증거를 찾는군! 물론 십중팔구는 그들과 아무 관계가 없을지도 모르지. 그렇지만, 우리가 뭘 할 수 있겠나? 이 정도의 가능성이나마 추적하는 거 아니면 집에 가서 발 닦고 누워 자는 일밖에 할 수 없다는 사실을 아직도 모르겠나?"

발렝탱이 거칠게 문을 열고 식당 안으로 들어서자 경관들도 그 뒤를 따랐다. 그리고는 늦은 점심식사를 하기 위해 작은 탁자에 자리를 잡고 앉아서 별 모양으로 깨어진 유리창을 바라보았다. 그때까지도 그들에게 실마리를 제공해주는 것이라고는 아무것도 없었다.

"창이 깨졌군요."

발렝탱은 계산을 하면서 종업원에게 물었다.

"그렇습니다. 손님."

바쁘게 잔돈을 계산하며 대답하는 종업원에게 발렝탱은 충분한 팁을 슬쩍 밀어주었다. 그러자 차분히 그러나 신이 나서 팁을 챙겨 넣고는 종업원이 말을 이었다.

"예, 정말 이상한 일이었습니다. 손님."

"그래요? 무슨 일이 있었나요?"

발렝탱 형사는 지나가는 호기심처럼 물었다.

"검은색 옷을 입은 신사 두 명이 들어왔습니다. 여기저기 돌아다니는 타지 출신 성직자였죠. 싸고 간단한 점심을 먹더니 한 명이 계산을 하고 나갔습니다. 나머지 한 사람도 나가려는데, 제가 잔돈을 확인해보니 음식값의 세 배도 넘게 돈을 받은 게 아니겠어요? 해서 거의 문 앞까지 나간 그 신사분을 불러 방금 나가신 동료분께서 너무 많은 돈을 지불했다고 말했습니다. 그랬더니 아주 차갑게 '오, 그랬나?' 이러더군요. 그래서 그렇다고 하면서 그에게 계산서를 보여드렸습니다. 근데, 그게 놀라운 일이었어요."

"뭐가 어떻게 됐단 말이오?"

경관 한 명이 끼여들었다.

"성경책 일곱 권을 걸고 맹세컨대 저는 계산서에 분명히 사실링이라고 적었었는데, 그때 보니 너무나도 선명하게 십사 실링으로 적혀 있는 겁니다."

"자 그래서, 다음엔 어떻게 됐소?"

상기된 눈을 번뜩이며 발렝탱은 다음 이야기를 재촉했다.

"문 앞에 있던 그 성직자가 아주 차분하게 말하더군요. '자네 계산을 혼란스럽게 해서 미안하네. 하지만, 그건 유리창 값이야.' 그래서 제가 무슨 유리창 값이냐고 물었더니, '내가 깨트릴 유리창 값이지' 이러지 않겠습니까. 그러더니 들고 있던 우산으로 유리를 저렇게 만들어버리고 말았습니다."

종업원의 말을 듣고 경관들이 황당해했다. 한 명이 작은 소리로 중얼거렸다.

"우리가 지금, 도망친 정신병자를 뒤쫓고 있는 건가?"

이 이상한 이야기에 재미를 붙였는지, 종업원은 말을 계속 이어나갔다.

"잠깐 얼이 빠져 있었나봐요. 아무 생각도 할 수 없었으니까요. 그 남자는 밖으로 걸어 나가 동료와 함께 코너를 돌아서 불록 가로 재빨리 걸어 올라갔습니다. 그래서 곧바로 쫓아갔는데도 그자들을 잡을 수가 없었습니다."

"불록 가라……."

발렝탱은 그가 추적하고 있는 묘한 두 사람만큼이나 빠르게 거리로 뛰어나갔다.

　이제, 추적자들의 여정은 터널같이 휑뎅그렁한 벽돌길로 접어들게 되었다. 이 거리에는 불빛은커녕, 창문조차 거의 나 있지 않았다. 마치 모든 건물의 텅 빈 뒷면들로만 이루어진 거리 같았다. 어둠은 점점 더 깊어갔고 런던 경찰들마저 자신들이 지금 어떤 거리의 어느 방향으로 가고 있는지 알 수 없었다. 하지만 발렝탱 형사는 자신들이 햄스테드 히스 어딘가를 걷고 있다고 확신했다. 갑자기 푸른 황혼 사이로 창문 하나에서 환하게 새어나온 가스등 불빛이 스쳤다. 발렝탱은 그 불빛이 새어나오고 있는 조그마하고 화려한 사탕가게 앞에 멈춰 섰다. 잠깐 망설이다가 안으로 들어선 그는, 화려한 색깔의 과자들 사이에 무게를 잡고 서서는 조심스럽게 초콜릿 담배 열세 개를 샀다. 그리고는 내심 말을 꺼낼 준비를 하고 있었는데, 그럴 필요가 없게 되었다.

　가게 안에서 습관적인 호기심으로 발렝탱의 우아한 모습을 유심히 지켜보고 있던 마르고 나이 든 젊은 여인이, 뒤쪽에 서 있는 푸른 제복의 경관을 보게 되자 곧 정색을 하며 말을 시작했던 것이다.

　"그 꾸러미 때문에 오신 거라면, 전 이미 그걸 보내버렸어요."

"꾸러미라니요?"

이번에는 발렝탱이 호기심 어린 표정으로 여인에게 물었다.

"제 말은, 그러니까, 그 성직자 양반이 남기고 간 꾸러미 말예요."

"뭐라구요? 무슨 말씀이세요?"

발렝탱 형사가 궁금함을 감출 수가 없었는지 처음으로 몸을 앞으로 쭉 빼며 채근했다.

여인은 의아해하며 말을 꺼냈다.

"저, 한 삼십 분 전쯤 성직자 양반들이 와서는 박하를 사고 잠깐 이야기를 나누다가는 히스 쪽으로 갔어요. 그런데, 잠시 후에 한 명이 가게로 다시 와서는 꾸러미를 두고 가지 않았냐고 묻더군요. 그런데 어디를 봐도 꾸러미라고는 눈에 띄지 않았어요. 이상해서 그를 쳐다보니까, 신경쓰지 말라더니, 주소가 적힌 종이를 건네주면서 나중에 꾸러미를 찾거든 그 주소로 보내달라는 거였어요. 그리고는 우편요금과 수고비를 남기고는 떠나버렸답니다. 여기저기를 뒤졌더니, 갈색 종이로 포장된 꾸러미가 하나 나오지 않겠어요? 그가 적어준 곳으로 부쳤어요. 주소는 기억이 안 나는군요. 웨스트민스터의 어디였는데…… 그렇지만, 아주 중요한 물건 같았어요. 그것 때문에 온게 아닌가요?"

"맞습니다. 그래서 왔습니다. 그런데 햄스테드 히스는 여기서 먼가요?"

발렝탱이 물었다.

"이 길로 곧장 십오 분 정도 가다가보면 탁 트인 곳이 나올거예요."

여인이 말을 마치기가 무섭게 발렝탱 형사는 튀어오르듯 가게를 나가 내달리기 시작했다. 다른 경감들도 내키지 않는 발걸음으로 그의 뒤를 빠르게 쫓았다.

아주 좁고 건물의 그림자로 가득 차 있어 어둡고 답답한 거리를 지나자, 갑자기 탁 트인 하늘이 나왔다. 그들은 놀란 눈으로 주위를 둘러보았다. 아직은 어둠이 그리 깊게 깔리지 않아 생각보다 주변이 환했다. 나무들이 서서히 땅거미 속에 잠겼고 사방이 짙은 보랏빛으로 변해갔다. 반짝이는 초록빛 하늘도 황금빛 석양 속으로 내려앉고 있었다. 하지만 하늘은 아주 맑아서 크리스털같이 반짝이는 별을 한두 개쯤 짚어볼 수 있을 것만 같았다. 한낮의 진광도 모두 햄스테드 언저리와 히스의 베일이라 불리는 저 유명한 골짜기 너머의 찬란한 황금빛 속으로 잦아들고 있었다. 휴일에 놀러나온 사람들 중 아직 돌아가지 않은 몇몇 사람들이 벤치에 앉아 있는가 하면 여기저기서 꿈꾸는 듯한 표정의 여자아이들이 그네에 앉아 즐거운 비명을 질러

댔다. 천상의 영광이 깊어져 인간의 거만한 천박함 주위에 어둠이 내릴 무렵, 능선에 서서 계곡을 건너다보던 발렝탱은 그가 찾고 있는 것을 보게 되었다.

저 멀리 흩어져 있는 시커먼 무리들 중에 유난히 시커멓고 떨어지지 않으려는 성직자 복장의 두 인물이 있었다. 개미만큼이나 작게 보였지만, 발렝탱은 그들 중 한 명이 다른 한 명보다 훨씬 더 작다는 것을 알아볼 수 있었다. 그는 이를 악물고 참을성 없이 지팡이를 흔들며 앞으로 나아갔다. 이 두 사람의 형체를 거대한 현미경 안에 넣어서 보듯 충분히 알아볼 수 있는 거리까지 왔을 때, 발렝탱은 소스라치게 놀랐다. 키가 큰 신부는 둘째치고 그 작달막한 신부가 누군지 똑똑히 알아볼 수 있었기 때문이었다. 그는, 발렝탱 자신이 하리치 열차에서 갈색 꾸러미에 대해 경고까지 해주었던, 바로 그 에식스 출신의 땅딸보 성직자였던 것이다.

이제, 지금까지 진행되어온 모든 일들이 마침내, 아주 합리적으로 들어맞아갔다. 발렝탱은 그날 아침 조사를 통해, 성체학술 대회에 참석한 외국 신부들에게 보여주기 위해 에식스의 브라운 신부가 사파이어가 박힌 은 십자가를 운반하게 될 것이라는 사실을 알고 있었다. 기차 안에서 만났던 바보 같은 신부가 말하던 '푸른 돌과 은'이 바로 그 사파이어가 박힌 은 십자가였고 그 신부가 바로 브라운 신부였던 것이다. 발렝탱이 이제야 찾아낸 것을 플랑보가 이미 찾았다는 것은 놀랄 일이 아니었다. 플랑보는 뭐든 찾아내는 데는 귀신이었으니까 말이다. 플랑보가 사파이어 십자가에 대하여 들었을 때 누가 뭐래도 역사상 가장 훌륭한 보물임에 틀림없는 그 물건을 훔쳐내려 했으리라는 것도 의심의 여지가 없는 일이었다. 그리고 무엇보다 당연한 것은, 플랑보가 우산과 짐을 드는 수행원을 자처하며 멍청한 성직자에게 동행을 자처했으리라는 사실이다. 플랑보는 누구든 제마음대로 조종하여 북극이라도 끌고 갈 수 있는 그런 위인이었다. 그러니, 플랑보 같은 능숙한 배우가 다른 신부의 옷을 입고 햄스테드 히스까지 브라운 신부를 수행했다는 것이 놀랄 일은 아니었다. 지금까지의 모든 것이 너무나도 자연스러운 일이었다. 무력한 신부에 대한 연민의 정이 느껴지자, 발렝탱 형사는 툭하면 속아넘어가는 어리숙한 희생양에 대한 동정심만큼이나 플랑보에 대한 증오가 치솟아올랐다.

하지만 발렝탱은 승전보를 울리기에 앞서 그 사이 일어났던 모든 일들에 대해 생각해보게 되었고 그러자 아주 사소한 일들이 마음에 걸리기 시작했다. 에식스 출신 신부에게서 사파이어가 박힌 은 십자가를 훔쳐내는 데 왜 벽에다가 수프를 뿌려야 했을까? 땅콩과 오렌지의 푯말을 왜 바꿔치기를 했으며, 창문

값을 미리 지불하고 유리창을 깨뜨리는 건 또 도대체 무슨 일이란 말인가? 플랑보를 추적하는 일이 거의 막바지에 이르렀지만, 발렝탱 형사는 중간에 무언가를 빠뜨린 듯한 허전한 느낌을 떨쳐버릴 수가 없었다. 드문 일이기는 하지만, 범인 체포에 실패를 한다 해도, 항상 그 사건에 대한 실마리를 거머쥐었던 발렝탱이었다. 하지만 이번에는, 범인을 거의 다 잡았는데도 여전히 사건의 실마리를 움켜쥘 수가 없었다.

발렝탱과 두 경찰이 쫓고 있는 두 인물은 커다란 언덕의 초록빛 능선을 마치 두 마리의 검은 파리처럼 기어오르고 있었다. 그들은 대화에 너무 깊이 빠져 자신들이 어디로 가고 있는지도 눈치채지 못하는 것 같았다. 하지만 분명한 것은 그들이 더욱 험하고 조용한 언덕으로 올라가고 있다는 사실이었다. 추적자들은 목표물에 가까이 접근할수록 사슴 사냥꾼같이 품위 없는 자세로 나무의 덤불 숲 뒤에 몸을 웅크리거나, 깊은 풀숲에서 포복 자세로 기어야 하기 마련이다. 발렝탱과 영국 경찰들은 어쩔 수 없이 이렇게 볼품없는 추적 방법을 이용해 그들이 찾고 있던 사냥감이 서로 이야기하는 소리가 들릴 만큼 가까이 접근했다. 하지만 마치 어린아이들의 높은 음성처럼 자주 반복되는 '이성'이라는 단어 외에는 무슨 소리인지 도통 들리지 않았다.

한번은 여기저기에 갑작스런 경사가 지고 덤불이 심하게 얽힌 지형의 악조건으로 인해, 형사들은 두 사람의 모습을 놓치게 되었다. 그리고는 그들의 흔적을 찾지 못한 채 십 분여의 고통스러운 시간을 보내다가, 아름답고 적막한 일몰이 연출되고 있는 분지가 건너다 보이는 커다란 언덕 능선 근처에서 그들의 모습을 찾아냈다. 그들은 전망은 좋지만 사람들이 잘 찾지 않는 곳에, 금방이라도 무너질 듯한 나무의자를 의지하고 앉아 있었다. 여전히 심각한 대화를 나누고 있는 듯했다. 화려한 초록빛과 어우러진 황금빛 석양이 사위어가는 지평선에 걸리고, 초록빛으로 반짝이며 둥그렇게 주위를 감싸던 하늘은 서서히 검푸른 빛을 띠어갔다. 하늘에 박힌 별들도 단단한 보석처럼 제각각 빛을 발했다.

따라오고 있는 경관들에게 조용히 하라는 손짓을 한 발렝탱은 커다란 나무 둥치 뒤로 기어가서는 죽은 듯이 침묵을 지키고 서서 처음으로 이 기괴한 성직자들의 이야기를 엿듣게 되었다.

그들은 영묘한 신학의 수수께끼에 조예가 깊은 학식 있는 신부들처럼 이야기를 나누고 있었다. 이들의 태도가 얼마나 진지하고 여유가 있었는지, 이야기를 몇 분간 엿듣던 발렝탱은 어쩌면 자신이 저 두 명의 영국 경찰을 밤에 피는 히스꽃 들판으로 끌고 나와 엉겅퀴에서 무화과를 찾는 것만도 못한 일을 시키고 있는 것은 아닌가 하는 의혹에 휩싸였다. 작달막한 에식스 출신의 신부는 그의 둥그스름한 얼굴을 하나둘 늘어나는 하늘의 별 쪽으로 돌리며 짤막하게 말했고, 그 상대는 별은 바라볼 가치도 없다는 듯이 고개를 숙이고 이야기를 했다. 하지만, 극도로 보수적인 이탈리아의 수도원 회랑이나 비관적인 스페인의 대성당에서도 이보다 더 순수한 성직자적인 대화를 들을 수 없었을 것이다.

발렝탱에게 처음으로 들린 구절은 "……중세 사람들이 하늘은 불멸이다라고 한 것은 이런 의미였다네"로 끝나는 브라운 신부의 마지막 말이었다.

키 큰 신부가 고개를 숙인 채 끄덕이며 말했다.

"네, 맞습니다. 하느님을 섬기지 않는 요즘 사람들은 이성을 따른다고 말을 하니까요. 하지만 이 수많은 세상의 모습을 보는 사람들이라면 이성이 전혀 이성적이지 않은, 아름다운 천상의 세계가 존재하리라 생각하지 않을 이가 누가 있겠습니까?"

"아닐세. 이성은 심지어 최후의 지옥의 변방에서나, 만물의 소실점에서도 항상 '이성적'이라네. 사람들은 교회가 이성을 타락시킨다고 하지만, 실은 그 반대야. 세상에서 진정으로 최고의 이성을 이루어내는 곳은 교회뿐이고, 하느님께서 이성에 의해 구속되심을 인정하는 곳도 교회뿐이라네."

옆자리의 신부가 그의 엄숙한 얼굴을 들어 별이 총총히 박힌 하늘을 바라보며 입을 열었다.

"하지만 누가 알겠습니까? 만약 저 무한한 우주에……."

"물리적으로만 무한한 게지. 진리의 법칙에서 벗어날 수 없는데 어떻게 무한하다 말할 수 있겠나."

작은 신부는 앉은 자리에서 휭하니 고개를 돌리며 날카롭게 말했다.

나무 뒤에 있는 발렝탱은 소리 없는 분노로 손톱을 물어뜯고 있었다. 그는 자신이 얼토당토않은 추측으로 여기까지 데려온 영국 형사들이, 온화하고 나이 든 두 성직자들의 형이상학적인 한담을 들으며 숨죽여 키득거리는 소리가 들리는 것만 같았다. 이런 생각으로 조바심이 나 있던 발렝탱은 키 큰 성직자가 공들여 하는 대답을 듣지 못했다. 발렝탱이 다시 귀를 기울였을 때는 브라운 신부가 이야기하고 있었다.

"이성과 정의는 가장 멀리 있고 가장 외로운 별까지도 사로잡는다네. 저 별들을 좀 보게. 하나하나가 다이아몬드요, 사파이어 같지 않은가? 자네가 좋아할 만한 식물학과 지리학 쪽으로 상상해볼까? 다이아몬드 잎사귀가 만발한 보석 숲지대는 어때? 코끼리처럼 커다란 푸른 사파이어 달이 있다고 해도 좋겠군. 하지만, 그런 정신 나간 천문학적 상상을 한다고 해도 정당한 행위와 이성의 기준을 넘어선 무언가가 있을 거라는 생각은 하지 말게나. 진주를 깎아낸 절벽 아래에 있는 오팔이 가득한 들판에서도 자네는 '그대 도적질하지 말지어다'라고 씌어 있는 표지판을 찾아볼 수 있을 테니 말일세."

발렝탱은 인생에서 가장 커다란 실수를 저지르고 말았다는 좌절감에 빠졌다. 어서 그 자리를 벗어나야겠다는 생각에, 꼼짝 않고 움츠렸던 몸을 펴고 천천히 기어갈 자세를 취했다. 그런데 이상하게도 키 큰 성직자의 유난히 긴 침묵이 발렝탱을 그 자리에 잡아두었다. 마침내, 키 큰 신부가 고개를 숙이고 양손을 그의 무릎 위에 가지런히 올려놓은 채 말을 꺼냈다.

"글쎄요, 저는 아직도 우리 이성을 능가하는 어떤 다른 세상이 있을 것 같다는 생각을 떨칠 수 없습니다. 천국의 신비는 헤아릴 수 없으며, 그래서 저는 고개를 숙일 수밖에 없습니다."

그리고 여전히 고개를 숙인 채, 그의 태도와 목소리에 아주 작은 흔들림도 없이 덧붙였다.

"그러니 가지고 있는 사파이어 십자가를 순순히 건네주시지. 여긴 우리밖에 없어. 까딱하다간 갈기갈기 찢긴 지푸라기 인형이 될지도 몰라."

어조와 태도에는 아무런 변화가 없는 가운데 충격적으로 변한 그의 말투는 묘한 폭력성을 더해주었다. 하지만 성품(聖品)을 보호하고 있던 그 인물은 아주 조금 고개를 돌렸을 뿐, 아직도 그 바보스런 얼굴은 별들을 향해 있었다. 협박을 이해하지 못한 것일까? 아니면 공포에 질려 몸이 굳어버린 것일까?

"그래, 맞아. 내가 바로 플랑보야."

여전히 변함없는 어조, 키 큰 신부는 자세 하나 흐트럼 없이 말했다.

그리고는 잠시 사이를 두었다가 말을 이었다.

"자, 내게 그 십자가를 건네주시지."

"그럴 수 없네."

신부가 무뚝뚝하게 대답했다.

플랑보는 갑자기 성직자 변장을 하느라 입었던 옷을 벗어던지고는 자리에 기대 앉아 낮은 소리로 길게 웃음을 터뜨렸다.

"하하하. 그럴 수 없다? 물론 그럴 수 없을 테지. 이 잘난 성직자 양반아. 당연하지. 이 어리석은 금욕주의자 같으니라구. 하하하! 내가 그 이유를 말해줄까? 왜냐하면 말이지, 그 물건은 이미 내 안주머니에 들어와 있거든."

에식스 출신의 작은 사내는 황혼 속에서 멍하니 있는 것 같더니, 꼭 확인을 받아야겠다는 듯 소심하게 입을 열었다.

"틀림……없나?"

"정말, 당신이란 사람은 삼 막짜리 소극에 나오는 광대만큼이나 바보스럽군. 하하하. 아무렴, 이 바보 같은 친구야. 틀림없고말고. 내가 당신 꾸러미와 똑같은 복제품을 만들어두었거든. 당신이 가지고 있는 게 가짜고, 내가 가지고 있는 게 바로 진짜라구. 하하하! 이건 오래된 속임수지, 브라운 신부. 암, 오래된 속임수고말고."

플랑보는 기쁨에 들떠 소리쳤다.

"맞아, 오래된 속임수지. 전에도 그런 얘길 들은 적이 있네."

브라운 신부는 머리카락을 쓸어올리면서 모호한 어조로 대답했다.

범죄계의 거물은 갑작스런 흥미를 느끼며, 작은 체구의 소박한 신부에게 몸을 바투 당기며 물었다.

"들어본 적이 있다? 어디서 이런 얘길 들어봤다는 거지?"

"글쎄, 물론 그 사람의 이름을 말할 수는 없다네. 회개를 했거든. 이십 년 동안 갈색 꾸러미만 바꿔치기하면서 산 사람이었지. 그래서 자네가 수상히 여겨지기 시작했을 때, 그 친구가 쓰던 방법을 써야겠다고 생각했다네."

"나를 수상히 여기기 시작했다?"

이 무법자는 점점 더 격렬하게 신부를 다그쳤다.

"내가 당신을 여기 한적한 히스 벌판으로 데려왔다고 해서 나를 수상히 여기셨다?"

"아니, 아니, 그런 게 아니라네. 나는 처음 만났을 때부터 자네가 수상했어. 소맷부리가 좀 부풀어 있더군. 자네 같은 사람들은 버팀쇠가 달린 팔찌를 끼고 다니느라 소맷부리가 늘 부풀어 있곤 하지."

"제기랄, 대체 어디서 그런 얘길 들었지?"

"이런, 몰랐군 그래. 하틀풀에서 본당신부로 있을 때, 그런 팔찌를 낀 사람을 세 명이나 보았지. 그래서 처음부터 자네를 수상히 여긴 거라네. 어찌 되었든, 십자가를 안전히 보관해야 됐으니까. 자네를 의심해서 미안했었는데, 결국 자넨 그 꾸러미를 바꿔치기하더군 그래. 하지만 어쩌겠나? 내가 이미 바꿔치기해서 놔두고 온 걸."

"두고 오다니?"

승리감에 젖어 의기양양해 있던 플랑보의 어조가 확 바뀌었다.

"사탕가게 말일세. 거기에 꾸러미를 두고 왔지. 내가 일러주는 주소로 부쳐달라고 부탁도 해두었고. 다행히 나를 뒤쫓아오지 않고, 주인이 웨스트민스터의 친구에게 부쳐주었더군."

무덤덤하게 말을 해나가던 신부가 이번에는 다소 슬픈 듯이 덧붙였다.

"이 방법도 하틀풀에 있을 때 어떤 친구에게서 배운 것이라네. 그 친구는 기차역에서 훔쳐낸 가방을 이런 방법으로 빼돌렸다더군. 하지만 그는 지금은 수도원에 있지. 자네도 알다시피, 사람은 누구나 따라 배우기 마련 아닌가."

그리고는 미안해 죽겠다는 듯이 이마를 문지르며 말을 이었다.

"신부이기 때문에 어쩔 수 없다네. 사람들이 와서는 이런 얘기들을 해주거든."

플랑보는 안주머니에서 갈색 꾸러미를 채내어 아무렇게나 끌렀다. 안에 든 것은 종이와 구리 막대기뿐이었다. 격분한 플랑보는 그것들을 산산조각내더니, 벌떡 일어서서 소리를 질러댔다.

"믿을 수 없어, 당신 같은 촌뜨기가 이런 일을 꾸미다니! 아직 그 십자가를 가지고 있다는 거 다 알아. 그걸 포기하지 않겠단 말이지, 좋아. 여긴 우리밖에 없으니, 힘으로 빼앗을 수밖에."

"과연 그럴까? 내 생각엔 힘으로도 빼앗을 수 없을 것 같은데. 뭣보다 우선 십자가는 내 수중에 없고, 그리고 여기에는 우리 둘만 있는 게 아니거든."

브라운 신부 역시 자리에서 일어서며 말했다.

앞으로 성큼 다가오던 플랑보가 우뚝 멈춰 섰다.

"저 나무 뒤에 말일세. 건장한 경관들이 둘이나 있고, 명성 높은 발렝탱 형사도 두 눈을 크게 뜨고 지켜보고 있다네. 그들이 여기를 어떻게 오게 되었느냐고 물을 텐가? 물론 내가 데려왔지. 어떻게 데려왔느냐고 묻는 건가? 듣고 싶다면, 기꺼이 들려주겠네. 저런! 범죄자들 사이에서 일을 하려면, 이런 정도는 알고 있어야지. 사실 처음에는 자네가 도둑이라는 확신이 없었네. 괜히 죄 없는 성직자 스캔들을 내봐야 뭐 좋은 일이 있을까 싶어, 자네 스스로 정체를 드러내도록 시험을 해보기로 했지. 기억나나? 그 소금 말일세. 누구든 소금을 넣은 커피를 마셨다면 소란을 떨었을 걸세. 그게 당연하지. 만약 불평 한마디 없이 아무 일도 없는 듯 행동한다면, 조용히 해야 할 이유가 있는 거란 말일세. 내가 설탕과 소금을 바꾸어놓았는데도, 자네는 조용히 있더군. 또 자신이 먹은 것보다 훨씬 더 많은 값을 치러야 한다면 따지고 드는 게 정상적인 태도 아닌가? 아무 군소리 없이 잠자코 지불한다는 것은, 사람들의 이목을 끄는 일은 하고 싶지 않다는 뜻이고. 내가 계산서의 숫자를 바꿔놓았는데도, 자네는 아무 말 없이 계산을 하더군."

플랑보는 화가 머리끝까지 올라 사나운 맹수처럼 펄쩍 뛸 노릇이었다. 하지만, 그는 마치 마법에 걸린 사람처럼 꼼짝않고 있었다. 그는 어떻게 이런 일이 있을 수가 있나 싶게 어안이 벙벙했다.

"자, 그러니 어쩌겠나. 자네 정체를 알았으니 경찰이 따라오게 해야겠는데, 자네가 흔적을 남기지 않으니, 나라도 해야지 않겠나. 머무른 장소마다 우리가 떠나고 난 뒤 사람들이 수군거릴 만한 일들을 조금씩 벌여두었지. 그렇게 큰 해를 입히지는 않는 범위에서 말일세. 벽에다 수프를 끼얹고 청과물 가게의 사과 더미를 엎어버리고 식당의 유리창을 깨는 정도? 하지만 이렇게 해서 내가 십자가를 위험에서 구하지 않았는가. 지금쯤은 웨스트민스터에 도착해 있을 테니 앞으로도 안전하겠지. 나는 자네가 왜 '당나귀 휘파람'으로 그것을 막지 않았는지 모르겠군."

"뭘로 막는다고?"

"못 들어봤다니 다행이네. 그런 수법은 비열한 짓이지. 자네가 그 정도는 아니라고 생각했었네. 자네가 그 수법을 썼다면, 나는 '반점' 수법으로도 당해내지 못했을 거야. 난 그렇게 강한 편은 못 되거든."

"도대체 무슨 얘기를 하는 거야?"

"저런, 반점 수법은 알 거라고 생각했는데, 그것도 모른다니, 자네는 정말 가능성이 있어. 아직 그리 나쁜 길로 빠지지는 않앗군 그래."

신부가 기분 좋게 놀라며 대답했다.

"당신 도대체 어떻게 그런 수법들을 다 알지?"

둥글고 단순하게 생긴 브라운 신부의 얼굴에 미소가 스쳐 지났다.

"어휴, 그걸 왜 모르겠나? 독신자 얼간이가 되면 알게 된다네. 내 일이 다른 사람들이 저지른 범죄를 들어주는 거 아닌가? 그런 사람이 어떻게 인간의 악에 대해 모를 수가 있겠나? 하지만 솔직히 내 일의 성격상 자네가 가짜 성직자라는 걸 알 수 있는 점이 한 가지 더 있었네."

"그게 뭐지?"

"자네, 이성을 공격했지 않나. 신학을 하는 사람에게 그리 좋은 태도가 아니지."

브라운 신부가 그의 짐을 챙기려고 돌아서자, 세 명의 경찰들이 황혼에 물든 나무 아래서 나타났다. 플랑보는 예술가이자 스포츠맨이 아니던가? 플랑보는 민첩하게 한 걸음 뒤로 물러서더니, 발렝탱에게 우아하게 머리를 숙였다.

"내게 그럴 필요 없어, 친구. 우리 둘 다 스승님께 인사나 드리세."

발렝탱이 낭랑하고 분명한 목소리로 말했다.

발렝탱과 플랑보는 모자를 벗고 잠시 경의를 표했다. 그사이 에식스 출신의 그 작달막한 신부는 우산을 찾느라 주위를 두리번거리고 있었다.

비밀의 정원

두 개의 열매가 열리는 나무가 자라는 정원에

가까이 가지 말라. 두 개의 머리를 가진 인간이

죽음을 당했던 악마의 정원에 발을 들여놓지 말라.

파리 경찰청장 아리스티드 발렝탱의 귀가 시간이 늦어져, 그가 저녁 만찬에 초대한 손님들이 먼저 도착하게 되었다. 하지만 그의 믿음직스러운 집사가 모든 일을 잘 처리하고 있었다. 얼굴에 흉터가 있고 안색이 콧수염만큼이나 잿빛을 띤 이 노인은, 총기들이 걸려 있는 대기실의 입구 쪽 탁자를 떠나는 법이 없었다.

발렝탱 저택은 상당히 독특한 면이 있어, 그 주인만큼이나 유명했다. 지어진 지 오래된 건물로 벽이 높고, 세느 강까지 가지를 뻗은 포플러 나무들이 정원에서 자라고 있었다. 그러나 무엇보다도 건축양식이, 경찰의 저택에서나 볼 수 있는 기이함을 보였는데, 이 저택에는 집사와 총기들이 지키고 있는 대기실을 통과하여 들어왔던 곳으로 나가는 출구 외에는 다른 출입구가 없었던 것이다. 정원은 넓었으며 정성스레 정돈되어 있었다. 저택에서 정원으로 나가는 출구는 많았지만, 정원에서 밖으로 나갈 수 있는 출구는 없었다. 정원을 둘러싼 높은 벽은 너무 미끄러워 발을 붙일 수가 없었고, 꼭대기에는 철책이 둘러쳐 있었다. 수많은 범죄자들이 살해하려고 벼르고 있는 사내가 사색에 잠기기에는 그리 나쁘지 않은 정원이었다.

집사는 손님들에게 주인이 한 십 분쯤 늦겠다는 전화가 왔노라고 알렸다. 발렝탱은 사형 집행과 이에 관련된 마지막 뒤처리를 하고 있었다. 그 자신이 지독히도 싫어하는 일이었지만, 그는 한 번도 소홀히 하는 법이 없었다. 그는 범인 추적에는 무자비했지만, 처벌을 하는 데 있어서는 온화하기 그지없는 사람이었다. 프랑스에서 가장 영향력 있는 형사였기 때문에 형을 경감하고 감옥을 정화하는 데도 커다란 힘을 발휘하고 있었다. 그는 프랑스의 위대한 인도주의적 자유사상가들 중 한 사람이었다. 하지만 그들에게 있어 한 가지 문제는 정의를 수행하는 이들보다도 더욱 무자비하다는 것이었다.

발렝탱이 도착했을 때 그는 이미 장미꽃 장식을 단 검정색 정장 차림이었다. 풍채는 우아했고, 짙은 턱수염에는 드문드문 잿빛 수염이 보였다. 그는 곧장 정원 뒤쪽을 향해 있는 서재로 갔다. 정원 쪽 문이 열려 있었다. 발렝탱은 공무용 가방을 조심스럽게 잠그고는 정원을 내다보며 잠깐 동안 서 있었다. 휘영청한 달이 빠르게 흘러가는 넝마 조각 같은 구름들 사이에 떠 있었다. 평소 과학적인 성격을 지닌 그로서는 다분히 이례적인 사색의 시간이었다. 어쩌면 그의 과학적인 성격은 인생에서 생사를 판가름하는 가공할 만한 문제에서는 어떤 심리적인 예지력을 발휘할지도 모른다. 발렝탱은 자신이 만찬에 늦었고, 손님들이 이미 도착하기 시작했다는 사실에 생각이 미치자 이런 신비스러운 분위기에서 재빨리 벗어났다.

응접실에 들어서 방 안을 힐끗 둘러본 발렝탱은 주빈(主賓)이 아직 도착하지 않았음을 알아챘다. 그가 마련한 작은 파티에 초대된 다른 손님들은 모두 자리에 있었다. 영국 대사 갤러웨이 경은 다혈질의 노인으로 사과같이 붉은빛이 도는 얼굴에 푸른 리본의 가터 훈장을 달고 있었으며, 장작같이 마르고 머리가 하얗게 센 갤러웨이 부인의 얼굴은 예민하고 자만심에 차 보였다. 그 옆에 자리를 한 작은 요정 같은 딸 마거릿은 갈색 머리에 창백해 보이기는 했지만 아름다웠다. 검은 눈의 몽 생 미셸 공작부인 역시 그녀를 쏙 빼닮은 두 딸과 함께 자리를 함께했다. 전형적인 프랑스 과학자이자 의사인 시몽 박사는 안경을 꼈는데, 거만한 사람들이 계속해서 눈썹을 치켜올리느라 생기곤 하는, 두 줄로 깊게 팬 이마의 주름과 삐죽한 갈색 턱수염이 인상적이었다. 그 자리에는 최근 발렝탱이 영국에서 만났던 에식스의 콥홀 출신의 브라운 신부도 보였다.

누구보다도 발렝탱의 흥미를 끈 사람은, 제복을 입은 키 큰 사내였다. 푸른 눈의 이 사내는 프랑스 외인 부대의 오브라이언 사령관으로 늘씬하지만 다소 허풍스러워 보였으며, 얼굴은 깨끗하게 면도를 했다. 그는 승리감에 도취된, 패배와 성공적인 자멸을 얻어낸 유명한 부대의 장교답게 저돌적이면서도 침울한 분위기를 동시에 지니고 있었다. 그는 아일랜드의 신사 집안 출신으로 소년 시절에 갤러웨이 가족, 특히 마거릿을 알게 되었다. 빚 때문에 시달리다 고국을 떠나, 현재는 군도(軍刀)를 차고 군화를 신은 채 활개를 치고 다니면서 영국식 예법에서는 완전히 자유로워졌음을 보여주고 있었다. 이런 오브라이언이 대사 가족에게 머리를 숙여 인사를 했을 때, 갤러웨이 부처는 뻣뻣하게 인사를 받았으며, 마거릿은 아예 고개를 돌려 버렸다.

하지만 여기 모인 사람들이 서로에게 지닌 감정의 오랜 이유가 무엇이건 간에 이들은 이번 만찬을 주관하고 있는 기품 있는 발렝탱의 관심을 특별히 끌지 못했다. 그의 눈에는 여기 모인 사람들 중 어느 누구도 저녁 만찬의 손님으로 보이지 않는 것 같았다. 발렝탕은 미국에서 성공적인 범죄 수사 활동을 하는 동안 친분을 쌓아온 세계적으로 유명한 대부호 줄리어스 브레인을 특별한 이유로 기다리고 있었다. 브레인은 작은 종교단체들에 어마어마하고 압도적이기까지 한 기부를 하고 있었는데, 미국과 영국의 신문마다 대서특필되어 사람들의 입에 가볍게 혹은 진지하게 오르내려왔다. 그가 무신론자인지, 모르몬교 신자인지, 기독교인인지는 아무도 모르는 일이었다. 하지만 그의 종교가 무엇이건, 지적인 사람들이 그것을 아직 확인하지 못했어도 그는 자산을 쏟아부을 준비가 되어 있는 사람이었다. 그의 취미 중 하나가 미국의 셰익스피어를 기다리는 일인데, 이는 실로 낚시질을 하는 것보다 더 많은 인내를 요하는 취미라 하지 않을 수 없었다. 브레인은 월트 휘트먼을 존경했지만, 펜실베니아 주 패리스 출신의 시인 루크 테너가 휘트먼보다 더 '진보적'이라고 생각했다. 그는 발렝탕 역시 진보적이라고 생각했는데, 이건 큰 착각이었다.

줄리어스 브레인의 등장은 저녁식사를 알리는 종소리만큼이나 결정적이었다. 그의 영향력은 너무나 커서 그가 유야무야하다고 생각하는 사람은 거의 없을 정도였다. 키도 크고 그만큼 살집도 있는 거구의 브레인은 회중시계 줄이나 반지 같은 장신구 하나 없이 검정색 옷을 깔끔하게 차려입은 모습이었다. 독일인처럼 잘 빗어넘긴 백발에 붉은빛이 도는 통통하고 귀여운 얼굴, 그리고 입술 아래쪽에 나 있는 검은색 염소 수염은 다소 유아적이면서 과장돼 보여 심지어는 파우스트를 멸망의 구렁텅이로 빠뜨린 악마 메피스토펠레스를 연상시켰다. 하지만 이 유명한 미국인을 바라보는 사람들의 시선은 그리 오래 가지 않았다. 그가 늦게 도착한 관계로 식사가 지연되고 있었던 터라 모두들 서둘러 식당으로 들어갔고 브레인 역시 갤러웨이 부인의 손에 이끌려 식당으로 들어갔다.

갤러웨이 부처는 아주 상냥하고 스스럼없이 자리를 즐겼다. 딸 마거릿이 오브라이언과 가까이하는 무모한 짓을 하지 않는 한 갤러웨이 경은 모든 것이 안심이 되었고, 마거릿도 아버지를 불편하게 하는 일 없이 시몽 박사와 품위 있게 이야기를 나누었다. 하지만 역시 갤러웨이 경은 자못 무례하다 싶을 정도로 안절부절못하고 있는 게 사실이었다. 저녁식사 동안은 외교적 수완을 부리며 점잖게 행동하던 갤러웨이 경은 식사가 끝난 후 자리를 옮겨 거실에서, 시몽 박사와 브라운 신부, 그리고 제복을 입은 오브라이언, 이렇게 세 명과 함께 다른 숙녀들과 어우러져 담배를 피우며 한담을 나누는 시간이 되자 점점 비외교적이고 무례하게 변해갔다. 그는 건달 같은 오브라이언이 마거릿에게 무슨 이상한 수를 써서 어떻게든 신호를 보내지 않을까 싶어 매순간 바짝 날이 서 있었다. 마침내 다들 자리를 뜨고, 모든 종교를 신봉하는 백발의 미국인 대부호 브레인과 아무 종교도 믿지 않는 반백의 프랑스인 발렝탱이 영국인 외교관과 함께 남아 커피를 마시게 됐다. 이들은 서로의 입장에 대해 이런저런 얘기를 나누었지만, 서로에게 호소력을 가지지는 못했다. 이 기나긴 '진보적' 싸움이 지루한 절정에 이르는가 싶더니, 갤러웨이 경이 벌떡 일어나 응접실로 나갔다. 그는 긴 복도에서 길을 잃고 한참을 서 있었다. 설교를 하는 듯한 의사의 높은 목소리와 둔중한 신부의 소리가 들리더니 신부의 너털웃음이 뒤를 이었다. 이들 역시 그 빌어먹을 '종교와 과학'에 대하여 논쟁을 하고 있을 것이라고 생각하며, 갤러웨이 경은 응접실 문을 열어젖혔다. 역시 그곳에 있어야 할 오브라이언과 마거릿이 없었다.

식당에서 나올 때 그랬던 것처럼, 헐레벌떡 응접실을 박차고 나온 갤러웨이 경은 발을 쿵쿵 구르며, 다시 한번 복도를 따라 나아갔다. 허풍선이 같은 아일랜드계 알제리아인에게서 딸을 보호해야만 한다는 생각 때문에 그는 미칠 듯이 흥분된 상태였다. 저택 뒤쪽의 서재 근처에서 그는 마침내 딸을 발견했다. 하지만 놀랍게도 그녀는 백지장같이 하얗고 냉소적인 얼굴을 한 채 혼자 갤러웨이 경의 옆을 획 스쳐 지나갔다. 그는 또다른 의혹에 휩싸였다. 마거릿이 오브라이언과 함께 있던 것이 아니라면, 그는 도대체 어디에 있단 말인가? 그리고 마거릿은 어디에 있었던 거지? 일종의 노파심과 치솟는 의구심으로 저택의 뒤쪽으로 더듬더듬 나아가던 갤러웨이 경은, 정원 쪽으로 열린 하인용 출입구를 찾을 수 있었다. 하늘에 떠 있는 초승달이 폭풍우의 잔해 같은 구름들을 들추어내며 그 위를 넘실거리고 있었다. 은백색의 달빛이 정원의 네 귀퉁이를 고루 비추고 있는 가운데, 어둠 속에서 서재 쪽 문을 향해 성큼성큼 걸어가고 있는 키 큰 형체가 스쳤다. 희미한 달빛에 비친 그 모습을 보고 갤러웨이 경은 오브라이언이라고 생각했다.

그 사내는 말로 형언할 수 없는 분노에 사로잡힌 갤러웨이 경을 뒤로 한 채 프랑스식 창문을 통해 집 안으로 유유히 사라졌다. 마치 영화의 한 장면같이 달빛이 쏟아지는 푸르스름한 정원은 치열한 교전중인 그의 세속적인 권위의식을 향하여 부드럽지만 강한 비웃음을 보내는 것 같았다. 아일랜드인의 길고 우아한 걸음걸이는 갤러웨이 경으로 하여금 아버지가 아니라, 마치 질투에 휩싸인 연적이라도 된 듯한 착각이 들 정도로 화를 북돋았다. 게다가 달빛의 마력으로 인해 갤러웨이 경은 거의 이성을 잃고 있었다. 그는 마치 마법에 의해, 와토가 그린 요정의 나라나 음유 시인들이 노닐던 정원에 와 있는 듯이 자신을 사로잡는 연애 감정 같은 어리석은 기분에서 벗어나려 혼자 소리내어 중얼거렸다. 그리고 기세 등등하게 적의 뒤를 밟기 시작했다. 하지만 잔디에 불쑥 솟아오른 뭔가에 걸려 넘어지고 말았다. 화가 솟구쳤다. 그는 거칠게 발 앞의 것을 살폈다.

바로 다음 순간, 정원 위를 비추던 달과 커다란 포플러 나무는 기묘한 광경을 보게 되었다. 나이 지긋한 영국 대사가 큰 소리로 울부짖으며 정원을 내달렸던 것이다.

갤러웨이 경의 외침 소리를 듣고 서재 쪽으로 들어온 것은 창백한 얼굴의 시몽 박사였다. 그는 이 귀족양반이 외쳐대는 소리를 가장 처음으로 명확하게 알아듣고 번쩍이는 안경 너머로 걱정스러운 눈초리를 보냈다. 갤러웨이 경이 겁에 질려 외친 소리는 "잔디밭에 시체가…… 피투성이가 된 시체가 있어요!"였다. 오브라이언에 대한 생각은 이미 까맣게 잊고 있었다.

그가 숨을 헐떡이며 자신이 본 참혹한 광경을 이야기하자 시몽 박사가 말했다.

"즉시 발렝탱 형사에게 알려야겠습니다. 그가 있어 다행입니다."

하지만 말을 마치기가 무섭게 비명 소리에 놀란 발렝탱 형사가 서재로 들어섰다. 그는 하인이나 손님들 중 한 명이 아픈 것은 아닌가 하는 일상적인 우려를 하면서, 주인된 도리로 그리고 신사된 도리로 이곳으로 향한 듯했으나, 유혈의 살인사건을 전해듣자, 즉시 위엄 있고 날카롭게 지극히 사무적인 자세로 돌아갔다. 아무리 끔찍한 돌발사건이라고는 하지만, 이것을 처리하는 일이야말로 그가 해야 할 일이었던 것이다.

사람들이 모두 정원으로 급히 나오자 발렝탱은 무겁게 입을 열었다.

"기이한 일입니다. 수수께끼 같은 사건을 쫓아 세계 전역을 누비며 다녔는데, 이런 끔찍한 사건이 저희 집 정원에서 벌어지다니. 그런데, 그 현장이 어딥니까?"

그 사이 세느 강에서 피어오른 옅은 안개가 정원을 감쌌기 때문에 그들이 정원을 가로지르는 것이 그리 쉽지만은 않았다. 그래도 겁에 질려 사시나무 떨듯 떨고 있는 갤러웨이 경의 안내를 받으면서 문제의 지점에 도착했다. 그곳에는 떡 벌어진 어깨에 키가 아주 커 보이는 어떤 사내가 엎어져 있었다. 얼굴이 아래쪽을 향했기 때문에, 검정색 옷을 입었고 거의 대머리인 머리통에 마치 젖은 해초처럼 한줌의 갈색 머리카락이 붙어 있다는 사실 외에는 당장 확인할 수 있는 게 없었다. 한줄기 선홍색 피가 뱀같이 그의 얼굴을 타고 흘러내리고 있었다.

"적어도 파티에 참석한 일행은 아니군요."

시몽 박사가 낮고 단조로운 어조로 입을 열었다.

"시몽 박사님, 그를 살펴보시지요. 아직 죽지 않았을 수도 있지 않습니까."

발렝탱이 날카롭게 지적했다.

시몽 박사는 허리를 굽히고 살펴보더니 대답했다.

"아직 몸이 완전히 식지는 않았군요. 하지만 죽은 것 같습니다. 자, 저 좀 도와주시겠습니까?"

조심조심 사내를 땅에서 들어올리던 사람들은 그가 정말 죽었는지에 대해 더이상 의심할 여지가 없게 되었다. 머리가 몸통에서 굴러떨어졌던 것이다. 사람들은 순식간에 공포에 휩싸였다. 발렝탱 형사조차 이 참혹한 모습에 충격을 받은 것 같았다.

"범인이 고릴라같이 힘이 센 녀석인가부군."

의사로서 해부학에 익숙해져 있는 시몽 박사였지만, 떨어져 나간 머리를 들어올리는 데는 등골이 오싹한 전율이 흐르지 않을 수 없었다. 목과 턱 사이를 섬세하게 베어냈으며, 얼굴에는 상처 하나 없었다. 육중하고 누르스름한 얼굴은 퉁퉁 부은 채 움푹 들어가 있었다. 욕심사납게 생긴 코와 무겁게 가라앉은 눈꺼풀이 사악한 로마 황제나, 저 멀리 중국 황제의 모습을 연상시켰다. 모여 있는 사람들은 아무것도 모르는 아주 냉담한 눈으로 그 시신을 바라보았다. 그들은 시체를 들어올렸다. 붉은 핏빛으로 흉하게 얼룩진 흰 셔츠의 앞부분이 눈에 들어왔다. 그 밖에 이 사내에 대해서는 아무것도 알 수 없었다. 시몽 박사가 말했듯이 파티에 참석했던 사람은 아니었다. 하지만 입고 있는 복장으로 봐서는 적어도 파티에 참석하려 했던 것이 분명했다.

발렝탱은 무릎을 꿇고 앉아 그 특유의 정밀하고 전문적인 관찰력을 발휘하여 시체 주변 18미터 정도의 잔디와 주변 바닥을 살펴보았다. 미숙하지만 합리적이고 냉철한 시몽 박사의 도움과 아직 공포에 떨고 있는 영국 대사 갤러웨이 경의 미약한 도움을 받아 샅샅이 조사해보았지만, 잔가지 몇 개를 제외하고는 아무런 증거도 찾을 수 없었다. 발렝탱은 잔가지들 중 하나를 집어들어 잠시 살펴보다가 휙 집어던져버렸다.

"나뭇가지…… 나뭇가지와 머리가 잘려나간 정체 모를 사람의 시체. 이것이 정원에 남아 있는 전부로군요."

발렝탱이 무겁게 입을 열었다.

섬뜩한 고요가 흐르는 공기를 깨고 또 한 번의 외침이 울려 퍼졌다.

"거기 누구요? 그쪽 담 옆에 서 있는 게 누구요?"

충격적인 사건으로 기력이 쇠해진 갤러웨이 경이 외친 소리였다.

안개에 젖은 달빛 속에서 미련해 보일 정도로 머리가 커다란, 작달막한 형체가 머뭇거리며 그들 곁으로 다가왔다. 언뜻 도깨비처럼 보였지만, 가까이 다가오자 그 형체의 주인공이 응접실에 남아 있던 작달막한 신부라는 것을 알 수 있었다.

"저, 이 정원에는 밖으로 통하는 문이 없군요."

신부가 미안한 듯 조심스럽게 말했다.

발렝탱의 검은 눈썹이 심술궂게 치켜져 올라갔다. 그가 성직자를 볼 때마다 특별한 이유 없이 습관적으로 하는 버릇이었다. 그러나 곧 그는 아무렇지도 않게 신부의 말에 그렇다고 대답했다. 그리고는 계속 말을 이었다.

"맞습니다. 자 여러분, 제 말을 잘 들으십시오. 이자가 어떻게 살해되었는지를 알아내기 전에 먼저 이곳에 어떻게 들어왔는지를 알아내야 합니다. 제 지위와 의무를 다하기 위해서는 어쩔 수 없이 여기 계신 모든 분들 중 어느 누구도 예외로 둘 수가 없습니다. 이 자리에는 여러 신사숙녀분들이 계시고, 외국의 대사도 계십니다. 만약 이 사건이 범죄 행위로 판단된다면 그에 상응하는 조사가 행해져야 할 것입니다. 하지만 그때까지는 경찰청장으로서, 저의 자유 재량에 따라 일을 처리하겠습니다. 여러분들 모두의 결백이 입증된 후, 경관들을 불러 수사를 하게 할 생각입니다. 그러니 내일 정오까지 어느 누구도 이 집을 나가서는 안 됩니다. 침실은 충분히 있습니다. 시몽 박사, 입구 대기실에 있는 집사를 아시지요? 그는 믿을 만한 사람이니 그에게 가서 다른 사람에게 그곳을 지키도록 하고 즉시 내게 오라고 전해주십시오. 갤러웨이 경, 경께서는 숙녀분들에게 지금 일어난 일을 잘 이야기해서 놀라는 일이 없도록 해주시기 바랍니다. 숙녀분들 역시 이곳에 남아야 하니 말입니다. 시체 옆에는 브라운 신부와 제가 남겠습니다."

발렝탱이 마치 선장인 양 지시를 내리니, 영국의 대사라 할지라도 나팔수처럼 그 말에 따를 수밖에 없었다. 시몽 박사는 서둘러 총기가 걸려 있는 입구 쪽 대기실로 가서, 청장의 심복을 찾았다. 갤러웨이 경은 응접실로 가서는 이 끔찍한 소식을 요령껏 전해, 다른 사람들이 돌아왔을 무렵에는 응접실에 남아 있던 숙녀들이 이미 놀란 가슴을 진정시킨 후였다. 그 동안 선량한 신부와 선량한 무신론자는 서로 다른 죽음의 철학을 상징하는 조상(彫像)들처럼 죽은 자의 머리맡과 발치에 서 있었다.

얼굴에 흉터가 있고 콧수염을 기른 믿음직스러운 발렝탱의 심복이 당구공처럼 집에서 튀어나와 잔디밭을 가로질러 달려왔다. 그의 창백한 얼굴은 집 안에서 발생한 이 추리소설 같은 사건에 흥분한 나머지 생기마저 돌고 있어서, 시신을 살펴보도록 해달라며 주인에게 허락을 구하는 열성적인 모습은 불쾌하게까지 느껴질 정도였다.

"그러게. 너무 지체하지는 말고. 안으로 들어가서 이 사건을 철저하게 조사해야 하니까."

시체의 머리를 들었다가 거의 놓칠 뻔한 집사가 거친 숨을 몰아쉬며 말했다.

"아니, 이럴 수가…… 어떻게 이런…… 아시는 분이신가요, 주인어른?"

"모르는 자일세. 이만 들어가는 것이 좋겠군."

발렝탱은 무심하게 대답했다.

그들은 시신을 서재에 있는 소파에 끌어다놓고는 응접실로 발걸음을 돌렸다.

발렝탱 형사는 다소 망설이는 듯하다가 조용히 책상에 앉았다. 하지만 그의 눈에는 법정에 앉은 판사처럼 냉철한 빛이 역력했다. 그는 앞에 놓인 종이 위에 재빨리 몇 가지를 적더니 짧게 질문을 던졌다.

"모두 모였습니까?"

"브레인 씨가 안 보이군요."

몽 생 미셸 공작부인이 주위를 둘러보며 대답했다.

"닐 오브라이언 씨도 없는 것 같소. 아까 그 시신에 아직 온기가 남아 있을 무렵 그자가 정원을 거닐고 있는 것을 봤소이다."

갤러웨이 경이 귀에 거슬리는 거친 목소리로 덧붙였다.

"집사, 가서 오브라이언 사령관과 브레인 씨를 모셔오게. 브레인 씨는 식당에서 담배를 피우고 계실 테고, 오브라이언 사령관은, 확실치는 않네만, 거실에 계실 걸세."

충실한 심복이 방에서 쏜살같이 나가자 발렝탱은 다른 누군가가 입을 열거나 흥분할 여유를 주지 않고 절도 있고 신속하게 일을 진행시켰다.

"여러분 모두 아시다시피, 저희 집 정원에서 머리가 몸통에서 떨어진 채 죽은 사내가 발견되었습니다. 시몽 박사님께서 직접 살펴보셨죠? 사람의 목을 그렇게 자르려면 웬만한 힘 갖고는 안 될 것 같은데요? 아주 날카로운 단검을 이용하면 가능한 일입니까?"

"단검으로는 어림없습니다."

창백한 안색의 의사가 말했다.

"가능한 도구가 뭐가 있습니까?"

"요즘 사용하는 것 중에는, 글쎄요……."

시몽 박사는 생각이 잘 안 나는 듯 눈썹을 일그러뜨리며 말을 이었다.

"잘린 부위가 흉하게 남는 경우도 힘들 텐데, 이 경우는 잘린 부위도 아주 매끄럽단 말입니다. 혹 전투용 도끼나 옛날 망나니가 쓰던 칼, 그것도 아니면, 가위칼이라면 모를까……."

"맙소사, 그런 것들이 이곳에 있을 리가 없잖아요!"

공작부인이 기겁을 해서 외쳤다.

"그렇다면, 프랑스 기병대의 기다란 군도는 어떻습니까?"

발렝탱이 여전히 바쁘게 그의 앞에 놓인 종이에 무언가를 적어내려가며 물었다.

그 순간, 문 쪽에서 낮은 노크 소리가 들려왔다. 알 수 없는 이유로, 맥베스의 노크 소리라도 들은 것처럼 모두의 간담이 서늘해졌다. 얼어붙은 듯한 침묵 속에서 시몽 박사는 가까스로 대답을 했다.

"군도라면, 가능할 것 같습니다."

"감사합니다. 들어오게."

믿음직한 집사가 문을 열고 오브라이언 사령관을 안내했다. 집사는 정원에서 그를 찾아냈다.

아일랜드 출신의 장교는 영문을 모르겠다는 듯 입구에 버티고 서 있다가 외쳤다.

"도대체, 왜 이러는 거죠?"

"앉으시지요. 군도를 차고 계시지 않군요. 어쨌습니까?"

발렝탱이 침착하게 물었다.

오브라이언은 혼란스러운 듯이 대답했다.

"서재 탁자에 두고 왔소. 귀찮아서요. 그게 점점······."

"집사, 서재에 가서 사령관의 칼을 가져오게."

말이 떨어지기가 무섭게 집사가 방을 나갔고, 발렝탱의 날카로운 질문은 계속되었다.

"갤러웨이 경이 시신을 발견하기 직전에 당신이 정원에 있는 걸 봤다고 하더군요. 정원에서 뭘 하고 계셨습니까?"

사령관은 의자에 아무렇게나 몸을 던지듯 주저앉더니 외치듯 대답했다.

"달빛을 감상하고 있었죠. 자연과 대화를 하고 있었단 말입니다."

무거운 침묵이 방 안 공기를 누르는 가운데, 침묵을 가르는 작고 끔찍한 노크 소리가 다시 들려왔고, 곧이어 집사가 빈 철제 칼집을 들고 나타났다.

"이것밖에 없었습니다."

"탁자 위에 놓게."

발렝탱 형사는 보지도 않고 짧게 대답했다.

방에는 다시, 사형선고를 받은 살인자의 주변에 흐르는 냉담한 침묵이 바다처럼 묵묵히 흘렀다. 공작부인의 짧고 가느다란 비명 소리도 잦아든 지 오래고 잔뜩 부어올랐던 갤러웨이 경의 증오심도 진정되어갈 무렵, 아무도 예상하지 못한 음성이 잔인하도록 무거운 침묵을 깨고 들려왔다.

"드릴 말씀이 있어요."

갤러웨이 부처의 딸, 마거릿이었다. 그녀는 아주 용감하게 사람들 앞으로 나와, 떨렸지만 분명한 음성으로 입을 열었다.

"제가 말씀드리죠. 오브라이언 씨가 정원에서 무엇을 하고 계셨는지 말예요. 본인은 입을 다물고 계시니 제가 나서야겠어요. 저분은 제게 청혼을 했습니다. 저는 거절했지요. 가족들을 생각해서, 저는 그냥 그분을 존경하는 마음밖에는 전할 수 없다고 말씀드렸습니다."

그리고는 희미한 미소를 띠며 덧붙였다.

"그분은 지금 그 충격 때문에 다른 생각은 하시지 못할 거예요. 전 감히 말씀드릴 수 있습니다. 맹세코, 저분은 그런 짓을 저지를 분이 아니에요."

"조용히 하지 못해!"

갤러웨이 경이 그의 딸을 향해 날카롭게 훈계했다.

"네가 왜 저자를 두둔하려는 게냐? 그럼, 그의 칼은 어디 있다는 소리지? 늘 차고 다니던 그 고약한 기병대용……."

갤러웨이 경은, 모여 있는 사람들의 시선을 잡아끄는 창백한 표정으로 자신을 묘하게 쏘아보고 있는 딸의 얼굴을 보고 갑자기 입을 다물고 말았다.

"아버지는 정말 너무하시군요!"

그녀는 연민의 기색이라고는 한치도 없는 냉정하고 낮은 목소리로 말을 이었다.

"아버지가 지금 무슨 말씀을 하고 있는지 아세요? 전 분명히 오브라이언 씨가 저와 함께 있었다고 말씀드렸어요. 설사 그가 결백하지 않다 해도, 저와 함께 있었던 것은 분명한 사실이란 말예요. 그가 만약 정원에서 살인을 저질렀다면, 그걸 지켜봤던 사람은 누구겠어요? 적어도 그 사실을 알고 있을 사람은 누구겠냐구요? 아버지는 닐이 그렇게도 미우세요? 그래서 아버지의 딸마저도……."

갤러웨이 부인의 비명이 마거릿의 다음 말을 끊어버렸다. 눈앞에서 벌어지고 있는 가족과 연인 간의 비극을 바라보던 사람들은 가슴 아린 감동에 젖어 있었다. 그들은 고귀하고 창백한 얼굴의 스코틀랜드 출신 귀족과 그녀의 연인인 아일랜드 모험가의 모습을 마치 어두운 저택에 걸린 오래된 초상화를 바라보듯 지켜보고 있었다. 오랜 침묵 속에서 저마다 역사에 기록된 살해된 남편들과 표독스런 여자들을 생각하고 있었던 것이다.

이렇게 음울한 침묵이 흐르는 가운데, 한 순진한 사람이 입을 열었다.

"그런데, 아주 긴 담배를 피우나 보죠?"

너무나 갑작스럽게 생각의 변화를 가져오는 질문이어서, 사람들은 모두, 그 말을 꺼낸 사람에게로 일제히 시선을 돌렸다.

방의 한쪽 구석에 있던 브라운 신부였다. 그가 말을 이었다.

"그러니까, 제 말은, 담배를 피우고 계신다는 브레인 씨 말입니다. 담배가 지팡이만큼 길기라도 한 모양입니다. 아직도 모습을 보이지 않으니."

엉뚱한 말임에도 불구하고 모두들 그 말에 동의했다. 하지만 웬일인지 고개를 들어올린 발렝탱의 얼굴에는 짜증스러움이 감돌았다.

"그러고보니 그렇군요."

짧게 대답을 한 발렝탱은 그의 심복을 다그쳤다.

"집사, 가서 브레인 씨를 다시 찾아보고 당장 모셔오게."

집사가 명령에 따라 방을 나가자, 발렝탱은 마거릿을 향해 진심 어린 태도로 말을 건넸다.

"마거릿 양, 이 자리에 계신 모든 분들을 대신하여 사령관의 거취를 해명해주신 것에 대해 감사를 표합니다. 하지만 여전히 설명되지 않는 부분이 있습니다. 갤러웨이 경은 서재 쪽에서 응접실로 향해 가는 마거릿 양을 만나고 나서 불과 몇 분 후에 정원을 거닐고 있는 사령관의 모습을 보았다고 하더군요."

마거릿은 비꼬는 듯한 어조로 대답했다.

"제가 그의 청혼을 거절했는데, 어떻게 팔짱을 끼고 다정하게 함께 돌아올 수 있었겠어요? 어쨌든 저이는 신사예요. 저 때문에 뒤에 남아 정원을 서성이다가 살인 누명까지 쓰게 됐으니 말예요."

"하지만 그 짧은 순간에 사령관이……."

발렝탱이 말을 이으려는 순간 다시 노크 소리가 들렸고, 얼굴이 새파랗게 질린 집사가 들어왔다.

"죄송하지만, 주인어른. 저, 브레인 씨는 떠나셨습니다."

"떠났다고!"

발렝탱이 처음으로 자리에서 벌떡 일어나며 소리쳤다.

"사라졌습니다. 증발해버렸어요. 모자와 코트도 없어졌습니다. 그리고 혹시나 그분 흔적을 찾을까 싶어 집 밖으로 나갔다가 이걸 발견했습니다."

"그게 뭔가?"

초조하게 묻고 있는 주인에게 집사가 내민 것은 칼집도 없이 날카롭게 빛나고 있는, 칼끝과 칼날이 피로 얼룩진 군도였다. 방 안에 있던 모든 사람들은 번개라도 맞은 양 그 칼을 바라보았다. 하지만 노련한 집사는 아주 침착하게 말했다.

"파리로 가는 길목 위쪽으로 사 미터 정도 떨어진 관목 숲에 있었습니다. 브레인 씨가 달아나면서 던져버린 것 같습니다."

방 안에는 다시 새로운 침묵이 흘렀다. 발렝탱은 군도를 받아들고 살펴보더니, 깊은 사색에 잠겼다. 그러고 나서는 오브라이언 사령관에게로 돌아서서 정중하게 말했다.

"오브라이언 사령관, 앞으로 경찰 조사를 위하여 이 칼이 필요할 경우 언제든지 협조해주실 것으로 믿고 이것을 돌려드리도록 하겠습니다."

발렝탱은 들고 있던 군도를 칼집에 철컥 소리가 나게 꽂고는 오브라이언 사령관에게 건네주었다. 마치 공을 세운 군인에게 검을 하사하는 것 같아, 사람들은 하마터면 갈채를 보낼 뻔했다.

이 일은 오브라이언 사령관에게 커다란 전환점이 되었다. 다음날 아침 다시 그 불가사의한 정원을 거닐고 있는 그의 모습은, 평범한 외모에 깃들여 있던 전날의 비극적 공허함은 흔적도 없이 사라지고 세상에서 가장 행복한 사내로 보일 정도였다. 그도 그럴 것이 갤러웨이 경에게서 신사다운 사과를 받았으며, 여성으로서 대담함을 보여준 마거릿도 아침식사 전에 그와 함께 낡은 화단 사이를 거닐면서 사과보다 더 값진 위로의 말을 건넨 것이다. 다른 사람들도 모두 마음이 한결 가벼워지고 자애로워져 있었다. 비록 죽음에 대한 수수께끼가 완전히 풀린 것은 아니었지만, 그들 모두에게서 무거운 혐의가 벗겨져 파리로 도주해버린 잘 알지도 못하는 낯선 백만장자에게 옮겨갔기 때문이었다. 마치 집 전체가 악마의 손아귀에서 풀려난 것 같았다. 하지만 수수께끼는 여전히 남아 있었다. 정원을 거닐던 오브라이언이 날카로운 과학적 사고력을 지닌 시몽 박사 옆에 털썩 자리를 잡고 앉자, 박사는 곧 풀리지 않는 사건의 수수께끼를 화제로 삼았다. 하지만 한결 마음이 밝아진 오브라이언에게서는 특별한 이야기를 끌어낼 수 없었다.

"제가 보기에는 별다른 흥미로운 점은 없는 것 같습니다. 더구나 이젠 모든 것이 명백하게 밝혀졌지 않습니까? 분명 브레인 씨는 이 낯선 자에게 무슨 이유에서인지 증오심을 불태우고 있다가 정원으로 유인해서 서재에 있던 제 칼로 그자를 죽였을 겁니다. 그리고는 칼을 내버리고 시내 쪽으로 도주한 것입니다. 집사가 그러는데, 죽은 자가 입고 있던 옷에서 미화가 나왔다고 하더군요. 브레인 씨의 고향 사람일지도 모르죠. 딱 맞아떨어지는 것 같지 않습니까? 저는 이 사건에 대해 문제가 될 것이 없다고 봅니다."

"그렇지만, 아직 풀리지 않는 의문이 다섯 가지나 있어요. 벽을 넘으니 더 높은 벽이 가로막고 있는 것 같단 말입니다. 아, 오해는 마십시오. 저도 이 사건의 범인이 브레인 씨라는 점에는 의심을 하지 않습니다. 도주를 한 걸 봐도 알 수 있지요. 하지만 어떻게 이런 일을 저질렀을까요? 첫번째 의문은, 왜 그 커다랗고 무시무시한 군도로 사람을 죽였느냐 하는 겁니다. 잘 드는 주머니칼로 살해하고 도로 주머니에 넣어두면 그만 아닙니까? 두번째는, 이런 사건이 발생하는 동안 어째서 소란을 피우는 소리는커녕 외마디 비명 소리조차 들리지 않았는가 하는 점입니다. 보통은 누구나 군도같이 커다란 무기를 휘두르며 나타나는 상대를 봤다면, 최소한 비명을 지르지 않을까요? 세번째는 집사가 저녁 내내 앞문을 지키고 있었을뿐더러, 발렝탱 형사의 정원은 아시다시피, 쥐새끼 한 마리 들어올 수 없는 구조가 아닙니까? 네번째, 같은 조건에서, 어떻게 브레인 씨가 정원을 빠져나갈 수 있었느냐 하는 겁니다."

"다섯번째는요?"

오브라이언 사령관이, 길을 따라 천천히 다가오고 있는 영국 신부에게 시선을 고정시키며 물었다.

"아주 사소한 거긴 하지만 제 생각에는 조금 이상해서요. 제가 처음으로 머리가 잘린 부위를 살펴봤을 때, 한 번 이상의 참상을 당한 것 같았단 말입니다. 잘린 부위에 칼자국이 여럿 있었어요. 다시 말해서, 머리가 떨어져나간 다음에도 다시 한번 베어졌다는 말이 되겠지요. 브레인이 과연 달빛 아래 서서 그 시신을 군도로 잔인하게 난도질할 만큼 상대를 증오했을까요?"

"끔찍하군요!"

오브라이언이 몸서리를 치며 말했다.

작달막한 브라운 신부는 두 사람 곁에 이미 당도해서 이야기를 듣고 있었다. 특유의 수줍음 때문에 이야기가 끝나기를 기다리던 브라운 신부는 어색하게 말을 꺼냈다.

"방해해서 죄송하지만 두 분께 새로운 소식을 전해드리러 왔습니다."

"새로운 소식이라니요?"

시몽 박사는 괴로운 듯이 안경 너머로 신부를 바라보았다.

"그렇습니다. 유감스럽게도 또다른 살인사건이 일어났다는군요."

이야기를 나누던 두 사람 모두 자리에서 퉁겨져 나가듯 일어났다.

신부가 그의 둔한 시선을 진달래꽃에 고정시키고는 말을 이었다.

"그보다 더 기이한 일은 전과 똑같이 끔찍한 방법으로 또 머리가 잘려나갔답니다. 사람들 얘기로는 브레인 씨가 달아난 길에서 몇 미터 떨어진 강에서 피가 흐르는 두번째 머리를 찾았다고 하더군요. 그래서 모두들 브레인 씨가……."

"맙소사, 브레인 그자가 미치광이 편집증 환자란 말인가요?"

오브라이언이 참지 못하고 소리를 질렀다.

하지만 브라운 신부는 침착함을 잃지 않고 계속해서 말을 이었다.

"미국식 복수 방법일지도 모르죠. 모두들 서고에서 두 분을 기다리고 있습니다."

소름끼치는 전율을 느끼면서 오브라이언 사령관은 시신을 살펴보러 서고로 향하는 두 사람을 따랐다. 군인으로서, 그는 모든 것이 이렇게 비밀스러움에 휩싸인 대학살이 끔찍이도 싫었다. 이유도 알지 못한 채 목을 절단하는 이 범죄가 어디까지 계속될 것이란 말인가? 첫번째 머리가 잘려나갔고, 이제 또다른 하나가 참상을 당했다. 이런 경우에는 두 개의 머리가 하나보다 낫다는 말을 쓸 수 없는 거겠지, 오브라이언은 씁쓸하게 중얼거렸다. 서재를 가로지르던 오브라이언은 충격적인 우연을 발견하고 갑자기 중심을 잃고 비틀거렸다. 발렝탱의 탁자 위에, 피를 뚝뚝 흘리고 있는 세번째 머리의 그림이 놓여 있는 것이 아닌가? 자세히 보니 국수주의자들이 펴내는 〈단두대〉라는 신문이었다. 이 신문은 매주 정치적인 반대 세력 중 한 사람을 선정하여 가상으로 처형을 시킨 다음, 눈알이 튀어나오고 얼굴이 일그러진 모습을 기사에 실었다. 이번 목표는 발렝탱이었고, '반-성직자'라는 짤막한 설명이 붙어 있었다. 오브라이언은 죄악을 저지를 때에도 일종의 고상함을 지키는 아일랜드인이었다. 그는 프랑스에서만 볼 수 있는 지성인들의 저 잔혹함에 분노가 치밀었다. 그는 고딕 양식 교회에의 기괴함에서부터 신문에 난 야만스럽기 그지없는 캐리커처에 이르기까지 나타난 파리에 대해 생각해보았다. 그는 프랑스 혁명을 붉게 물들였던 감정의 회오리를 기억해냈다. 발렝탱의 탁자에 놓인 살벌한 기사에서부터 괴물 형상의 돌기둥 조각이 가득한 숲과 산, 그리고 거대한 악마가 웃고 있는 노틀담 사원에 이르기까지 도시 전체가 하나의 사악한 에너지처럼 느껴졌다.

　서고는 길고 어두웠으며, 블라인드가 낮게 내려진 창에서 들어오는 빛은 아직 불그스름한 아침의 색조를 띠고 있었다. 발렝탱과 그의 집사는 약간 경사가 진 책상 끝에서 그들을 기다리고 있었는데, 그 책상에는 여명의 빛을 받아 아주 거대해 보이는 시신이 놓여 있었다. 크고 시커먼 시신은 어젯밤 발견된 모습 그대로였고, 아침에 강가 갈대밭에서 발견된 두번째 머리가 그 옆에서 물을 뚝뚝 흘리고 있었다. 발랭탱의 다른 하인들은 강 위로 떠오를지 모를 두번째 몸통을 찾고 있었다. 예민한 오브라이언 사령관은 속이 뒤집어질 것 같았지만 브라운 신부는 그 두번째 머리로 다가가 주의 깊게 살피기 시작했다. 그 모습이 마치 흠뻑 젖은 걸레 같아 보였다. 붉은 아침 햇살이 비친 백발 언저리가 불타는 듯한 은빛으로 빛나고 있었다. 범죄형으로 보이는 얼굴은 보랏빛으로 변해 있었고, 물 속에서 이리저리 휩쓸리는 사이 나무와 돌에 심하게 부딪쳤는지 긁힌 흔적이 역력했다.

"편안히 주무셨소, 오브라이언 사령관. 브레인 씨가 지난 밤 또다른 범행을 저질렀다는 소식은 들으셨지요?"

발랭탱 형사가 진심 어린 목소리로 조용히 말을 건넸다.

브라운 신부는 여전히 백발이 성성한 머리통에 몸을 바투 당긴 채 입을 열었다.

"이번 사건 역시 브레인 씨 짓이라고 확신하시는 것 같군요."

"당연한 것 아닙니까? 이전과 같은 방식으로 살해되었고, 먼저 사건이 발생한 지점에서 불과 몇 미터 떨어지지 않은 곳에서 발견됐으니까요. 게다가 브레인 씨가 가지고 도망갔던 것과 같은 무기로 범행이 저질러졌단 말입니다."

"그렇군요, 그래요. 알겠습니다. 하지만 그래도 여전히 의심이 가는군요."

"그게 무슨 말씀이십니까?"

시몽 박사가 날카롭게 물었다.

"사람이 자신의 목을 벨 수 있습니까? 알 수 없는 일이군요."

오브라이언은 미치광이 같은 세상이 자신의 귀를 마구 후려치고 있는 듯한 충격에 휩싸이고 말았다. 하지만 시몽 박사는 맹렬한 기세로 잘린 머리통에 다가가서 축 늘어진 백발을 걷어 올렸다.

"왼쪽 귀에 생채기 자국이 선명한 걸로 봐서 브레인 씨가 분명합니다."

브라운 신부가 조용히 말을 이었다.

흐트러짐 없이 번뜩이는 눈으로 브라운 신부를 지켜보던 발렝탱 형사가 마침내 굳게 다물었던 입을 열어 날카롭게 물었다.

"그를 잘 아시는 모양이군요, 브라운 신부님."

"예, 잘 알다마다요. 브레인 씨가 우리 교회의 신자가 되려는 생각을 하고 계셨기 때문에, 몇 주를 함께 보냈답니다."

발렝탱의 눈에 광기가 번뜩이는가 싶더니, 양손을 꽉 움켜쥐고는 신부를 향하여 성큼 다가서서는 폭발적인 냉소를 띠면서 소리를 질렀다.

"그렇다면, 전 재산을 신부님네 교회에 남기겠다는 생각도 했을지 모르겠군요."

"그랬을 수도 있습니다. 가능한 일이지요."

브라운 신부가 덤덤하게 대답했다.

섬뜩한 미소를 지으며 발렝탱 형사가 말을 받았다.

"그렇다면 신부님께서는 브레인 씨에 대하여 아주 많은 것을 알고 계시겠군요. 그의 인생에 관해서나, 그의……."

그때 오브라이언 사령관이 발렝탱의 팔에 손을 얹으며 말했다.

"쓸데없는 언쟁은 그만두시지요. 아직 더 많은 살육이 있을지도 모르지 않습니까."

그러나 발렝탱 형사는 이미 흔들림 없고 겸허한 신부의 시선에 압도되어 이성을 되찾은 뒤였다. 그는 다시 사무적인 태도로 돌아가 짤막하게 말을 했다.

"각 개인의 의견은 보류하도록 하겠습니다. 약속대로 여러분 모두는 이 집에 머무셔야 하며, 스스로는 물론 서로를 통제하여주십시오. 여기 집사가 여러분들이 궁금해하시는 일에 대해 대답해줄 겁니다. 저는 당국에 제출할 보고서를 작성해야겠습니다. 이 일을 더이상 묵인할 수 없게 되었습니다. 서재에 있을 테니 다른 소식이 더 있으면 알려주시기 바랍니다."

"다른 소식은 없나, 집사?"

발렝탱이 말을 마치고 방을 성큼성큼 걸어 나가자, 시몽 박사가 물었다.

"한 가지 더 있습니다. 아주 중요한 거죠. 정원 잔디에서 발견된 저 나이 든 사내에 대한 것입니다."

나이 든 잿빛 얼굴을 잔뜩 찌푸리며 집사가 누런색 얼굴의 머리와 함께 놓여 있는 커다랗고 시커먼 시신을 가리켰다.

"저자가 누군지 알아냈습니다."

"정말인가! 그래, 누군가?"

시몽 박사가 놀라움을 감추지 못하고 물었다.

"이름은 아놀드 베커, 여기저기 가명을 쓰면서 다녔더군요. 떠돌아다니는 건달인데, 미국에도 체류를 했던 모양입니다. 그래서 브레인 씨가 그자에게 칼을 겨눴던 거죠. 우리하고는 별 상관이 없습니다. 주로 독일에서 활동했기 때문에 독일 경찰의 도움을 많이 얻었지요. 그런데 이상하게도 루이스 베커라는 쌍둥이 형제가 있었지 뭡니까. 사실 그자는 바로 어제 단두대에서 처형됐습니다. 어제 잔디밭에 뻗어 있는 저자의 시신을 보았을 때, 놀라서 기절할 뻔했습니다. 제가 만약 루이스 베커가 단두대에서 참형을 당하는 것을 직접 보지 않았더라면, 정원 잔디밭에서 발견된 시체가 영락없이 그자라고 믿었을 겁니다. 조금 있다가 독일에 그자의 쌍둥이 형제가 있었다는 사실을 기억해냈고 단서들을 추적하다보니……."

열심히 설명을 하던 집사가 갑자기 입을 다물었다. 아무도 자신의 이야기를 듣지 않고 있었기 때문이다. 오브라이언 사령관과 시몽 박사는 모두 갑자기 벌떡 일어나, 급작스럽고 격렬한 통증에 시달리는 사람처럼 양쪽 관자놀이를 꽉 움켜쥐고 있는 브라운 신부를 뚫어지게 쳐다보고 있었다.

"그만, 그만, 잠깐 이야기를 멈추어주시오. 절반은 알 것 같군. 오, 신이시여, 힘을 주소서. 내 두뇌가 한 걸음 도약해서 모든 것을 이해할 수 있도록 도와주십시오. 오, 도와주십시오! 한때는 아퀴나스에서 무작위로 한 페이지를 골라 해석할 수 있을 정도로 머리가 잘 돌아갔었는데. 머리가 반으로 쪼개지는 것 같아. 아, 반은 알겠는데, 반밖에 모르겠군."

신부는 고통스럽게 머리를 양손으로 감싸쥐고는 깊은 사색이나 기도를 하는 것처럼 그 자리에 꼼짝 않고 서 있었는데, 그동안 나머지 세 사람은 그것이 자신들이 열두 시간 동안 겪은 힘겨운 사건의 마지막 조짐이라도 되는 듯이 이 모습을 넋을 잃고 바라보고 있을 뿐이었다.

마침내 브라운 신부가 손을 내렸을 때 그의 얼굴에는 어린아이같이 선선하고 다소 심각한 표정이 서려 있었다. 그는 깊은 한숨을 몰아쉬고는 입을 열었다.

"가능한 빨리 이 문제를 해결해보도록 합시다. 이 방법이 여러분 모두에게 진실을 알리는 가장 빠른 방법이 될 것 같습니다."

그리고는 시몽 박사를 향하여 말을 이었다.

"시몽 박사님, 당신은 명민한 두뇌의 소유자이십니다. 오늘 아침에 언뜻 들으니, 이번 사건에 다섯 가지 의문이 있다고 하시던데요. 자, 지금 그것들을 다시 한번 말씀해주시겠습니까? 제가 하나씩 답변을 해드리겠습니다."

시몽은 의구심과 호기심으로 그의 코안경을 벗고 바로 질문을 했다.

"첫번째 궁금한 것은 왜 범인이 단검을 사용하지 않고 그 불편한 군도를 썼는가 하는 점입니다."

"단검으로는 목을 벨 수 없기 때문입니다. 이 살인극에서는 목을 베는 것이 필수적으로 필요했을 테니까요."

브라운 신부가 조용히 말했다.

"왜죠?"

오브라이언이 흥미롭게 물었다.

"그럼, 다음 질문은 뭐였지요?"

브라운 신부는 아무런 대꾸 없이 다시 시몽 박사에게 물었다.

"왜 살해당한 남자가 아무런 비명도 지르지 않았는가 하는 점이오. 정원에서 군도를 휘두르는 일은 누가 봐도 기이한 일 아닙니까."

"나뭇가지요."

신부는 우울하게 대답하고는 시신이 발견된 장소가 바라다보이는 창문으로 몸을 돌리며 말을 이었다.

"아무도 나뭇가지에는 관심을 두지 않더군요. 근처에 나무라고는 한 그루도 없는 저 잔디밭에 왜 나뭇가지들이 떨어져 있었을까요? 보면 아시겠지만, 나무는 시체가 놓여 있던 곳에서 저렇게 멀리 떨어져 있지 않습니까. 시신 주변의 그 가지들은 부러져 있는 것이 아니라 베어져 있었습니다. 살인자는 상대로 하여금 군도를 이용한 묘기에 집중하도록 했을 것입니다. 공중에서 가지를 자른다거나 하는 그런 묘기 말입니다. 그리고는 상대가 결과를 확인하기 위하여 허리를 굽혔을 때, 조용히 군도를 내리친 것입니다."

"글쎄요, 정말 그럴듯한 이야기이긴 합니다만, 다음으로 제가 드리는 두 질문에는 어떻게 대답을 하실지 궁금하군요."

신부는 여전히 무언가를 조사하듯 창 밖을 내다보며, 다음 질문을 기다리고 있었다.

"아시다시피 정원은 밀실처럼 완전히 봉쇄되어 있습니다. 어떻게 낯선 사람이 정원으로 들어올 수 있었겠습니까?"

작달막한 신부는 뒤도 돌아보지 않은 채 대답했다.

"정원에는 낯선 사람이라고는 애초에 없었습니다."

잠시 침묵이 흐르더니, 갑작스레 어린아이 같은 웃음소리가 터져나왔다. 브라운 신부의 기묘한 대답에 발렝탱의 심복, 집사가 실소를 터뜨렸던 것이다.

"아니, 그러면 우리가 어젯밤에 소파 위에 끌어다놓은 저 육중한 시체는 뭐란 말입니까? 그자가 정원으로 들어오지 않았다면 말입니다."

"정원으로 들어왔다고? 천만에! 과연 그럴까?"

브라운 신부가 단호하게 말했다.

"도대체 무슨 소리를 하고 계시는 거요?"

시몽 박사가 언성을 높였다.

"그럴 필요가 없었다는 겁니다. 자, 박사님 다음 질문은 뭐였죠?"

신부가 희미한 미소를 띠며 말했다.

"신부님께서는 참으로 짓궂으시군요. 하지만 원하신다면, 다음 질문을 하겠습니다. 브레인 씨는 어떻게 정원을 나갔습니까?"

"그 사람은 정원을 나가지 않았습니다."

여전히 창 밖을 내다보며 신부가 대답했다.

"정원을 나가지 않았다고요?"

시몽 박사가 결국 폭소를 터뜨리고 말았다.

"한 발짝도요."

브라운 신부가 단호히 못박았다.

시몽 박사가 더이상 참지 못하고 벌떡 일어나 화를 냈다.

"나는 이런 말도 안 되는 이야기를 듣는 데 낭비할 시간이 없소이다. 앞뒤 구별도 못하는 사람하고는 더이상 이야기를 하고 싶지 않소."

"시몽 박사, 그 동안 우리는 아주 친하게 지내지 않았소. 우정을 생각해서라도 마지막 다섯번째 질문을 던져주시오."

신부가 부드럽게 시몽 박사를 달랬다.

성미 급한 시몽 박사는 문 옆에 있는 의자에 다시 몸을 앉히고는 짤막하게 말했다.

"머리가 베어진 방식이오. 베어낸 부분이 잘 맞지 않는 것 같았습니다."

"그렇습니다. 박사님께서 거짓을 사실이라고 받아들이게 하기 위하여 범인이 해놓은 짓입니다. 떨어져나간 머리의 주인이 그 시체라는 것을 박사님이 수긍하도록 만들기 위해서 말입니다."

아일랜드 출신의 젊은이의 머리에서 온갖 괴물의 형상들이 떠올랐다. 그는 마치 반인 반마나 인어 같은, 인간도 아니고 동물도 아닌 괴상한 존재를 눈앞에 두고 있는 것 같은 혼란을 느꼈다. 오래된 말씀이 그의 귓가에 들리는 듯했다.

"두 개의 열매가 열리는 나무가 자라는 정원에 가까이 가지 말라. 두 개의 머리를 가진 인간이 죽음을 당했던 악마의 정원에 발을 들여놓지 말라."

그러나 이 아일랜드인은 마음속에 떠오르는 상징적 이미지들을 곧 지워버리고 프랑스화된 지성으로 돌아와, 다른 사람들과 마찬가지로 이 기묘한 신부를 믿을 수 없다는 듯 뚫어지게 보고 있었다.

마침내 브라운 신부가 몸을 돌렸다. 그의 얼굴에 어두운 그림자가 드리워졌다. 그의 얼굴은 백지장같이 창백해져 있었다. 그러나 신부는 모든 혼란스러움을 떨쳐버린 듯, 매우 냉정하고 이성적으로 말을 이었다.

"여러분, 우리에게 발견된 시신은 베커라는 낯선 자의 것이 아닙니다. 시몽 박사의 합리적인 방식을 따른다면, 베커라는 자의 시신 역시 일부 이곳에 있긴 합니다. 자, 보십시오! 여러분 중 이자를 본 사람은 아무도 없을 겁니다. 그렇다면, 이 사내는 보신 적이 있습니까?"

신부는 재빨리 누런색 얼굴의 민둥머리를 치우고 그 자리에 백발의 머리통을 붙였다. 그러자 한치의 오차도 없이 줄리어스 브레인이 그 자리에 누워 있는 것이었다.

브라운 신부는 조용히 말을 이었다.

"살인자는 상대의 목을 쳐서 머리와 군도를 벽 너머로 멀리 던졌습니다. 그만큼 영리한 자입니다. 그리고 나서, 준비해둔 다른 머리를 시체에 붙였습니다. 그러니 저는 물론이고 여러분 모두 낯선 사람이라고 생각을 했던 겁니다."

"다른 머리라고 하셨습니까? 그게 무슨 말이죠? 사람 머리가 정원 덤불서 자라는 것도 아닐 테고, 안 그렇습니까?"

오브라이언이 브라운 신부를 빤히 쳐다보며 말했다.

"물론 사람 머리가 정원에서 자랄 리 없지요. 하지만 사람의 머리를 얻을 수 있는 곳은 한 군데 있습니다. 단두대의 바구니 말입니다. 경찰청장인 아리스티드 발렝탱이 살인사건 발생 한 시간도 되기 전에 입회해 있던 바로 그곳 말입니다. 자, 여러분, 저를 비난하기 전에 잠시만 제 말씀을 좀 들어보십시오. 발렝탱 청장은 정직한 사람입니다. 만약 정직이라는 것이 논쟁의 여지가 있는 주장에 미쳐 있는 상태를 가리키는 것이라면 말이죠. 그의 차가운 잿빛 눈을 보셨습니까? 그에게서 어떤 광기를 느끼지 못하셨습니까? 그는 자신이 '십자가의 미신'이라고 부르는 것을 타파하기 위해서라면 어떤 짓도, 그 어떤 짓도 서슴지 않고 할 사람입니다. 그는 이를 위해 싸워왔고, 이를 갈망했으며, 이 때문에 결국 살인까지 저질렀습니다. 브레인 씨는 지금까지 많은 단체에 골고루 기부를 해오셨습니다. 그런데 싫증을 잘 내는 회의주의자들이 흔히 그렇듯이, 브레인 씨가 우리 교회쪽으로만 마음을 두고 있다는 소문이 전해지자 사정이 달라졌지요. 그런 식으로 나간다면 브레인 씨는 언젠가 돈 없고 싸움질만 하는 프랑스 교회에 자금을 쏟아넣을 것이고 〈단두대〉 같은 여섯 개의 국수주의 신문을 지지하게 될 것이라 생각한 것입니다. 전쟁은 이미 시작될 지점에 와 있었고 광기에는 불이 붙었죠. 발렝탱 청장은 결국 이성을 잃고 이 억만장자를 살해하기로 결심을 굳혔습니다. 그리고는 위대한 탐정들이 자신들의 범죄를 저지르는 데 쓸 만한 방법을 이용했던 것입니다. 그는 범죄학 연구에 필요하다는 구실로 베커의 머리통을 공무용 가방에 담아 집으로 가져왔습니다. 그리고 브레인 씨와 마지막 논쟁을 벌였지요. 갤러웨이 경은 밖으로 나가는 바람에 그 나머지 부분을 다 듣지 못하셨죠? 그 논쟁에서도 별 성과가 없자, 발렝탱 청장은 밀폐된 정원으로 브레인 씨를 끌어내어 나뭇가지와 군도로 그의 주의를 끌다가 결국……."

집사가 발끈하며 일어나 소리쳤다.

"이런 정신 나간 놈을 봤나. 주인어른께 당장 가자. 내가 네 놈을 끌어다가……."

"저런, 나도 그를 만나러 가야 하네. 이 모든 것에 대해 참회를 하도록 해야지."

신부가 무겁게 입을 열었다.

서고에 모여 있던 사람들은 우울한 기분에 사로잡힌 브라운 신부를, 마치 인질이나 희생양이라도 되는 듯 앞세우고 발렝탱의 서재로 몰려갔다. 서재는 침묵에 휩싸여 있었다.

저 위대한 형사 발렝탱은 너무나 일에 열중한 나머지 문에서 들려오는 소란스러운 소리를 듣지 못했는지, 사람들이 안으로 들어섰는데도 아무런 미동도 보이지 않았다. 그들은 모두 잠시 멈추어 섰다. 이윽고 곧게 굳어 있는 그 우아한 뒷모습을 보고 불안을 느낀 시몽 박사가 갑자기 앞으로 나갔다. 박사가 살짝 손을 대자, 발렝태의 몸이 앞으로 푹 고꾸라지면서 그의 팔꿈치 밑으로 작은 환약 상자가 툭 떨어졌다. 발렝탱은 그의 의자에서 죽어 있었던 것이다. 눈을 굳게 감은 채 자살을 한 그의 얼굴에는 카이사르와의 전투에 패한 뒤 자결한 용장 대(大) 카토보다도 더 큰 자긍심이 서려 있었다.

이상한 발걸음 소리

지옥과 같은 고통스런 작업에서 탄생하는 것이

예술작품만은 아니니까요. 범죄도 그 일부입니다.

만일 당신이, 입회 조건이 아주 까다로운 '열두 명의 참된 어부들' 클럽의 회원이 연례 만찬 참석차 버논 호텔로 들어가는 것을 보게 된다면, 그가 벗어놓는 코트가 검정색이 아니라 초록색이라는 것을 알게 될 것이다. 만약, 당신이 그 사람에게 감히 말을 걸 정도로 대담하다는 가정하에서, 그에게 이유를 물어본다면, 그는 호텔 종업원과 혼동될까봐 그렇게 한다고 대답할 것이다. 이쯤 되면 당신은 더이상 뭘 묻고 싶은 생각이 없어질지도 모른다. 그러나 그렇게 되면 당신은 여전히 풀리지 않는 수수께끼와 들을 만한 가치가 있는 이야기들을 듣지 못한 셈이다.

혹은 만일, 이것도 일어날 것 같지 않은 상황이라는 측면에서 일맥 상통하기는 하지만, 당신이 온화하고 성실하고 작달막한 브라운이라는 신부를 만나서 그의 인생에서 가장 행운이었다고 생각하는 순간을 묻는다면, 그 신부는 지나가는 몇 개의 이상한 발걸음 소리만을 듣고 사람을 죄에서 구하고 범죄를 막아냈던 버논 호텔에 있었을 때라고 대답할 것이다. 그는 아마도 자신의 엉뚱하고도 훌륭한 추리력을 조금은 자랑스럽게 여긴 나머지 이 이야기를 해줄지도 모른다.

하지만 당신이 '열두 명의 참된 어부들' 클럽 사람들을 만날 정도로 높은 사회적 지위에 오르거나, 슬럼가 혹은 범죄자들의 소굴로 브라운 신부를 찾아갈 만큼 낮은 지위로 떨어질 가능성은 절대적으로 희박하기 때문에, 내가 여기서 이 이야기를 해주지 않는다면, 당신은 이 이야기를 들을 기회가 영 없어질 것이다.

'열두 명의 참된 어부들' 회원들이 연례 만찬을 가졌던 버논 호텔은 과두 정치 사회에서나 존재할 법한, 깍듯한 매너를 철저하게 지키는 곳이었다. 소위 '조건식' 사업 방식을 택하는 특이한 곳이었는데, 그들은 사람들을 끌어들이는 것이 아니라 찾아온 사람들을 돌려보냄으로써 이익을 확장해나갔다. 금권 정치의 심장부에 있다보면 사업가들은 고객들보다 더욱 까다로워진다. 그들은 보다 까다로운 조건들을 만들어냄으로써, 안달이 난 돈 많은 손님들이 이 조건들을 충족시키는 데 돈을 쓰고 외교적 수완을 부리도록 부추기는 것이다. 만일 런던에 키가 180센티미터 미만인 사람들의 출입을 금하는 일류 호텔이 있다면, 180센티미터가 되는 사람들은 자기들끼리 사교 클럽을 만들어 너무나도 자연스럽게 이 호텔에서 저녁 만찬을 즐길 것이다. 또, 단지 경영자의 변덕으로 목요일 오후에만 문을 여는 고급 식당이 있다면, 목요일 오후 그 식당은 발디딜 틈 없이 사람들로 붐비게 될 것이다.

버논 호텔은 마치 우연처럼, 하이드 파크와 버킹엄 궁전 인근의 화려한 주택 지구, 벨그라비아에 있는 광장 한 귀퉁이에 위치하고 있었다. 호텔은 규모도 작고 불편한 곳이었다. 하지만, 바로 그 점들이 특정 부류의 사람들에게는 자신들을 안심시킬 보호벽으로 여겨졌다. 가장 대표적이고 결정적인 불편함은 이곳에서 함께 저녁 만찬을 할 수 있는 사람의 숫자가 스물네 명을 넘지 못한다는 점이었다. 런던에서 가장 오래되고 아름다운 정원들 중 하나가 내려다보이는 야외 베란다에 놓인 커다란 테이블이 이 호텔의 유일한 저녁 만찬 테이블이었다. 따라서, 따뜻한 바깥 날씨를 즐기며 식사를 즐길 수 있는 곳도 이 스물네 개의 좌석뿐이었다. 즐거움이 커질수록 점점 자리를 잡기 힘들게 되었고, 사람들은 그 자리를 더 절실히 원했다. 호텔 경영인은 레버라는 이름의 유대인이었는데, 이렇게 좌석 수에 제한을 두어 거의 백만장자가 되었다. 물론 이런 제한적인 조건들을 신중하고 고급스러운 사업 수완과 적절하게 결합한 결과였다. 이 호텔의 와인과 요리는 유럽의 어느 유명 식당에도 뒤지지 않는 맛과 품위를 유지했으며, 시중을 드는 종업원들 역시 영국 귀족 가문의 양식을 그대로 따랐다. 호텔의 주인은 이들에 대해 손바닥 보듯 훤히 알고 있었다. 종업원 숫자는 열다섯 명밖에 되지 않았는데, 항간에는 이 호텔 종업원 되기가 의회로 나가는 것보다 더 어렵다는 말이 떠돌 정도였다. 종업원들은 하나하나가 마치 귀족의 충실한 심복처럼, 식사하는 신사 개개인에게 마치 전담 종업원처럼 시중들면서, 철저하게 침묵을 지켰고 더하여 부드러움까지 겸비하고 있었다.

'열두 명의 참된 어부들' 클럽의 회원들은 고급을 고집했기 때문에, 아무 장소에서나 저녁 만찬을 즐기는 법이 없었다. 게다가, 자신들이 저녁식사를 하는 동안 내부에 다른 사람들이 함께 있는 것도 허용하지 않았다. 그들은 연례 만찬을 하는 동안, 마치 비밀 장소에라도 와 있는 듯 자신들의 보물들을 꺼내놓곤 했다. 그들이 보물이라 내보이는 것들은 생선 요리용 나이프와 포크들이었는데, 이 클럽에서는 훈장과도 같은 물건들이었다. 아주 정교하게 만들어진 물고기 모양 은제품으로, 각각의 손잡이에는 커다란 진주가 하나씩 박혀 있었다. 이들은 생선 요리 코스마다 항상 이 물건들을 내놓았는데, 훌륭한 생선 요리와 가장 완벽하게 어울리는 도구라 하지 않을 수 없었다.

이 클럽에는 아주 많은 의식과 규칙이 있었지만, 모임 자체는 전통도 없고 목적도 없는 지극히 귀족주의적인 모임일 뿐이었다. '열두 명의 참된 어부들'이 되려면 이런 조건을 갖추어야 한다, 라는 규정은 없었다. 이미 자격을 갖춘 게 아니라면 이 클럽에 대해서 들어본 적조차 없을 것이기 때문이었다. 오들리라는 사람이 12년째 지속된 이 모임의 회장이고, 부회장은 체스터 공작이었다.

호텔의 놀라운 분위기를 이 정도로 전달했으니, 당신은 내가 어떻게 이 모든 것을 알게 되었는지 궁금해할 것이며, 나의 절친한 친구이자 평범한 사람에 불과한 브라운 신부가 어떻게 그 까다로운 장소에 들어가게 되었는지를 생각해내느라 고심하고 있을 것이다. 나의 대답은 간단하고 아주 평범하다. 이 세상에는, 아무리 훌륭하고 견고한 은신처라 해도, 모든 인간은 한 배에서 나온 형제요, 모두가 평등하다는 소식을 전하는 늙고 난폭한 민중 선동자가 있으니, 이 평등주의자가 창백한 말*에 올라

---

* "보라, 창백한 말이 있나니, 이에 올라타는 자의 이름을 죽음이라 하느니라"—요한 계시록 6장 8절.

탈 때면, 이를 따라가는 것이 브라운 신부가 해야 할 일이었다.

그날 오후 이탈리아인 종업원 한 명이 마비 증세를 일으키며 쓰러졌고, 갑작스럽고 불길한 징조를 느낀 유대인 주인이 가장 가까이 있는 로마 가톨릭 신부를 불러오도록 했던 것이다. 그 종업원이 브라운 신부에게 참회한 내용은 성직자 자신만이 간직해야 하는 비밀이지만, 신부는 몇 가지 잘못을 바로잡거나 혹은 유언을 전달하기 위해 약간의 기록을 해둬야 하는 상황에 처했다. 그러므로 브라운 신부는 자신이 버킹엄 궁전에 있었다 해도 똑같이 보여주었을 지극히 온화하고 당당한 태도로 자신이 이 작업을 할 수 있는 방과 필기도구를 빌려달라고 요청했다. 호텔 경영자인 레버는 어찌할 바를 몰랐다. 그는 친절한 사람이었지만, 소동이나 난처한 일이 일어나는 것을 싫어했다. 동시에 그날 저녁은 클럽의 저녁 만찬이 있던 터라, 호텔에 이런 이례적인 이방인이 든 것 자체가, 깨끗하게 청소해놓은 곳에 눈에 확 띄는 검은 얼룩이 지는 것과 같았다. 버논 호텔에는 빈 방이나 곁방이란 것이 없었다. 기다리는 사람도 없었으며, 갑작스럽게 들어오는 손님도 없었다. 그날 밤에 종업원 열다섯 명과 손님 열두 명만이 있어야 했다. 호텔에 새로운 손님을 들인다는 것은 일반 가정의 아침식사 시간에 새로운 형제를 자기 가족의 일원으로 받아들여야 하는 상황이 벌어진 것만큼이나 청천벽력 같은 일이었다. 게다가 신부의 외모는 지극히 평범했으며, 입고 있는 옷에는 여기저기 진흙도 묻어 있었다. 언뜻 봐도 클럽의 명성에 누를 끼칠 것이 자명했다. 하지만 이미 돌이킬 수 없게 되었다는 걸 안 레버는 마침내 이를 은폐할 계획을 떠올렸다. 만약 당신이, 전혀 그럴 일은 없겠지만, 버논 호텔에 들어서면, 음침하지만 유명한 그림 몇 점이 걸린 짧은 통로를 지나 오른쪽으로는 객실 복도가 이어지고 왼쪽으로는 호텔의 주방과 사무실로 연결되는 라운지로 들어서게 된다. 라운지에서 바로 왼쪽에 유리로 된 사무실 모퉁이가 나올 것이다. 건물 안 건물이랄까? 한때는 이곳에 호텔 바가 있었는지도 모를 일이다.

이 사무실에 바로 호텔 경연자인 레버가 앉아 있었다. 그런 지위에 있는 사람은 꼭 필요한 때가 아니면, 웬만해선 모습을 드러내지 않는 법이었다. 사무실을 지나 종업원 휴게실로 가는 길목에는 신사들 영역의 마지막 경계가 되는 물품 보관소가 있었다. 사무실과 물품 보관소 사이에는 출구가 따로 없는 작은 밀실이 있었는데, 레버가 어떤 공작에게 천 파운드를 빌려주거나 혹은 6펜스도 빌려줄 수 없다고 거절하는 등의 아주 미묘한 문제들을 처리할 때 사용하는 방이었다. 레버로서는 이런 신성한 장소를 한낱 종이 한 장에 무언가를 끄적이려는 신부에게

단 30분 동안만이라도 내어준다는 것 자체가 아주 훌륭한 인내심을 발휘한 것이었다. 브라운 신부가 그때 쓴 이야기가 지금 내가 하고 있는 이 이야기보다 훨씬 더 재미있을지는 모르지만, 안타깝게도 그 이야기는 결코 공개될 수 없다. 다만, 그가 써 내려간 이야기가 아주 길었으며, 마지막 두세 단락이 그 흥미와 재미가 가장 덜하다는 것 정도를 밝힐 뿐이다.

기록이 거의 끝나갈 무렵, 신부는 어느 정도 여유를 찾게 되었고 자신의 추리력과 날카로운 동물적 감각을 일깨우기 시작했다. 어둠이 내리고 저녁식사 시간이 다가오자 불빛 하나 없는 방에 어둠이 깔렸다. 주위가 어두워지면 으레 소리에 대한 감각이 예민해지기 마련이다. 브라운 신부는 기록중이던 문서의 마지막 부분, 중요성이 가장 적은 부분을 적어나가다 문득 자신이 밖에서 들리는 규칙적인 리듬에 맞추어 글을 쓰고 있음을 깨달았다. 이는 마치 달리는 기차 소리에 맞추어 깊은 생각에 잠기는 것과 같았다. 소리를 가만히 들어보니, 문 앞을 지나는 사람의 발걸음 소리였다. 이런 일은 호텔에서라면 흔히 있는 일이었다. 하지만 그는 어두워지는 천장을 응시하며, 그 소리에 귀를 기울였다. 꿈결같은 몇 초가 지나갔다. 그는 자리에서 일어나 머리를 한쪽으로 돌리고 의식적으로 그 소리에 귀를 기울였다. 그러더니 다시 자리에 앉아 머리를 양손에 파묻으며, 이제는 귀를 기울이기만 하는 것이 아니라 깊이 생각하면서 그 소리를 듣기 시작했다.

밖에서 들리는 발걸음 소리는 어느 순간에는 여느 호텔에서 들려올 법한 소리였지만, 전체적으로는 아주 이상한 구석이 있었다. 다른 발걸음 소리는 들리지 않았다. 호텔은 늘 아주 조용했으며, 이곳을 잘 알고 있는 소수의 단골 손님들은 곧장 자신들의 자리를 찾아갔고, 잘 훈련된 종업원들은 손님이 필요로 하지 않는 한 거의 모습을 드러내지 않았다. 이곳보다 이례적인 일에 대한 우려가 적은 장소도 없을 것이었다. 하지만, 규칙적인 것도 아니고 불규칙적인 것도 아닌 이 발걸음 소리는 너무나 기묘한 구석이 있었다. 브라운 신부는 그 소리에 맞춰 손가락으로 테이블 가장자리를 두드리며 마치 피아노를 배우는 사람처럼 리듬을 맞춰보았다.

우선, 가벼운 사람이 마치 경보에서 승리를 하려고 전력을 다하는 것 같은 날쌔고 짧은 발걸음 소리가 길게 들렸다. 그러다가 어느 시점에 가서는 발걸음 소리가 멈추더니, 천천히 몸을 흔들면서 쿵쿵 걷는 소리가 들려왔다. 걸음 수는 앞의 것의 4분의 1도 안 됐지만, 지속되는 시간은 앞서와 같았다. 그렇게 마지막 발걸음 소리가 쿵 들리더니 그 소리가 잦아들 무렵, 어딘가로 급하게 가는지, 가볍고 서두는 듯한 발걸음 소리의 파문이 일었다. 그리고 또다시 찾아드는 무거운 발걸음 소리……. 분명 한 사람의 발걸음 소리였다. 앞서 말했듯이 다른 사람의 발걸음 소리는 들리지 않았으며, 또 아주 작긴 했지만 분명히 한 부츠에서 나오는 찌그덕 소리를 들었기 때문이다. 브라운 신부는 성격상 어쩔 수 없이 의문을 품어야 하는 사람이었다. 아주 사소해 보이는 의문점들이었지만, 신부의 머리는 반으로 쪼개질 것같이 혼란스러웠다. 그는 달리다가 도약을 하거나 달리다가 슬라이딩을 하는 사람은 본 적이 있었다. 하지만 걷기 위해서 달리는 사람이라니? 그리고 다시, 달리기 위해 걷는 사람이라니? 하지만 다른 어떤 설명도 이 보이지 않는 기괴한 두 다리가 내는 소리를 표현할 길이 없었다. 이 사람은 복도의 반을 아주 천천히 걷기 위하여 나머지 반을 아주 빨리 걷거나, 반대로 복도의 반을 아주 빨리 걷기 위하여 나머지 반을 아주 천천히 걷고 있었다. 어찌되었건 둘 다 말도 안 되는 생각이었다. 신부의 머릿속이 그가 있는 방 안만큼이나 캄캄해졌다.

하지만 차분히 생각을 정리하기 시작하자, 방 안의 어둠이 오히려 그의 생각을 더욱 선명하게 해주었다. 그의 눈앞에는 부자연스럽거나 혹은 어떤 상징적인 몸짓으로 복도를 따라 뛰어가고 있는 다리들이 마치 무슨 환상처럼 떠올랐다. 이교도의 종교적인 춤일까? 아니면, 전혀 새로운 과학적 운동? 브라운 신부는 이 발걸음 소리가 암시하는 것이 무엇인지를 알아내기 위해 다시 한번 정확하게 상황을 짚어보기 시작했다. 먼저 그 느린 발걸음 소리, 확실히 호텔 경영인의 것은 아니었다. 그런 타입은 서둘러 급하게 걷거나 가만히 앉아 있게 마련이다. 지시를 기다리는 종업원이나 심부름꾼도 아닐 터였다. 그런 발걸음 소리가 아니었다. 낮은 계급의 사람들은, 특히 과두 정치하에서는, 가볍게 술에 취했을 때 갑자기 비틀거리기는 하지만, 일반적으로는, 특히 이렇게 훌륭한 장소에서는 바짝 긴장하여 앉거나 서 있게 마련이다. 묵직하면서도 탄력 있는 발걸음, 시끄럽진 않았지만 시끄러운 소리를 낼까봐 특별히 신경을 쓰는 것 같지도 않는 발걸음 소리. 이것은 지구상에서 단 한 부류의 사람들만이 낼 수 있는 발걸음 소리였다. 그들은 바로 서유럽의 신사들, 아마 생계를 위하여 한 번도 애써 직업을 가져본 적이 없는 그런 사람들이었다.

느린 걸음에 대해서 이 정도의 확신이 들 무렵, 걸음걸이가 갑자기 빨라지더니, 생쥐같이 흥분하여 날쌔게 문 앞을 지나가는 소리가 들렸다. 가만히 들어보니, 먼젓번보다 훨씬 빠르고 가벼운, 마치 발끝으로 걷는 것 같은 조용한 소리였다. 신부의 머릿속에 무언가가 떠올랐다. 비밀은 아니었지만, 알 수 없는 무언가, 그가 명확하게 기억해낼 수 없는 어떤 것을 연상케 했다. 기억 저편에서 반쯤 떠오를 듯 말 듯한 그 무엇을 생각하느라 신부는 거의 미칠 지경이었다. 확실히, 그는 저 이상하고 빠른 발걸음 소리를 어딘가에서 들은 적이 있었다. 갑자기 새로운 생각이 머리를 스치자, 신부는 벌떡 일어서서 문 쪽으로 갔다. 그가 있는 방은 복도로 바로 통하는 출구는 없었지만, 한쪽은 유리로 된 사무실로 다른 쪽은 물품 보관소로 연결돼 있었다. 브라운 신부는 사무실로 통하는 문을 열려 했으나, 잠겨 있었다. 그는 폭풍우가 닥칠 듯, 하늘을 물들이고 있는 보랏빛 구름 조각들이 비춰진 정사각형의 창문을 바라보았다. 순간 그는 불길한 예감에 사로잡혔다.

그러나 신부는 이성을 되찾고, 그것이 더 현명한 처사이건 그렇지 않건 간에, 호텔 경영인이 문을 잠가두었다가 나중에 열어주겠다고 했던 말을 기억해냈다. 신부는 자신이 생각해내지 못한 다른 많은 이유들이 저 밖에서 들리는 괴상한 발걸음 소리를 설명해줄지도 모른다고 스스로를 다독이며, 이 방 안에서 일을 제대로 마치려면 해가 완전히 지기 전에 서둘러야 한다는 사실을 기억해냈다.

그는 마지막 석양빛이 비치는 창문 쪽으로 종이를 들고 가서 거의 완성되어가는 기록을 마저 끝내기 위해 다시 한번 하던 일에 몰두했다. 20분쯤, 저물어가는 불빛 속에서 종이에 점점 더 가까이 머리를 숙이고 글을 써 내려갔다. 그러다 갑자기 무언가에 놀란 듯 꼿꼿이 몸을 세웠다. 그 이상한 발걸음 소리가 다시 들리기 시작한 것이었다.

이번에는 이상한 점이 한 가지 더 있었다. 먼젓번 이 묘령의 사나이는 걷고 있었다. 약간은 변덕스럽고 가볍게 속도를 내고는 있었지만, 분명히 걷고 있었다. 그러나 이번에는 뛰고 있었던 것이다. 빠르고 부드럽게 구르는 발걸음 소리가 마치 달아나는 강도나 날쌔게 움직이는 표범같이 복도를 맴돌았다. 그게 누구건 맹렬하게 흥분된 상태의 아주 강하고 활동적인 사람임에 분명했다. 하지만 그 소리가 마치 속삭이는 회오리바람처럼 사무실을 지나쳐가더니, 다시금 먼젓번처럼 느리고 허풍스럽게 쿵쿵 찍는 듯한 소리로 바뀌었다.

브라운 신부는 그가 쓰고 있던 종이를 내던지고 잠겨 있는 사무실말고 반대쪽 물품 보관소로 통하는 문으로 갔다. 이곳을 지키던 종업원은 때마침 자리에 없었다. 그 자리가 워낙 한가한 자리인데다가 유일한 손님들이 저녁식사중이라 잠시 자리를 비운 모양이었다. 코트 틈을 더듬어 나오자 어둠침침한 물품 관리소가 불이 환하게 밝혀진 복도 쪽으로 트여 있다는 것을 알게 되었다. 물품 관리소는 표를 받고 우산 등을 넘겨주는

108

일종의 아치형 카운터였다. 카운터 위에는 전등이 달려 있었다. 조명 빛은 브라운 신부에게는 거의 비추지 않고 있어, 희미한 석양빛을 받은 유리창을 등지고 서 있는 브라운 신부의 모습은 검은 윤곽만 보였다. 하지만 물품 관리소 밖, 복도에 서 있는 그 남자에게는 마치 극장의 조명인 양 밝게 그 빛이 비치고 있었다.

그는 평범한 파티복을 입은 점잖은 남자였다. 키는 컸지만 살이 별로 없어서 키 작은 사람들이 아무리 많이 모여 있다 해도 그림자처럼 미끄러지듯이 그 사이를 빠져나갈 수 있을 것 같았다. 램프 불빛을 받아 드러난 그 사내의 얼굴은 까무잡잡하고 생기가 넘쳤다. 영국인은 아니었고 골격이 좋았으며, 밝고 자신감이 넘쳤다. 굳이 말하자면, 이상하게 늘어지고 불룩해 보이는 그의 검은색 외투가 그의 풍채와 태도에 흠이라면 흠이었다. 브라운 신부의 검은 그림자를 본 사내는 번호가 적힌 종이 조각을 가볍게 던져주면서 온화하지만 권위 있는 목소리로 말했다.

"모자와 코트를 내주게. 지금 바로 가봐야겠네."

브라운 신부는 아무 말 없이 종이를 받아들고 잠자코 코트를 찾으러 갔다. 하인처럼 이런 심부름을 하는 것이 처음 있는 일도 아닌 터였다. 신부가 코트를 가져와 카운터에 올려놓는 동안 이 낯선 신사는 양복 조끼 주머니에서 뭔가를 더듬어 찾더니 웃으며 말했다.

"은화가 하나도 없군. 이걸 가지게."

그는 반 파운드짜리 금화를 던져주고는 코트를 집어들었다.

브라운 신부은 어둠 속에서 미동도 하지 않았다. 하지만 신부는 순간 당황하고 있었다. 하지만 항상 그랬듯이 그의 명석한 두뇌는 당황하여 어찌할 바를 모르는 순간에 가장 활발히 움직였다. 그런 순간에 그의 머릿속으로 들어간 2라는 두 개의 자료는 서로 합쳐져 4백만이라는 답을 만들어냈다. 가톨릭 교회에서는 이러한 기발한 재주를 인정하지 않았다. 교회는 상식에 매달린다. 보통은 신부 자신도 이것을 인정하지 않았다. 하지만 이것이야말로 진정한 영감, 누구건 위험한 순간에 판단력을 잃어버렸을 때 대처할 수 있는 필수 불가결한 영감이었다.

"손님, 제 생각에는 주머니에 은이 있을 것 같은데요."

신부가 정중하게 말했다.

키 큰 신사가 노려보며 소리쳤다.

"아니, 금화를 받았으면 됐지, 웬 불평인가?"

"왜냐하면, 때로는 은이 금보다 더 값어치가 있을 때가 있거든요. 가령 양이 아주 많다거나 할 때는 말입니다."

낯선 사내는 신부를 수상하게 쳐다보고는 더욱 의혹에 찬 눈길로 출입구 쪽으로 난 통로를 조용히 바라보았다. 그러다가 다시 브라운 신부의 머리 뒤쪽으로 보이는 창 밖을 주의 깊게 바라보았다. 창 밖으로는 폭풍우가 오려는 듯 검붉게 물든 하늘이 바라다보였다. 그리고는 결심을 한 듯이 카운터에 한 손을 짚더니 마치 곡예사처럼 펄쩍 뛰어올라, 보관소 안으로 들어왔다. 그리고는 그 커다란 손으로 신부의 멱살을 잡고는 조용히 속삭였다.

"얌전히 있어. 난 자네를 위협하고 싶지 않아. 만약……."

"어쩌지? 나는 자네를 위협하고 싶은데. 한없이 많은 구더기와 꺼지지 않는 유황 불길로 자네를 위협하고 싶네."

브라운 신부에게서 우레 같은 목소리가 터져나왔다.

"별 미친 종업원 다 보겠군."

"나는 신부일세. 플랑보, 어떤가? 난 참회를 들을 준비가 되어 있는데."

상대는 잠시 동안 숨을 헐떡이며 서 있더니, 이내 의자에 털썩 주저앉고 말았다.

'열두 명의 참된 어부들'의 저녁식사의 처음 두 코스는 아주 조용하게 진행되었다. 지금 나는 당시의 메뉴판을 가지고 있지 않다. 설사 내가 지금 그것을 가지고 있어 여기에 옮겨놓는다고 해봐야, 그게 어떤 요리인지 알아보는 사람도 없을 것이다. 이 호텔에서 제공되는 만찬 음식은 모두 요리사들이 직접 개발해낸 프랑스 요리로 프랑스인들에게조차 생소한 것들이 대부분이었기 때문이다. 이 클럽은 전체 요리를 지나칠 정도로 많이 준비하게 하는 것이 전통이었다. 수프 코스는 가볍고 간소하게 마련해, 앞으로 있을 생선 요리의 향연을 맞을 준비를 했다.

그들이 나누는 대화는 대영 제국을 통치하는, 그것도 은밀하게 통치하는 아주 이상하고 미묘한 이야기여서, 설사 범상한 영국인이 이 대화를 엿들었다 해도, 무슨 말인지 알아듣지 못할 내용이었다. 지루하고 친절하게 양측 의원들의 이름이 거론됐다. 직위를 이용하여 부당한 이득을 챙기고 있다고 보수 토리당으로부터 욕을 들었어야 마땅한 급진파의 재무장관은 시가 좋다느니, 사냥터에서 말을 타던 모습이 근사했다느니 하는 칭찬을 들었다. 자유주의자들이 폭군이라고 싫어해야 마땅할 토리당의 당수도 자유주의자로서, 대체적으로 훌륭하다는 칭찬을 들었다. 그들에게 정치가들은 화제의 중요한 대상인 듯했지만, 정작 그들의 정치 활동은 주요 화제에서 제외되는 것 같았다.

이 클럽의 회장인 오들리는 빳빳하고 높은 깃이 달린 옷을 입고 있었다. 그는 마치 허깨비 같으면서도 분명하게 자리를 잡은 이 클럽의 상징이었다. 회장으로서 그는 아무 일도 하지 않았다. 그래서 잘못한 일도 없었다. 그는 그렇게 믿음직스럽지도 않았으며, 특별히 부자도 아니었다. 그는 단지 그 사람 자체였으며, 그게 전부였다. 그러나 양당 어느 쪽도 그를 무시할 수 없었으며, 그가 원한다면 의회는 그를 받아들였을 것이다.

반면에 클럽의 부회장인 체스터 공작은 떠오르는 젊은 정치인이었다. 유쾌한 젊은이였으며, 머리카락은 윤이 났고 얼굴에는 주근깨가 가득했다. 적절한 지성과 방대한 재산을 소유한 인물이기도 했다. 공석에서 그는 처신을 아주 잘 했고, 그의 처세 원칙은 다분히 단순했다. 농담이 생각나면 농담을 했다. 그러면 사람들은 그가 영리하다고 했다. 농담이 생각나지 않으면, 그는 그런 사소한 일에 신경쓸 때가 아니라며 화제를 바꾸었다. 그러면 사람들은 그런 그를 수완가라 했다. 자신이 속한 계급의 동료들과 함께 클럽에 있는 경우와 같은 사석에서는 아주 유쾌할 정도로 솔직했고 개구쟁이 어린 학생처럼 철이 없었다. 다만 정치 경험이 없는 터라, 정치를 좀 심각하게 여기는 경향이 있었다. 때로는 자유당과 보수당 사이에는 어느 정도의 차이가 있다는 암시적인 말을 해서 모인 사람들을 당황하게 한 적도 있었다. 사생활 측면에서 본다면 체스터 공작은 보수주의자였다. 그는 옛날 정치가들처럼 옷깃 뒤로 회색 머리를 구불 구불하게 말아 늘어뜨리고 다녔다. 그래서 뒤에서 보면 마치 제국이 원하는 인간형처럼 보였고 앞에서 보면 소심하고 제멋 대로인 독신자처럼 보였는데, 실제로도 그게 맞았다.

이미 언급했듯이, 테라스 테이블에는 스물네 개의 좌석이 마 련되어 있었으며, 클럽의 회원은 모두 열두 명이었다. 그러므 로 이들은 이 테라스의 제한된 좌석을 아주 넉넉하게 차지할 수 있었다. 모두들 테이블의 안쪽에 한 줄로 앉아서, 붉게 타는 저녁놀이 선명하게 비추고 있는 아름다운 정원을 감상했다. 회 장 오들리가 중앙에, 부회장 체스터 공작은 오른쪽 끝에 앉았 다. 이 열두 명의 손님들에게는 처음 자리에 앉을 때마다 하는 일종의 관습이 있었는데, 왜 이런 관습이 생겼는지는 알려진 바가 없다. 열다섯 명의 종업원들이 열을 맞추어 마치 왕에게 사열을 하는 것처럼 서고, 그러면 이 호텔 경영자가 나와, 이들 을 생전 처음 본다는 듯이 기쁘고 놀라운 표정으로 정중히 허 리를 굽혀 인사를 하는 것이었다. 그러나 손님들의 식사가 시 작되면, 열지어 서 있던 종업원 부대는 모두 사라지고 한두 명 만 남아 너무나도 고요하게 음식 접시를 나르며 시중을 들었 다. 레버는 물론 그리 길지 않은 부산스러운 인사를 정중하게 마치고 물러간 다음이었다. 그가 다시 나타나는 것은 지나친 행동이며, 정말 무례한 일이라 하지 않을 수 없었다. 하지만 아주 중요한 코스인 생선 요리가 나올 때는 그가 그 근처를 배회하고 있다는 것을 극명하게 보여주는 아주 선명한 그림자가 눈에 띄었다. 그 신성한 생선 요리는, 결혼식 케이크 모양과 크기의, 조금 저속한 표현으로 말하자면 괴물 같은 푸딩처럼 보였으며, 그 안에 수많은 종류의 신기한 물고기들이 신이 내려주신 본래의 모습을 잃어버린 채 섞여 있었다. 열두 명의 참된 어부들은 자신들의 아름다운 생선용 나이프와 포크를 꺼내들고는 푸딩 한 조각 한 조각이 마치 그들이 사용하고 있는 은 포크만큼의 값이라도 나가는 듯이 자못 엄숙하게 식사를 하기 시작했다. 이것이 내가 알고 있는 이들의 식사 풍경이었다. 이 생선 요리 코스는 모든 것을 삼켜버릴 듯이 진지한 침묵 속에서 이루어졌다. 다만 식사가 거의 끝나갈 무렵, 부회장인 젊은 공작이 "이곳이 아니면 어디에서도 이런 요리를 먹어볼 수 없을 겁니다. 훌륭한 요리였습니다"라는 의례적인 인사말을 했다.

체스터 공작의 말을 받은 것은 오들리 회장으로, 깊은 베이스 톤의 음성으로 우아하게 고개를 몇 번 끄덕이며 공작 쪽을 바라보고 말했다.

"아무렴요. 이곳이 아니고는 그 어느 곳에서도 맛볼 수 없는 요리고말고요. 한번은 앵글라이즈 식당에서 생선 요리를 먹었었는데……."

빈 접시를 치우는 종업원의 손길 때문에 이 고상한 양반의 말이 잠시 끊어졌다. 하지만 다시금 생각을 정리하여 말을 이었다.

"제가 앵글라이즈 식당에서 이와 같은 생선 요리를 주문했었는데, 맛이 영 아니었습니다. 영 이 맛이 안 나더군요."

그는 머리를 절레절레 흔들며 교수형 판결이라도 내리는 듯이 말했다.

"실속 없이 이름만 알려진 곳이군요."

파운드 대령이 몇 달 만에 처음으로 입을 열었다.

"그런 것 같지는 않습니다. 다른 요리들의 맛은 괜찮거든요. 그 한 가지로만……."

낙천적인 성격의 체스터 공작이 대령의 말을 받아 대답하려는데, 종업원 한 명이 재빨리 들어오더니 갑자기 멈추어 섰다. 그의 멈춤 동작은 걷는 동작만큼이나 조용했다. 하지만, 이 어안이 벙벙한 친절한 신사 양반들은 시중드는 사람들의 기계처럼 정확한 태도와 완벽하게 침착한 태도에 익숙해져 있었기 때문에, 종업원이 생각지도 않은 행동을 하는 것 자체가 소동의 시작이었다. 이만한 일에도 이들은 당신이나 내가 마치 움직이지 않는 사물들이 갑자기 우리 주변을 돌아다니는 것을 볼 때

116

같은 기분을 느끼는 것이었다.

그 종업원은 한동안 망연자실한 채 그들을 바라보고 서 있었다. 그러는 사이 신사들의 얼굴에는 치욕의 빛이 깊게 드리워졌는데, 이는 시대가 만들어낸 산물이었다. 가난한 자와 부유한 자들 사이에 생긴 끔찍하게 깊은 현대적인 심연, 또 그만큼이나 현대적인 박애주의의 묘한 결합이랄까? 옛날 정통 귀족계급의 사람들은 하인들에게 빈 병에서부터 돈에 이르기까지 무엇이든 집어던졌었다. 또 정통 민주주의자들은 그들이 무엇을 하고 있건 종업원들에게 마치 동료처럼 쾌활하게 말을 건네곤 했었다. 하지만, 소위 현대 재벌이라 칭하는 금권 정치가들은 그게 하인이건 친구이건 간에 가난한 자들이 곁에 있는 것 자체가 참을 수 없는 일이었고, 종업원들이 뭔가 실수를 했다는 것만으로도 화가 나고 귀찮아했다. 그들은 잔인해지기를 원치 않았지만, 너그러운 태도를 보여야 할까봐 심기가 상했다. 어쨌거나 이 신사들은 이 귀찮은 일이 빨리 끝나기를 기다렸다. 발생했던 문제가 해결되었는지, 강경증 환자처럼 몇 초간 꼼짝 않고 서 있던 종업원이 몸을 돌려 날쌔게 방을 나갔다.

그 종업원이 다시 문 쪽에 나타났을 때는, 또다른 종업원과 함께였다. 그는 두번째 종업원에게 남부식 특유의 맹렬한 몸짓을 섞어 귓속말을 하더니, 두번째 종업원을 남겨두고 밖으로 다시 나갔다가는 세번째 종업원과 함께 다시 나타났다. 이런 식으로 네번째 종업원이 들어오자, 회장 오들리는 종업원들의 괴상한 행동에 관심이 쏠려 무겁게 내려앉은 침묵을 깨야 할 필요성을 느꼈다. 그는 큰기침을 몇 번 해서 다른 사람들의 주의를 모았다.

"무셔라는 젊은이가 미얀마에서 일을 아주 훌륭히 해내고 있더군요. 그러니, 세계 어느 나라에 가더라도……."

갑자기 다섯번째 종업원이 화살처럼 그에게 다가오더니 그의 귀에 대고 속삭였다.

"죄송하지만, 중요한 일입니다! 주인께서 직접 말씀을 드리고 싶다고 하십니다."

오들리는 혼란스러워하면서 몸을 돌렸다. 어색하게 잰걸음으로 레버가 그들을 향해 다가오고 있었다. 그의 걸음걸이는 평소와 다름이 없었다. 하지만, 평소에는 건강해 보이던 그의 구릿빛 얼굴이 환자처럼 누렇게 떠 있었다.

12명의 신사들 앞에 걸음을 멈춘 레버는 숨이 턱에 차서 말을 했다.

"죄송합니다, 회장님. 큰 문제가 발생했습니다. 손님들의 포크와 나이프가 요리 접시와 함께 치워졌습니다."

"그게 당연한 것 아닌가?"

오들리가 온화하게 말했다.

"그자를 보셨습니까? 그 접시를 치우던 종업원을 보셨습니까? 아시는 자입니까?"

흥분이 극에 달한 호텔 경영인은 숨을 헐떡이며 말했다.

"종업원을 아느냐고? 내가 어떻게 그를 알겠나?!"

그러자 고뇌에 찬 듯이 양손을 펼치며 레버가 말했다.

"그자는 저희 집 종업원이 아닙니다. 그자가 언제 왜 이곳으로 왔는지 모릅니다. 제가 접시를 치워오라고 종업원을 보내자, 돌아와서는 이미 치워져 있다고 하더군요."

오들리는 여전히 너무나 당혹스러워하고 있어서 제국이 진정으로 원하는 인물은 되지 못하는 듯이 보였고, 그곳에 모인 다른 사람들도 모두 할말을 잃은 듯 멍하니 앉아 있었다. 단 한 사람, 목석 같던 파운드 대령만이 전류라도 받은 듯이 이상하게 활기를 띠었다. 대령은 의자에서 벌떡 일어나서는 안경을 만지작거리더니 마치 말하는 법을 반쯤 잊은 듯이 낮고 귀에 거슬리는 쉰 목소리로 입을 열었다.

"그러니까 누군가가 우리의 포크와 나이프를 훔쳐갔다는 말이오?"

불쌍한 호텔 경영자는 더욱 과장되게 무기력함을 보이며 손을 펴 보였고, 순간 앉아 있던 다른 회원들이 일제히 자리에서 일어섰다.

"종업원들은 모두 이곳에 있소?"

대령이 낮고 거친 목소리로 물었다.

"그렇습니다. 모두 있습니다. 제가 확인했습니다. 전 이곳에 들어올 때 항상 종업원들의 숫자를 세거든요. 버릇이죠."

젊은 체스터 공작이 사내아이 같은 얼굴을 사람들 틈으로 내밀면서 말했다.

"하지만, 사람의 기억이란 확실치 않을 수도 있는 법이지요."

"제가 분명히 기억한다니까요. 이 호텔의 종업원 수는 항상 열다섯 명을 넘지 않죠. 오늘 밤에도 분명히 열다섯 명이었어요. 맹세컨대, 한치의 오차도 없는 정확한 열다섯 명이었어요."

오들리가 오랜 망설임 끝에 끼어들자 공작은 흥분해서 외치듯 말했다.

순간, 호텔 경영자가 체스터 공작에게로 몸을 돌리며, 놀란 표정으로 힘없이 몸을 떨었다.

"분명히……열다섯 명이라고 하셨습니까? 오늘도 말씀입니까?"

"평소와 다름없었어요. 무슨 문제라도?"

젊은 공작이 물었다.

"아닙니다. 그럴 리가 없다고 말씀드리려 했을 뿐입니다. 종업원들 중 한 사람이 위층에서 죽었거든요."

순간 방 안에는 충격적인 정적이 흘렀다. 죽음이라는 단어는 너무나도 초자연적이었으므로, 그 순간 그들은 자신의 영혼을 들여다보며 그것이 말라빠진 작은 콩알이라는 것을 확인했을 지도 모른다. 회원 중 한 명이, 내 생각에는 공작이었던 것 같다, 부자들이 지닌 백치 같은 친절을 보이며 '우리가 도울 일이 있습니까?'라고 물을 정도였다.

"신부님이 이미 오셨습니다."

운명의 문이 철커덩 소리를 내며 닫히는 소리라도 들은 듯, 그들은 곧 자신들의 처지를 깨달았다. 몇 초 동안 묘한 기분에 휩싸여 있던 그들은 모두 공작이 말한 열다섯번째 종업원이 위 층에서 죽은 종업원의 유령일지도 모른다는 생각을 했던 것이다. 그들에게 유령이란 존재는 거지만큼이나 당혹스러웠기 때문에, 어찌 할 수 없는 분위기가 되자 어처구니없는 바보가 되어버렸던 것이다. 하지만 잃어버린 은 식기에 생각이 미치자, 그들은 신비스러운 마법에서 풀려나 맹렬한 반응을 보이기 시작했다. 대령은 의자를 박차고 문을 향하여 성큼성큼 걸어가며 말했다.

"열다섯번째 종업원이 여기 있었다면, 그자가 바로 도둑이 아니겠소. 당신, 즉시 내려가서 문을 모두 잠그시오. 그런 후에

애기를 나눕시다. 스물네 개의 진주는 아주 귀중한 것들이오. 찾아야 합니다."

처음에는 이렇게 허둥대는 것이 신사다운 행동인지 망설이던 오들리도 체스터 공작이 혈기 왕성한 에너지를 발산하며 계단을 뛰어내려가자, 조금 무딘 동작이긴 했지만, 그 뒤를 따라 서둘러 내려갔다.

이와 동시에 여섯번째 종업원이 테라스로 달려 들어와서는 생선 요리 접시가 찬장에서 발견되었는데, 은 식기의 흔적은 없었다고 알렸다.

식사하던 신사들과 종업원들이 허둥대며 아래층으로 내려와 두 그룹으로 나뉘었다. 클럽 회원의 대부분은 빠져나간 종업원이 없었는지 알아보러 호텔 경영자를 따라 프론트로 몰려갔고, 오들리 회장과 체스터 공작과 다른 한두 명의 회원은 파운드 대령과 함께 탈출 통로로 가장 유력하다고 생각되는, 종업원 휴게실로 이어지는 복도를 내달렸다. 그들은 물품 보관소를 지나게 되었고, 골방처럼 생긴 그곳의 희미한 그림자 속에서 검은색 코트를 입은, 종업원인 듯한 키 작은 사람의 모습을 보게 되었다.

"이보게! 이곳을 지나가는 사람 못 봤나?"

공작이 물었다.

"어쩌면, 제가 신사분들께서 찾고 계신 물건을 가지고 있는 것 같습니다."

키 작은 사내는 공작의 질문에 대답하는 대신, 이렇게 말했다.

클럽 회원들이 어리둥절해하며 잠시 멈칫하는 사이, 사내는 물품 보관소로 조용히 되돌아가서 양손 가득히 찬란하게 빛나는 은 식기들을 가지고 나타났다. 그리고는 아무 말 없이, 마치 세일즈맨이라도 되는 양 그것들을 카운터 위에 올려놓았다. 그것은 분명히 열두 벌의 은제 포크와 나이프였다.

"자네가…… 자네가……."

마침내 파운드 대령은 이성을 잃은 듯했다. 그러나, 어둡고 작은 보관소 안을 유심히 들여다보던 그는 두 가지 사실을 알아냈다. 첫번째는 그 작달막한 사내가 성직자 복장을 하고 있다는 것이었고, 두번째는 마치 누군가가 그곳을 통하여 도망간 듯, 뒤쪽 창문이 깨져 있다는 사실이었다.

"물품 보관소에 맡기기에는 너무 귀중한 물건들이군요. 안 그렇습니까?"

신부가 아무렇지 않은 듯 침착하게 말했다.

"당신이…… 당신이 이것들을 훔친 거요?"

오들리가 신부를 빤히 쳐다보며 물었다.

"그러면 어떻습니까? 이렇게 되돌려드리고 있지 않습니까."

신부가 유쾌하게 응대했다.

"하지만, 당신이 저지른 일이 아니잖소?"

파운드 대령이 여전히 부서진 창문을 응시하며 말했다.

"솔직히 말씀드리자면, 제가 한 일은 아니지요."

신부는 짐짓 근엄하게 의자에 앉았다.

"하지만, 누가 이런 짓을 저질렀는지는 알고 있군요?"

대령이 말했다.

"저도 그자의 본명은 알지 못합니다. 하지만 그가 엄청나게 힘이 세다는 것과 그가 겪은 수많은 영혼의 어려움들은 알고 있지요. 육체적인 힘은 그가 멱살을 잡았을 때 알아봤고, 그의 도덕성은 회개를 할 때 알게 되었습니다."

신부가 침착하게 대답했다.

"회개라구요?"

젊은 체스터 공작이 의기양양하게 웃음을 터뜨렸다.

브라운 신부는 뒷짐을 지고 자리에서 일어나면서 말했다.

"이상한 일 아닙니까. 무엇 하나 부러울 것 없는 편안한 부자들도, 고약하고 어리석은 심성을 그대로 간직한 채 하느님이나 인간을 위한 결실 하나 없이 버젓이 사는 세상에, 도둑놈이자 하찮은 부랑자가 회개를 했다니 말입니다. 하지만 젊은 양반,

어쨌든 내 영역을 침범하진 말았으면 좋겠군요. 그 사람이 회개한 것이 의심나면, 여기 당신들이 찾으시던 포크와 나이프가 있지 않습니까. 당신네들은 '열두 명의 참된 어부들'이고 여기 은으로 된 당신들의 물고기가 있소이다. 그러나 하느님께서는 나를 사람 낚는 어부로 만드셨소."

"그러면, 당신이 그 사내를 잡았단 말이오?"

대령이 눈살을 찌푸리며 물었다.

브라운 신부는 얼굴 가득 인상을 쓰고 있는 대령을 바라보며 대답했다.

"그랬지요. 보이지 않는 낚싯바늘과 보이지 않는 긴 낚싯줄로 잡아두었습니다. 그 줄은 그자가 세상 끝까지 방황하도록 길게 해두었지만, 잡아당기면 언제라도 다시 잡아올릴 수 있습니다."

긴 침묵이 흘렀다. 오들리를 포함하여 대령과 함께 왔던 다른 사람들은 모두 자신들의 은 식기를 찾아들고는 호텔 경영자에게 이 사건의 경위를 이야기하기 위해 자리를 떴다. 하지만 단호한 얼굴을 하고 있는 파운드 대령은 카운터 한편에 걸터앉아 가늘고 긴 다리를 흔들면서 시커먼 콧수염을 뜯고 있었다.

마침내 대령이 신부에게 말했다.

"그자는 아주 영리한 자인 것 같군요. 하지만 내가 더 영리한 자를 알고 있는 것 같소."

"그자는 분명 아주 영리한 자였습니다. 하지만 대령께서 말씀하신 더 영리하다는 그자는 누구입니까?"

"당신이지 누구겠소? 아아, 걱정 마시오. 나도 그자를 감옥으로 보낼 생각은 없으니까. 하지만 당신이 어쩌다 이 사건에 연루되게 되었는지, 어떻게 그자에게서 저 물건들을 되찾았는지 알고 싶소. 여기 모인 사람들 중에서 당신이 가장 세련된 수완가가 아니오?"

브라운 신부는 이 군인의 까다롭고 솔직한 성정이 마음에 들었다.

"그렇다면 먼저 그자의 신분이나 개인적인 이야기는 밝힐 수 없음을 미리 말씀드리지요. 하지만 제가 스스로 밝혀낸 단순한 사실들은 말씀드리지 못할 이유가 없지요."

신부는 갑자기 뛰어오르더니 파운드 대령 옆에 자리를 잡고 앉았다. 작은 소년의 다리 같은 그의 짧은 다리를 툭툭 치면서 마치 크리스마스의 벽난로 옆에서 오랜 친구에게 이야기를 들려주듯이, 그가 이야기를 시작했다.

"저는 저기 보이는 작은 방에서 기록 업무를 보고 있었지요. 그때 이 복도에서 발걸음 소리가 들려오더군요. 마치 죽음의 춤을 추는 것만큼이나 이상한 소리였죠. 처음에는 마치 경보 대회라도 하는 듯이 아주 재빠르고 우스꽝스러운 소리를 내더니, 다음 순간에는 체구가 커다란 사람이 담배를 피워 물고 거들먹거리면서 걷는 것처럼, 느리고 삐그덕대는 소리가 들려왔어요. 하지만 분명히 한 사람이 내는 발걸음 소리였지요. 그렇게 번갈아서 달리다가 걷고 달리다 걷다 하는 거였어요. 처음에는 무심코 이상한 일이다라고 생각했었는데, 나중에는 왜 한 번에 이렇게 다른 방식으로 걸어야 하는지 그 이유가 몹시 궁금해집니다. 한 가지 소리는 마치 당신 걸음걸이 같았습니다, 대령. 부족한 것 없는 신사분이 무언가를 기다리며 어슬렁거리는 발걸음 소리 말이오. 심리적인 불안감 때문이 아니라 육체적인 긴장을 풀기 위하여 주변을 어슬렁거리는 발걸음 말입니다. 나머지 잰 발걸음 소리도 들어본 기억이 있었는데 도저히 생각이 나지 않더군요. 그렇게 이상하게 발끝으로 걷는 사람들을 어디서 만났었는지를 고심하고 있는데, 어디선가 접시 부딪치는 소리가 들렸고 그때서야 명쾌하게 그 답이 떠올랐습니다. 바로 종업원의 걸음걸이였습니다. 몸을 앞으로 구부리고 시선을 아래로 향한 채 코트 꼬리와 냅킨을 휘날리며 발끝이 바닥에 닿을세라 사뿐히 가볍게 걷는 종업원의 발걸음 소리였던 겁니다. 그리고 나서 조금 더 생각을 정리했지요. 그제서야 마치 저 자신이 범죄를 저지르려고 했던 것만큼이나 분명히 범죄의 방법을 이해하게 되었답니다."

파운드 대령은 날카롭게 그를 바라보고 있었지만, 신부의 온화한 잿빛 눈은 멍하니 생각에 잠겨 천장에 고정되어 있었다.

신부가 말을 이었다.

"범죄는 예술작품과 같은 것입니다. 놀라지 마십시오. 지옥과 같은 고통스런 작업에서 탄생하는 것이 예술작품만은 아니니까요. 범죄도 그 일부입니다. 하지만 모든 예술작품은 성스럽건 사악하건 절대 없어서는 안 될 특징을 가지고 있지요. 제 말은 아무리 복잡한 모습으로 완성됐다 하더라도 그 핵심은 아주 단순하다는 뜻입니다. 〈햄릿〉을 예로 들어볼까요? 그 안에는 무덤 파는 사람의 기괴한 모습과 미친 여인의 꽃, 병색이 짙은 유령, 냉소 띤 해골 등이 나옵니다. 하지만 이 모든 것이 검은 옷을 입은 한 사내의 비극적 모습을 보여주기 위해 그의 주변을 둘러싼 채 뒤얽혀 있는 화환에 지나지 않는 것들이란 말입니다."

신부는 자리에서 천천히 일어서서 미소를 머금고는 대령을 바라보며 덧붙였다.

"이번 사건 역시 검은색 옷을 입은 사내의 평범한 비극이기도 하지요. 그렇습니다. 이 사건은 전부 검은색 옷과 연관이 있습니다. 〈햄릿〉에서처럼 여기에도 여러 가지 화려한 조연들이 있습니다. 이를테면 당신들 말입니다. 종업원 한 명이 죽었습니다. 그는 있을 수 없는 자리에 있었지요. 또 보이지 않는 손이 당신들의 테이블을 싹 쓸어서 은 식기들을 가지고 공기중으로 녹아들듯 사라졌습니다. 도저히 있을 수 없는 일처럼 보입니다. 하지만 아무리 솜씨 좋은 범죄라 할지라도 아주 단순한 사실, 그러니까 그 자체로는 전혀 신비스러울 것이 없는 사실에 해결의 실마리가 있기 마련이지요. 범죄는 단순한 사실을 다른 사람들이 알지 못하게 함으로써 신비화되는 것이니까요. 이 대범하고 미묘하고 돈벌이가 될 뻔한 범죄 역시 신사분들의 저녁 복장이 종업원들의 복장과 같다는 평범한 사실에서 출발했습니다. 나머지는 모두 연기였죠. 물론 아주 훌륭한 연기였습니다."

"아직도 잘 이해가 가질 않는군요."

대령이 일어나서는 얼굴을 찡그리며 자신의 부츠를 내려다보았다.

"대령. 신사분들의 물건을 훔친 이 뻔뻔스러운 악당은 환한 램프 불빛이 켜져 있고 수많은 사람들이 지켜보는 가운데, 이 복도를 스무 번도 넘게 버젓이 왔다갔다했습니다. 모두들 그 사람이 있는 곳이 틀림없는 그 사람의 자리인 줄 알았지요. 의혹의 눈초리를 피하기 위해 어두운 구석으로만 다니거나 몸을 숨기거나 한 것이 아니라는 말입니다. 그가 어떻게 생겨먹은 자인지 묻지 마십시오. 대령도 오늘 저녁 예닐곱 번은 그를 보셨을 테니까. 저기 복도 끝에 있는 대기실에서 다른 귀한 분들과 함께 테라스에 가기 위해 기다리고 계셨지요? 그자는 당신들 사이를 지날 때는 마치 종업원처럼 행세했소. 머리를 숙이고 냅킨을 나풀거리며 나는 듯이 가볍게 걸었지요. 그렇게 테라스로 가서는 테이블보를 만지고 시중을 들었던 겁니다. 그러다가 밖으로 나와 사무실과 종업원 휴게실이 있는 이쪽 복도에 들어서서, 종업원들의 시선을 받게 되면 일거수일투족을 일순간 바꾸어 오만한 단골 고객들 중 한 사람인 척 행동을 했던 거지요. 만찬의 자리를 벗어난 멋진 신사가 동물원의 동물처럼 호텔 안을 돌아다니는 건 종업원들에게는 새삼스러울 것 없는 일이었지요. 그들은 아무 데나 마음 내키는 대로 돌아다니는 것만큼 상류 계급다운 특징도 없다고 생각하고 있으니 말입니다. 이 신사는 복도를 걷는 데 싫증을 느끼면 방향을 바꾸어 사무실 쪽으로 되돌아왔습니다. 그리고는 카운터의 그림자 속에서 마법이라도 부린 듯이 순식간에 종업원으로 변신하여 다시 열두 명의 참된 어부들 사이로 들어갔던 것이지요. 신사분들이 지나가는 종업원의 얼굴을 쳐다볼 이유도 없을 것이며, 어떤 종업원이 일류 고객이 호텔 안을 걸어다닌다 해서 의혹의 눈길을 보내겠습니까? 그는 주인의 사무실에 들어가 목이 마르니 소다수를 달라고 큰 소리로 외치기도 했습니다. 자기가 가져가 겠다고 말하고는 정말로 자신이 직접 가져갔지요. 당신들이 모두 모여 있는 곳으로 말입니다. 이번에는 누가 봐도 인정할 수밖에 없는, 종업원이 해야 할 일을 하고 있었지요. 물론 이런 거짓 행동이 오래 계속될 수는 없었겠지요. 하지만 생선 요리 코스가 끝날 때까지는 가능했죠.

그가 가장 당혹스러웠던 순간은 종업원들이 일렬로 늘어서 있던 순간이었죠. 하지만, 그 순간조차도 그는 구석의 벽에 기대어 서서 결정적인 순간마다 종업원들은 자기를 손님으로 생각하고, 손님들은 자기를 종업원으로 생각하게끔 꾀를 썼던 것입니다. 나머지는 별 어려움이 없었습니다. 만일 어떤 종업원이 테이블에서 멀리 떨어진 곳에 있는 그를 보았다면, 대화에 지친 한 귀족양반이 여기저기를 서성이는 것으로 생각했을 테니 말입니다. 생선 요리 코스가 끝나고 그가 그 접시들을 치울 때까지는 그리 긴 시간이 걸리지 않았습니다. 그는 접시를 찬장에 올려두고 은 식기는 자신의 앞 주머니에 불룩하게 넣어서는 토끼처럼 뛰어서, 그가 오는 소리를 제가 직접 들었습니다, 이곳 물품 보관소 앞까지 왔던 것입니다. 여기서 그는 다시 재벌 정치가 흉내를 냈습니다. 그리고는 지극히 사무적인 투로 물품 보관소 종업원에게 번호표를 주고 코트를 받아들고는 우아하게 그가 들어왔던 길로 나가려던 참이었지요. 만약 그 종업원 역할을 제가 하지 않았다면 그자는 계획대로 일을 성사시켜 유유히 이곳을 빠져나갔을 겁니다."

"그래서 그에게 어떻게 했소? 그가 무슨 말을 하던가요?"

대령이 보기 드문 호기심을 가지고 물었다.

"죄송하지만, 제 얘기는 여기가 끝입니다."

신부가 흔들림 없이 대답했다.

"재미있는 이야기는 이제부터인 것 같은데? 이제 그자의 수법은 알겠소. 하지만 당신의 수법도 얘기를 해줘야 할 것 아니오."

"저는 이만 가봐야겠습니다."

두 사람은 복도를 따라 입구 쪽 홀로 걸어갔다. 그곳에서 혈색 좋은 주근깨투성이 얼굴의 체스터 공작과 마주쳤는데, 그는 그들을 향해 뛰어오느라 숨이 턱까지 차서 말했다.

"어디 계셨어요? 파운드 대령님. 제가 어찌나 찾아다녔는지. 지금 모임이 다시 시작되고 있습니다. 오들리 회장님께서 은 식기들을 무사히 되찾은 것에 대해 감사의 연설을 하셨습니다. 대령님도 한말씀 하셔야죠."

대령은 냉소적인 빛을 띠고 그를 바라보며 대답했다.

"글쎄, 이제부터 우리 모두 검정색 외투보다는 초록색 외투를 입자고 제안하고 싶군. 그래. 아무도 우리를 종업원으로 오해하는 일이 없도록 말일세."

"농담하지 마십시오, 대령님. 신사들이 종업원처럼 보일 리 없지 않습니까."

"그럴 테지. 종업원도 신사처럼 보일 리가 없고 말일세. 친애하는 신부님, 신사 행세를 하다니 친구분께서 어지간히 똑똑한가봅니다."

대령은 여전히 품위 없는 미소를 지으며 말했다.

폭풍우가 치는 밤이었으므로, 브라운 신부는 평범한 외투의 단추를 목까지 꼭 잠그고 우산꽂이에서 허름한 자신의 우산을 집어들며 말했다.

"그렇습니다. 신사가 되는 건 참으로 힘든 일이죠. 하지만 종업원이 되는 것 역시 그만큼 힘든 일이지요."

신부는 "좋은 저녁 보내시오"라는 한마디 인사만을 남긴 채 호텔의 무거운 문을 밀치고는 밖을 나섰다. 그의 뒤에서 황금빛 문이 닫히자 그는 1페니짜리 합승마차를 타기 위해 축축하고 어두운 거리를 기운차게 걸어나갔다.

날아다니는 별들

인간은 선한 일에 있어서는

일정 수준을 유지할 수 있네만, 나쁜 일에는

그 수준을 유지할 수가 없다네.

점점 더 내리막길을 향해 내달릴 뿐이지.

플랑보가 훗날 나이가 먹을 만큼 먹어 철이 좀 들었을 때 이런 이야기를 했다.

"내가 저질렀던 범죄들 중 가장 아름다운 범죄는, 단순히 우연의 일치지만, 나의 마지막 범죄였지요. 크리스마스날이었죠. 예술가로 자부하는 나는 항상 특별한 시즌이나 스스로 선택한 풍경에 어울리는 범죄를 만들려고 시도했었습니다. 마치 조각가가 조각상을 세울 만한 정원이나 테라스를 물색하듯이 재앙을 내리기에 적당한 장소를 찾아 다녔지요. 지방의 유지들에게 사기를 칠 때는, 참나무로 벽을 장식한 기다란 방이 필요했고, 유대인들을 털어먹을 때는 불빛 찬란한 카페리슈의 차양 아래가 제격이었다는 거지요. 영국에서 국교회의 주임 사제의 재산을 훔치고 싶으면, 물론 생각처럼 쉽지는 않은 일이지만, 상대를 큰 성당이 있는 동네의 파란 잔디밭이나 회색 빛 탑들이 배경으로 서 있는 곳으로 끌어들여 일하기를 원했고요. 프랑스에서 부유하고 사악한 지주한테 돈을 뜯어낼 때는, 거의 불가능한 일이기는 하지만, 위대한 밀레의 강렬한 영혼이 드리워진 저 갈리아의 성스러운 평원을 배경으로 상대가 펄펄 뛰는 모습을 보아야 비로소 만족감이 들었다는 겁니다.

아무튼 내가 저지른 최후의 범죄는 크리스마스 때였는데, 기분 좋고 안락한 영국 중산층적인 범죄이자 찰스 디킨스풍의 범죄였어요. 푸트니* 근처의 한 훌륭하고 유서 깊은 중산층 집에서였지요. 초승달 모양의 마차길과 마구간이 있는 집이었는데, 외부로 통하는 두 개의 문에 문패가 있었고, 칠레소나무가 한 그루 서 있었어요. 어떤 집인지 짐작이 가실 겁니다. 정말이지 디킨스의 방식을 흉내냈다는 것은 여간 솜씨 좋고 문학적인 방법이 아닐 수 없다는 생각이 듭니다. 그날 저녁에 회개를 했다는 것이, 지금 생각해보면 좀 유감일 정도지요."

플랑보는 내막부터 이야기를 풀어나가기 시작했다. 그런데 그 내막이라는 것조차 기이하기 그지없는 것이었다. 그러니,

---

* Putney. 템스 강 남쪽의 런던 외곽부.

처음 보는 사람이 내막을 알려면 외부에서부터 조사를 해나갈 수밖에 없는 그런 이야기였다. 이런 견지에서, 이야기는 마구간이 딸린 집의 앞문이 칠레소나무가 있는 정원 쪽으로 열리고 박싱 데이*의 오후에 새들에게 먹이를 주러 한 젊은 여인이 빵을 들고 나오는 것으로 시작되었다. 그녀는 예쁘장한 얼굴에 아름다운 갈색 눈이었다. 갈색 털옷을 입고 나온 그녀의 모습은 어디까지가 머리카락이고 어디까지가 털옷인지 분간하기 어려웠지만, 매력적인 얼굴 덕에 마치 작은 곰이 아장아장 걸어가는 것처럼 귀여워 보였다.

겨울날 오후는 석양빛으로 붉게 물들어가고 있었고, 꽃도 피어 있지 않은 화단에는 이미 루비 빛깔처럼 발그레한 석양빛이 내리 덮이고 있어서 죽은 장미들의 정령으로 가득 차 있는 듯이 보였다. 그 집의 한쪽에는 마구간이 있었고, 다른 한쪽에는 월계수로 뒤덮인 좁은 회랑이 뒤쪽의 더 넓은 정원으로 이어져 있었다.

젊은 여인은 새들에게, 개가 먹어버리기 때문에 하루에 네댓 번 나눠서 새의 먹이를 주어야 했는데, 빵부스러기를 뿌려주면

---

* Boxing Day. 크리스마스 바로 뒤인 12월 26일. 일요일일 때는 27일이 된다. 크리스마스 지나서 하인이나 우체부 등에게 선물 상자를 주던 풍속에서 유래한 이름.

서 조심스레 월계수가 있는 좁은 길을 지나 뒤쪽 상록수 덤불 안으로 들어갔다. 그리고 우연히 높은 정원 담장을 올려다보게 되었는데 놀라움에 찬 짧은 비명이 나왔다.

"크룩 씨, 뛰어내리지 마세요. 위험해요."

말을 타고 있는 것처럼 담장 위에 올라타 있는 사람은 키가 크고 늘씬한 젊은 사내였다. 그녀는 멋진 사내의 모습에서 눈을 떼지 못했다. 그의 얼굴은 지적이고 품위 있어 보였지만, 머리빗처럼 삐죽삐죽 솟아 있는 검은 머리칼과 좋지 못한 혈색은 외지인처럼 창백한 흙빛을 띠고 있었다. 이러한 그의 혈색은, 그가 무슨 상징이라도 되는 듯이 신경써서 고른 듯한 선명한 붉은색 넥타이 때문에 더욱 도드라져 보였다. 그는 불안해하는 여인의 간청에 아랑곳하지 않고, 자칫 다리가 부러질 수도 있는 높이에서 메뚜기처럼 펄쩍 뛰어 그녀의 옆에 착지했다.

"아무래도 나는 강도 기질이 있는가봐요. 내가 만약 이렇게 훌륭한 집의 이웃에서 태어나지 않았더라면, 틀림없이 강도가 되었을 거요. 뭐 그렇다 해도 그다지 나쁠 것도 없지만."

그가 무덤덤하게 말했다.

"어떻게 그런 말을 할 수가 있어요?"

여인이 항의하듯이 말했다.

"담장의 안 좋은 쪽에서 태어났다면, 담을 타넘는 짓이 꼭 나쁜 짓이라고만 볼 수는 없다는 말이죠."

"정말 당신이 다음에 무슨 말을 하실지, 또 무엇을 하실지 도무지 모르겠어요."

"그건 나도 모를 때가 많아요. 하지만, 나는 지금 좋은 담장 쪽에 와 있죠."

"어느 쪽이 담장의 좋은 쪽인데요?"

여인이 얼굴 가득 미소를 머금고 물었다.

"당신이 있는 쪽이죠."

크룩이라는 사내가 말했다.

그들이 함께 회랑을 지나 앞쪽 정원으로 가고 있을 때였다. 자동차 경적이 세 번 울렸다. 우아한 연녹색 자동차 한 대가 미끄러지듯이 다가오더니, 현관 앞까지 달려와 마치 한 마리의 새처럼 차체를 떨며 멈춰 섰다.

"저런, 저런! 좋은 쪽에서 태어난 사람이 또 있군. 애덤스 양, 당신의 산타클로스가 저렇게 현대적일 줄은 몰랐네요."

붉은 넥타이가 말했다.

"제 대부님이신 레오폴드 피셔 경이세요. 늘 박싱 데이에 오시죠."

잠시 말을 끊었다가 무심코 담담한 속내를 내보이며, 루비 애덤스가 덧붙였다.

"아주 친절한 분이세요."

저 대부호 쪽에서는 크룩이라는 사내에 대해 들은 바가 없다 해도 어쩔 수 없는 일이었지만, 기자인 존 크룩은 이 레오폴드라는 대부호에 대해 익히 들어 알고 있었다. 〈클라리온〉이나 〈신세대〉 같은 잡지에 기고한 기사에서 레오폴드 경을 호되게 다룬 일이 있었기 때문이다. 하지만 크룩은 대꾸 없이, 복잡한 절차를 거쳐 차에서 내리는 그 사람을 무뚝뚝하게 바라보고 있었다.

먼저, 앞쪽에서 초록색 옷을 입은 덩치 크고 단정한 기사가, 뒤쪽에서는 회색 옷을 입은 단정한 하인이 차에서 내렸다. 그리고는 아주 조심스럽게 보호해야 할 짐이라도 다루듯이 차에서 내리는 레오폴드 경을 양쪽에서 시중들었다. 시장에 좌판을 벌여도 좋을 만큼의 무릎 덮개와 작은 숲 하나의 모든 짐승들의 털을 모아놓은 것 같은 털옷, 그리고 무지개 빛의 다양한 색깔들의 스카프들을 하나씩 풀어내자, 마침내 인간의 모습이 드러났다. 그는 친절해 보이는 외국인 같은 모습의 나이 지긋한 신사였다. 회색 빛이 도는 염소 수염에 밝은 미소를 지으며 털장갑을 낀 양손을 비비고 있었다.

그의 모습이 채 드러나기도 전에 커다란 현관문이 활짝 열렸다. 루비 애덤스의 아버지 애덤스 대령이 저명한 손님을 맞기 위해 밖으로 나왔다. 대령은 키가 크고 검게 그을린 얼굴의 과묵한 인상에 터키 모자 같은 붉은색 모자를 쓰고 있어, 이집트에 파병 나가 있는 영국군 사령관처럼 보였다. 그의 옆에는 캐나다에서 얼마 전에 온 그의 처남이 서 있었는데, 젊은 농장주 제임스 블런트였다. 그는 누런 턱수염을 길렀고 다소 거칠어 보이는 인상이었다. 그들 옆에 또다른 사내가 서 있었다. 정말 보잘것없는 외모를 하고 있는 그는 근처 로마 가톨릭 교회의 신부였다. 대령의 죽은 아내가 가톨릭 신자였기 때문에, 아이들도 덩달아 그녀를 따라 교회에 나갔던 것이다. 신부는 브라운이라는 이름만 알려져 있을 뿐, 특기할 만한 점은 없었다. 그럼에도 대령은 그에게 붙임성 있게 대했으며, 가족들이 모이는 자리에 그를 불러 함께 했다.

커다란 입구 쪽 홀에는 레오폴드 경이 몸에 감고 온 물건들을 모두 놓아두어도 남을 만한 충분한 공간이 있었다. 현관은 집과는 어울리지 않을 정도로 지나치게 커서, 현관문에서부터 계단의 발치까지, 그 자체가 하나의 커다란 방을 이루고 있었다. 홀에는 커다란 벽난로가 있었고, 그 위에는 대령의 무기가 걸려 있었다. 모두들 벽난로 앞에 이르자, 병색이 짙어 보이는 크룩을 포함한 일행들이 레오폴드 피셔 경에게 소개되었다. 그러나 저 유명한 대부호는 여전히 줄이 잘 잡힌 예복 여기저기를 뒤적이며 옷맵시에 신경쓰고 있더니, 마침내 대녀(代女)에게 줄 크리스마스 선물이 될 것이라고 환한 얼굴로 설명하면서 연미복 가장 안쪽 주머니에서 검은색 타원형 상자를 꺼내들었다. 그는 다른 사람들이 미워할 수 없을 정도로 소박하게 과시욕을 보이면서 사람들 앞에서 직접 상자를 열었다. 그 안에서 뿜어지는 눈부신 빛에 사람들은 거의 눈이 멀 정도였다. 마치 반짝이는 크리스털 분수의 물방울이 그들의 눈에 들어오는 것 같았다. 오렌지색 벨벳으로 만들어진 둥지 안에 하얗고 선명한 다이아몬드 세 개가 마치 달걀처럼 놓여 있었다. 그 세 개의 다이아몬드에서 발하는 빛이 그곳에 모인 사람들을 흥분시키고 있었다. 피셔 경은 기쁨에 넘치는 온화한 얼굴로 황홀경에 빠진 대녀의 모습을 바라보며, 대령이 표하는 준엄한 존경심과 걸걸한 목소리의 감사 인사, 그리고 모인 사람들의 경이에 찬 눈길을 받으며 서 있었다.

"이제 이것들을 집어넣어야겠구나, 애야."

피셔 경은 상자를 다시 연미복 주머니에 넣으며 말을 이었다.

"이것들을 가져오는 데 무척이나 신경쓰였지. 이 커다란 아프리카산 다이아몬드는 그 동안 너무 자주 도난 당해서 '날아다니는 별들'이라고 불린단다. 모든 범죄자들이 이 물건에 눈독을 들이고 있다고 해도 과언이 아니지. 거리나 호텔 주변의 부랑자들조차도 쉽게 이 물건에서 눈을 떼지 못할 게다. 그러니 내가 이곳으로 오는 길에 이것들을 잃어버리지 말란 법도 없었지. 일어날 법한 일이란다."

"정말 아름답군요. 부랑자들이 탐낸다 해도 비난할 수 없을 것 같아요. 그자들이 선생께 빵을 구걸한다 해도 돌멩이 하나 던져주지 않으실 테니, 자신들이 직접 그 돌을 빼앗아보자는 심산이겠지요."

붉은 넥타이 크룩이 신음하듯 낮은 소리로 말했다.

"그런 식으로 말하지 마세요. 당신이 말하는 게 꼭 그 지독한 …… 뭐라 부르더라…… 왜 있잖아요, 굴뚝 청소부까지 포용하겠다는 사람을 부르는 말 말예요. 그런 사람이 하는 말투 같아요."

루비 애덤스가 홍조 띤 얼굴로 약간 언성을 높이며 말했다.

"성자를 말씀하시나 보군요."

브라운 신부가 말했다.

"제 생각에는, 루비가 사회주의자를 말하고 싶어하는 것 같습니다만."

레오폴드 경이 거만한 미소를 띠며 말했다.

"진보주의자가 모든 기득권을 버리고 쓰레기 더미 위에서 사는 사람을 의미하지는 않죠. 그리고 보수주의자가 잼이나 보관하고 있는 사람을 의미하지는 않잖아요. 마찬가지로, 사회주의자가 굴뚝 청소부와 함께 저녁 사교 모임에 나가고 싶어하는 사람을 의미하지는 않는단 말씀이죠. 사회주의자는 굴뚝 청소부들이 굴뚝 청소를 하면, 그에 합당한 보수를 받기를 바라는 사람이죠."

크룩이 빠른 어조로 대꾸했다.

"하지만, 직접 숯검댕을 뒤집어쓰려 하지는 않지요."

신부가 낮은 목소리로 말했다.

크룩이 신부를 흥미와 존경의 눈빛으로 바라보며 물었다.

"스스로 숯검댕을 쓰려는 사람이 있습니까?"

"있을 수 있지요. 정원사들이 숯검댕을 사용한다고 들은 적이 있지요. 그리고 저도 한번은 크리스마스 날 모임에 산타가 오지 않아서 검댕을 얼굴에 바르고 여섯 명의 아이들을 기쁘게 해 준 일도 있습니다."

"어머, 멋져라."

루비가 탄성을 올렸다.

"이 자리에서 다시 한번 보고 싶군요."

거칠게 생긴 캐나다인 블런트가 박수 갈채와 함께 목소리를 높였고, 이에 놀란 대부호가 반대하는 큰소리를 지르는 바로 그 순간, 현관 문을 두드리는 소리가 들렸다. 신부가 나가 문을 열었다. 상록수와 칠레소나무가 있는 앞쪽의 아름다운 정원이 시야에 들어왔다. 이제 정원은 아름다운 보랏빛 석양을 등지고 어둠에 잠기고 있었다. 활짝 열린 현관문으로 보이는 그 광경이 마치 무대 배경의 한 장면처럼 너무도 아름답고 묘한 분위기를 발산하고 있어서, 한 순간 그들은 안으로 들어서고 있는 평범한 모습의 한 사내의 존재를 의식하지 못하고 있었다. 먼지를 뒤집어쓰고 해진 코트를 입고 있는 그는 심부름꾼이라는 것을 한눈에 알 수 있었다.

"블런트라는 분 계십니까?"

사내는 들고 온 편지를 앞으로 내밀며 미심쩍게 물었다. 블런트가 앞으로 나서서 편지를 받았다. 놀라움을 감추지 않고 봉투를 뜯어 편지를 읽던 그의 얼굴이 잠시 어두워지더니 다시 밝은 표정을 하고는 그의 매형이자 집주인을 향해 돌아서서는 공손하게 말했다.

"이거 다른 분들께 폐를 끼치는 것은 정말 싫지만, 제 오랜 친구가 일 문제로 오늘 밤 여길 방문하고 싶다는데요. 괜찮을까요, 매형? 이 친구는 플로리언이라는 유명한 광대이자 코믹 배우인데, 몇 년 전 서부 쪽에 갔다가 알게 됐지요. 이 친구, 프랑스계 캐나다인이거든요. 나한테 볼일이 있나본데, 무슨 일인지 도무지 모르겠어요."

"괜찮다마다, 이 사람아. 자네 친구라면 누구든 환영일세. 하지만 그 친구가 특별한 재주를 가지고 있다는 것을 보여줘야 하네. 하하하."

"그런 거라면, 그 친구 얼굴에 시커멓게 검댕이라도 발라 보여줄 겁니다. 하하하. 그 친구는 여기 계신 모든 분들의 눈에라도 시커먼 검댕을 바르고도 남을 친구죠. 저야 상관없습니다. 어차피 점잖지 못한 사람이니까요. 제가 워낙, 모자를 깔고 앉아 장난을 치는 유쾌한 구식 팬터마임을 좋아하거든요."

"내 모자는 깔고 앉지 않도록 해주시길 바라겠소."

레오폴드 피셔 경이 엄숙하게 말했다.

"자, 자, 다투지들 마십시오. 모자를 깔고 앉는 것보다 더 저속한 광대 짓도 있는데 뭘 그러십니까."

크룩이 쾌활하게 말했다.

공격적인 의견을 서슴없이 말하는데다가 아름다운 대녀와 눈에 띄게 친밀하게 지내는 이 붉은색 넥타이를 밉게 본 피셔 경은 가장 냉소적이고 고압적인 태도로 입을 열었다.

"자네는 모자를 깔고 앉는 것보다 훨씬 더 저속한 광대 짓을 알고 있나 보지? 그게 대체 뭔가?"

"이를테면, 깔고 앉았던 모자를 경의 머리에 다시 씌우는 것 같은 행동이죠."

사회주의자 청년이 말했다.

"자, 자, 자,"

캐나다 출신 농부가 그 특유의 교양 없는 박애정신을 과시하며 소리치고는 말을 이었다.

"이 흥겨운 저녁시간을 망쳐서야 되겠습니까. 오늘 밤 모인 사람들끼리 재미난 뭔가를 해보십시다. 얼굴에 숯검댕을 칠하거나 모자에 앉는 짓말고, 이런 걸 싫어하신다니 다른 걸 찾아봐야죠. 광대와 콜롬비나*가 등장하는 옛 영국식 팬터마임은 어떻습니까. 제가 열두 살 때 영국을 떠날 당시에 한 번 봤는데, 그 이후로 뇌리에서 지워지질 않더군요. 작년에 옛 동네로 돌아가서 찾아봤더니 없어졌대요. 그렇게 코를 훌쩍이게 하는 아름다운 연극도 없었는데, 저는 시뻘겋게 달구어진 부젓가락과 경관이 소시지가 되어버리는 것을 보고 싶었는데, 기껏 달빛 아래서 설교나 하고 있는 공주와 파랑새 같은 것만 보여주더군요. 저한테는 푸른 수염을 한 늙은 어릿광대 판탈롱이 나오는

---

*Columbine. 1530년경 이탈리아의 코메디아 델라르테 극에 등장했던 쾌활하고 영리한 하녀 역에서 유래한 상투적인 인물. 콜롬비나 역의 의상에는 모자와 에이프런이 포함된다. 영국의 희극에서는 주로 판탈롱의 딸이나 그의 보호를 받는 역으로, 할리퀸과 사랑에 빠진다. 20세기 뮤지컬 코미디에 등장하는 하녀 역은 콜롬비나의 한 변형이다.

것이 제격인데 말씀입니다. 푸른 수염이 판탈롱으로 변하는 게 제일 재미있었었지요."

"경관을 소시지로 만들어버린다는 건 저도 대찬성입니다. 그게 아까 말한 것보다 훨씬 더 나은 사회주의의 정의가 되겠는데요. 그렇지만 복장을 갖추는 게 문제 아닙니까."

"천만의 말씀."

블런트가 재빨리 청년의 말을 받고는 말을 이었다.

"두 가지 이유에서, 어릿광대극이 우리가 지금 해보기에는 가장 좋을 것 같습니다. 우선, 모든 분들이 어느 정도의 우스갯소리 한마디씩은 하실 테고, 둘째로, 사용되는 물건들이 탁자나 수건걸이와 휴지통 뭐 이런 것들일 테니 말입니다."

크룩이 동의한다는 듯이 고개를 끄덕이고는 방 안을 서성거리며 말했다.

"그렇군요. 옳으신 말씀인데. 그런데 어쩌죠? 경관 제복이 없으니 말이죠. 제가 최근에 죽인 경관이 없어서요. 하하하."

블런트는 얼굴을 찡그리며 생각에 잠기더니, 무릎을 치며 말했다.

"물론, 경관 제복도 입을 수 있을 거요. 내가 플로리언의 주소를 가지고 있으니, 그가 올 때 경관 제복을 한 벌 가져오라고 전화하지요. 그 친구가 런던에 있는 모든 의상점들을 알고 있거든요."

그리고는 전화기 쪽으로 나아갔다.

"정말 멋져요. 제가 콜롬비나 역을 할 테니, 대부께서 판탈롱 역을 하세요."

루비가 춤이라도 출 듯이 신이 나서 말했다.

백만장자는 이교도같이 점잔을 빼면서 몸을 꼿꼿이 하고는 말했다.

"내 생각에는, 얘야, 판탈롱은 다른 사람이 해야 할 것 같구나."

"원하신다면, 제가 판탈롱을 하죠."

대령이 그의 입에서 담배를 빼고는 입을 열었다.

말을 마치기가 무섭게 통화를 마치고 돌아오는 블런트가 말했다.

"형님은 조각상을 하셔야 합니다. 광대 역이 딱 맞는 친구가 있지 않습니까. 크룩이라는 친구, 기자라니 알고 있는 오래된 재담이 아주 많을 겁니다. 그러니 광대가 제격이죠. 제가 할리 퀸역을 맡죠. 그냥 기다란 다리로 여기저기 뛰어다니기만 하면 되니 말입니다. 제 친구 플로리언이 경관 의상을 가져온다고 했습니다. 아예 경관 의상을 입고 온다더군요. 광대 극은 여기 이 홀에서 하죠. 관객은 반대편에 있는 널찍한 계단에 한 줄씩 위쪽으로 앉으면 되구요. 그리고 이 현관문은 닫든지 열어두든지 해서 무대 배경으로 쓰면 그만이겠습니다. 닫으면 멋들어진 영국식 장식이 보이고, 열어두면 달빛 가득한 정원이 보이니 말입니다. 마법이라도 쓰는 것 같지 않겠습니까."

그리고는 주머니에 손을 넣어 당구장용 초크를 꺼내, 현관문과 계단의 중간쯤 되는 지점에 선을 그어 무대를 표시하였다.

어떻게 그렇게 얼토당토않은 연회가 시간에 맞추어 준비되었는지는 수수께끼로 남아 있다. 하지만, 젊음이 온 집안에 넘쳐 있을 때에는 분별없는 태도와 열성이 함께 섞여 있게 마련이다. 비록 모든 사람들이 뜨거운 열기를 발하는 두 얼굴과 마음을 따로 가지고 있었던 것은 아니었으나, 그날 밤 이 집에는 젊음이 넘쳐흘렀다. 항상 그렇듯이, 무언가를 창조해야 한다는 부르주아적인 관습에 지나치게 젖어 있는 터라, 점점 더 격렬하게 새로운 것을 생각해내고 만들어내게 되었다. 콜롬비나는 객실에 있는 커다란 램프의 갓을 닮은 이상스럽게 눈에 띄는 스커트를 입고 있어 아주 매력적으로 보였다. 광대와 판탈롱은 스스로 얼굴에 밀가루를 칠해 하얗게 만들고 하녀들의 빨간 립스틱을 발라서 누구인지 알아보지 못할 정도로 분장을 했다. 정말이지 모두들 진짜 크리스마스의 기부자들인 것 같았다. 이미 담배상자에서 뜯어낸 은색 종이를 걸치고 있던 할리퀸이 눈부시게 빛나는 크리스털 조각으로 온몸을 치장해야 한다며 밝은 빛을 발하고 있는 예스러운 빅토리아식 샹들리에를 깨뜨리려고 하는 것을 가까스로 말렸다. 사실, 루비가 옛날 팬터마임에서 자신이 다이아몬드 여왕 역을 맡았을 때 입었던 아름다운 파티 드레스에 붙어 있는 인조 보석들을 생각해내지 않았더라면, 그는 정말 그렇게 했을지도 모를 일이었다. 정말이지, 그녀의 삼촌 제임스 블런트는 어린아이처럼 흥분해서 거의 통제를 할 수 없을 정도였다. 그는 갑자기 브라운 신부의 머리에 종이로 만든 당나귀 머리를 씌웠다. 다행히도 참을성이 많은 브라운 신부는 그것을 쓰고 앉아 어쩌다가 당나귀의 귀를 개별적으로 움직이는 방법까지 알아내기도 하였다. 블런트는 심지어 종이 당나귀의 꼬리를 레오폴드 피쳐 경의 연미복에 달려고 시도하기도 했다. 하지만 참을성 많았던 브라운 신부의 경우와는 달리, 경은 이맛살을 찌푸렸다.

"삼촌이 오늘 너무 심하시네요. 왜 저리 소란을 피우실까요?"

루비가 크룩의 어깨에 소시지 줄을 얹으며 심각한 표정으로 말했다.

"그는 콜롬비나인 당신의 연인 할리퀸이 아니오. 나는 오래된 농담이나 떠들어대는 늙은 광대에 불과하고 말이오."

크룩이 말했다.

"저도 당신이 할리퀸 역을 했으면 하고 바랐어요."

루비는 이렇게 말하고는 소시지가 흔들리는 줄에서 손을 떼었다.

브라운 신부는 비록 무대 뒤에서 벌어지는 사소한 일들까지 모두 챙기고 베개를 팬터마임용 아기로 꾸며주어 박수 갈채까지 받았지만, 곧 앞쪽으로 돌아나가 아이처럼 첫 공연에 대한 자못 신중한 기대를 가지고 관객들 사이에 자리를 잡고 앉았다. 관객이라고 해봐야 몇 되지 않았다. 친척들과 한두 명의 동네 친구들 그리고 하인들이 고작이었다. 레오폴드 경은 가장 앞줄에 앉았는데, 풍성한 털이 달린 그의 깃이 바로 뒤에 앉아 있는 작달막한 신부의 시야를 가장 많이 방해하였다.

팬터마임은 완전히 혼란의 도가니가 되었지만, 한심한 정도는 아니었다. 극은 주로 맹렬한 즉흥연기의 연속이었는데, 이는 주로 광대 역을 하고 있는 크룩으로부터 나오고 있었다. 그는 평소에도 영리한 사내였지만, 오늘 밤에는 그 툭 트인 박식함에 영감을 받아 세상 그 누구보다 더욱 현명한 어리석음을 발휘하고 있었다. 그것은 순간순간 특정 얼굴에 맞는 특정 표현을 알고 있는 젊은이에게 찾아드는 영감이었다. 그는 광대 역할을 하기로 되어 있었으나, 그밖의 다른 모든 역도 모두 소

날아다니는 별들 153

화해냈다. 작가(작가가 있었다고 가정한다면), 프롬프터, 무대 배경화가, 무대 장치 담당자는 물론 오케스트라의 역까지도 모두 해냈던 것이다. 이 엉뚱한 공연에서의 갑작스런 막간을 이용해 그는 자신이 걸치고 있던 모든 의상을 벗어 던지고 피아노 앞에서 공연에 잘 어울릴 정도로 우스꽝스러운 대중 음악을 완주하는 탁월한 능력도 보였던 것이다.

무엇보다도 이 공연의 클라이맥스는, 무대의 뒤쪽 현관문이 활짝 열리면서 달빛이 쏟아지는 아름다운 정원이 보이고, 이어 저 유명한 전문 광대 배우 플로리언이 경관 복장으로 등장하는 장면이었다. 광대가 피아노 앞에서 경찰 합창곡인 〈펜잰스의 해적들〉을 연주했지만, 박수 갈채 속에 파묻혀 잘 들리지 않을 정도였다. 저 위대한 희극 배우는 경관 복장을 하고 경관의 태도와 몸짓을 보여주느라 가뜩이나 절제된 동작들을 하고 있었으나, 그의 몸짓 하나하나가 너무나 훌륭하였다. 할리퀸이 뛰어올라 그의 헬멧을 쓴 머리를 한 대 쳤고, 피아노를 치고 있는 광대는 〈어디서 그 모자를 구했니?〉를 연주하면서 짐짓 놀란 표정을 훌륭하게 연기했다. 그리고는 뛰어오른 할리퀸이 다시 한번 경관의 헬멧을 때렸다. 그리고 나서 우레와 같은 박수 갈채 속에 할리퀸은 경관의 팔에 바로 달려가 그의 위에 쓰러졌다. 그러자 낯선 배우는 아주 훌륭하게 죽은 자의 흉내를 내며 쓰러졌다. 푸트니 근방에서 여전한 그 명성에 걸맞는 연기였다. 살아 있는 인간이 그토록 시체처럼 빳빳하기란 거의 불가능한 일이었다.

발랄한 할리퀸은 죽은 듯이 누워 있는 배우를 마치 자루처럼 빙빙 돌리기도 하고 인디언 곤봉처럼 이리저리 굴리거나 몸을 비틀기도 했다. 이러는 동안 익살스러운 피아노 가락은 내내 맹렬하게 이어졌다. 할리퀸이 저 우스꽝스러운 경관을 바닥에서 무겁게 들어올릴 때, 광대는 〈나는 당신의 꿈에서 깨어나오〉를 연주했고, 경관을 질질 끌고 다닐 때는 〈내 어깨 위에 짐을 싣고〉를 연주했으며, 할리퀸이 마침내 경감을 쿵 하고 그럴싸하게 떨어뜨렸을 때는 열광적인 피아노 선율과 함께 〈나는 내 사랑하는 여인에게 편지를 보냈는데 도중에 그것을 떨어뜨리고 말았네〉를 가사까지 붙여가며 반복해서 연주하고 있었다.

이같은 혼돈의 소용돌이에서, 브라운 신부의 시야가 일순간 완전히 가려졌다. 바로 앞에 앉은 대부호가 완전히 일어서서는 사납게 자기 주머니에 손을 찔러 넣었기 때문이었다. 그러다가 초조하게 자리에 앉아 안절부절못하다가 다시 일어서는 것이었다. 마치, 무대로 당장 걸어 올라갈 것 같은 기세였다. 하지만, 피아노를 연주하고 있는 광대를 한번 흘끗 보고는 아무 말도 없이 휙 밖으로 나가버렸다.

신부는 몇 분 더 그 부조리극을 볼 수 있었는데, 저 아마추어 할리퀸이 완전히 의식이 없는 상태에서 그리 우아하지 못한 춤을 추는 것은 보지 못했다. 현실감은 있었지만, 점잖지 못한 예술 무대를 선보이면서 할리퀸은 춤을 추며 천천히 문 밖 정원으로 뒷걸음질쳤다. 달빛 가득한 정원은 정적에 휩싸여 있었다. 무대에서도 반짝반짝 빛을 발하던 은색 종이와 인조 보석을 붙인 그의 의상은 밝은 달빛 아래서 춤을 추며 멀어져가자, 더욱더 그 빛이 찬란하게 빛나며 마치 마법에라도 걸린 듯한 인상을 주었다. 관객들이 커다란 갈채로 무대를 마무리짓고 있을 때, 브라운 신부는 누군가가 갑자기 자신의 팔을 툭툭 치면서 대령의 서재로 와달라고 요청하는 소리를 들었다.

신부가 의아해하며 그를 부른 사람을 따라 들어간 서재는 밖의 우스꽝스러운 분위기에서 완전히 벗어나 있었다. 애덤스 대령은 여전히 소박하게 손잡이가 달린 고래뼈가 그의 눈썹 위에서 흔들리는 늙은 판탈롱의 의상을 입고 있었지만, 그의 불쌍한 눈은 흥청망청한 농신제(農神祭)에서 술이 번쩍 깰 만큼 충분히 슬픈 빛을 띠고 있었다.

레오폴드 피셔 경은 벽난로 앞면 장식에 기대어 서서 고통스러운 신음소리를 흘리고 있었다.

이윽고 애덤스 대령이 입을 열었다.

"저, 이것은 아주 힘든 문제입니다, 브라운 신부님. 사실은 오늘 오후에 보았던 그 다이아몬드들이 피셔 경의 연미복 주머니에서 사라졌다는군요. 그리고 신부님께서……"

브라운 신부가 미소지으며 그의 뒷말을 이었다.

"제가 바로 그분의 뒤에 앉아 있었기 때문에……"

"그런 말씀을 드리려는 것은 아닙니다."

바로 그걸 말하려 했다는 듯한 표정을 하고 있는 피셔 경을 바라보며, 애덤스 대령이 말했다.

"다만, 신사로서 될 수 있는 대로 협조를 해주십사 하는 겁니다."

"그러면 그 신사의 주머니를 보여드리면 되겠군요."

브라운 신부는 이렇게 말하면서 주머니에서 7실링 6펜스, 왕복 차표, 작은 은 십자가와 기도서, 그리고 막대 초콜릿 한 개를 꺼내놓았다.

대령은 그를 오랫동안 쳐다보다가 말했다.

"저는 신부님의 주머니보다는 신부님의 머릿속을 들여다보고 싶습니다. 제 딸아이가 신부님의 신자 아닙니까. 그 아이가 요즈음……"

대령이 여기서 말을 끊자 피셔 경이 폭발하듯이 말을 이었다.

"그 아이가 요즘 들어 집에다 그 빌어먹을 사회주의자를 들이지 뭡니까. 대놓고 부자들을 털어야 한다고 떠벌리는 그자를 말입니다. 더이상 볼 것도 없어요. 여기 그 갑부가 있지 않소. 나는 누구보다도 더 갑부가 아니오."

"제 머릿속에 든 것을 보시고 싶다면, 그렇게 하십시다."

브라운 신부가 다소 울적하게 말했다.

"그것이 얼마나 가치가 있는지는 이후에 말씀해주시지요. 이 폐기처분될 머릿속 주머니에서 찾아낸 첫번째 대답은, 다이아몬드를 훔칠 사람이라면, 사회주의를 거론하지 않는다는 겁니다. 오히려……."

신부가 더욱 진지해진 태도로 덧붙였다.

"그것을 비난할 테지요."

두 사람이 모두 날카롭게 돌아보았지만, 신부는 말을 이었다.

"아시다시피, 우리는 여기 모인 사람들을 어느 정도는 알고 있습니다. 그런데, 저 사회주의자가 다이아몬드를 훔치는, 말도 안 되는 짓을 했겠습니까? 유의해야 할 것은, 우리가 잘 알지 못하는 한 사람이 있다는 것입니다. 경관 역을 하던 플로리언이라는 사람, 그 사람은 지금 어디 있을까요?"

판탈롱이 갑자기 일어나더니 방 밖으로 걸어나갔다. 백만장자는 기도서를 보고 있는 신부를 한참 노려보고 있었다. 다시 돌아온 늙은 광대는 툭툭 끊어지는 무거운 음성으로 말했다.

"경관은 여전히 무대에 누워 있습니다. 커튼이 여섯 번이나 내려갔다 올라갔는데, 여전히 거기에 누워 있습니다."

브라운 신부가 그의 기도서를 떨어뜨리면서 정신적으로 황폐해진 듯한 공허한 표정으로 일어섰다. 아주 천천히 그의 회색 빛 눈에 생기가 도는 듯 하더니 가까스로 입을 열었다.

"죄송하지만, 대령님, 부인께서 돌아가신 게 언제였지요?"

"내 아내 말씀이요? 그녀는 두 달 전에 죽었소. 처남이 일주일 늦게 도착해서 그녀를 보지 못했지요."

작달막한 신부는 토끼처럼 튀어오르더니 보기 드물게 흥분한 목소리로 외쳤다.

"자, 어서 갑시다. 그 경관을 살펴봐야겠습니다."

그들은 커튼이 쳐져 있는 무대 위로 달려가 아주 친밀하게 속삭이고 있는 콜롬비나와 광대를 밀치고는 익살스럽게 생긴 경관에게 몸을 구부렸다.

"클로로포름입니다. 제 생각이 맞는 것 같군요."

놀라움에 정적이 감싸고 돌기 시작했다. 대령이 천천히 입을 열었다.

"저 그게 무슨 말씀인지 설명 좀 해주시겠습니까?"

브라운 신부는 소리를 내어 웃으면서 말했다.

"여러분, 지금은 이야기할 시간이 없습니다. 범죄자의 뒤를 쫓아야 하거든요. 하지만 경관 역을 한 이 위대한 프랑스 배우의 정체는……."

여기까지 말한 신부는 등을 돌려 뛰기 시작했다.

"이 사람이 도대체 누구입니까?"

피셔 경이 물었다.

"진짜 경관입니다."

말을 마친 브라운 신부는 어둠 속으로 달려나갔다.

나뭇잎이 우거진 정원의 끝쪽에는 나무 그늘과 움푹 패인 곳들이 있었다. 이 정원에는 월계수와 다른 종류의 늘푸른 덤불들이 사파이어 빛 하늘과 은은한 달빛 아래 그 모습을 드러내고 있어, 한겨울임에도 남쪽나라 같은 따뜻한 느낌을 풍기고 있었다. 흔들리는 월계수의 화려한 초록빛과 풍부한 보랏빛이 감도는 쪽빛 밤하늘, 그리고 그 밤하늘에 자리하고 있는 거대한 수정과 같은 달은 거의 무심하다 싶을 정도로 낭만적인 한 폭의 그림 같은 장면을 연출하고 있었다. 그런데 한 정원수 꼭대기 가지 사이에서 나무를 기어오르고 있는 수상한 사내의 모습이 보였다. 낭만적인 풍경의 정원과는 전혀 어울리지 않는 광경이었다. 그는 마치 무수하게 많은 달을 몸에 두르고 있는 듯이 머리부터 발끝까지 빛을 발하고 있었는데, 진짜 달빛이 매순간 그를 비추고 있어 그의 몸 구석구석이 불타고 있는 것 같았다. 그 반짝이는 빛을 두른 사내는 정원에 있는 작은 나무에서 이웃집 정원에 있는 울창하고 큰 나무로 솜씨 있게 옮겨가더니 그곳에 못 박히듯 멈추어버렸다. 왜냐하면, 조금 전에 옮겨온 키 작은 나무 뒤에서 한 그림자가 미끄러지듯 나타나 그에게 분명한 어조로 말을 걸어왔기 때문이었다.

"어이, 플랑보. 자네는 정말 날아다니는 별처럼 보이는구먼. 하지만 잊지 말아야 할 것은, 날아다니는 별은 결국 추락하는 별이 된다는 걸세."

은빛으로 빛나는 나무 위의 사내는 월계수 사이로 고개를 내밀고는 탈출하는 데는 자신이 있다는 듯이 아래쪽의 작달막한 사내의 말에 귀를 기울였다.

"자네가 이보다 더 훌륭했던 적은 없었네, 플랑보. 애덤스 부인이 세상을 뜨고 나서 일주일 후에 캐나다에서 찾아온다는 발상은 아주 훌륭했네. 물론 자네는 파리에서 표를 끊어 왔겠지만 말일세. 가족들 모두 큰 슬픔을 겪어 이것저것 물어볼 기분이 아니었을 테지. 피셔 경이 '날아다니는 별들'을 가지고 찾아오는 날을 미리 알아두었던 것 역시 흠잡을 데 없이 영리한 처사였네. 그리고 이후에 벌인 일들 역시 빈틈이 없었다는 정도가 아니라 가히 천재적이라 해야 할 것이지. 내 생각에, 피셔 경의 안주머니에서 다이아몬드를 빼내는 일 따위는 자네에게는 아무것도 아니었을 거라 생각하네. 피셔 경의 코트에 종이 당나귀 꼬리를 붙이는 따위의 장난말고도 자네의 그 솜씨 좋은 손놀림으로 그것들을 빼낼 방법들은 수백 가지는 될 테니 말일세. 하지만 그런 손쉬운 방법들은 자네 명성에 걸맞지 않은 것들이었을 테지."

푸른 잎사귀들 사이에서 은빛을 발하고 있는 사내의 모습은 최면이라도 걸린 듯 그 자리에서 움직이지 않았다. 그는 몸을 돌려 뒤쪽으로 쉽게 도망칠 수 있었음에도 불구하고 아래쪽에 있는 사내를 노려보고 있었다.

아래쪽에 있는 사내, 브라운 신부는 계속 말을 이었다.

"그래. 나는 모든 걸 알고 있네. 자네가 팬터마임을 급작스럽게 생각해냈을 뿐 아니라, 이를 이중 목적으로 이용하려 했다는 것을 알고 있네. 자네는 그 보석을 조용히 아무도 모르게 훔쳐낼 생각이었지. 그런데 가장한 동료가 찾아와 편지로, 자네가 이미 의혹을 받고 있고 유능한 경관이 바로 오늘 밤 자네를 잡으러 올 것이라는 소식을 알려줬네. 보통 도둑 같았으면, 이런 경고에 감사하면서 당장 달아났겠지만, 자네는 시인이거든. 자네는 이미 저 보석을 무대 위의 번쩍이는 인조 보석 속에 숨겨 나올 아주 기발한 생각을 했던 거네. 이제, 자네는 그 의상이 할리퀸이 입는 것이라면, 거기에 경관이 등장하는 것이 아주 잘 어울린다는 것을 알았던 게지. 저 훌륭한 경관이 푸트니 경찰서에서 자네를 잡으러 출발했고 기상천외할 정도로 기괴한 덫으로 걸어 들어오게 되었단 말이네. 경관이 현관문을 열자, 바로 크리스마스 팬터마임이 공연중인 무대로 올라서게 되었고, 거기서 춤추는 할리퀸에 의하여 발로 채이고 곤봉으로 얻어맞고 기절까지 해 가지고는 질질 끌려다니게 된 거지. 그것도 푸트니에서 가장 저명하다는 분들의 폭소와 함성 속에서 말이네. 자네는 앞으로도 이보다 더 훌륭한 범죄는 저지르지 못할 걸세. 자, 그러니 이제 그만 그 다이아몬드들을 돌려주게."

빛을 발하고 있는 사내가 흔들거리고 있는 푸른 나뭇가지가 깜짝 놀란 듯이 부스럭거렸다. 그러나 아래쪽에서 들려오는 목소리는 계속되고 있었다.

"자네가 그 다이아몬드들을 되돌려주기를 바라네, 플랑보. 그리고 이런 생활을 그만뒀으면 하네. 자네에게는 아직 젊음과 명예와 재치가 있지 않나. 그것들을 이런 일에 모두 소진할 생각일랑은 말게. 인간은 선한 일에 있어서는 일정 수준을 유지할 수 있네만, 나쁜 일에는 그 수준을 유지할 수가 없다네. 점점 더 내리막길을 향해 내달릴 뿐이지. 친절한 사람도 술을 마시면 잔인해지고, 솔직한 사람도 살인을 하면 그 때문에 거짓말을 하게 된다네. 내가 알고 있던 많은 사람들이 자네처럼 의리 있는 무법자가 되고 부자들만을 터는 유쾌한 도적이 되겠다고 이런 일을 시작했다가 결국에는 진흙탕 속에서 뒹구는 신세가 되었네. 모리스 블룸은 빈민들의 구세주인 신념 있는 무정부주의자로서 이쪽에 발을 들였으나, 결국 적과 같은 편 양쪽에게 이용당하고 멸시당하는 밀고자이자 알랑거리는 스파이가 되어 버렸네. 해리 버크는 또 어떤가. 아주 진지하게 아낌없이 돈을 뿌리는 운동을 시작한 사람이지만, 지금은 거의 굶어 죽어가고 있는 여동생을 쥐어짜면서 술값을 뜯어내고 있네. 앰버 경도 그렇네. 거친 사회에 뛰어들 때는 일종의 기사도 정신에 불타고 있었지만, 지금은 런던에서도 가장 천박한 무뢰한들의 협박에 돈을 뜯기며 살아가고 있지. 베릴론 대위는 자네보다 한 세대 앞선 위대한 신사 강도였네. 그는 정신병원에서 죽어갔지. 그를 배신한 재산관리인과 그를 뒤쫓는 '경찰 끄나풀들'에 대한 공포로 소리를 지르며 그렇게 죽어갔단 말일세. 자네 뒤쪽에 보이는 숲이 아주 자유로워 보인다는 걸 아네, 플랑보. 그뿐아니라, 자네가 마음만 먹는다면 원숭이처럼 날쌔게 저 숲속으로 녹아들듯 사라질 수 있다는 것도 알고 있네. 하지만, 언젠가는 자네도 늙은 회색 원숭이가 될 걸세, 플랑보. 그리고 숲속 나무에 앉아 쓸쓸하게 죽음을 기다릴 테지. 앙상한 나뭇가지만 남은 나무 꼭대기에서 말일세."

모든 것이 정적에 휩싸여 있었다. 마치 아래쪽에 있는 작은 사내가 나무 위에 있는 상대를 보이지 않는 긴 끈으로 묶어놓은 것 같았다. 신부는 계속 말을 이었다.

"자네의 내리막길 인생은 이미 시작되었네. 자네, 비열한 짓은 절대 하지 않겠다고 호언장담했었지? 하지만 자네는 오늘 밤 그 비열한 짓을 하고 있는 걸세. 정직한 한 청년을 의심받게 하고 있네. 그가 지금 아주 곤란한 상황에 놓여 있어. 자네가 바로 그가 사랑하고 그를 사랑하는 여인으로부터 그 청년을 갈라놓고 있단 말일세. 이건 시작일 뿐이지. 자네는 죽기 전에 이보다 더한 비열한 짓을 하고 말 거란 말일세."

세 개의 반짝이는 다이아몬드가 나무에서 잔디밭으로 떨어졌다. 작달막한 사내가 몸을 구부리고 그것들을 집어들고는 다시 푸른 나무 새장을 올려다보았다. 나무는 비어 있었다. 은빛 새는 간데 없이 사라지고 없었다.

보석을 되찾게 되자, 그것도 우연치 않게 모인 사람들 중 브라운 신부가 집어들고 나타나자, 그날 밤은 모두들 떠들썩한 승리감에 젖어들게 되었다. 기분이 고조된 레오폴드 경은 신부에게, 자신은 조금 더 넓은 관점을 지니고 있는데, 속세를 떠나 세상일에 무심하게 생활하고 있는 사람을 존경할 수 있을 것 같다는 말까지 했을 정도였다.

보이지 않는 남자

다른 사람들도 모두 바닥을 내려다보았다.

플랑보는 프랑스인다운 과장된 놀란 몸짓과 함께

소리를 질렀다. …… 그 거만하게 서 있는 커다란

수위의 다리 사이로, 하얀 눈 위에 잿빛 발자국이

선명하게 죽 이어져 있었기 때문이다.

"맙소사, 보이지 않는 인간이다!"

캠던 타운에 차갑고 푸르스름한 땅거미가 깔리자, 모퉁이 제과점은 담뱃불처럼 깜빡였다. 아니 오히려 화려한 색깔의 불꽃놀이를 보는 것 같다는 게 맞을지도 몰랐다. 왜냐하면 이 빛이라는 게 알록달록한 케이크와 사탕 위에서 반짝반짝 춤을 추면서, 갖가지 색깔과 모양을 유리창에 비춰주고 있었기 때문이다. 거리의 많은 부랑아들이 한참 동안 그 유리창에 코를 박고서 있었다. 초콜릿보다도 붉은색과 초록색, 그리고 금색 등의 반짝이는 포장지가 더 마음에 들었다. 진열장 안에는 커다랗고 새하얀 웨딩 케이크도 있었지만, 손이 닿지 않는 곳에 있었지만, 마치 북극 전체를 먹을 수 있는 것으로 만들어놓은 것 같은 만족감을 주었다. 이러한 무지개 빛 자극이 열두어 살의 아이들을 불러모으는 것은 지극히 당연한 일이었다. 하지만 이 모퉁이 가게는 조금 더 나이가 든 청년에게도 꽤나 매력적이었던가 보다. 스물네 살 안팎으로 보이는 젊은이가 같은 가게의 진열장 안을 들여다보며 서 있었다. 그에게도 이 가게는 아주 매혹적인 곳이었다. 하지만 이 가게의 매력이 전적으로 초콜릿 때문은 아니었다. 그렇다고 해서 그가 초콜릿을 싫어하는 것은 아니었지만.

그는 키가 크고 건장하며 머리카락이 붉은 청년으로 얼굴에 굳은 결의가 있어 보였는데, 왠지 미적대고 있었다. 옆쪽에는 흑백 스케치들을 모은 납작한 잿빛 화첩을 끼고 있었다. 그는 현 경제 정책에 반대하는 강의를 했기 때문에 사회주의자로 몰려 해군 장교였던 백부에게 의절당했고, 이후 출판사에 자신의 스케치를 팔아 그럭저럭 생계를 이어가고 있었다. 그의 이름은 존 턴불 앵거스였다.

그는 마침내 제과점 안으로 들어서더니 진열대를 지나 안쪽으로 걸어갔다. 그곳은 앉아서 빵 같은 걸 먹을 수 있는 공간이었다. 그는 젊은 여종업원에게 유쾌하게 모자를 들어 보였다. 그녀는 가무잡잡하고 우아하며 민첩했으며, 검은색 옷을 입고 있었다. 혈색이 좋았고 검은 눈동자는 영리해 보였다. 그녀는 늘 그렇듯이 잠시 사이를 두고 그에게로 와서 주문을 받았다.

주문 내용은 평상시와 다르지 않았다.

"0.5페니짜리 작은 롤빵 하나하고 커피 주십시오."

여종업원이 돌아서기 직전, 한마디 덧붙였다.

"그리고, 저와 결혼해주십시오."

갑자기 뻣뻣하게 굳은 그녀가 대답했다.

"그런 농담은 하지 않으셨으면 좋겠네요."

붉은 머리의 젊은이가 뜻밖의 진지함을 담아 잿빛 눈으로 올려다보며 말했다.

"정말, 진심입니다. 이 롤빵만큼이나 심각하게 한 말입니다. 이 빵처럼 비싸고, 이 빵처럼 소화하기 힘든 말이라구요."

여종업원은 검은 눈을 그에게서 떼지 않은 채, 거의 비정하다 하리만치 엄격하게 그를 뜯어보고 있었다. 그러더니 마침내, 살며시 얼굴에 미소의 그림자를 띠며 의자에 앉았다.

"0.5페니짜리 빵을 먹는 것이 잔인한 일이라고 생각하지 않나요? 둘이 같이 있으면 1페니짜리 빵이 될지도 모르는데 말이에요. 우리가 결혼하면 0.5페니짜리 빵을 먹는 야만스런 짓은 하지 않을 겁니다."

여종업원이 의자에서 일어서더니 창가로 걸어갔다. 겉으로는 아무렇지도 않아 보였지만, 마음이 조금은 흔들린 모양이었다. 그녀가 마침내 결심한 듯 몸을 돌렸을 때, 당황스런 광경이 눈앞에 펼쳐졌다. 그 젊은이가 가게 진열대에서 이것저것 가져다가 탁자에 늘어놓고 있었던 것이다. 색색의 사탕들이 수북했으며, 샌드위치, 그리고 포트 와인과 셰리주가 올라왔다. 그는 이것들을 단정하게 늘어놓은 후, 진열대를 장식하고 있던 케이크를 들어다가 가운데에 조심스레 놓았다. 하얀 설탕이 수북이 흩뿌려진 케이크였다.

"도대체 뭐 하시는 거예요?"

"의무를 다하고 있습니다. 사랑하는 로라 양."

"오, 맙소사, 잠시만요. 그리고 제게 그런 식으로 말씀하지 마세요. 이게 다 뭐냐니까요!"

"축하 음식입니다."

"그럼, 저건 뭐예요?"

"웨딩 케이크지요, 앵거스 부인."

로라는 앵거스가 늘어놓은 사탕들이며 샌드위치 앞으로 다가오더니 딸그락 소리를 내며 그것들을 치우고는 웨딩 케이크를 다시 가게의 진열대로 가져다놓았다. 그러고 나서 다시 돌아와 앉아 우아한 팔을 탁자 위에 올려놓고는 꽤 화가 나기는 했지만 싫지는 않다는 듯이 이 젊은이를 바라보았다.

"제게 생각할 시간은 조금도 주시질 않는군요."

"나는 그런 바보가 아닙니다. 그게 바로 나의 기독교적인 겸손함이지요."

그녀는 여전히 그를 바라보고 있었지만, 그녀의 미소 뒤에는 상당한 심각함이 깃들여 있었다.

"앵거스 씨, 이런 말도 안 되는 일을 더 하시기 전에 저에 대해서 드릴 말씀이 있어요. 가능한 짧게 말씀드릴게요."

그녀가 침착하게 말했다.

"좋아요. 그 말을 하면서 나에 대한 이야기도 들려줬으면 좋겠는데요."

"오, 제발 그만하시고 제 말 좀 들으세요. 이 일은 제가 부끄러워할 것도 그렇다고 특별히 미안해할 것도 없는 일이에요. 하지만 저랑 상관없는 바로 그 일이 저의 악몽이 되고 있다면 뭐라 말씀하시겠어요?"

"그런 경우라면…… 저 케이크를 다시 가져오라고 말씀드리고 싶군요."

사내는 짐짓 진지하게 말했다.

"먼저 제 이야기부터 들으세요."

"우선, 제 아버지께서 루드베리에서 '붉은 물고기'라는 여관을 운영하셨다는 이야기를 해야겠군요. 그리고 저는 그곳 바에서 일했었죠.

루드베리는 잡초가 무성한 분지로 지루하기 짝이 없는 곳이랍니다. 그래서 '붉은 물고기'로 찾아드는 사람들이란 가끔 들르는 외판원들이나 그도 아니면, 당신은 아마 만나본 적도 없는, 가장 끔찍하고 저속한 부류였죠. 하는 일 없이 술집이나 경마장을 기웃거리며 간신히 먹고사는 사람들 말예요. 꼭 자기네한테나 어울릴 만한 복장을 하고 다녔죠. 하지만 이런 젊은 건달치들조차 우리 여관에는 그리 흔하지 않았답니다. 그런데, 유난히 우리 여관에 자주 들르는 두 남자가 있었지요. 그들은둘 다 물려받은 돈으로 먹고살았는데, 지나치게 옷에 치장을 하는데다가 지독히도 게을렀어요. 하지만 그래도 저는 그들을조금은 가엾게 여겼죠. 둘 다 조금씩 불구였거든요. 어쩌면 이들이 우리 가게처럼 작고 썰렁한 곳을 찾는 이유가 그 때문일지도 모른다고 생각했거든요. 아시다시피, 어떤 시골뜨기들은이런 사람들을 비웃곤 하잖아요. 하지만 딱히 불구라고 말할수도 없었어요. 그보다는 이상하게 생겼다고 하는 편이 낫겠어요. 한 명은 키가 너무나 작았어요. 마치 난쟁이나 아니면, 적어도 승마 기수 같았죠. 그래도 겉모습은 기수 같지 않았어요. 머리는 둥글고 검었으며, 턱수염도 검은색이었는데 잘 다듬어졌었지요. 눈은 꼭 새처럼 생겼고요. 주머니에 있는 동전이나 금시계 줄을 짤랑거리며 다녔죠. 모양은 또 어찌나 부렸던지. 하지만 바보는 아니었답니다. 잡기에는 아주 능했거든요. 즉흥적으로 마술을 한다거나, 성냥개비 열다섯 개로 불꽃 쇼를 하기도 했고, 바나나 같은 것들을 잘라서 춤추는 인형을 만들기도 했어요. 카운터로 다가와서 시가 다섯 개비로 껑충껑충 뛰어오르는 캥거루를 만들곤 하던 이시도르 스마이드의 작고 검은 얼굴이 아직도 눈에 선해요.

다른 한 사내는 그보다 더 조용하고 더 평범한 사람이었어요. 하지만 저 불쌍한 작은 스마이드보다 훨씬 더 저를 놀라게 하는 데가 있었어요. 그는 키가 아주 컸고 호리호리했어요. 옅은 색의 머리와 높고 오뚝한 코, 괴상한 분위기를 풍기기는 했지만 잘생긴 인물이었던 것 같아요. 하지만 간담이 서늘해질 정도로 오싹한 사시 같은 눈을 하고 있었답니다. 저는 그런 눈을 생전 처음 봤어요. 항상 정면을 본다고 하는데도 그 사람의 눈은 늘 엉뚱한 곳을 향해 있거든요. 저는 이런 외관상 결함이 이 불쌍한 사람의 마음을 몹시도 상하게 했나보다는 생각을 하게 되었죠. 왜냐하면 스마이드가 어디든 가리지 않고 그 재주 좋은 마술을 보여줄 준비가 되어 있는 반면, 제임스 웰킨은, 그 사시 남자 이름이에요, 우리 여관 바에 죽치고 앉아 술을 마시거나 황량한 시골길을 혼자서 한없이 걸어다니기만 했거든요. 한편 저는, 스마이드 역시 영리하게 처신을 잘하기는 하지만 역시 자신의 작은 키에 민감할 거라고 생각했죠. 그래서 같은 주에 그 두 사람이 제게 거의 동시에 청혼을 해왔을 때 놀라기도 하고 난처하기도 했어요.

실은 저도 나중에 제 행동이 참 어리석었구나 하는 생각은 했어요. 이 사람들이 이상하게 생기기는 했어도, 어떤 면에서는 제 친구들이었거든요. 전 제가 청혼을 거절한 진짜 이유가 생김새 때문이라는 사실을 그들이 알게 될까 두려웠어요. 그래서 자신의 길을 스스로 개척하지 않는 사람과는 그 누구하고도 결혼하고 싶지 않다는 구실을 만들었죠. 저는 그들처럼 단지 조상으로부터 물려받은 재산으로만 먹고사는 것은 제 원칙에 맞지 않는다고 분명히 못을 박았어요. 저로서는 고민 끝에 내놓은 구실이었죠. 그런데 이 말을 한 지 이틀 만에 일이 터져버렸어요. 이 두 사람이 글쎄, 동화책에 나오는 얼간이들처럼 자신들의 보물을 찾는다며 떠났다는 거예요.

그뒤로 지금까지 그 두 사람을 보지 못했어요. 스마이드한테서 놀라운 내용의 편지를 두 통 받은 것을 빼면요."

"다른 남자에게서는 연락이 없었나요?"

"없었어요. 편지 한 통도 없었죠."

로라는 잠시 망설이더니 말을 이었다.

"첫번째 편지의 내용을 말씀드리면, 그는 웰킨과 함께 런던으로 가고 있었어요. 그렇지만 걸음이 빠른 웰킨을 따라잡을 수 없어서 도중에 뒤처져 길가에서 쉬고 있었지요. 그러다가 우연히 유랑극단을 만나 합류했대요. 그 사람은 거의 난쟁이에 가까웠고 아주 영리한 익살꾼이었으니까, 그 분야에 꽤 잘 맞았던 것 같아요. 그리고는 곧 아쿠아리엄 극장으로 가서 마술을 했다더군요. 이게 그 사람이 보낸 첫번째 편지의 내용이었어요. 두번째 편지의 내용은 그보다 훨씬 더 놀라웠는데, 바로 지난 주에 받았어요."

앵거스는 마시던 커피를 마저 비우고 온화하고 참을성 있는 눈빛으로 그녀를 바라보았다. 그녀는 입술을 조금 일그러뜨리며 이야기를 이어나갔다.

"앵거스 씨도 '스마이드의 조용한 하인들'에 대한 광고를 보신 적이 있을 거예요. 아직 보지 못했다면, 당신은 아마도 광고를 보지 못한 유일한 사람이 될 걸요. 아, 저도 그것들에 대해 많이 아는 건 아니에요. 모든 집안일을 기계가 대신할 수 있게 하는 어떤 태엽 장치 같은 것이라고 들었어요. 당신도 아마 아실 거예요. 왜 '버튼만 누르세요—술 마실 염려가 없는 집사' '손잡이만 돌리세요—수다 떨 염려가 없는 열 명의 하녀들' 같은 광고 있잖아요. 어떤 기계인지는 모르겠지만, 엄청난 돈을 벌어들인데요. 맞아요, 바로 그 사람이에요. 저도 그 사람이 자립했다니 기뻐요. 하지만 그 사람이, 이제 스스로 길을 개척했다고 말하며 나타날까봐 두려워요. 정말로 그렇게 되었으니까요."

"그러면, 또 다른 남자에게선 연락이 없었나요?"

앵거스는 침착하지만 집요하게 같은 질문을 반복했다.

로라 호프는 갑자기 자리에서 벌떡 일어났다.

"앵거스 씨, 당신은 정말 마법사 같아요. 맞아요. 당신 말이 옳아요. 웰킨이 쓴 편지는 단 한 줄도 받아본 적이 없어요. 그가 어디서 무엇을 하고 있는지, 마치 죽은 사람인 양 아무 소식도 없어요. 그런데 내가 두려워하고 있는 건 바로 그 사람이에요. 내 길을 막아서고 있는 사람도 바로 그 사람이고, 나를 반쯤 미치게 만드는 사람도 그 사람이에요. 정말, 그 사람이 나를 미치게 하고 있어요. 그 사람이 있을 리가 없는 곳에서 그 사람의 기척을 느끼고, 그가 말할 리가 없는데도 그의 목소리를 들어요."

"자, 사랑하는 로라 양. 그자가 악마라면 이제 됐습니다. 당신이 그 이야기를 다른 사람에게 했으니 끝난 겁니다. 사람은 혼자 고민을 안고 있을 때 미쳐간답니다. 그런데, 당신이 그 팔뜨기 친구의 환청을 듣거나 주위에 있다고 상상한 것이 언제지요?"

"저는 웰킨의 웃음소리를 당신 목소리처럼 분명하게 들었어요."

로라가 침착하게 대답했다.

"환청이 아니었다구요. 저는 그때 가게 바로 밖 모퉁이에 서 있었기 때문에 거리 양쪽을 한번에 내려다볼 수 있었거든요. 저는 그의 눈만큼이나 이상했던 그의 웃음소리를 까맣게 잊고 있었어요. 거의 일 년 동안 그 사람 생각은 해본 적도 없었거든요. 하지만 분명히 그의 웃음소리였어요. 그러나 불과 몇 초 후에 그의 경쟁자에게서 첫번째 편지를 받았죠."

"그 유령이 말을 하거나 소리를 낸 적이 있나요?"

앵거스가 흥미를 가지고 물었다.

로라는 갑자기 몸을 부르르 떨더니, 곧이어 안정된 목소리로 대답했다.

"있어요. 자신의 성공을 알리는 스마이드의 두번째 편지를 읽고 나서였어요. '그래도 그자는 당신을 차지할 수 없어.' 웰킨이었어요. 마치 그 사람이 가게 안에 있는 것처럼 너무나 분명하게 들렸어요. 너무 끔찍했어요. 전 제가 미친 게 틀림없다고 생각했죠."

"만일 당신이 정말 미쳤다면, 자신이 미쳤다고 생각하지는 않을 겁니다. 하지만 이 보이지 않는 사내에게는 뭔가 기묘한 것이 있는 것 같아요. 두 개의 머리가 하나보다는 낫고, 두 사람의 마음을 합치면 한 사람보다 낫겠지요. 만일 이 강하고 쓸모 있는 남자에게 저 진열대에서 웨딩 케이크를 다시 가져오는 것을 허락하신다면……."

그가 말을 마치기도 전에 가게 밖에서 끼익 하는 소리가 들려왔다. 작은 자동차 한 대가 무시무시하게 빠른 속도로 달려와 가게 문 앞에 급정거한 것이었다. 차문이 열리고 반짝이는 실크 모자를 쓴 자그마한 사내가 내려섰다.

지금까지 정신적인 안정을 유지하면서 유쾌한 모습을 보이던 앵거스는, 가게 안으로 성큼성큼 들어서는 새로운 인물과 대면하게 되자 갑자기 팽팽한 긴장감을 보였다. 사랑에 빠진 젊은이는 직관이 날카로워진 터라, 그 사내를 흘끗 보고서도 그자가 누구인지 충분히 확인할 수 있었다. 말쑥하게 차려입은 난쟁이 같은 모습에 뾰족하게 다듬어 거만하게 앞으로 뻗쳐 있는 턱수염하며, 영리해 보이는 빈틈 없는 눈빛, 단정하지만 아주 긴장된 손가락을 볼 때 조금 전에 설명을 들은 스마이드라는 남자임이 틀림없었다. '술 마실 염려가 없는 집사'와 '수다 떨 염려가 없는 하녀들'로 백만장자가 된 이시도르 스마이드였던 것이다. 본능적으로 서로의 독점욕을 알아챈 두 사람은 잠시 동안 서로의 경쟁 상대를 호기심 어린 냉철한 관용의 눈빛으로 바라보았다.

그러나 스마이드는 그들의 적대감의 궁극적인 근원에 대한 언급은 없이 난데없는 말을 불쑥 내뱉었다.

"로라 양, 진열장 유리에 붙어 있는 저것을 보셨습니까?"

"진열장 유리에요?"

그녀가 앵거스를 바라보며 되물었다.

"자세한 것을 설명할 시간이 없습니다. 이곳에서 뭔가 엉터리 같은 일들이 일어나고 있는 것 같은데, 조사를 해보아야 할 것 같습니다."

난쟁이 백만장자가 짧게 말했다.

스마이드는 반짝이는 지팡이를 들어 조금 전까지 앵거스가 결혼 준비를 한다며 비웠었던 진열대 유리를 가리켰다. 난쟁이 신사의 지팡이 끝을 따라 유리창으로 시선을 돌린 앵거스는 조금 전까지만 해도 아무것도 없던 그곳에 기다란 종이가 붙어 있는 것을 보고는 놀라움을 금치 못했다. 기세등등한 스마이드를 따라 가게 밖 거리로 나간 앵거스는 1미터 정도 되는 길이의 우표 종이*가 유리창에 조심스럽게 붙어 있는 것을 발견했다. 그 종이에는 '당신이 스마이드와 결혼하면, 그는 죽는다'라고 휘갈겨 씌어 있었다.

---

* 우표를 떼어내고 남는 부분의 종이로 뒷면에 풀기가 있다. 당시 사람들은 이것을 종이 테이프로 활용하기도 했다.

"로라 양, 당신의 머리가 이상해진 것이 아니군요."

앵거스는 그의 커다란 붉은 머리를 가게로 들이밀며 말했다.

"이건 저 웰킨이라는 사내가 쓴 겁니다. 나는 그자를 여러 해 동안 보지 못했지만, 그자는 항상 나를 괴롭혀왔죠. 지난 두 주 동안 내 아파트로 협박 편지가 다섯 통이나 날아들었어요. 그런데도 나는 누가 그 편지를 두고 갔는지조차 모르고 있습니다. 웰킨이 직접 가져왔을지도 모르는 일인데, 문지기는 수상한 사람은 본 적이 없다고 하니 말이오. 게다가 이제는 사람들이 지나다니는 가게 유리창에도 버젓이 이런 것을 붙이고 다니고 있습니다. 가게 안에 사람들이 있는데도요."

스마이드가 거칠게 말했다.

"정말 그렇군요."

앵거스가 겸손하게 말을 꺼냈다.

"사람들이 여기서 이렇게 차를 마시고 있는데도 그런 짓을 하다니. 무엇이 먼저인지를 아는 당신의 상식적인 태도에 경의를 표합니다. 다른 문제는 이후에 이야기를 하도록 합시다. 이런 짓을 저지른 사내는 아직 그리 멀리 가지는 못했을 겁니다. 제가 십 분에서 십오 분 전 저쪽으로 갔을 때만 해도 종이 같은 것은 분명히 붙어 있지 않았으니간요. 그렇지만 그자가 어느 쪽으로 갔는지 모르기 때문에 쫓아가기에는 이미 너무 늦은 것 같습니다. 스마이드 씨, 제 생각에는 이 사건을 경찰 쪽보다는 명민한 사립탐정에게 맡기시는 것이 좋을 것 같습니다. 제가 마침 한 사람을 알고 있는데, 여기서 차로 오 분 거리에서 일을 하고 있습니다. 플랑보라는 사람인데, 파란만장한 젊은 시절을 보내기는 했지만, 지금은 아주 올곧고 정직한 사람이랍니다. 그의 명석한 머리만큼은 얼마의 돈을 들인다 해도 아깝지 않을 겁니다. 햄스테드의 럭나우 아파트 단지에 살고 있습니다."

"거 참, 이상한 인연이군요. 제가, 그 모퉁이를 돌면 나오는 히말라야 아파트 단지에 살고 있거든요. 저와 함께 가주실 수 있겠습니까? 제가 제 방으로 가서 웰킨이 보낸 그 이상한 편지들을 찾는 동안 당신은 가서 당신의 친구인 그 탐정 양반을 데려오십시오."

난쟁이 사내가 검은 눈썹을 활처럼 구부리며 말했다.

"그게 좋겠군요. 자, 서두릅시다."

앵거스가 정중하게 말했다.

두 남자는 묘할 정도로 즉흥적인 공명정대함을 보이며, 로라에게 똑같이 격식을 차려 작별 인사를 하고는 날쌔 보이는 작은 자동차에 뛰어올랐다. 스마이드가 차를 몰아 거리의 큰 모퉁이를 돌자 '스마이드의 조용한 하인들'이라는 문구가 씌어진 커다란 포스터가 앵거스의 시야에 들어왔다. 머리가 없는 철제 인형이 '주인의 명을 절대 거스르지 않는 요리사'라고 적힌 소스 냄비를 들고 서 있었다.

"저것들을 제 집에서도 사용하고 있지요."

검은 턱수염을 기른 난쟁이 백만장자가 웃으며 말했다.

"광고를 하기 위해서도 그렇지만, 정말 편리하거든요. 솔직히 객관적으로 말해서 제가 만든 이 거대한 태엽 인형들은 어떤 손잡이를 누르는지만 알다면, 제가 아는 한 그 어떤 살아 있는 하인들보다도 더 신속하게 석탄을 가져다 때고, 포도주나 시간표 같은 것들을 가져온답니다. 허나 우리끼리니 하는 얘기지만, 단점들도 있어요."

"그래요?"

"그럼요. 그것들은 누가 제 아파트에 협박 편지를 두고 갔는지 말해줄 수가 없지요."

스마이드의 자동차는 주인만큼이나 자그마하고 날쌨다. 사실, 그의 집안일을 하는 하인들과 마찬가지로 이 자동차 역시 그의 발명품이었다. 그가 광고나 해대는 사기꾼이라 해도, 자신이 직접 만들어낸 상품에는 절대적인 믿음을 가지고 있는 사람이었다. 황혼 무렵의 햇살을 받으며 구불구불하고 기다란 하얀 길로 들어서자, 마치 차를 타고 나는 듯한 느낌이 점점 강해졌다. 곧 그 하얀 길의 커브가 더 심해져서 어질어질해질 정도가 되었고 소위 상승하는 나선계단 위에 있는 것같이 여겨졌다. 그들은 경치는 비할 바가 아니지만 가파른 정도는 에든버러만큼 한, 런던의 외곽을 오르고 있었던 것이다. 언덕 위에 또 언덕이 있어 그들이 찾고 있던 아파트의 모습이 마치 특별한 탑이라도 되는 양 이집트의 피라미드같이 높이 솟아 석양에 빛나고 있었다.

　모퉁이를 돌아 히말라야 아파트 단지라고 알려진 초승달 모양의 거리로 들어서자, 창문을 열어젖힌 것처럼 급작스럽게 경치가 바뀌었다. 커다란 아파트 건물들이 마치 초록 바다 위에 떠 있는 것처럼 런던 거리 위에 솟아 있었던 것이다. 아파트 단지의 반대편, 자갈이 깔린 초승달 모양의 거리 다른 한편에는 정원이라기보다는 방벽이나 가파른 산울타리같이 보이는 관목 울타리가 있었으며, 그 아래로 인공 수로가 있었다. 일종의 운하였는데, 요새를 둘러싸고 있는 해자(垓字) 같았다. 자동차가 초승달 모양의 거리를 돌아 이 운하를 지나쳐 갈 때, 앵거스는 한 모퉁이에서 노점을 벌이고 군밤을 팔고 있는 한 사내와 다른 쪽 커브 끝에서 희미한 푸른색 옷을 입은 경관이 천천히 순찰중인 것을 보았다. 저 높은 교외의 고독한 거리에서 찾아볼 수 있는 인간의 그림자라고는 이들 둘뿐이었다. 앵거스는 이들이 런던의 무언시를 표현하고 있는 것 같은 환상에 젖었다. 그에게는 이 두 사람의 모습이 마치 이야기에 나오는 인물들같이 느껴졌던 것이다.

이 작은 자동차는 총알같이 달려서 스마이드의 집 앞에 멈춰 섰다. 그러자 이 차의 주인은 마치 폭탄의 탄피라도 되는 양 차에서 훌쩍 튀어나갔다. 그는 차에서 내리자마자, 금술 달린 제복을 입은 키 큰 수위와 짧은 소매의 옷을 입고 있는 문지기에게 자신을 찾아온 사람이나 배달된 물건이 없었는지를 물었다. 그들은 마지막으로 그런 질문을 받은 이래로 어떤 사람도, 그 어떠한 물건도 자신들을 지나가지 않았다는 것을 확인해주었다. 스마이드와 다소 당황해하고 있던 앵거스는 로켓 같은 승강기를 타고 맨 위층까지 올라갔다.

"잠시만 들어왔다 가시지요. 웰킨이 보낸 편지들을 보여드리고 싶습니다. 그러고 나서 당신의 탐정 친구를 데려오도록 하시지요."

그가 벽 속에 감춰진 버튼을 누르자, 문이 저절로 열렸다.

문이 열리자 길고 널찍한 홀이 보였는데, 그곳에서 유일하게 눈길을 끄는 것들이라고는, 재단사의 마네킹처럼 양쪽에 늘어서 있는 반쯤 인간의 형태를 한 기계들이었다. 재단사의 마네킹처럼 이것들도 머리가 없었고, 어깨는 쓸데없이 떡 벌어져 있는데다가 가슴은 비둘기 가슴처럼 툭 불거져나와 있었다. 그러나 이런 특징들을 제외하고는 역에 있는, 사람 키만한 자동 판매기만큼도 인간의 모습과 닮지 않았다. 이것들은 접시를 나르기 위하여, 인간의 팔 역할을 하는 두 개의 커다란 갈고리가 달려 있었고, 구분하기 편하도록 황록색이나 주홍색 혹은 검정색 칠이 되어 있었다. 모든 면에 있어서 이것들은 자동 기계에 불과했으며, 이것들을 다시 돌아보고 싶은 마음이 드는 사람은 아무도 없을 것이었다. 적어도 그 순간은 둘 다 그것들을 다시 돌아보지 않았다. 왜냐하면 이 두 줄의 마네킹들 사이에 기계보다 훨씬 더 흥미를 끌 만한 무엇인가가 떨어져 있었기 때문이었다. 찢어진 흰 종이 조각이었는데, 붉은색 잉크로 뭔가가 휘갈겨져 있었다. 민첩한 발명가는 문을 들어서자마자 그것을 주워들었다. 그는 말없이 그 종이 조각을 앵거스에게 건네주었다.

'오늘 그녀를 만났다면, 너는 죽음을 당할 것이다.'

짧은 침묵이 흐르는가 싶더니, 스마이드가 조용히 말했다.

"위스키 한잔 하시겠소? 나는 한잔 해야겠습니다."

"감사합니다만, 저는 플랑보 씨를 데려오는 편이 낫겠군요. 제가 보기에는 일이 위험해지고 있는 것 같습니다. 제가 얼른 가서 그를 데려오겠습니다."

"당신 말씀이 맞습니다. 가능한 빨리 모셔오십시오."

스마이드가 짐짓 쾌활하게 말했다.

앵거스는 문을 닫으면서, 스마이드가 버튼을 뒤쪽으로 밀자 기계 인형들 중 하나가 쟁반에 술병과 술잔을 가지고 바닥을 스르르 미끄러져오는 광경을 보았다. 문이 닫히자, 저런 생명이 없는 하인들과 함께 저 작은 사내를 혼자 남겨둔다는 것이 앵거스는 조금 마음에 걸렸다.

스마이드의 아파트에서 여섯 계단쯤 내려왔을 때, 앵거스는 양동이를 들고 무언가를 하고 있는 사내를 보았다. 그는 짧은 소매옷을 입고 있었다. 앵거스는 가던 길을 멈추고 이 사내에게 자기가 돌아올 때까지 이 자리를 지키면서 계단을 올라오는 낯선 사람이 없는지를 지켜봐달라고 부탁했다. 돌아와서 팁을 충분히 주겠다고 말하고 사내의 약속을 받아냈다. 아파트 건물의 현관으로 달음질쳐 내려온 앵거스는 그곳을 지키고 있는 수위에게도 같은 부탁을 했다. 수위에게서 이 건물의 출구가 하나뿐이라는 정보를 얻고 나니 일이 수월해질 것 같다는 생각도 들었다. 그러나 여기서 만족하지 못하고, 그는 순찰중인 경관에게 아파트 건물 안으로 들어가는 수상한 사람이 없는지를 지켜봐달라고 부탁했다. 또, 군밤 1페니어치를 사면서 상인에게 여기에 얼마 동안 있을지를 물어보았다. 군밤 장수는 코트 깃을 세우더니, 눈이 내릴 것 같아서 일찍 들어가겠다고 말했다.

아닌게 아니라, 저녁 하늘이 점점 잿빛으로 변하고 있었다. 하지만, 앵거스는 온갖 감언이설로 이 군밤 장수 사내를 그 자리를 떠나지 않도록 설득했다.

"당신이 팔고 있는 군밤을 먹으면서 몸을 녹이고 계십시오. 모두 다 먹어도 좋아요. 값을 제가 지불하겠습니다. 여기서 내가 돌아올 때까지 여자건 남자건 어린아이건 할 것 없이 저쪽 수위가 서 있는 건물로 들어간 수상한 사람이 있었는지만 알려준다면 금화 일 파운드를 드리겠소."

그러고 나서 앵거스는 재빠르게 걸음을 재촉했다.

"어찌 되었든 스마이드의 방은 완전히 포위된 거야. 네 명이 모두 웰킨이라는 자와 한패거리일 수는 없는 일일 테니까."

럭나우 아파트 단지는 히말라야 아파트 단지를 바라다보며 언덕의 아래쪽에 있었다. 사무실 겸용으로 사용하는 플랑보의 아파트는 일층에 있었으며, 모든 면에서 미국식 기계나 냉랭한 호텔의 사치스러움으로 가득한, '조용한 하인들'이 있는 아파트와는 극렬한 대조를 보였다. 앵거스의 친구인 플랑보는 사무실 뒤쪽에 있는 로코코풍으로 꾸민 개인 방으로 그를 안내했다. 그곳에는 군도와 화승총, 동양의 골동품들, 이탈리아식 포도주 병, 야만인들의 요리 냄비와 같은 장식품들이 걸려 있었으며, 털이 북슬북슬한 페르시아 고양이와 작달막하고 보잘것

없게 생긴 로마 가톨릭 신부가 있었다. 그중에서 신부는 특히 이 장소와는 어울리지 않는 인물인 듯 보였다.

"이쪽은 브라운 신부님이라네. 자네에게 인사시켜주고 싶었지. 이거 정말 근사한 날씨 아닌가. 하지만 나 같은 남부 사람에게는 조금 춥구만."

"그렇군요. 이제 곧 풀리겠죠."

앵거스는 요란한 줄무늬가 있는 동양식 터키 의자에 앉으면서 대답했다.

"글쎄, 눈이 오기 시작하는군."

신부가 조용히 말했다.

군밤 장수가 예측했던 대로 어두워진 창 밖 너머 눈발이 날리고 있었다.

"저, 사실은 일이 있어 왔습니다. 아주 골치 아픈 일입니다. 플랑보 씨, 지척에 사는 한 남자가 절실하게 도움을 필요로 하고 있어요. 그 사람은 끊임없이 보이지 않는 적으로부터 쫓기고 협박당하고 있습니다. 그런데 문제는 이 악당을 본 사람이 아무도 없다는 겁니다."

앵거스는 로라의 이야기로 시작해서 스마이드와 웰킨에 대한 이야기 전체를 해나가기 시작했다. 그리고 아무도 없는 거리의 모퉁이에서 들린 불가사의한 웃음소리와 텅 빈 가게 안에

서 분명하게 들렸던 유령의 소리까지 이야기했다. 그러자 플랑
보는 점점 더 이야기에 빠져들게 되었고 몸집이 작은 신부도
마치 방 안을 차지하고 있는 가구인 양 조용히 앉아 이야기에
귀를 기울였다. 이야기가 가게 유리창에 붙어 있던 우표 종이
에 대한 부분에 이르자, 플랑보는 자리에서 벌떡 일어났는데,
그의 그 떡벌어진 어깨가 방 안을 하나 가득 메우고 있는 것 같
았다.

"괜찮다면, 나머지 이야기는 그 친구네 집으로 가는 도중에
들었으면 좋겠네. 가능한 빠른 길로 가세나. 웬일인지, 한시도
지체해서는 안 될 것 같다는 생각이 드는군."

"좋습니다. 지금까지는 안전할 테지만, 그게 좋을 듯합니다.
제가 네 명이나 되는 사람들에게 그의 아파트로 통하는 유일한
출구를 지키도록 해놓았으니 말입니다."

그들은 거리로 나왔고, 작달막한 신부는 마치 작은 강아지같
이 얌전히 그들의 뒤를 뒤뚱거리며 따라오고 있었다.

"눈이 꽤 빨리 쌓이겠어."

신부가 마치 잡담을 하는 것처럼 명랑하게 말했다.

새하얀 눈으로 덮인 가파른 길을 누비듯 지나는 사이, 앵거
스는 그가 들은 이야기를 모두 전해주었다.

높이 솟은 아파트 단지의 초승달 모양의 길로 접어들자 앵거

스는 자신이 세워놓은 네 명의 감시자들에게 주의를 돌릴 여유가 생겼다. 군밤 장수는 1파운드의 금화를 받으면서 자신은 아파트 현관으로 그 어떠한 방문자도 들어가는 것을 보지 못했노라고 단호하게 주장했다.

경관의 태도는 더욱 강경했다. 그는 실크 모자를 쓴 악당이건 누더기를 걸친 악당이건, 모든 종류의 악당들을 다 겪어봤기 때문에, 수상쩍은 사람이 수상쩍은 사람처럼 보일 것이라고 생각하는 풋내기가 아니라며, 눈을 크게 뜨고 살펴봤는데 다행히 아무도 지나가지 않았다고 했다.

이렇게 해서 세 사람은 금술이 달린 제복을 입은 수위에게로 갔다. 그는 여전히 웃는 낯으로 현관에 걸터앉아 있었는데, 그의 보고는 더욱 안심을 주었다.

"저는 공작님이건 청소부이건, 이곳을 지나가는 모든 사람에게 이 아파트를 찾은 용건을 물을 권한이 있는 사람입니다. 하지만 이 신사분께서 나가시고 나서는 물어보고 싶어도 지나는 사람이 없지 뭡니까. 아무도 들어오지 않았습니다."

거의 사람들의 관심을 끌지 못하고 있던 브라운 신부는 뒤로 한 걸음 물러나서는 도로를 조용히 바라보고 있다가 온화하게 입을 열었다.

"그렇다면, 눈이 내리기 시작한 이래로 아무도 계단을 오르거나 내려간 사람이 없다는 말씀이시군요? 눈이 내리기 시작한 것은 우리가 플랑보 씨의 집에 있을 때니까 말입니다."

"아무도 들어가지 않았습니다. 제가 보증합니다."

권위를 내세우며, 수위가 자신 있게 말했다.

"그럼 이건 뭐지요?"

신부는 이렇게 말하면서 물고기처럼 멍하니 바닥을 쳐다보았다.

다른 사람들도 모두 바닥을 내려다보았다. 플랑보는 프랑스인다운 과장된 놀란 몸짓과 함께 소리를 질렀다. 왜냐하면, 금술 달린 제복을 입은 사내가 지키고 있던 입구의 중앙에서, 사실은 그 거만하게 서 있는 커다란 수위의 다리 사이로, 하얀 눈위에 잿빛 발자국이 선명하게 죽 이어져 있었기 때문이다.

"맙소사, 보이지 않는 인간이다!"

앵거스가 자신도 모르게 소리를 질렀다.

그는 말을 마치기가 무섭게 몸을 돌려 계단을 뛰어올라갔고 플랑보가 그 뒤를 따랐다. 그러나 브라운 신부는 이 사건에 흥미를 잃었다는 듯이 눈이 덮인 거리에서 주변을 둘러보며 조용히 서 있었다.

플랑보는 커다란 어깨로 문을 부수기라도 할 태세였다. 하지만, 직관은 떨어지지만 더 합리적인 스코틀랜드 출신의 청년

앵거스는 문틈을 더듬어 감추어진 버튼을 찾았다. 그가 버튼을 누르자, 문이 천천히 저절로 열렸다.

그러자 전과 다름없는 빽빽이 들어찬 내부가 보였다. 아직은 심홍색의 석양이 비쳐들고 있기는 했지만, 홀은 더 어두워졌고 이런저런 목적으로 제자리에서 움직였던 한두 개의 머리 없는 기계들이 황혼 빛에 물든 방 안 여기저기에 서 있었다. 초록색과 붉은색으로 칠해진 그 기계들은 저물어가는 황혼 속에서 모두 음산하게 보였다. 일정한 형태가 없는 기계들의 모습이 오히려 더 사람의 모습 같아 보이기도 했다. 하지만 그 기계들 사이에, 붉은 잉크로 휘갈겨 쓴 종이가 떨어져 있던 바로 그 자리에, 잉크 병에서 엎질러진 것 같은 붉은 자국이 보였다. 그러나 그것은 붉은색 잉크가 아니었다.

이성과 폭력의 프랑스적인 조화를 보이며, 플랑보가 한마디 내뱉었다.

"살인이다!"

그리고는 안쪽으로 뛰어들어 5분 안에 찬장을 비롯한 구석구석을 탐색했다. 하지만, 시체를 찾을 것이라고 기대했던 그는 아무것도 찾지 못했다. 이시도르 스마이드는 죽었건 살아 있건 간에 그곳에는 없었다. 여기저기를 이 잡듯이 찾아다니던 두 사람은 비 오듯 땀이 흐르는 얼굴을 하고 바깥쪽 홀에서 만나 서로를 쳐다볼 뿐이었다.

"이보게."

플랑보가 흥분한 나머지 불어로 말했다.

"자네가 찾는 그 보이지 않는 살인자는 자신뿐 아니라 살인을 당한 사람도 보이지 않게 하는 재주를 가졌나보군."

앵거스는 마네킹 같은 기계들로 가득 차 있는 어둠침침한 방 안을 둘러보았다. 그러자, 그의 영혼의 한구석을 차지하고 있는 켈트인다운 예감에 그의 온몸이 떨렸다. 사람 크기만한 기계 인형들 중 살해당한 사내가 쓰러지기 직전 불러낸 듯한 인형 하나가 핏자국 바로 위에 그림자를 드리우고 서 있었던 것이다. 팔을 대신해서 시중을 들던, 높은 어깨에 붙은 갈고리 중하나가 약간 들려 있었다. 앵거스는 갑자기 저 불쌍한 스마이드가 자신이 만들어낸 자식 같은 쇠붙이 인형에게 맞아 죽은 것이 아닌가 하는 끔찍한 환상에 사로잡혔다. 물질들이 반란을 일으켜, 이 기계들이 그들의 주인을 살해한 것일지도 모른다. 그렇다 해도 그 시체는 어떻게 처리했단 말인가?

"먹어버렸을까?"

그의 귓가에 악몽 같은 소리가 들리는 듯했다. 인간의 몸이 머리 없는 기계에 의해 으깨어져 그 안으로 완전히 빨려들어가는 광경이 떠오르자 앵거스는 순간 구역질이 날 것 같았다.

애써 안정을 되찾은 앵거스는 플랑보에게 말했다.

"할 수 없군요. 이 불쌍한 남자는 바닥에 붉은 흔적만 남기고 구름처럼 증발해버렸네요. 세상에 이런 일이 있을 수 있습니까?"

"있을 수 있는 일이건 그렇지 않은 일이건 해야 할 일은 한 가지뿐이네. 아래로 내려가서 브라운 신부에게 이야기해야겠어."

그들은 아래층으로 내려가면서 다시 한번 단연코 어떠한 침입자도 들지 않았다는, 양동이를 든 사내의 다짐을 들었다. 그리고는 아래층에 있는 수위와 아직 근처를 배회하고 있는 군밤 장수를 불러 그들이 얼마나 주의 깊게 감시를 했는지 확고하게 주장하는 말을 다시 한번 들었다. 그러나 앵거스가 네번째 확신을 다시 받으려고 주위를 둘러보았지만, 네번째 감시자는 찾을 수가 없었다.

앵거스는 초조하게 목소리를 높여 물었다.

"경관은 어디 있는 겁니까?"

"미안하지만, 내가 길 아래쪽에 뭘 좀 조사하러 보냈네. 조사해볼 가치가 충분히 있다고 생각돼서 말이야."

"그래요? 가능한 빨리 돌아왔으면 좋겠습니다. 위층 사내가 살해됐는데 흔적도 없이 사라졌거든요."

앵거스가 급히 말을 했다.

"어떻게 말인가?"

신부의 물음에 플랑보가 대답했다.

"신부님, 제 생각에는 이건 저보다는 신부님이 처리해야 할 영역인 것 같은데요. 친구건 적이건 간에 아무도 저 집에 들어간 사람은 없는데, 스마이드는 사라졌습니다. 마치 요정들에게 잡혀가기라도 한 것같이 말이지요. 이것이 초자연적인 것이 아니라면, 저는……."

순간, 푸른 옷을 입은 커다란 체구의 경관이 초승달 모양의 길 모퉁이를 돌아 달려오는 모습이 눈에 들어왔다. 경관은 곧장 브라운 신부에게로 왔다.

"신부님 말씀이 옳았습니다. 저 아래쪽 운하에서 시체를 찾았습니다."

"그가 저 아래로 달려가 물에 뛰어들기라도 했단 말입니까?"

앵거스가 물었다.

"아래로 달려 내려온 게 아닙니다. 물에 빠져 죽은 것도 아닙니다. 가슴이 흉기에 찔린 채 죽어 있었으니까요."

"그렇지만, 건물 안으로 들어가는 사람은 아무도 없지 않았습니까?"

플랑보가 위엄 있는 목소리로 말했다.

"우리 길을 따라 조금만 걸어 내려가보세."

신부의 말에 따라 셋은 초승달 모양의 길을 따라갔다. 끝에 다다르자 신부가 말했다.

"이런, 내 정신 좀 보게. 경관에게 뭘 좀 물어본다고 하고는 깜빡 했군그래. 경관에게 연한 갈색 가방을 찾았는지 물어봤어야 하는 건데."

"연한 갈색 가방은 왜요?"

앵거스가 놀라서 물었다.

"그게 다른 색깔의 가방이라면, 이 사건은 다시 조사를 해야 하기 때문이라네. 그게 연한 갈색이라면, 이 사건은 여기서 끝이 나는 거고."

"듣던 중 반가운 소리군요. 제 생각에는 아직 시작도 안 한 것 같은데 말입니다."

앵거스가 빈정거리며 말했다.

침묵이 흐르는 가운데, 그들은 활기차게 앞서가는 브라운 신부를 따라 높은 초승달 모양의 길 아래쪽에 있는 길고 구불구불한 길을 빠른 걸음으로 걸어 내려갔다. 마침내, 브라운 신부가 아주 애매하게 서두를 꺼냈다.

"자네들이 이걸 너무 단조롭다고 생각할지도 모르겠네만 모든 일은 추상적인 곳에서 시작되기 마련이지. 더군다나 이 사건은. 사람들이 질문에 대답하는 방식을 생각해본 적이 있나? 사람들은 질문한 사람이 의미하는 것 혹은 그들이 의미한다고 생각하는 것에 대한 대답을 한다네. 어떤 부인이 시골 저택의 부인에게 '댁에 함께 지내는 분이 계시나요?' 라고 물어본다고 가정해보세. 이 질문을 받은 부인이 '네, 하인 한 명, 마부 세 명, 그리고 하녀 한 명과 함께 있습니다' 라고 대답하지는 않을 걸세. 비록 하녀가 방 안에 있고 하인이 그녀의 바로 뒤에 있다 해도 말이야. 그 부인은 아마 이렇게 대답하겠지. '함께 지내는 사람은 아무도 없습니다.' 여기서 말하는 '아무도 없다' 가 바로 이 사건에서의 '아무도 없다' 일세. 그러나, 한 의사가 전염병에 대하여 조사를 하면서 '댁에 함께 지내는 분이 계시나요?' 라고 묻는다고 가정해보세. 이 부인은 하인과 하녀, 그밖에 모든 사람들을 기억해낼 걸세. 이것이 언어가 쓰이는 방식일세. 진실한 대답을 들었다 해도, 문자 그대로 보면 질문에 맞는 대답을 들은 것이 아니라는 거지. 자, 네 명의 정직한 증인들은 저 아파트로 들어간 사람이 아무도 없었다고 했네. 이때, 아무도 들어가지 않았다는 이 사람들의 말은 정말 그곳으로 들어간 사람이 없었다는 말이 아니었네. 그들은 질문한 사람들이 생각하는 사람은 아무도 안 들어갔다는 것을 의미한 걸세. 하지만 한 사람이 집 안으로 들어갔고 거기서 나왔네. 그곳을 지켜보고 있던 네 사람이 모두 알아채지 못했던 것뿐이지."

"보이지 않는 인간이란 말입니까?"

앵거스가 그의 붉은 눈썹을 치켜뜨며 물었다.

"심리적으로 그렇단 말이지."

잠시 후 신부는 자신의 길을 생각하는 사람처럼 전과 다름없이 겸허한 목소리로 말을 이었다.

"물론, 곰곰이 생각하기 전에는 그런 사람이 있으리라고 생각해낼 수 없을 걸세. 그게 바로 그자의 영리함이지. 그러나 나는 앵거스의 얘기를 들으면서 두세 가지의 아주 사소한 것들에서 범인의 윤곽을 알게 되었네. 첫째로, 웰킨이라는 사내는 한없이 걷기를 좋아했었지. 그리고 유리창에 붙어 있던 건 바로 우표 종이 아니었나? 그리고 무엇보다도, 젊은 아가씨의 말이 결정적이었지. 그건 있을 수 없는 일들이었으니까. 화내지 말고 잘 듣게."

신부는 앵거스가 갑자기 고개를 돌리는 것을 눈치채고는 덧붙였다.

"물론 그녀는 그것이 사실이라고 생각했네. 하지만 그렇지 않아. 그녀는 편지를 받기 직전과 편지를 읽을 때 거리에 혼자 있었다고 했네. 하지만 그렇지 않아. 누군가가 반드시 그녀 가까이에 있었어야 해. 심리적으로 보이지 않는 누군가가 말일세."

"그녀 가까이 누군가가 있어야 했다뇨, 그게 무슨 뜻이죠?"

앵거스가 물었다.

"왜냐하면, 통신용 비둘기를 이용하지 않는 한 그녀에게 편지를 전해주는 누군가가 있어야 하기 때문이지."

"그러니까 신부님 말씀은, 웰킨이라는 자가 자신의 연적이 보낸 편지를 그녀에게 직접 전했단 말인가요?"

플랑보가 물었다.

"그렇지. 웰킨이라는 자가 직접 연적의 편지를 그녀에게 전했다네. 그럴 수밖에 없는 상황이었을 테니까."

"아. 더이상은 못 참겠습니다. 도대체 이자가 누구란 말입니까? 대체, 어떻게 생겨먹은 자지요? 심리적으로 보이지 않는다는 그 사내는 평소에 어떻게 변장을 하고 다닌다는 겁니까?"

플랑보가 폭발하듯 말했다.

"그자는 붉은색과 초록색, 그리고 금색이 반짝이는 다소 훌륭한 옷을 입고 있다네."

신부가 기다렸다는 듯이 단호하게 대답했다.

"그리고 이렇게 눈에 띄는 화려한 옷을 입고는 여덟 개의 눈이 지켜보는 가운데 히말라야 아파트 단지로 들어섰던 것이네. 그곳에서 스마이드를 잔인하게 죽인 다음 다시 그 시체를 팔에 안고 내려와서⋯⋯."

"신부님."

앵거스가 그 자리에 멈추어 서며 큰 소리로 말했다.

"머리가 어떻게 된 거 아닙니까? 아니면 제 머리가 어떻게 된 건가요?"

"자네는 정상이야. 단지 관찰력이 부족할 뿐이지. 이를테면, 당신은 이런 사내를 알아보지 못했으니 말이야."

이렇게 말하면서 신부는 성큼성큼 앞으로 나아갔다. 그리고 는 지나가던 한 평범하게 생긴 우편 배달부의 어깨에 손을 얹 었다. 앵거스와 플랑보는 나무 사이로 그가 지나가고 있다는 걸 눈치채지 못했던 것이다.

"아무도 우편 배달부에게는 주의를 기울이지 않았지. 하지만 이들이라고 열정이 없겠나? 게다가 몸집이 작은 시체라면 아 주 쉽게 집어넣을 수 있는 커다란 가방도 가지고 다니지."

당연히 뒤를 돌아볼 줄 알았던 우편 배달부는 머리를 숙이고 달아나려다가 정원의 울타리에 걸려 넘어졌다. 그는 다분히 평 범한 외모의 호리호리한 사내였다. 하지만 그가 어깨 너머로 그 놀란 얼굴을 돌렸을 때, 세 사람은 그 자리에 우뚝 멈춰 서고 말았다. 그는 사팔뜨기 눈을 하고 있었던 것이다.

플랑보는 산더미 같은 업무를 처리하러 군도와 보랏빛 양탄

자, 그리고 페르시아 고양이가 있는 사무실로 되돌아갔다. 존 턴불 앵거스는 제과점의 여인에게로 되돌아갔는데, 이 생각 없는 청년은 어떻게 하면 그녀와 단둘이 안락하게 지낼 수 있을까 하는 궁리만 하고 있었다. 그러나 브라운 신부는 반짝이는 별빛 아래 하얗게 눈이 덮인 언덕을 몇 시간이나 이 살인자와 함께 걸었다. 두 사람이 무슨 이야기를 나누었는지는 결코 알려지지 않을 것이다.

잘못된 모양

브라운 신부는 종이를 내려놓기 전에 씌어져 있는 글을 세 번 읽어보았다. 종이에는 '나는 내 손으로 죽는다. 하지만 이것은 살인이다!' 라고 적혀 있었다. 그것은 분명, 읽기도 힘들고 흉내내기도 힘든 퀸튼의 필체였다.

런던을 벗어나 북쪽으로 이어지는 대로들 중에 어떤 길들은
끊겼다가 다시 희미하게 나타나기를 반복하며 시골 깊숙한 곳
까지 이어져 있었다. 길가에는 건물들이 띄엄띄엄 늘어서 있어
길이 나 있는 자리를 유지해주고 있었다. 가게들이 나란히 붙
어 있는 데를 지나면 울타리를 친 들판이나 목장이 나타났고,
다시 유명한 선술집이 나타났다가는 채소밭이나 묘목 재배장
이, 그러다가는 커다란 개인주택이 나타났다가 또다른 들판과
여관이 나타나는 식이었다. 이 길을 따라 걸어가는 사람이라
면, 정확히 그 이유를 설명하긴 힘들지만 어쨌든 단번에 시선
을 사로잡는 집을 발견하게 될 것이다. 도로와 나란히 위치한
이 집은 기다랗고 나지막한데다 흰색과 연한 녹색으로 칠해져

있었다. 그 집에는 베란다와 차양이 달려 있었다. 게다가 옛날 집에서나 볼 수 있는, 나무우산처럼 생긴 기묘한 둥근 지붕을 얹은 포치까지 갖춰져 있었다. 이 집은 전형적인 영국식 구식 시골집이었는데, 주로 무더운 여름 날씨를 고려해 지은 것 같았다. 흰색 칠과 차양들을 보고 있으면 인도 사람들이 쓰는 터번이나 야자수 따위가 희미하게 떠올랐다. 이러한 느낌의 근원을 찾아 추적할 수는 없겠지만, 이 집은 아마도 영국계 인도인이 지은 것 같았다.

앞에서도 말했듯이, 이 집을 지나가는 사람은 누구나 그 형언할 수 없는 매력에 빠져들 것이며, 무슨 사연이 있는 집이라는 느낌을 갖지 않을 수 없을 것이다. 다음 이야기를 들어보면, 이런 느낌이 틀리지 않았다는 것을 알게 된다. 왜냐하면, 이것은 19세기의 어느 성령 강림절 주간에 실제로 일어났던 이상한 사건에 대한 이야기이기 때문이다.

성령 강림 대축일 이전의 목요일날 오후 4시 반 즈음에 이 집 앞을 지나가던 사람이라면, 현관문이 열리면서 성 멍고 성당의 브라운 신부가 커다란 파이프를 피워 물고는, 작은 담배를 물고 있는 키 큰 프랑스인 친구 플랑보와 함께 걸어나오는 것을 보았을 것이다. 이 두 사람이 독자 여러분들에게 얼마나 커다란 흥미의 대상이 될지는 모르겠다. 하지만, 흰색과 녹색으로 칠해진 이 집의 현관문이 열렸을 때 드러난 흥미로운 대상은 이 두 사람만이 아니었다. 이 비극적인 이야기를 시작하기 위해서뿐만 아니라, 이 문이 열렸을 때 보였던 것이 과연 무엇이었는지를 설명하기 위해서라도 다음 얘기를 좀 해야겠다. 이 집에는 먼저 말해두어야 할 몇 가지 특이한 점들이 있었다.

전체적으로 이 집은 T자 모양이었다. 본체를 이루는 건물이 도로변에 길게 자리하고 있었고 그 뒤로는 가운데 부분이 짧게 튀어나와 T자를 이루고 있었다. 2층으로 되어 있는 기다란 본체 부분의 1층 한가운데에 현관문이 있었고 대부분의 중요한 방들은 다 이 본체 건물에 몰려 있었다. 1층 현관문의 정확히 반대지점에 뒤로 튀어나와 T자를 완성하는 부분은 단층이었다. 거기엔 서로 이어진 두 개의 긴 방이 있었다. 첫번째 방은 유명한 시인 퀸튼이 미지의 동양에 대한 시와 소설들을 써내는 서재였다. 안쪽에 있는 다른 방은 굉장히 독특하고 아름다운 열대 식물들로 가득한 유리 온실이었다. 이런 오후면 이 식물들은 눈부신 햇살을 받아 한껏 빛을 발하였다. 따라서 현관문이 열리면서 바로 보이는 풍경에 사람들은 말 그대로 멈춰 서서 입을 딱 벌리고는 뚫어지게 바라볼 뿐이었다. 호사스러운 이 집은 마치 동화 속에나 나올 법한 광경을 연출하고 있었다. 보랏빛 구름과 황금 같은 태양, 선홍빛으로 빛나는 별들이 동시에 타오르는 듯 선명하고 투명하며 아득하게 보였다.

이것은 모두 시인인 레너드 퀸튼이 손수 심혈을 기울여 준비한 것으로, 그가 쓴 시 중에 그의 개성이 이토록 완벽하게 표현된 시가 있는지 의심스러울 정도였다. 그는 색깔을 마시고 색깔에 몸을 담갔으며, 색채에 대한 강한 욕망을 충족시키기 위해서라면, 설사 그것이 좋은 형식이라 해도, 형식 같은 것은 무시해버리는 사람이었기 때문이다. 그의 천재성을 전적으로 동방의 예술과 이미지로 향하게 했던 것은 바로 색채에 대한 그의 욕망이었다. 그는 아무것도 상징하거나 가리키지 않으면서 모든 색채들이 상서로운 혼돈으로 떨어지는 것 같은 현혹적인 카펫과 자수에 심취하게 되었다. 그는 작품의 예술적인 완성도가 아니라, 인정받은 특유의 상상력과 창의력을 바탕으로 과격하게, 심지어는 잔인할 정도로 다채로운 색깔을 녹여내 서사시와 사랑 이야기들을 쓰려고 했다. 이를테면 황금빛이나 핏빛이 도는 붉은 구릿빛으로 불타고 있는 열대의 천상 이야기와 열두 번 터번을 두른 주교관(主敎冠)을 쓰고, 보랏빛이나 반짝이는 초록빛으로 칠을 한 코끼리 등에 올라탄 동방의 영웅들의 이야기, 그리고 백 명의 흑인 노예들도 들어 나를 수 없는 무수한 보석들이 이상한 빛깔의 고대의 불에 타고 있는 이야기 같은 것들이었다.

보다 일반적인 관점에서 간단히 말하자면, 퀸튼은 서양의 지옥보다 못한 동양의 천국과, 가히 미치광이라 불릴 만한 동양의 군주들, 그리고 본드 가에 있는 보석상에서 감정하면 결국 모두 가짜인 것으로 판명될 동양의 보석들을 작품의 소재로 다루었다. 퀸튼은 병적이기는 했지만 천재였다. 게다가 이 병적인 모습은 작품보다는 실생활에서 더 많이 나타나고 있었다. 그는 나약하고 꽤 까다로운 성품이었으며, 아편에 빠지기 시작하면서 건강을 심하게 해치고 있었다. 그의 아내는 미인이고 근면하며 심지어는 지나치게 일을 많이 하는 여인으로, 그가 아편을 하는 것을 반대했다. 그러나 그녀가 아편보다 더 싫어했던 것은, 퀸튼이 자신의 영혼을 동양의 지옥과 천상으로 인도해주는 베르길리우스*라 부르면서 몇 달째 함께 지내고 있는, 흰색과 노란색의 옷을 입고 있는 인도인 은자였다.

브라운 신부와 그의 친구 플랑보가 이 집에서 막 나서려고 현관에 발을 딛고 서는 참이었다. 두 사람의 표정으로는, 이 집에서 나가게 되어 안심을 하는 것 같았다. 플랑보는 파리에서 거

---

* Virgil(BC 70~BC 19). 로마의 가장 위대한 시인. 서사시 「아이네이스 Aeneid」(BC 30년경 집필을 시작했으나 미완성작임)로 가장 잘 알려져 있다. 애국심과 종교적인 경건함, 풍부한 교양과 작품의 완벽한 기교 등으로 '시성(詩聖)'의 대우를 받았다. 단테가 『신곡』에서 그를 안내자로 삼은 것으로도 유명하다.

친 학창 시절을 보내면서 퀸튼을 알게 되었고, 오랜만에 주말을 이용해 만난 것이었다. 그러나 플랑보는 자신이 이제는 책임감 있는 사람으로 발전했다는 사실과는 별개로, 그와는 더이상 잘 지내고 싶지가 않았다. 아편으로 스스로의 목을 조르면서 고급 피지에 에로틱한 시를 쓴다는 것은, 신사가 몰락을 한다면 어떻게 몰락해야 하는지에 대한 그의 생각과도 거리가 있었다.

브라운 신부와 플랑보가 밖으로 나가려고 현관에 잠시 멈추어 섰을 바로 그때, 현관문이 벌컥 열리면서 머리 뒤쪽으로 중절모를 눌러쓴 한 젊은이가 맹렬하게 계단으로 뛰어올라왔다. 그는 한눈에도 방탕해 보였고 화려한 붉은색의 넥타이를 매고 있었는데, 마치 그것을 매고 잠이라도 잤던 것처럼 뒤틀려 있었다. 게다가 그는 계속해서 안절부절못하면서 마디가 있는 작은 지팡이를 휘둘러대는 것이었다.

"저……."

젊은이가 숨을 헐떡이며 말했다.

"퀸튼 어른을 만나고 싶습니다. 그분을 만나야 해요. 안에 계시지요?"

"퀸튼 씨가 안에 계시기는 하오만, 만날 수 있을지 모르겠습니다. 마침 의사가 와 있어서요."

브라운 신부가 입에서 파이프를 떼어내며 말했다.

술이 완전히 깨지 않은 것 같은 젊은이가 현관으로 뛰어들어 갔고, 이와 동시에 퀸튼의 서재에서 막 나온 의사가 방문을 닫으며 장갑을 끼기 시작하고 있었다.

"퀸튼 씨를 보러 왔나? 안됐지만, 만날 수 없네. 어떠한 이유로도 안 되네. 지금 퀸튼 씨에게 수면제를 투약했기 때문에 아무도 그를 만날 수 없단 말일세."

의사가 차갑게 말했다.

"아니, 그렇지만, 나 좀 봅시다, 어르신."

붉은 넥타이를 하고 있는 젊은이가 다정하게 의사의 외투자락을 잡으려고 애쓰면서 말했다.

"이것 보세요. 난 지금 취하긴 했지만, 나는……."

"소용없소, 앳킨슨 씨."

의사가 그의 몸을 완전히 밀쳐냈다.

"당신이 약의 효능을 바꿀 수 있다면, 나도 결심을 다르게 바꾸겠소."

의사는 이렇게 말하고는 모자를 쓰면서 다른 두 사람과 햇살이 비치는 곳으로 내려섰다.

의사는 콧수염을 기르고 목이 굵었으며 성품이 좋아 보이는 작달막한 사내로, 지극히 평범해 보였지만, 유능한 의사라는 인상을 주었다.

반면에, 다른 사람의 옷자락이나 붙잡고 늘어지는 상투적인 생각밖에 할 줄 모르는, 사람을 다루는 기술을 타고나지 못한 듯 보이는 젊은 사내는 마치 자신의 몸이 내쳐지기라도 한 양 멍하게 문 밖에 서서, 정원으로 걸어가는 세 사람의 뒷모습을 바라보고 있었다.

"제가 방금 한 말은 거짓말이었습니다."

의사가 웃으며 말했다.

"사실을 말하자면, 저 불쌍한 퀸튼 씨가 수면제를 복용할 시간은 삼십 분은 더 있어야 합니다. 하지만 저는, 돈을 빌리기만 하고 갚을 줄은 모르는 저 보잘것없는 무뢰한 때문에 퀸튼 씨가 시달리게 하고 싶지 않았습니다. 저자는 퀸튼 부인의 동생이지만 정말이지 지독한 망나니입니다. 부인은 더없이 훌륭한데 말입니다."

"그럼요. 훌륭한 부인이고말고요."

브라운 신부가 말했다.

"그래서 저자가 사라질 때까지 정원을 거닐기로 마음을 먹었습니다. 그리고 나서 퀸튼 씨에게 약을 먹일 거예요. 앳킨슨은 방에 들어가지 못할 겁니다. 제가 방문을 잠가두었거든요."

"그런 거라면 말입니다, 해리스 박사님. 뒤쪽으로 돌아서 저 온실의 끝 부분까지 가보시지요. 그곳에 입구는 없지만, 밖에서라도 들여다볼 만하거든요."

플랑보가 말했다.

"아, 그래요. 그렇게 하면 환자를 살펴볼 수도 있겠군요."

의사가 웃으면서 말을 이었다.

"왜냐하면, 퀸튼 씨는 바로 온실의 끝에서 핏빛의 붉은 포인세티아 나무 사이에 긴 의자를 놓고 누워 있기를 좋아하거든요. 그런 그의 모습이 섬뜩해 보이기는 합니다만…… 그런데, 뭘 하고 계십니까?"

브라운 신부가 잠시 걸음을 멈추고, 길게 자란 잔디 사이에 거의 감춰져 있던 이상하게 구부러져 있는 동양식 단검을 집어들었던 것이다. 그 단검은 채색된 돌과 금속으로 아주 정교하게 세공되어 있었다.

"이게 뭘까요?"

신부가 별로 마음에 들지 않는다는 듯이 그것을 바라보며 물었다.

"퀸튼 씨의 물건인가 봅니다. 이 집 안에는 여기저기에 온갖 중국제 물건들이 있으니 말입니다. 아니면, 그가 붙들어두고 있는 얌전한 힌두인의 것인지도 모르지요."

해리스 박사가 무심하게 말했다.

"힌두인이라니요?"

브라운 신부가 여전히 그의 손에 들려 있는 단검을 바라보며 물었다.

"무슨 인도인 마법사랍니다. 물론 사기꾼이지요."

의사가 가볍게 말했다.

"마법을 믿지 않으시는군요."

브라운 신부가 여전히 고개도 들지 않고 말했다.

"저런, 터무니없이 무슨 마법입니까!"

의사가 말했다.

"이것은 참으로 아름답군요. 색채가 참으로 아름다워요. 그러나 모양은 형편없군요."

신부가 꿈꾸는 듯 나지막한 음성으로 말했다.

"어떤 점이 그렇죠?"

플랑보가 눈을 크게 뜨며 물었다.

"모든 면에서 그렇네. 이것은 이론적으로 잘못된 모양을 하고 있지. 동양 예술에 대해서 그런 느낌을 가져본 적 없나? 색채는 도취될 정도로 아름답지만, 모양은 저속하고 좋지 못하다네. 의도적으로 그렇게 만들지. 나는 터키산 카펫에서 사악한 모양들을 본 적이 있네."

"맙소사!"

플랑보가 웃으면서 소리쳤다.

"그것들은 내가 알지 못하는 언어로 쓰여진 글자였어. 하지만 나는 그게 사악한 주문을 상징한다는 걸 알았지."

신부는 목소리를 점점 낮추면서 말을 이었다.

"그 선들이 마치 달아나려고 꿈틀거리는 뱀들처럼 의도적으로 잘못 그어져 있었다네."

"도대체 무슨 말을 하고 계신 겁니까?"

의사가 큰 소리로 웃으며 말했다.

플랑보가 조용하게 대답을 했다.

"브라운 신부님은 가끔 저렇게 신비로운 구름에 휩싸인 듯한 모습을 보일 때가 있습니다. 제가 순수한 마음에서 알려드립니다만, 보통은 아주 가까이에 사악한 기운이 있을 때에만 저런 모습을 보이죠."

"그런 말도 안 되는 말씀은 마십시오."

의사가 말했다.

"자, 이걸 보십시오."

브라운 신부가 마치 번쩍이는 뱀을 들고 있는 듯이 끝이 구부러진 단검을 든 팔을 쭉 펴 보이며 큰 소리로 말했다.

"이것의 모양이 잘못되어 있다는 것을 모르시겠습니까? 이것은 창처럼 찌를 수도 없고 낫처럼 벨 수도 없습니다. 무기 같아 보이지는 않네요. 무슨 고문 도구 같습니다."

"그 물건을 그리 좋아하지 않으시는 것 같으니, 그 주인에게 되돌려 주는 것이 낫겠습니다. 아직 온실 끝으로 가려면 멀었습니까? 그러고 보면 이 집도 잘못된 모양을 하고 있다고 생각하지 않으십니까?"

해리스 박사가 명랑하게 말했다.

"이해하지 못하시는군요."

브라운 신부가 머리를 절레절레 흔들며 말했다.

"이 집의 모양은 웃음이 나올 정도로 이상하기는 하지만 잘못된 것은 하나도 없습니다."

이야기를 나누는 동안 그들은 온실의 끝을 이루고 있는 구부러진 유리면을 따라 돌아가고 있었다. 온실 끝에는 출입할 수 있는 창문이나 문이 없었기 때문에 이 구부러진 면은 중간에 끊기지 않고 매끄럽게 이어져 있었다. 해가 저물기 시작하기는 했으나, 유리가 깨끗했고 여전히 햇빛이 밝았기 때문에 온실 안에 있는 화려한 식물들뿐 아니라, 언뜻 보기에 책을 읽다가 반쯤 잠이 든 것같이 맥없이 소파에 누워 있는 갈색 벨벳 외투를 입은 시인의 병약한 모습도 볼 수 있었다.

퀸튼은 창백하고 깡말랐고 헝클어진 밤색 머리에 턱수염을 기르고 있는데, 역설적이게도 그의 경우에는 턱수염 때문에 오히려 덜 남성적으로 보였다. 이러한 그의 특징은 세 사람 모두가 이미 알고 있는 사실이었지만, 설사 모르고 있었다 하더라도 그들이 바로 그 순간 퀸튼의 그런 모습을 보고 있었을지에 대해서는 의문이다. 그들의 시선이 모두 다른 곳으로 쏠려 있었기 때문이다.

정확히 그들이 지나고 있는 길목에, 유리 온실 바로 바깥쪽으로 키가 크고 티없이 새하얀 옷을 발끝까지 늘어뜨린 사내가 서 있었다. 지는 태양 빛을 받아, 모자를 쓰지 않은 그의 머리와, 얼굴과 목덜미가 번쩍이는 청동처럼 빛나고 있었다. 그 사내는 유리를 통해 잠들어 있는 퀸튼을 바라보고 있었으며, 산처럼 꿈쩍도 하지 않고 있었다.

"저게 누굽니까?"

브라운 신부가 헛 소리를 내며 숨을 들이쉬고는 한 걸음 뒤로 물러서며 소리쳤다.

"저 사람이 바로 힌두인 은자랍니다. 하지만 저도 저자가 여기서 도대체 뭘 하고 있는지는 모르겠군요."

해리스 박사가 으르렁거리듯 말했다.

"최면술을 쓰고 있는 것 같은데요."

플랑보가 그의 검은 수염을 씹으며 말했다.

"왜 당신들같이 의학에 문외한인 사람들은 최면술과 같이 얼토당토않은 말만 하는 겁니까? 강도라고 하는 편이 더 어울릴

220

것 같군요."

"자, 어쨌든 말을 걸어보지요."

항상 모든 것을 행동으로 옮기고야 마는 플랑보가 말했다. 그리고는 성큼 앞으로 나가서 인도인이 서 있는 곳으로 갔다. 플랑보는 키가 큰 그 인도인보다 훨씬 더 큰 몸을 구부려 인사를 하고는, 차분하지만 건방진 태도로 말을 걸었다.

"안녕하시오, 선생. 뭐 필요하신 거라도 있습니까?"

그는 마치 커다란 배가 항구로 방향을 돌리듯이 그의 커다랗고 누런 얼굴을 아주 천천히 돌리더니 자신의 흰 어깨 너머로 그들을 돌아보았다. 그러자 세 사람은 모두, 그의 황색의 눈꺼풀이 잠들어 있는 듯이 완전히 감겨 있는 것을 보고 깜짝 놀랐다.

"감사합니다. 아무것도 필요치 않습니다."

그가 유창한 영어로 말했다. 그러더니 반쯤 눈을 뜨고 허연 눈동자를 조금 내비치면서 같은 말을 반복했다.

"아무것도 필요치 않습니다."

그리고 나서는 눈을 완전히 뜨고는 놀랄 정도로 빤히 쳐다보면서 또 "아무것도 필요치 않습니다"라고 말하고는 옷자락 스치는 소리를 내면서 어두워지는 정원으로 재빠르게 사라졌다.

"겸손한 걸로 치자면 아까 그 기독교인이 낫군. 그래도 그 사람은 필요한 게 있었으니 말이야."

브라운 신부가 중얼거렸다.

"그가 도대체 무엇을 하고 있었을까요?"

플랑보가 검은 눈썹을 찡그리며 목소리를 낮추어 물었다.

"내 나중에 이야기 해줌세."

브라운 신부가 말했다.

햇빛이 아직 완전히 사라진 것은 아니었지만, 석양이 져 붉게 물들어 있었으며, 정원의 나무와 덤불들의 그림자가 그 석양을 배경으로 점점 더 검게 변해가고 있었다. 세 사람은 침묵 속에서 온실 끝을 돌아 온실 반대편에 있는 현관문 쪽으로 걸어갔다. 그들이 걸어가고 있는 동안 그들의 기척은 마치 새를 깨우듯이 안쪽 구석에 있는 무언가를 깬 것 같았다. 그리고 나서 그들은 다시 흰옷을 입은 그 인도인이 어둠 속에서 나타나 현관문 쪽으로 돌아 사라지는 것을 보았다. 그러나 놀랍게도, 거기에는 그 사람만 있었던 것이 아니었다. 황혼 빛으로부터 그들에게로 다가오는 짙은 금발의 각지고 창백한 얼굴을 한 퀸튼 부인의 등장으로, 그들은 모두 갑작스럽게 걸음을 멈추고는 당황하는 빛을 감추어야 했다. 그녀는 약간 엄숙한 표정을 하고 있었지만, 아주 예의 바른 부인이었다.

"안녕하세요, 해리스 박사님."

그녀가 말했다.

"안녕하십니까, 퀸튼 부인. 지금 막 부군께 수면제를 드리러 가려던 참이었습니다."

작달막한 의사가 상냥하게 말했다.

"그렇군요. 마침 그 시간이 됐군요."

그녀는 이렇게 말하고는 그들에게 미소를 지어 보이며 집 안으로 빠르게 들어갔다.

"부인께서는 과로하고 있군요. 저런 타입의 여성이라면, 이십 년 동안 자신의 의무를 다하고 나서는 뭔가 끔찍한 일이라도 저지를 겁니다."

브라운 신부가 말했다.

의사가 처음으로 흥미 있는 눈길로 신부를 바라보며 물었다.

"의학을 공부하신 적이 있습니까?"

"박사님 같은 의사도 육체뿐만 아니라 정신적인 것을 알아두어야 합니다. 마찬가지로, 우리도 정신적인 것뿐만 아니라 육체적인 것도 알아두어야겠지요."

신부가 대답했다.

"그럼 저는 이만 가서 퀸튼 씨에게 약을 드려야겠습니다."

의사가 말했다.

세 사람은 안채의 안쪽 모퉁이를 돌아 현관으로 가까이 가고 있었다. 문 앞에 이르렀을 때, 그들은 흰옷 입은 사내를 세번째로 보았다. 그가 현관을 향해 너무나 곧장 다가오고 있었기 때문에, 세 사람 모두 그 서재의 문이 잠겨 있다는 사실을 알고 있지만 않았다면, 그가 현관과 반대편에 있는 서재에서 나왔다고 믿을 뻔했다.

그러나 브라운 신부와 플랑보는 이러한 이상하기 짝이 없는 모순을 마음속에 그냥 간직해두기로 마음먹었다. 이렇게 일어날 리가 없는 일을 생각하는 것 자체가 시간 낭비라고 여기고 있는 해리스 박사는 저 신출귀몰한 인도인이 밖으로 나가는 것을 내버려둔 채 기운차게 현관으로 들어섰다. 그러나 그곳에는 이미 그가 까맣게 잊고 있던 인물이 서 있었다. 몰상식한 앳킨슨이 콧노래를 부르며 마디가 있는 지팡이로 여기저기를 쿡쿡 찌르면서 그곳을 배회하고 있었던 것이다. 의사의 얼굴이 불쾌함과 단호한 결심으로 경련이 이는가 싶더니, 신부와 플랑보에게 재빠른 말로 속삭였다.

"아무래도 문을 다시 잠가야겠습니다. 안 그러면 저 생쥐 같은 녀석이 들어올 테니 말입니다. 하지만, 저는 곧 다시 나오겠습니다."

그는 재빨리 문을 열더니 중절모를 쓴 젊은이가 머뭇머뭇 들어올 틈을 주지 않고 바로 문을 걸어 잠가버렸다. 젊은이는 현관에 있는 의자에 털썩 주저앉아버렸다. 플랑보는 벽에 있는 페르시아풍의 조명을 바라보았고, 브라운 신부는 멍한 눈으로 서재 쪽을 바라보고 있었다. 4분 정도 지나, 문이 다시 열렸다. 이번에는 앳킨슨이 더 빨랐다. 그는 앞쪽으로 달려들더니 잠시 동안 열린 문을 붙잡고는 외쳤다.

"퀸튼 어른! 저는……."

서재의 다른 끝으로부터 하품을 하는 것인지 피곤한 웃음을 지으며 소리를 치는 것인지 알 수 없는 퀸튼의 목소리가 분명하게 들렸다.

"자네가 뭘 원하는지 알겠네. 자 받게. 이젠 날 그냥 좀 내버려두게. 나는 공작새에 대한 노래를 막 쓰려던 참이니 말일세."

문이 닫히기 전에 반 파운드짜리 금화가 문 틈으로 날아왔다. 앳킨슨은 앞으로 비틀거리며 나아가서는 솜씨 좋게 그것을 받아냈다.

"자, 이젠 되었군."

의사가 이렇게 말하면서 거칠게 문을 잠그고는 앞장서서 다른 두 사람과 정원으로 나갔다.

"불쌍한 레너드가 이제 조금 편안히 쉴 수 있겠군."

의사가 중얼거리듯 말하고는, 이번엔 브라운 신부를 향하여 말했다.

"한두 시간은 혼자 있게 될 겁니다."

"그렇군요. 그래서 목소리가 유쾌하게 들린 거로군요."

신부가 대답했다. 그리고 나서 그는 진지하게 정원을 둘러보았다. 반 파운드짜리 동전을 짤랑거리며 서 있는 앳킨슨의 모습과 그 너머 보랏빛으로 저물어가는 태양을 향하여 잔디 둔덕 위에 올곧게 앉아 있는 인도인의 모습이 보였다.

"그런데 퀸튼 부인은 어디에 계시지요?"

신부가 갑작스레 물었다.

"부인은 그녀의 방으로 올라갔습니다."

의사가 말하며 손으로 가리켰다.

"블라인드에 비친 그림자가 부인의 것이지요."

브라운 신부가 고개를 들고 인상을 쓰며 가스 불빛이 비추고 있는 창가에 비친 어두운 그림자를 유심히 살펴보았다.

"그렇군요. 부인의 그림자로군요."

하고 말하더니 1.2미터 떨어진 정원의 의자에 앉았다.

플랑보는 신부의 옆자리를 차지하고 앉았지만, 천성적으로 여기저기 걸어다니지 않고는 잠시도 배겨나지 못하는 팔팔한 해리스 박사는 담배를 피워 물고서 붉은 석양빛 속으로 걸어가 버렸다. 이제 플랑보와 브라운 신부만이 남게 되었다.

"신부님, 도대체 무슨 일입니까?"

플랑보가 불어로 물었다.

브라운 신부는 30초 정도 미동도 하지 않고 침묵을 지키더니 이윽고 입을 열었다.

"미신은 비종교적인 것이네만, 이 집의 분위기에는 무언가 꺼림칙한 것이 있네. 저 인도인 탓인 것 같네. 적어도 부분적으로는 말일세."

신부는 다시 입을 다물고는 저 멀리 마치 기도를 드리는 듯이 꼼짝도 않고 똑바로 앉아 있는 인도인의 모습을 지켜보았다. 언뜻 보기에는 전혀 움직이지 않는 것같이 보였다. 하지만 신부는 그를 지켜보다가, 그가 마치, 어두워지는 정원 길을 기어오르고 있는 미풍에 아주 살짝 흔들리는 나무 꼭대기의 가지들처럼 조금씩 리듬을 타듯 움직이고 있다는 것을 알았다.

주변의 풍경이 폭풍이라도 몰아칠 듯이 급작스럽게 어두워지기 시작했지만, 두 사람은 각 인물들이 아직 저마다의 자리를 차지하고 있는 모습들을 볼 수 있었다. 앳킨슨은 생기 없는 얼굴로 나무에 기대어 있었으며, 퀸튼의 아내는 여전히 방 창가에 있었다. 의사는 아직 온실 밖을 어슬렁거리고 있었고 그가 피워 물고 있는 담배의 불빛은 마치 도깨비불 같아 보였다. 그리고 저 고행자는 바로 그의 머리 위의 나무가 흔들리며 소리를 내기 시작했는데도 여전히 똑바로 앉아서 몸을 좌우로 조금씩 흔들고 있었다. 폭풍이 밀어닥치고 있었다.

"저 인도인이 우리에게 말을 했을 때 말이네."

브라운 신부가 대화를 시작하려는 듯 작은 소리로 말을 이었다.

"나는 일종의 환영을 보았네. 그 자신의 환영이자 그의 우주 전체의 환영이었지. 그는 세 번 같은 말을 반복했네. 처음으로 '아무것도 필요치 않습니다' 라고 말했을 때, 그 말은, 말을 하고 있는 자신은 헤아릴 수 없는 사람이며, 자기네들은 결코 그 모습을 다 보여주지 않는다는 의미를 지니고 있었네. 그리고 나서 다시 한번 '아무것도 필요치 않습니다' 라고 말했을 때, 나는 그가 마치 우주와 같이 그 스스로도 충분하며 어떠한 신도 필요치 않다는 의미를 보이고 있다는 것을 알았네. 마지막으로 그가 '아무것도 필요치 않습니다' 라고 말했을 때, 그는 눈을 빛내고 있었네. 이것의 의미는 그가 한 말 그대로, 그가 갈망하는 것은 무(無)이며, 이것이 곧 그의 고향이라는 것이었네. 그는 술을 갈망하듯 무를 갈망하고 있었네. 소멸, 모든 것 혹은 어떤 것의 파괴 말이야."

빗방울이 하나 둘씩 떨어졌고, 무슨 이유에서였는지, 플랑보는 그 빗방울에 찔리기라도 한 듯 깜짝 놀라며 고개를 들어 하늘을 쳐다보았다. 그와 동시에 온실 밖을 서성이던 의사가 무언가를 외치며 두 사람이 있는 쪽으로 달려오고 있었다.

그가 폭탄 같은 기세로 두 사람 사이에 이르렀을 때, 침착하지 못한 앳킨슨이 막 몸을 돌려 집의 안채 쪽으로 가까이 다가가고 있었다. 의사는 발작적으로 그에게 달려들어 멱살을 거머쥐며 소리쳤다.

"무슨 짓을 한 거야! 도대체, 퀸튼 씨에게 무슨 짓을 했느냔 말이다."

신부가 벌떡 일어나더니 명령을 내리는 군인처럼 강한 목소리로 말했다.

"싸움은 그만 두시오."

신부가 차갑게 소리쳤다.

"원한다면, 누구든 충분히 잡아둘 수 있습니다. 무슨 일입니까, 해리스 박사님?"

"퀸튼 씨가 심상치 않습니다."

의사가 핏기 없는 목소리로 말했다.

"유리 너머로 그의 모습을 보았습니다. 그런데, 그가 누워 있는 모양이 이상합니다. 어쨌든 그를 마지막으로 봤을 때와는 다르단 말입니다."

"자, 퀸튼 씨에게 가봅시다. 앳킨슨 씨는 그냥 내버려둬도 될 겁니다. 우리가 퀸튼 씨의 목소리를 마지막으로 들은 이후 제가 눈을 떼지 않고 계속해서 지켜봤으니까요."

신부가 무뚝뚝하게 대답했다.

"제가 이자를 지키고 있겠습니다. 들어가서 살펴보십시오."

플랑보가 성급하게 말했다.

의사와 신부는 나는 듯이 서재 쪽으로 달려가 문을 열고 방으로 뛰어들어갔다. 두 사람은 어둠침침한 서재의 중앙에 자리한 커다란 마호가니 탁자 위로 넘어질 뻔하였다. 환자를 위해 어두운 불 하나만 켜져 있었기 때문이었다. 시인인 퀸튼은 보통 이 탁자 위에서 글을 썼다. 탁자의 중앙에는 종이가 한 장 놓여 있었는데, 일부러 보라고 올려놓은 것 같았다. 의사는 그것을 재빠르게 잡아채서 읽어보더니, 브라운 신부에게 건네주었다.

"맙소사, 저것 좀 보십시오!"

의사는 소리를 지르며 서재 너머에 있는 유리 온실을 향하여 뛰어들어갔다. 온실에는 아름다운 열대 식물들이 석양의 그림자 속에서 여전히 선홍빛으로 물들어 있는 것 같았다.

브라운 신부는 종이를 내려놓기 전에 씌어져 있는 글을 세 번 읽어보았다. 종이에는 '나는 내 손으로 죽는다. 하지만 이것은 살인이다!' 라고 적혀 있었다. 그것은 분명, 읽기도 힘들고 흉내내기도 힘든 퀸튼의 필체였다.

브라운 신부는 그 종이를 손에 쥐고는 온실을 향하여 성큼성큼 나가다가, 침착했지만 쓰러질 듯이 창백한 얼굴을 하고 되돌아 나오는 해리스 박사와 마주쳤다.

"그가 죽었습니다."

의사가 말했다.

두 사람이 함께, 굉장히 화려하고 특이한 모양의 선인장과 진달래 사이를 뚫고 안으로 들어가자, 시인이자 소설가 레너드 퀸튼이 의자에서 머리를 아래로 내려뜨린 채 늘어져 있었다. 바닥에는 붉은색 곱슬머리가 흩어져 있었다. 퀸튼의 왼쪽 옆구리에는 그들이 정원에서 주웠던 이상하게 생긴 단검이 꽂혀 있었으며, 그의 맥빠진 손은 여전히 그 단검의 손잡이를 잡고 있었다.

밖에서는 마치 콜리지의 시에 나오는 밤*과 같이 폭풍우가 한꺼번에 밀어닥쳤다. 정원과 온실의 유리지붕은 쏟아지는 비로 갑자기 어두워졌다. 브라운 신부는 시체보다는 들고 있는 종이에 더욱 주의를 기울이는 것 같았다. 그는 그 종이를 가까이 들여다보며 어두워지는 석양빛 속에서 그것을 읽으려고 애쓰고 있었다. 그러더니 그 종이를 들어 희미한 불빛에 비춰보았다. 바로 그때 순간적으로 번개가 치는가 싶더니, 종이의 검은 윤곽이 드러나 보였다.

곧이어 우레 소리로 가득한 어둠이 닥쳤다. 그 소리가 잦아

---

* 19세기의 영국 시인 콜리지의 작품 『늙은 수부의 노래』에서 갑작스럽게 밤이 내리는 모습을 묘사한 것을 의미함.

들자 브라운 신부의 목소리가 어둠을 뚫고 들렸다.

"해리스 박사님, 이 종이는 모양이 좀 이상하군요."

"그게 무슨 말씀이십니까?"

눈살을 찌푸리며 해리스 박사가 물었다.

"이 종이는 사각형이 아니군요. 귀퉁이가 모두 조금씩 잘려 나가 있습니다. 이게 무슨 의미일까요?"

브라운 신부가 말했다.

"그걸 우리가 어찌 알겠습니까? 그보다 먼저 이 불쌍한 친구를 옮겨야 하지 않을까요? 완전히 숨이 끊겼습니다."

의사가 으르렁거리듯 말했다.

"안 됩니다."

신부가 대답했다.

"시체를 있는 그대로 놔두고 경찰이 올 때까지 기다려야 합니다."

이렇게 말하면서 신부는 여전히 손에 들고 있는 종이를 세심하게 살피고 있었다.

두 사람이 다시 서재로 되돌아왔을 때 신부는 탁자 옆에 멈추어 서더니 작은 손톱가위를 집어들었다.

"아, 그렇군요. 이것으로 자른 모양이군요. 그렇지만……"

신부는 다소 안도하는 듯이 말했지만, 다시 눈썹을 찡그렸다.

"제발 그 따위 종이 조각에 신경쓰지 마십시오. 그건 퀸튼 씨의 유별난 취미였습니다. 그런 거라면 여기 수백 장도 더 있단 말입니다. 그는 모든 종이를 그렇게 잘라서 썼으니까요."

의사는 힘주어 말하면서 탁자 옆에 아직 사용되지 않은 채 놓여 있는 종이 뭉치를 손으로 가리켰다. 그 종이들 역시 신부가 들고 있는 종이와 마찬가지로 모양이 제각각이었다.

"과연, 여기 그 잘려나간 조각도 있군요. 할 말이 없습니다."

신부가 사과하는 듯한 미소를 띠며 말했다. 그리고는 화가 난 상대를 못 본 체하고 그 조각들을 세기 시작했다.

"귀퉁이가 잘려나간 종이는 모두 스물세 장인데 잘린 조각은 스물두 장 것밖에 없군요."

신부가 말했다.

"누가 퀸튼 부인에게 이 사실을 알리죠? 신부님께서 알려주시겠습니까? 저는 하인을 시켜 경찰을 부르도록 하겠습니다."

해리스 박사가 말했다.

"그럼 그렇게 하죠."

브라운 신부가 무심하게 말하고는 현관으로 나갔다.

밖으로 나온 신부는 여기서 또다른 극적이고도 어쩌면 더욱 기괴한 장면을 보게 되었다. 신부의 덩치 큰 친구 플랑보가 오랫동안 예사롭지 않은 자세로 서 있었으며, 계단 아래쪽 길 위에는 붙임성 있는 앳킨슨이 두 다리를 허공으로 쳐든 채 뻗어 있었다. 그리고 그의 중절모와 지팡이는 반대편으로 날아가 떨어져 있었다. 앳킨슨이 마침내 플랑보의 지나치게 엄중한 감시에 지친 나머지 그를 때려눕히고 달아나려 했던 것이다. 비록 플랑보가 범죄에서 손을 뗐다고는 하지만, 그래도 앳킨슨 정도는 한 주먹 거리도 아니었다.

플랑보가 상대에게 달려들어 한 번 더 일격을 가하려고 하는 찰나, 신부가 그의 어깨에 가볍게 손을 올렸다.

"자, 앳킨슨 씨와 화해하게. 서로 사과하고 인사나 한마디씩 하게나. 그를 더이상 잡아둘 필요가 없게 되었네."

신부가 말했다.

앳킨슨은 여전히 미심쩍은 듯 일어나서는 그의 모자와 지팡이를 집어들고는 정원 문을 향하여 걸어갔다.

브라운 신부는 자못 심각한 목소리로 물었다.

"인도인은 어디에 있나?"

신부와 플랑보, 의사, 세 사람은 함께 내키지 않는 걸음으로 아까 그 인도인이 이상한 기도를 하면서 몸을 흔들고 있던 것을 마지막으로 보았던 장소로 향했다. 석양 속에서 보랏빛으로 물들어가는, 흔들리는 나무들 사이에 있는 풀 덮인 어두운 둑 근처였다. 그 인도인은 그 자리에 없었다.

"그를 잡아야 하오. 이제 알겠습니다. 이런 일을 저지른 것이 그 인도인이란 말입니다."

의사가 분노로 발을 구르며 말했다.

"저는 박사님께서 마법을 믿지 않으시는 줄 알았는데요."

브라운 신부가 조용히 말했다.

"더이상은 아닙니다."

의사가 눈을 두리번거리며 말했다.

"그자가 사기꾼 마법사라고 생각했을 때도 그가 끔찍이도 싫었던 것은 사실입니다. 그런데, 그가 진짜 마법사라고 생각하니 더더욱 놈이 싫어지는군요."

"그자가 도망친 것이 문제가 아닙니다. 문제는 그자가 살인을 저질렀다는 증거를 찾을 수 없기 때문에, 자기암시나 마법으로 자살을 유도했다는 이야기를 관할 경찰에게 할 수 없다는 것입니다."

플랑보가 말했다.

브라운 신부는 죽은 시인의 아내에게 이 비참한 소식을 전하러 집 안으로 들어갔다.

신부가 다시 밖으로 나왔을 때 그의 얼굴은 약간 창백하고 비통해 보이기까지 했다. 그러나 부인과 무슨 이야기를 나눴는지에 대해서는 모든 일이 밝혀진 후에도 결코 얘기하지 않았다.

의사와 조용히 이야기를 나누던 플랑보는 그렇게 빨리 다시 나와 그의 바로 옆에 서 있는 신부의 모습에 깜짝 놀랐지만, 브라운 신부는 신경쓰지 않고 의사를 따로 불러냈다.

"경찰을 부르러 보내셨지요?"

"네. 경찰들이 곧 도착할 겁니다."

해리스 박사가 대답했다.

"부탁을 좀 들어주시겠습니까?"

신부가 조용히 말했다.

"사실은 제가 이번 힌두인 친구의 경우와 같이 경찰 조사 보고서에는 기록하기 힘든 기묘한 이야기들을 수집하고 있답니다. 이제, 박사님께서 이런 제 개인 용도를 위해서 보고서 하나를 써주시기 바랍니다. 의사란 영민한 사람들 아닙니까."

신부가 의사의 얼굴을 근엄하게 빤히 쳐다보며 말했다.

"저는 박사님께서 이번 사건에 대해 언급하기에 적당치 않다고 생각하시는 자세한 사정을 어느 정도 알고 계신다고 생각합니다. 제 직업도 박사님의 직업만큼이나 비밀을 유지해야 하는 직업입니다. 박사님께서 쓰시는 내용 어느 것 하나도 비밀로 간직할 것을 약속드립니다. 하지만, 빠뜨리지 말고 전부 적어주시기 바랍니다."

머리를 한쪽으로 약간 기울이고 신부의 이야기를 심각하게 듣고 있던 의사는 잠시 동안 신부의 얼굴을 바라보더니 말했다.

"좋습니다. 그렇게 하지요."

그리고는 서재로 들어가 문을 닫아버렸다.

"플랑보."

브라운 신부가 말했다.

"베란다 아래쪽에 긴 의자가 있구먼. 저기라면 비에 젖지 않고 담배를 한 대 피울 수 있을 것 같네. 자네는 이 세상에서 유일한 나의 친구네. 그러니 이야기를 좀 나누고 싶구먼. 아니, 그보다 아무 말 없이 함께 있고 싶은지도 모르겠네."

그들은 베란다 의자에 편하게 자리를 잡고 앉았다. 브라운 신부는 그의 평소 버릇을 버리고 아무 말 없이 고급 잎담배를 받아 피워 물었다. 그 사이 비는 베란다의 지붕을 두드리며 요란한 소리를 내고 있었다.

"이보게."

마침내 브라운 신부가 입을 열었다.

"이번 사건은 아주 이상한 사건이네. 아주 이상한 사건이야."

"저도 그렇게 생각합니다."

플랑보가 몸을 떨듯이 말했다.

"자네도 이 사건을 이상하다고 했고, 나도 이상하다고 했네. 그런데, 우리는 서로 정반대의 것을 의미하고 있다네. 현대인들은 항상 두 가지 서로 다른 생각을 혼돈하곤 하지. 다시 말해서, 놀라운 일이라는 의미에서 신비로운 것과, 복잡하다는 의미에서 신비로운 것의 완전히 다른 두 가지를 섞어서 생각한다는 말이네. 그것이 기적을 어렵게 생각하는 이유의 절반은 차지할 걸세. 기적은 놀라운 것이지. 하지만 단순하지. 자네에게는 이 사건이 놀라운 일일 걸세. 왜냐하면, 바로 저 사악한 인도인이 걸어둔 사악한 마법에 의해 일어난 기적이기 때문이네. 오해하지는 말게. 나도 이번 사건이 영적이거나 악마적인 것이 아니라는 말은 아니네. 어떤 주변적인 영향력으로, 이상한 죄악이 인간의 삶에 끼여들게 되는지는 오직 하늘과 땅만이 알고 있다네. 그러나 현재 나의 입장은 이렇다네. 만일 이번 사건이 순전히 마법에 의한 것이라면, 자네 생각처럼 아주 놀라운 것이지. 그러나 신비스럽지는 않은 것이네. 즉, 복잡하지는 않다는 말일세. 기적이라는 것은 놀랍기는 하지만, 단순한 방식으로 일어나기 때문이지. 허나, 이 사건의 방식은 그런 단순한 것과는 거리가 멀다네."

잠시 약해졌던 폭풍우가 다시 거세지는 것 같더니, 먼 곳에서 천둥 소리가 크게 들려왔다. 브라운 신부는 담배의 재를 털고는 말을 이었다.

"이번 사건에는 천상이나 지옥에서 똑바로 떨어지는 벼락과는 다른, 뒤틀리고 흉측하며 복잡한 성질이 있네. 달팽이가 지나간 비뚤어진 흔적을 알 수 있듯이, 나는 저 사내의 비뚤어진 발자취를 알 수 있다네."

하얀 번개가 한순간 번쩍 하며 그 커다란 눈을 뜨는가 싶더니, 하늘은 이내 다시 어둠에 싸였다. 신부는 계속 말을 이었다.

"물론 비뚤어져 있는 것들은 많지만, 그 중에서 가장 비뚤어진 것은 종이의 모양이었네. 그것은 퀸튼 씨를 죽인 단검보다도 더 왜곡된 모양을 하고 있었거든."

"퀸튼 씨가 자살을 고백한 종이를 말씀하시는 거군요."

플랑보가 말했다.

"내가 말하고자 하는 것은 퀸튼 씨가 '나는 내 손에 죽는다'라는 글귀가 적혀 있는 그 종이 자체라네. 그 종이의 모양은 잘못된 모양을 하고 있네. 내가 아무리 이 사악한 세상에서 그 종이를 보았다 해도 분명히 잘못된 모양이었네."

브라운 신부가 말했다.

"귀퉁이가 잘려져나간 것뿐인걸요. 게다가 퀸튼이 가지고 있는 모든 종이가 그런 식으로 잘려나갔다고 알고 있는데요."

플랑보가 말했다.

"이것은 아주 이상한 방법으로 잘려나갔네. 그것도 내 취미나 기호로 보자면, 아주 좋지 않은 방법으로 말일세. 자, 플랑보, 저 퀸튼이라는 사내는…… 주여, 그의 영혼을 받아들여주소서! 어떤 면에서는 약간 질이 좋지 않은 사람이었네만, 문필에 있어서는 물론 화필에 있어서도 진정한 예술가였네. 비록 그의 필체가 알아보기는 힘들다 해도, 대담하며 아름답단 말일세. 내가 말한 것을 증명할 수는 없네. 어떤 것도 증명할 수가 없지. 하지만 나는 자네에게, 그가 그런 서툰 솜씨로 종이를 잘라낼 리 없다는 사실을 아주 확실하게 말할 수 있네. 그가 만약 그 종이를 어딘가에 끼워 맞추거나 철을 한다거나 하는 목적으로 종이를 잘라내려 했다 하더라도, 다른 방식으로 가위질을 했을 걸세. 그 모양을 기억하나? 아주 서툴게 생긴 모양이었지. 잘못된 모양이었어. 이렇게 말이네. 기억 안 나나?"

신부는 불이 붙어 있는 담배를 어둠 속에서 흔들면서 불규칙하게 생긴 사각형을 그려 보였다. 플랑보는 그것이 마치 어둠 속에 그려진 불의 상형문자, 그것도 전에 신부가 말했던, 알아볼 수는 없으나 좋은 의미를 가지고 있을 리가 없는 상형문자처럼 보였다.

신부가 말을 마치고 담배를 다시 입에 물며 뒤로 등을 기댔을 때, 플랑보가 입을 열었다.

"하지만 다른 누군가가 역시 가위를 사용했다고 한다면, 왜 그 사람이 퀸튼의 종이의 모서리를 자르고 퀸튼으로 하여금 자살하도록 만들었을까요?"

브라운 신부는 여전히 등을 기대고는 방 쪽을 바라보았다. 그리고 그는 담배를 입에서 떼어내며 말했다.

"퀸튼은 자살을 한 것이 아니네."

플랑보가 깜짝 놀라 신부를 바라보며 소리쳤다.

"말도 안 되는 소리 하지 마십시오. 그렇다면, 그가 왜 자살한다는 말은 남겼는데요?"

신부는 다시 앞으로 몸을 숙이더니 팔꿈치를 무릎에 대고는 땅을 내려다보며 아득한 곳에서 들려오는 듯한 낮은 목소리로 말했다.

"퀸튼은 자살한다는 말을 남긴 적이 없다네."

플랑보가 담배를 떨구며 말했다.

"그렇다면, 저 종이에 적힌 것이 가짜란 말입니까?"

"아닐세. 퀸튼이 직접 쓴 것이 맞네."

신부가 말했다.

"그것 보십시오. 퀸튼이 직접 잘라낸 종이에 자신의 손으로 직접 '나는 내 손으로 죽는다'고 쓴 것 아닙니까."

플랑보는 화가 나서 말했다.

"잘못된 모양이었네."

신부가 침착하게 말했다.

"이제, 저 빌어먹을 모양 타령은 그만두십시오! 도대체 모양이 뭐가 어떻다는 겁니까?"

"귀퉁이가 잘려진 종이는 스물세 장이 있었네만, 잘려져나간 조각은 스물두 장밖에 없었네. 그러니까 잘라낸 조각 중 한 장을 찢어버린 거지. 아마, 저 글귀가 씌어진 종이 조각이었을 거네. 뭐 짚이는 게 없나?"

플랑보의 얼굴에 밝은 빛이 스치고 지나가는가 싶더니 입을 열었다.

"그렇다면, 퀸튼 씨가 그 종이에 뭔가 다른 말을 더 써넣었다는 말씀이군요. 이를테면, '나는 내 손으로 죽는다고 저들이 말할 것이다' 내지는 '그런 말을 믿어서는 안 된다' 같은……"

"저런, 어린아이 같은 말을 하는구면. 잘린 부분은 기껏해야 일 센티미터 정도의 길이밖에 되지 않아. 그런 문구는커녕 단 한 글자를 쓸 자리도 없었단 말일세. 사악한 범인이 불리한 증거가 될까봐 찢어버려야 했던 것, 단 쉼표보다 크지 않은 그 어떤 것, 그게 과연 무엇이었을까?"

"글쎄요. 아무것도 생각나지 않는군요."

플랑보가 대답했다.

"따옴표는 어떤가?"

신부는 피우던 담배를 멀리 던져버리면서 말했다. 담배는 마치 별똥별처럼 어둠을 가르며 멀리 날아갔다.

플랑보는 할 말을 잃었다. 그러자 브라운 신부는 마치 이야기의 근본으로 되돌아가려는 듯이 말했다.

"레너드 퀸튼은 소설가였지. 게다가 마법과 최면술에 대한 동양적인 로망스를 집필하고 있었다네. 그는……."

이 순간 그들 뒤에서 문이 벌컥 열리더니 의사가 손에 모자를 들고 나왔다. 그는 기다란 봉투를 신부의 손에 쥐어주었다.

"이것이 신부님께서 원하시는 문서입니다. 집으로 돌아가봐야겠군요. 안녕히 계십시오."

해리스 박사가 말했다.

"안녕히 가십시오."

신부가 말했고, 의사는 성급하게 대문을 향하여 걸어갔다. 의사가 현관문을 열어두었기 때문에 문 틈으로 가스등의 불빛이 한 줄기 그들 위로 쏟아졌다. 이 불빛 속에서 브라운 신부는 봉투를 열어 다음 글을 읽었다.

브라운 신부님께,

그대가 이겼노라 갈릴리인이여! 그렇지 않다면, 모든 것을 꿰뚫어보는 그대의 눈에 저주가 있으라. 결국 당신이 말한 모든 것에 무슨 의미가 있다는 것이 가능할 수 있을까요?

나는 어린 시절부터 대자연을 믿으며, 사람들이 도덕적이라고 하건 부도덕적이라고 하건 상관없이 자연의 기능과 본성을 믿어왔습니다. 의사가 되기 훨씬 이전, 내가 새앙쥐나 거미를 기르던 초등학교 학생이었을 때부터, 나는 좋은 동물이 되는 것이야말로 세상에서 가장 좋은 일이라고 믿었습니다. 그런데 지금 저의 그 신념이 흔들리고 있습니다. 나는 자연을 믿어왔습니다만, 자연은 인간을 배반하는 것 같습니다. 당신의 허튼소리에 무슨 의미가 있을 수 있습니까? 나는 정말로 병적이 되어가고 있습니다.

나는 퀸튼의 아내를 사랑했습니다. 사랑에 무슨 잘못이 있겠습니까? 자연이 내게 허락한 것이며, 사랑이야말로 이 세상을 돌아가게 만드는 힘이지 않습니까. 나는 또한 진심으로 그녀가 저 미치광이와 괴로운 시간을 보내는 것보다는 나와 같은 깨끗한 동물과 함께 지내는 것을 더 행복해할 것이라고 생각했습니다. 뭐가 잘못된 겁니까? 나는 과학적인 인간답게 오직 사실만을 직시하고 있었습니다. 그녀는 더 행복해졌을 겁니다.

이런 내 개인적인 신념에 따라 퀸튼을 살해하는 것에 대해 아무 거리낄 것이 없었습니다. 그 편이 모두를 위해서, 심지어는 그 자신을 위해서도 최선의 방책이라고까지 생각했습니다. 그러나 건전한 동물로서, 내가 직접 살해를 할 생각은 없었습니다. 그래서 나는 내게 혐의가 절대로 돌아오지 않을 만한 기회가 올 때까지는 결코 이 일을 실행하지 않으리라 결심을 하게 되었습니다. 그런데, 그 기회를 오늘 아침에 잡았던 겁니다.

나는 오늘 퀸튼의 서재에 세 번 들어갔었습니다. 내가 처음으로 서재에 들어갔을 때 그는 〈성자의 저주〉라는, 그가 집필하고 있는 이상한 이야기를 떠들어대고 있었습니다. 그 이야기는 인도의 은자가 초능력을 이용하여 영국인 대령을 살해하는 이야기였습니다. 퀸튼은 내게 마지막 종이를 보여주면서 마지막 단락을 읽어주기까지 했습니다. 이렇게 쓰여 있더군요. '편잡의 정복자는 누런 해골이 되어가면서도 아직 거대한 육체를 그의 팔꿈치로 간신히 지탱하며 조카의 귓가에 속삭였다. 나는 스스로의 손에 죽는다. 하지만 이것은 살인이다.' 백 번에 한 번이나 있을까 말까한 우연으로 이 마지막 글귀가 새로운 종이의 맨 위에 쓰여 있었습니다. 나는 방을 나와서 섬뜩할 정도로 좋은 기회에 들떠서는 정원으로 나왔습니다.

우리가 집 주변을 걷고 있는데, 나를 도와줄 두 가지 일이 일어났습니다. 당신은 인도인을 의심했고, 그 인도인이 사용함직한 단도를 당신이 발견했던 겁니다. 그 기회를 놓치지 않고 나는 단도를 주머니에 넣고 퀸튼의 서재로 되돌아가서는 문을 잠갔습니다. 그리고는 그에게 수면제를 먹였습니다. 퀸튼은 앳킨슨에게 대꾸하는 것을 아주 싫어했지만, 앳킨슨에게 소리를 지르도록 그를 다그쳤습니다. 왜냐하면, 내가 두번째로 그 방에서 나왔을 때 퀸튼이 여전히 살아 있다는 분명한 증거가 필요했기 때문입니다. 퀸튼은 온실에 몸을 눕혔고, 나는 서재를 통해 되돌아 나왔습니다. 나는 손이 빠른 사람입니다. 그래서 1분 30초 만에 내가 원하는 모든 일을 해냈습니다. 나는 퀸튼이 쓴 로망스의 첫 부분을 모두 벽난로에 넣고 태워버렸지요. 그런데, 거기에는 적절치 못하게도 인용부호가 있지 않겠습니까. 그래서 나는 그것을 잘라냈지요. 그리고는 이것을 그럴듯하게 보이기 위해서 남아 있는 한 뭉치의 종이 뭉치를 전부 잘라내어 구색을 맞췄던 것입니다. 그리고 나서 퀸튼의 자살 고백서가 탁자에 놓여 있다는 사실을 확인하고는 밖으로 나왔습니다. 퀸튼이 잠들었지만, 아직 숨을 쉬면서 온실에 누워 있는 동안 말입니다.

나의 마지막 행동은 필사적이었습니다. 아시겠지만, 내가 퀸튼이 죽어 있는 것을 본 것처럼 가장하고는 그의 방으로 뛰어들었습니다. 당신이 종이를 들여다보며 시간을 끌도록 한 다음에, 내 손으로 퀸튼의 숨통을 끊어놓은 것입니다. 당신이 그 자살 고백을 들여다보고 있는 사이 내가 퀸튼을 살해한 겁니다. 그는 약에 취해서 반쯤 잠들어 있었습니다. 그래서 나는 그의 손에 단검을 쥐어놓고는 그의 몸에 그것을 찔러 넣었습니다. 그 단검은 이상한 모양을 하고 있었습니다. 심장에 정확히 도달하는 각도를 계산할 수 있는 의사가 아니고는 아무도 그 단도로 사람을 죽이지는 못할 겁니다. 신부님께서 그것도 눈치채셨는지 궁금합니다.

내가 일을 마치자, 심상치 않은 일이 일어났습니다. 자연이 나를 버렸던 것입니다. 나는 속이 메스꺼웠습니다. 마치 내가 뭔가를 크게 잘못 한 것 같은 생각이 들었던 것입니다. 머리가 깨지는 것 같았고, 누군가에게 이것을 말해야 한다는 생각과, 내가 결혼해서 아이들을 가지게 된다면 나는 이것을 혼자서만 간직해서는 안 된다는 생각을 하면서 일종의 절망적인 희열을 느꼈습니다. 대체, 뭐가 잘못된 건가요? 내가 미쳐가고 있는 걸까요? 아니면, 바이런의 시에 나오는 누군가처럼 깊은 회한을 느끼는 것이란 말입니까? 더이상 글을 쓸 수가 없습니다.

제임스 에스킨 해리스.

브라운 신부는 조심스럽게 그 편지를 접어서는 안주머니에 집어넣었다. 그때 대문의 벨이 요란스럽게 울렸다. 경관들이 입은 비옷이 비에 젖어 번쩍이는 게 보였다.

이즈리얼 가우의 명예

범죄자로서 누릴 수 있는 가장 큰 이권은

항상 스스로 계획을 세우고 바로 행동에 옮길 수

있다는 거죠.

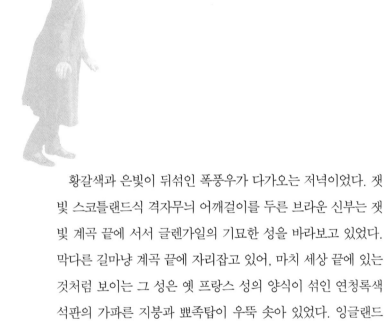

　황갈색과 은빛이 뒤섞인 폭풍우가 다가오는 저녁이었다. 잿빛 스코틀랜드식 격자무늬 어깨걸이를 두른 브라운 신부는 잿빛 계곡 끝에 서서 글렌가일의 기묘한 성을 바라보고 있었다. 막다른 길마냥 계곡 끝에 자리잡고 있어, 마치 세상 끝에 있는 것처럼 보이는 그 성은 옛 프랑스 성의 양식이 섞인 연청록색 석판의 가파른 지붕과 뾰족탑이 우뚝 솟아 있었다. 잉글랜드 사람이라면 옛날 얘기에 나오는 사악한 마녀의 뾰족모자를 떠올렸을 법한 모습이었다. 그리고 그 주변에서 흔들리고 있는 소나무 숲은 초록색 성과 대조적으로, 수없이 많은 갈가마귀 떼가 모여 있는 것처럼 시커멓게 보였다. 최면을 거는 마법과 같이 몽롱한 이러한 분위기는 단지 주변의 풍경에서만 비롯되는 환상은 아니었다. 왜냐하면 다른 어느 곳의 그 어느 집안보다도 이 스코틀랜드 귀족의 저택에는 더욱 무겁게 내려앉은 긍지와 광기와 신비스러운 슬픔의 구름이 덮여 있었기 때문이었다. 스코틀랜드에는 세습이라 불리는 이중의 극약이 있었는데, 이는 귀족에게는 혈통의 개념이며, 칼뱅파 청교도에게는 소명의 개념이었다.

신부는 글래스고에서 일을 보던 중 하루 짬을 내서 아마추어 탐정인 친구 플랑보를 만나러 오는 길이었다. 플랑보는 고(故) 글렌가일 백작의 삶과 죽음을 조사하는 공식 관리와 함께 글렌가일 성에 있었다.

신비에 싸여 있는 백작은 용맹함과 광기, 폭력적인 교활함으로 16세기에 이곳의 사악하다는 귀족들마저도 두려움에 떨게 했던 일족의 최후의 후계자였다. 그 누구도 이처럼 깊은 야심에 빠져 헤맨 적은 없었다. 이 야심은 마치 스코틀랜드의 메리 여왕을 둘러싸고 있던 거짓 궁전의 방 속의 방처럼 깊은 것이었다.

그 지역에 전해오는 한 시구(詩句)가 그들이 지닌 음모의 동기와 그 결과를 적나라하게 보여주고 있다.

여름 나무에 초록빛 수액과 같이

오길비 가문*에게는 붉은 황금이 있노라.

몇 세기 동안 글렌가일 성에는 점잖은 주인이 나오지 않은
터라, 빅토리아 시대에는 더이상 별난 사람이 나올 수 없으려
니 하고 생각했던 사람도 있었다. 그러나, 이 최후의 글렌가일
은 자신에게 남겨진 유일한 일을 함으로써 그의 일족의 전통을
만족시키고 스스로 사라졌던 것이다. 어디 먼 외국으로 나갔다
는 의미가 아니다. 오히려 그가 어딘가에 살아 있다면, 그는 아
직 저 성 안에 있을 것이다. 그러나 비록 그의 이름이 교회 명부
와 저 붉은색의 커다란 〈귀족 명감〉에 올라 있다 할지라도, 이
세상에서 그를 보았다는 사람은 없었다.

만일 그를 본 사람이 있다면, 그것은 마부와 정원사의 중간
쯤의 역할을 하고 있는 그의 유일한 하인뿐이었다. 그 하인은
귀가 너무 어두워서 실리적인 사고방식의 사람들은 그가 벙어
리일 거라고 단정해버렸다. 반면에 조금 더 통찰력이 있는 사
람들이라면 그에게 정신박약 증세가 있다고 주장했을 것이다.
이 수척한 붉은 머리 일꾼은 턱을 완고하게 다물고 있었으며,
눈은 멍한 푸른색이었다. 그의 이름은 이즈리얼 가우였다. 그

---

* 스코틀랜드의 유명한 씨족. 글렌가일 가문은 오길비 가문의 한 분파이다.

는 바로 저 황량한 저택을 돌보는 과묵한 단 한 명의 하인이었다. 사람들은, 정력적으로 감자를 파내고 규칙적으로 부엌으로 사라지는 그의 모습을 보고, 그가 상전의 식사를 준비하는 것이라 여겼다. 결국, 수수께끼에 싸인 백작이 여전히 성 안에 숨어 있다는 말이었다. 그러나 하인은 언제나, 백작은 집에 없다고 강력하게 주장하는 것이었다.

어느 날 아침, 본당신부와 목사가 성으로 불려갔다. 글렌가일 가문은 장로교도였던 것이다. 그들이 그곳에서 목격한 것은 정원사 겸 마부 겸 요리사인 이 집의 유일한 하인이 그 많은 역할에 장의사의 역할까지 추가로 수행하면서 귀족 주인의 관에 못을 박고 있는 모습이었다. 이 이상한 사실이 어느 정도의 조사를 받아, 혹은 조사를 거의 받지 않은 채로 묵과되었는지는 아직 분명하지 않다. 왜냐하면, 이삼 일 전쯤 플랑보가 여기 북쪽 땅으로 올 때까지 이 일은 한번도 합법적인 조사를 받지 않았기 때문이다. 그때까지 글렌가일 경의 시체는 언덕 위의 작은 묘지에 오랫동안 묻혀 있었다. 그것이 시체라면 말이다.

브라운 신부가 어둠침침한 정원을 지나서 성의 그늘 아래 이르렀을 때, 구름이 짙어지는가 싶더니 대기가 축축해지고 뇌성이 들려왔다. 그는 마지막으로 스러져가는 한줄기 금녹색 석양빛을 등지고 있는 한 사내의 시커먼 윤곽을 보았다. 사내는 원통형의 실크 모자를 쓰고 어깨에는 커다란 삽을 이고 있었다. 그 기묘한 모습이 이상하게도 교회지기를 떠올리게 했지만, 브라운 신부는 저 귀머거리 하인이 감자를 캔다는 사실을 기억해냈고, 그런 점에서 그의 복장이 자연스럽다고 생각했다. 그는 스코틀랜드 농부에 대해 조금 알고 있었다. 그들은 한 시간이라도 밭일을 하지 않을 수 없을 만큼 형편이 어려울지라도 공식적인 조사를 위해서는 '검정색 옷'을 입어야 체면이 선다고 생각하는 사람들이었다. 신부가 지나갈 때 보이던 사내의 놀라움과 의혹에 찬 시선도 역시 그런 사람에게서 볼 수 있는 주의와 경계심에 충분히 부합하는 것이었다.

커다란 문을 열어준 것은 플랑보였다. 그의 옆에는 회색 머리에 비쩍 마른 남자가 손에 서류뭉치를 들고 있었다. 런던경찰청의 크레이븐 경감이었다. 입구의 홀은 거의 장식도 없이 텅 비어 있었다. 그러나 거무스름하게 변하고 있는 캔버스에서는 검은 가발을 쓴 창백한 얼굴의 악독한 오길비 가의 조상 한 둘이 냉소를 띤 채 내려다보고 있었다.

브라운 신부가 두 사람을 따라 안쪽 방으로 들어가자, 두 사람이 앉아 있었던 기다란 떡갈나무 탁자가 있었다. 탁자 끝에는 무언가가 적혀 있는 종이들이 위스키와 담배들 사이에 널려 있었다. 탁자의 나머지 부분에는 드문드문 갖가지 물건들이 놓여 있었는데, 이 물건들이라고 하는 것이 그야말로 수수께끼 같은 것들이었다. 하나는 반짝거리는 깨진 유리 파편들을 모아놓은 것이고, 또 다른 한 가지는 갈색 가루를 높게 쌓아놓은 것 같았고, 나머지 하나는 단순한 나뭇가지처럼 보였다.

"마치 이곳에다 지질학 박물관이라도 만들어놓은 것 같군요."

신부가 자리에 앉더니 갈색 가루와 유리 파편 쪽으로 고개를 돌리면서 한마디 했다.

"지질학이 아니라 심리학 박물관이라고 해주시죠."

플랑보가 대답했다.

"오, 맙소사. 그렇게 지루한 말은 시작도 하지 마십시오."

경감이 웃으며 말했다.

"심리학이 무엇인지 잘 모르십니까? 심리학은 머리가 이상해진다는 의미란 말이지요."

플랑보가 호의를 가지고 놀란 듯이 물었다.

"아직 잘 모르겠군요."

경감이 대답했다.

"내 말은, 우리가 지금까지 글렌가일 경에 대하여 알아낸 것은 그가 편집광이라는 것이 전부입니다."

플랑보가 결론을 내리듯 말했다.

어둠이 내리고 있는 하늘을 뒤로 한 채 창밖을 지나가는, 실크 모자를 쓰고 삽을 멘 가우의 그림자가 희미하게 어른거렸다.

브라운 신부는 무심히 그 모습을 바라보며 말했다.

"그 양반에게 이상한 점이 있다는 건 충분히 이해가 가네. 그렇지 않았다면, 자신을 생매장하듯이 갇혀 살았거나 그렇게 서둘러 장례를 치르지는 않았을 테니까. 하지만 어떤 점에서 자네가 그 양반을 미치광이라고 생각하게 됐는지 궁금하구면."

"우선, 크레이븐 경감이 이 집에서 찾아낸 것들이 무엇인지 들어보시죠."

플랑보가 말했다.

"초가 있어야 할 것 같습니다. 폭풍우가 다가오고 있어서 글씨를 읽기에 너무 어둡군요."

크레이븐 경감이 불쑥 말했다.

"경감님이 찾은 그 이상한 것들의 목록 중에 초는 없던가요?"

신부가 웃으며 물었다.

플랑보는 심상치 않은 얼굴을 들어 그의 검은 눈으로 신부를 바라보며 말했다.

"그것도 이상한 점이죠. 초는 스물다섯 개나 있었는데, 촛대는 하나도 없었어요."

점점 더 거세지는 바람과 빠른 속도로 어두워지는 방 안에서 브라운 신부는 단편적인 증거품들 사이에 놓여 있는 한무더기의 양초 쪽으로 향했다. 신부는 뜻밖에도 붉은 빛이 도는 갈색 가루 위로 몸을 굽히는가 싶더니 날카로운 재채기 소리로 방 안의 고요함을 깨뜨렸다.

"저런, 코담배로군요."

신부는 초를 하나 들고는 조심스럽게 불을 붙여서 위스키 병에다 꽂았다. 불안한 밤공기가, 심하게 흔들리는 창문으로 들어와 초의 불꽃이 마치 깃발처럼 흔들렸다. 게다가 성의 주변에서는 수백 미터에 걸쳐 있는 검은 소나무 숲이 마치 바위에 부딪히는 흑해의 파도처럼 바람에 일렁이는 소리를 내고 있었다.

"제가 증거품 목록을 읽어드리지요."

크레이븐 경감이 널려 있던 종이들 중 한 장을 집어들며 심각하게 말했다.

"우리가 성에서 찾아낸 아주 산만하고 불가사의한 증거품 목록입니다. 신부님도 이곳이 대부분 가구도 제대로 갖추어지지 않은 채 방치되었다는 것을 아시게 될 겁니다. 하지만 한두 개의 방에는 분명히 누군가가 지냈던 흔적이 있지요. 소박하긴 하나 궁상스럽게 살진 않았던 듯합니다. 누군지는 몰라도 저

가우라는 하인은 분명히 아닙니다. 그럼 목록을 읽겠습니다.

제1품목. 상당한 양의 보석류로 거의 모두가 다이아몬드이다. 모두 낱개로 되어 있으며, 세팅이 되어 있는 것은 없었다. 물론 오길비 가문에 전해지는 보석들이 있다는 것은 당연한 것이기는 하지만, 이 보석들은 분명히 특별한 장식품에 박히게 되어 있는 것들이다. 오길비 가문 사람들은 보석들을 동전처럼 주머니에 넣고 다녔던 듯하다.

제2품목. 여기저기 쌓여 있는 코담배. 동물의 뿔 속이나 주머니에 넣어두지 않고 벽난로 위, 찬장 위, 혹은 피아노 위의 여기저기에 쌓여 있었다. 이것으로 볼 때, 이 노신사는 주머니를 뒤지거나, 담뱃갑의 뚜껑을 여는 일조차 귀찮아했던 것 같다.

제3품목. 집 주변 여기저기 쌓여 있는 작은 금속 조각들. 어떤 것은 강철로 된 스프링이고 어떤 것은 아주 작은 바퀴 모양을 하고 있다. 마치 장난감의 부속품들을 뜯어놓은 듯하다.

제4품목. 초. 이것들을 세울 곳이 없기에 병을 이용해야 한다.

자, 이제 이 모든 것들이 우리가 예상했던 것들보다 얼마나 더 기이한 것들인지 생각해보시길 바랍니다. 핵심적인 수수께끼에 대해서는 우리도 마음의 준비가 되어 있습니다. 척 봐도 이 마지막 백작에게는 뭔가 잘못된 점이 있었다는 것을 알아볼 수 있으니 말입니다. 우리가 이곳에 온 이유는 그 백작이 정말이 성에서 살았고 여기서 죽었는지, 또 그를 매장한 저 붉은 머리의 허수아비 같은 하인이 그의 죽음과 무슨 관련이 있는지를 조사하기 위해서입니다. 하지만, 이 사건에 대해서 최악이고 가장 으스스한 신파적인 결과를 가정해보죠. 하인이 정말 그 주인을 살해했거나, 그 주인이 사실은 죽지 않았거나, 혹은 주인이 하인의 옷을 입고 있고 그 하인이 주인 대신 땅에 묻혀 있다거나 하는 모든 가능성을 생각해볼 수 있습니다. 원하는 대로 윌키 콜린스*식의 비극을 만들어낸다 해도, 촛대 없는 초들이나 점잖은 가문의 노신사가 왜 습관적으로 코담배를 피아노 위에 뿌려놓는가 하는 문제는 여전히 설명이 되지 않습니다. 이야기의 핵심은 상상할 수 있지만, 그 주변 상황이 설명할 수 없는 신비에 싸여 있다는 겁니다. 아무리 상상력을 최대한으로 뻗쳐본다 해도, 코담배와 다이아몬드, 그리고 초와 분해된 기계를 함께 연결시킬 수 있는 사람은 없을 것 같군요."

"제가 그것들을 연결시킬 수 있을 것 같군요. 글렌가일이라

---

* Collins, Wilkie(1824~1889). 영국의 소설가. 풍경화가 윌리엄 콜린스의 아들. 처음에는 법률을 배웠으나 1851년에 찰스 디킨스와 친교를 맺고 그가 편집하는 주간잡지에 관계하면서 소설을 쓰기 시작하였다. 대표작인 『흰옷을 입은 여자 The Woman in White』(1860) 『월장석 The Moonstone』 (1868) 등을 발표하면서 영국 최초의 추리소설 작가로 자리잡았다.

는 사람은 프랑스 대혁명에 무조건 반대했던 겁니다. 그는 구체제의 신봉자였지요. 그래서 이 마지막 부르봉 왕의 삶을 말 그대로 재현하려 애쓰고 있었습니다. 그래서 글렌가일 백작은 코담배를 피웠죠. 코담배는 18세기의 사치품의 하나였으니까요. 초 역시 18세기의 조명 도구였죠. 쇠붙이 금속 조각들은 루이 16세의 자물쇠를 만지는 취미를 재현한 것이죠. 마지막으로 다이아몬드는 마리 앙투와네트 왕비의 다이아몬드 목걸이를 상징한다고 할 수 있겠지요."

신부의 말에 다른 두 사람이 눈을 휘둥그레 뜨고 신부를 바라보았다.

"어떻게 그런 이상한 생각을 할 수 있습니까! 신부님은 그게 정말 사실일 거라고 생각하는 겁니까?"

플랑보가 언성을 높여 말했다.

"물론, 전혀 그렇게 생각하지 않네. 나는 단지 아무도 저 코담배, 다이아몬드, 기계 부속품과 초를 연결시켜 생각할 수 없다고 하기에 즉석에서 한번 연결시켜본 것뿐이라네. 진실은 더 깊은 곳에 숨어 있겠지."

신부는 잠시 말을 멈추고 작은 탑에서 바람이 울부짖는 소리에 귀를 기울이다가 입을 열었다.

"저 최후의 글렌가일 백작은 도둑이었던 겁니다. 그는 탐욕스런 강도로 어두운 이중 생활을 하고 있었죠. 그는 초를 짧게 잘라 초롱에 넣어 가지고 다녔기 때문에 촛대가 필요 없었지요. 코담배는 저 지독한 프랑스인 범죄자가 후추를 사용하듯 추적자의 얼굴에 한움큼 집어던져 그들을 따돌리는 데 이용하고요. 그러나 결정적인 증거는 다이아몬드와 작은 철제 바퀴가 기이하게 일치하고 있다는 거지요. 모든 것이 너무나 명백한 것 같지 않습니까? 다이아몬드와 작은 철제 바퀴는 유리를 잘라낼 수 있는 유일한 두 가지 도구들이니 말입니다."

부러진 소나무 가지 하나가 강풍에 날려 그들 뒤에 있는 창문틀을 세게 치고 지나갔다. 마치 강도의 침입을 연상케 하는 장면이었지만, 그들은 돌아보지 않았다. 그들의 눈은 브라운 신부에게 고정되어 있을 뿐이었다.

"다이아몬드와 작은 철제 바퀴들이라…… 신부님의 생각이 옳다고 설명할 수 있는 증거는 그뿐인가요?"

크레이븐 경감이 깊은 생각에 잠긴 듯 되뇌었다.

"저는 이 설명도 옳다고 생각하지 않습니다. 하지만, 경감께서 아무도 이 네 가지 물건들을 연결시킬 수 없을 거라 하지 않으셨습니까. 그래서 해본 이야기지요. 진실은 이보다 훨씬 더 단순한 것인지도 모릅니다. 글렌가일 백작은 자신의 저택에서 보석을 발견했거나 그것들을 발견했다고 생각했을지도 모릅니다. 누군가가 흩어져 있는 이 보석들을 보이며, 성의 동굴에서 찾아낸 것이라고 속였던 거죠. 저 작은 바퀴는 다이아몬드를 자를 때 쓰였던 도구입니다. 백작은 이 언덕에 있는 거친 사내들이나 몇몇 양치기들의 도움으로 이 일을 눈에 띄지 않게 해야 했지요. 코담배는 그런 스코틀랜드의 양치기들에게는 아주 사치스러운 물건이기 때문에 이들을 매수하는 데 사용했던 것이고. 이들은 촛대가 필요 없었지요. 왜냐하면, 동굴 탐사를 할 때는 초를 그대로 손에 들고 하면 그만이니까요."

신부가 차분하게 대답했다.

"그게 답니까? 그렇다면 우리는 아주 단조롭고 지루한 진실을 확인한 셈이군요."

플랑보가 한동안 아무 말 없이 있다가 물었다.

"오, 그건 아니지."

브라운 신부가 말했다.

바람이 잦아들고 먼 소나무 숲에서 부엉이가 비웃는 듯이 길게 울어대는 소리가 들려왔다. 브라운 신부는 아주 인상적인 얼굴을 하고는 말을 이었다.

"지금까지 내가 한 말들은 저 코담배와 기계 조각, 그리고 초와 다이아몬드를 그럴듯하게 연결시킬 수 있는 사람은 없을 거라는 말에 내가 생각할 수 있는 여러 경우를 이야기해본 것뿐이라네. 열 종류의 엉터리 철학도 우주를 설명할 수 있듯이 열 가지 그릇된 이론도 글렌가일 성의 수수께끼를 푸는 데 딱 들어맞을 수 있다는 얘기지. 그러나 우리가 원하는 것은 세상에 대해서든 이 성에 대해서든 진실된 하나의 설명뿐이지. 자, 다른 증거품들은 없었습니까?"

크레이븐 경감이 웃음을 터뜨렸고, 플랑보도 미소를 머금고 일어나서는 기다란 탁자로 걸어가며 말했다.

"제 5, 6, 7 등등의 품목들이 있기는 하지요. 그러나 하나같이 모두 이상한 것들뿐입니다. 그 하나가 제대로 된 연필이 아니라 그 연필심만 남아 있는 겁니다. 또 끝이 많이 갈라진 대나무 막대기가 있는데, 범죄에 쓰였을 수도 있지만, 이 사건에는 애초에 범죄가 없었습니다. 다른 물건들로는 몇 권의 낡은 미사 경본과 작은 가톨릭 그림이 있습니다. 중세 시대부터 오길비 가문에 내려오던 것 같더군요. 이 사람들의 가문에 대한 자부심은 그네들의 청교도 사상보다 강력했으니까요. 우리가 그것들을 이 증거품 목록에 넣은 이유는 그것들이 이상하게 잘려져나간 데다가 손상되어 있었기 때문이죠."

브라운 신부가 채색되어 있는 책을 살펴보기 위하여 집어들었을 때, 글렌가일 성 주변에는 심한 폭우로 무시무시한 구름 조각들이 몰려들면서 긴 방 안은 어둠에 휩싸였다. 신부는 이 어둠이 물러가기 전에 훨씬 젊은 목소리로 말했다.

"크레이븐 경감님, 합법적인 영장을 가지고 계실 테니, 가서 저 무덤을 조사해봐도 되겠지요? 빠르면 빠를수록 좋겠습니다. 그래야 이 끔찍한 사건의 진상이 드러날 테니까요. 제가 경감님이라면 지금 당장 일을 시작할 겁니다."

신부는 마치 열 살은 더 젊어진 것처럼 이야기를 시작했다.

"지금이요? 아니, 왜 꼭 지금이어야 합니까?"

놀란 경감이 물었다.

"아주 중대한 일이기 때문입니다. 이곳에는 수백 가지 이유 때문에 코담배가 여기저기 널려 있고 다이아몬드가 따로 떨어져 굴러다니는 게 아닙니다. 이런 일이 행해졌다고 내가 생각하는 이유는 단 한 가지이고, 그 이유는 세상의 근원까지 파내려가야 하는 것이지요. 이 종교화가 괜히, 더럽혀지거나 찢겨 있는 것도 긁혀 있는 것도 아니란 말입니다. 그랬다면, 아이들이 장난했다거나 편협한 신앙심 때문에 그랬다고 할 수 있겠지요. 그러나 이것들은 아주 조심스러울 뿐 아니라 아주 기묘하게 다뤄졌거든요. 이 오래된 그림에서는 신의 이름이 커다랗게 장식되어 있는 부분마다 아주 조심스럽게 오려져 있어요. 또 사라진 다른 부분은 아기 예수의 머리 주변에 있는 후광입니다. 그러니까 영장과 삽, 손도끼를 가지고 올라가서 관을 열어

264

보자는 말입니다."

"무슨 말씀이신지 통 모르겠군요."

런던경찰청의 경감이 물었다.

"그러니까 지금 이 순간에, 이 성의 탑 꼭대기에, 코끼리만큼 이나 크고 〈요한 계시록〉에서처럼 포효하는 듯한 이 세상에서 가장 거대한 악마가, 앉아 있을지도 모른다는 얘기입니다. 이 사건의 깊숙한 밑바닥 어딘가에 흑마술이 있어요."

신부는 사나운 바람소리 때문에 약간 언성을 높여 대답했다.

"흑마술이라……."

플랑보가 낮은 소리로 중얼거렸다. 그는 해박한 인물로, 흑 마술을 모를 리 없는 사람이었다.

"하지만 여기 있는 이 물건들은 다 뭐란 말입니까?"

"아마도 무슨 저주물인 것 같네만, 그걸 내가 어찌 알겠나? 내가 어떻게 이 아래에 있는 미궁들을 모두 추측이나 할 수 있 단 말인가. 자네는 코담배와 대나무로 고문을 당할 수 있을 거 네. 어쩌면 미치광이가 초와 강철 더미에 사나운 욕심을 느꼈 을 수도 있겠지. 어쩌면 연필심으로 사람을 미치게 하는 약을 만들었을 수도 있네. 우리의 이 모든 수수께끼를 풀 수 있는 지 름길이 언덕 위에 있는 저 무덤 안에 있단 말일세."

브라운 신부가 다급하게 대답했다.

플랑보와 크레이븐 경감은 자신들이 신부의 말에 잠자코 따라서, 바람이 매섭게 얼굴을 후려치는 정원으로 나왔다는 사실도 거의 의식하지 못했다. 두 사람은 마치 기계 인형처럼 신부의 말에 따르고 있었다. 어느새 크레이븐 경감의 손에는 손도끼가, 그리고 주머니에는 영장이 찔러져 있었으며, 플랑보는 무거운 삽을 둘러메고 있었다. 브라운 신부의 손에는 신의 이름이 찢겨져나간 작은 미사 경본이 들려 있었다.

교회 묘지로 가는 언덕길은 구불구불했지만 길지는 않았다. 단지 강한 바람 탓으로 앞으로 나아가기가 힘들어 길게 여겨졌을 뿐이었다. 그들이 비탈을 올라감에 따라 눈에 보이는 것이라고는 바람에 따라 한쪽으로 비스듬하게 누워 바다같이 펼쳐져 있는 소나무 숲뿐이었다. 저 소나무 숲의 우주적인 몸짓은 마치 사람도 살지 않고 목적도 없이 떠도는 행성에 바람이 몰아치는 것만큼이나 공허했고, 그 공허함만큼이나 거대했다. 잿빛을 띠고 있는 무한한 푸른 숲 전체가 이교도들의 마음속에 있는 오랜 슬픔을, 높고 날카로운 소리로 노래하고 있었다. 깊이를 알 수 없는 지하세계로부터 울리는 잎사귀들의 소리는 길을 잃고 방황하는 이교도 신들의 울부짖음 같았다. 저 무분별한 숲속으로 걸어 들어간 이 신들이야말로 천상으로 돌아오는 길을 결코 찾을 수 없을 것이었다.

"아시겠소. 스코틀랜드가 존재하기 전, 스코틀랜드 종족은 아주 이상한 종족이었소. 사실, 그들은 아직도 이상한 점이 많이 있지요. 그러나 선사 시대에는 정말로 악마를 숭상하고 있었다는 생각이 듭니다. 그래서……."

신부가 친절하게 덧붙였다.

"그들이 청교도 신학으로 뛰어든 게지요."

"그렇다면, 저 코담배는 뭐란 말입니까?"

플랑보가 화가 난 듯이 몸을 돌리며 말했다.

"플랑보, 모든 순수 종교에는 한 가지 특징이 있다네. 바로 뚜렷하게 눈에 보이는 뭔가를 갖고 있다는 것이지. 따라서, 악마 숭배도 마찬가지로 순수한 종교 중 하나라네."

브라운 신부가 진지하게 대답했다.

브라운 신부 일행은 풀이 무성한 언덕의 꼭대기에 올라섰다. 이곳은 굉장한 소리를 내며 포효하고 있는 소나무 숲에서 우뚝 솟아 있는 몇 개의 민둥한 언덕들 중 하나였다. 폭풍 속에서 묘지의 경계를 표시하는, 나무와 철사로 만든 울타리가 달가닥거리는 소리가 가까워지고 있었다. 크레이븐 경감이 무덤의 모퉁이로 돌 때, 플랑보는 들고 온 삽을 땅에다 박았다. 그가 삽에 기대어 섰을 때에는 두 사람 다 바람에 흔들리고 있는 숲과 철사만큼이나 떨고 있었다. 무덤의 발치에는 키 큰 엉겅퀴가 자라나 잿빛과 은빛으로 시들어가고 있었다. 한두 번 강풍에 잘려나간 엉겅퀴 뭉치가 크레이븐 경감 앞을 스치고 날아가는 바람에 그는 마치 화살이라도 피하듯 가볍게 몸을 굽히곤 했다.

플랑보는 바람 소리를 내는 풀을 가르고 그 아래 젖어 있는 진흙 속으로 삽의 날카로운 날을 들이밀었다. 그러다 멈추고는 그것이 마치 지팡이라도 되는 양 몸을 기댔다.

"자, 계속하게. 우리는 진실을 찾으려는 것뿐이네. 무엇을 두려워하는가?"

신부가 온화하게 말했다.

"그 진실을 찾는 것이 두렵군요."

플랑보가 말했다.

"그는 어째서 이런 식으로 자신의 행방을 감추었을까요? 뭔가 좋지 않은 문제가 있었겠지요. 문둥병이었을까요?"

런던경찰청 경감이 갑작스레 입을 열었다. 그는 활기차고 유쾌하게 얘기하려 했지만, 목소리는 높고 긴장되어 있었다.

"그보다 더한 것이었겠죠."

플랑보가 말했다.

"문둥병보다 더한 것이 있을까요? 상상해보셨습니까?"

"상상 따위는 하지 않아요."

몇 분 동안 지독한 침묵 속에서 땅을 파던 플랑보는 숨이 막

힐 듯한 목소리로 말했다.

"왠지 제대로 모양을 갖추고 있을 것 같지 않군요."

"저 종이쪼가리도 온전치 못했지. 그래도 우린 그 종이가 원래 어떤 모양이었는지 되살리지 않았나."*

신부가 조용히 답했다.

플랑보는 무작정 파내려갔다. 이윽고 담배 연기처럼 언덕에 걸려 있던 무거운 잿빛 구름들이 폭풍우에 밀려나고 희미하게 별이 빛나는 하늘이 드러나고 나서야 조야하게 만들어진 나무 관이 모습을 드러냈다. 그 관을 풀밭으로 끌어올리자, 크레이븐 경감이 도끼를 들고 앞으로 다가왔다. 그러나 엉겅퀴의 끝이 몸에 닿자, 움찔 뒤로 물러섰다. 그러다가 마음을 다잡은 듯 다시 다가와 플랑보 못지 않은 힘으로 관 뚜껑이 깨질 때까지 힘껏 도끼를 내리찍었다. 마침내, 관 속에 누워 있는 모든 것이 잿빛 하늘의 별빛 아래서 반짝였다.

"뼈다…… 사람의 뼈."

크레이븐 경감이 한마디 내뱉었다. 미처 예상하지 못했다는 투였다.

"그래요? 온전한 모습을 갖추고 있습니까?"

---

* 체스터튼의 다른 작품 「잘못된 모양」에 나오는 귀퉁이가 잘려나간 종이로, 사건 해결의 실마리가 되었다.

플랑보가 묘할 정도로 기복이 있는 목소리로 물었다.

"그런 것 같군요…… 잠시만요."

경관이, 관 속에서 썩기 시작해서 형체가 불분명해진 해골 위로 몸을 구부리며 쉰 목소리로 대답했다.

"생각해보니 시체가 온전한 모습으로 있지 않을 리가 없지요. 이 저주받은 차가운 산에서 뭔가에 사로잡혀 있었나봅니다. 내 생각에는 사악하고 어리석은 일의 반복인 것 같군요. 이 숲 전체와 무엇보다도 무의식의 원시적인 공포 말입니다. 마치 무신론자의 꿈과 같지 않습니까. 소나무 숲과 그 뒤로 이어진 더 큰 소나무 숲, 그보다 수백 개는 더 많은 소나무들이 있는 더 큰 소나무 숲……."

플랑보의 거구가 바들바들 떨며 말했다.

"맙소사! 머리가 없어요."

관 속을 살펴보던 크레이븐 경감이 소리쳤다.

두 사람은 그 자리에 굳은 듯이 멈추어 섰다. 신부가 처음으로 놀라 동요하는 모습을 보였다.

"머리가 없어요?! 머리가 없다구요?"

신부가 되풀이해서 말했다. 마치 다른 부분이 없을 것이라고 예견했던 것 같았다.

글렌가일 집안에 태어난 머리 없는 아기, 성 안으로 자신을 감추어버린 머리 없는 젊은이, 저 화려한 정원과 예스러운 홀을 활보하고 다녔을 머리 없는 사내에 대한 말도 안 되는 환상이 파노라마처럼 그들의 머릿속을 지나갔다. 이렇게 뻣뻣하게 굳어 있는 순간에조차 이야기는 근거도 없고 얘기 자체에 아무 논리도 없는 것 같았다. 그들은 모두 기력이 다한 짐승처럼 숲에서 나는 시끄럽고 날카로운 소리를 내는 하늘에 멍하니 귀를 기울일 뿐이었다. 이성이 갑작스럽게 거대한 무엇인 것처럼 그들의 손아귀를 벗어났다.

"머리가 나간 사람이라면, 여기 파헤쳐진 무덤 주위에도 세 명이나 서 있군요."

브라운 신부가 말했다.

런던에서 온 경감은 창백해져서 말을 하려고 입을 벌리기는 했으나, 하늘을 찢는 듯이 기다란 비명을 울리는 바람이 지나가는 동안 얼뜨기처럼 입을 벌린 채 그 자리에 그대로 서 있었다. 그리고는 자신의 손에 들려 있는 도끼를 마치 자신의 것이 아니라는 듯이 내려다보더니, 그것을 떨어뜨려버렸다.

"신부님, 이제 어떻게 해야 하죠?"

플랑보가, 거의 내지 않는 순진하고 무거운 음성으로 신부를 불렀다.

"자야지! 잠을 자게나. 이제 우리는 막다른 곳에 이르렀네.

잠이 무엇인지 아나? 잠자고 있는 사람은 누구나 신을 믿는다는 것을 알고 있냐는 말일세. 잠은 성찬식일세. 왜냐하면, 잠을 자는 것은 신념의 행위일 뿐 아니라 식량이기 때문이지. 우리는 성찬식이 필요하네, 자연스러운 것이기만 하다면 말일세. 인간에게 거의 일어나지 않는 일이 우리에게 일어난 것이지. 아마도 인간에게 닥칠 수 있는 최악의 것이지."

브라운 신부가 큰 소리로 대답했다.

"무슨 말씀이십니까?"

크레이븐 경감은 이렇게 말하고 그의 벌어졌던 입을 다물었다.

신부는 고개를 돌려 성을 바라보며 대답했다.

"진실을 알아냈지만, 아무런 의미도 없다는 말입니다."

신부는 두 사람을 앞질러 길을 뛰듯이 달려내려갔다. 그에게는 매우 이례적인 빠른 동작이었다. 성에 도착하자 그는 개와 같은 단순함을 보이며 바로 잠자리에 들어버렸다.

브라운 신부는 잠을 그렇게 신비적으로 찬양했으면서도, 저 조용한 정원사 다음으로 가장 일찍 자리에서 일어났다. 그리고는 커다란 파이프를 피우면서 부엌 정원에서 말없이 일하고 있는 정원사를 지켜보고 있었다. 새벽 무렵 폭풍우가 폭우로 변했다가 개이면서 아침은 이상하리만치 상쾌하게 밝아오고 있었다. 정원사는 신부와 이야기를 주고받는 듯하더니, 두 사람의 모습을 보자 무뚝뚝하게 삽을 화단에 꽂아두고 아침식사에 대해 중얼거리면서 가지런히 심어진 양배추를 따라 부엌으로 들어가 문을 닫아버렸다.

"저 정원사는 참 대단한 일꾼이군요."

브라운 신부가 말했다.

"저토록 놀랍게 감자를 잘 캐니 말입니다. 그래도 여전히……."

냉철한 자비심 어린 태도로 덧붙였다.

"저 사람도 결점을 가지고 있군요. 누구나 그렇지 않습니까? 이를테면, 저기를 보세요. 저 정원사는 이 부분의 감자는 캐지 않았네요."

신부가 갑자기 그 부분을 발로 툭툭 차며 말했다.

"정말이지 이곳에 있는 감자가 수상쩍어요."

"그건 왜죠?"

크레이븐 경감이 이젠 저 작달막한 사내가 새로운 취미거리를 찾았나 싶어 놀라며 물었다.

"제가 그것을 수상쩍게 여기는 이유는 가우 자신이 그것에 대해 수상쩍게 행동했기 때문이지요. 그는 곳곳을 규칙적으로 삽질을 했지만, 이곳은 제외시켰습니다. 바로 이곳에 아주 기

막히게 좋은 감자가 있는 모양이지요."

플랑보는 삽을 뽑아들더니 그곳을 맹렬한 기세로 파내려갔다. 그가 파내려가는 흙 속에 전혀 감자 같지 않고 지나치게 머리가 큰, 버섯 같은 무언가가 있었다. 그것은 삽과 부딪히자, 차갑게 탁 소리를 내며 공처럼 구르는가 싶더니 그들을 보고 히죽 웃었다.

"글렌가일 백작입니다."

브라운 신부는 슬픈 듯이 말하며 두개골을 무겁게 내려다보았다. 잠시 명상에 잠겨 있던 신부는 플랑보로부터 삽을 잡아채면서 말했다.

"이것을 다시 전처럼 감춰둬야 하네."

그리고는 두개골을 땅 속으로 밀어넣고는 흙으로 다시 덮어두었다. 그러고 나서 그는 자그마한 몸과 커다란 머리를 땅에 단단히 박혀 있는 삽자루에 대고 기댔다. 그의 눈은 공허해 보였으며, 이마에는 주름이 잔뜩 잡혀 있었다.

"누군가가 이 마지막 기괴한 사건의 의미를 이해할 수 있다면……."

신부는 중얼거리면서 커다란 삽의 손잡이에 기대어 서서 사람들이 교회에서 하듯이 그의 얼굴을 양손에 파묻었다. 하늘의 구석구석이 푸른빛과 은빛으로 밝아오고 있었다. 작은 정원의 나무에서는 새들이 지저귀고 있었는데, 마치 나무들이 서로 이야기하고 있는 것처럼 시끄러웠다. 세 사람은 침묵을 지키고 있을 뿐이었다.

"난 포기하겠습니다. 내 머리와 이 세상은 서로 잘 맞지 않는 것 같군요. 이게 그 끝인가봐요. 코담배, 훼손된 기도서, 오르골의 부속품들, 도대체……."

마침내 플랑보가 거칠게 말했다.

브라운 신부는 고개를 들고 그에게는 이례적으로 참을성 없이 삽자루의 손잡이를 톡톡 두드렸다. 그는 혀를 끌끌 차며 소리쳤다.

"모든 것이 불 보듯 뻔한 것 아닌가. 나는 코담배와 기계 장치 같은 것들은 오늘 아침에 눈을 떴을 때 모두 알아냈네. 그러고 나서 정원사 가우와 이야기를 매듭지었단 말이네. 정원사는 보이는 것만큼 귀머거리도 아니고 멍청하지도 않다네. 단지 그런 체할 뿐이지. 여기저기 흩어져 있던 품목들에는 뭔가가 빠져 있었네. 찢어진 기도서에 대해서는 내가 잘못 생각한 것이야. 아무런 해도 없는 것이었는데 말일세. 하지만 문제는 이 마지막 사건이네. 신성을 모독하는 행위인 무덤을 파헤치고 죽은 자의 머리를 훔치는 짓 말일세. 거기에는 반드시 어떤 사악함이 숨어 있는 것 같단 말일세. 흑마술일까? 그렇다 해도, 이건 코담배와 양초 같은 간단한 이야기와는 맞지 않는 이야기가 되거든."

그러면서 그는 침울하게 담배를 피워 물면서 주변을 성큼성큼 걸어다녔다.

"신부님, 제가 한때는 범죄자였다는 것을 잊지 마십시오. 범죄자로서 누릴 수 있는 가장 큰 이권은 항상 스스로 계획을 세우고 바로 행동에 옮길 수 있다는 거죠. 그런 의미에서 주로 기다려야만 하는 이 탐정 노릇은 저의 프랑스인다운 성급한 성격과 너무나 맞지 않는단 말씀입니다. 저는 살아오면서 좋은 일이건 그른 일이건 생각하는 즉시 실행에 옮겨왔으니까요. 결투를 해야 한다면, 다음날 아침이라도 바로 결투를 했고, 계산은 즉석에서 현금으로 지불했고 치과의사를 만나는 일도 미루는 법이……"

플랑보가 빈정거리며 말했다.

순간 브라운 신부의 파이프가 입에서 자갈길로 떨어져 세 조각으로 부서졌다. 그는 바보처럼 눈을 휘둥그레 뜨고 멍하니 서 있었다.

"맙소사, 나는 얼마나 쓸모 없는 인간이란 말인가! 이런 멍청이를 보았나!"

신부는 이렇게 중얼거리더니 비틀거리며 웃기 시작했다.

"치과의사란 말이지?! 여섯 시간 동안이나 정신의 심연 속을 허우적거린 것도 바로 치과의사를 떠올리지 못했기 때문이네. 그렇게 간단하고, 아름답고, 평화스러운 생각인 것을! 저를 비롯한 두 분 모두 지난밤을 지옥처럼 보냈지만, 이제는 태양이 떠올랐고 새들이 지저귀고 있습니다. 그렇습니다. 치과의사로부터 나오는 광채가 세상을 위로해주고 있단 말입니다."

"말이 되는 소리를 들으려면, 종교재판에서 쓰는 고문법이라도 사용해야겠군요."

플랑보가 성큼 앞으로 다가서며 소리쳤다.

브라운 신부는 햇살이 비치는 잔디 위에서 춤이라도 추고 싶은 기분을 누르는 듯한 몸짓을 보이더니, 어린아이같이 가련한 목소리로 말했다.

"조금만 더 이대로 내버려둬주게. 자네는 내가 얼마나 괴로웠는지 모를 걸세. 그런데 이제, 이 사건에 어떤 심각한 죄악도 없다는 것을 알게 되었단 말이네. 어쩌면, 약간 미치광이 짓이라면 모르지만…… 뭐 크게 신경쓸 일은 아니지."

신부는 얼굴을 돌려 엄숙한 빛을 띠고 말했다.

"이것은 범죄가 아닙니다. 오히려 기이하게 왜곡된 정직함에 대한 이야기입니다. 우리는 세상에서 자신의 몫 이상은 가져가지 않는 유일무이할 정도로 정직한 사람에 대한 이야기를 다루고 있는 것이지요. 이 사내의 종교인 야만적이면서 생생한 논리에 대한 연구이기도 하지요. 글렌가일 가문에 대한 이 지방의 옛 시구가 있습니다.

여름 나무에 초록빛 수액과 같이
오길비 가문에게는 붉은 황금이 있노라.

은유적일 뿐 아니라 말 그대로의 시구라고 생각하지 않습니까. 이것은 글렌가일 가 사람들이 부를 추구했다는 의미만은 아니지요. 물론 그들이 말 그대로 황금을 모았다는 것은 사실입니다. 금으로 된 장식품이나 가정용품들이 많았으니까요. 사실 그들은 황금 수집에 열을 올리던 인색하기 짝이 없는 사람들이었지요. 이런 사실에 비추어서 우리가 성에서 찾아낸 것들을 살펴볼까요? 금 고리가 없는 다이아몬드, 황금 촛대가 없는 초들, 황금 코담배 케이스가 없는 코담배 가루, 황금 연필 자체가 없이 남아 있던 연필 심, 황금 손잡이가 없는 지팡이, 황금 시계 자체가 없는 부품들…… 그리고 정신 나간 짓이라고 생각되기는 하지만, 낡은 기도서들에는 신의 이름과 후광이 진짜 금으로 되어 있었기 때문에 그것들을 떼어간 것이지요."

신부가 이 어이없는 사건의 진상을 말하고 있는 동안 정원은 점점 더 밝아오고 풀밭은 강한 태양 아래 잿빛을 더해가고 있었다. 플랑보는 신부가 이야기를 계속하고 있는 동안 담배에 불을 붙이고 있었다. 신부가 이야기를 이어갔다.

"그냥 가져간 것이지요. 훔친 것이 아니라, 그냥 가져간 것이란 말입니다. 도둑들은 이러한 신비로운 물건들을 남겨두지 않는 법입니다. 도둑들은 황금 코담배 케이스는 물론 코담배도 가져가지요. 황금 연필 자체보다는 그 심까지 끼워서 그냥 가져갑니다. 상대는 아주 독특한 양심을 지닌 자임에 틀림없습니다. 그렇다 하더라도, 분명히 양심이 있는 건 있는 것이지요. 저는 오늘 아침 부엌 정원에서 이 정신 나간 도덕주의자를 만나 모든 이야기를 들었습니다.

고(故) 아치볼드 오길비 씨는 글렌가일 가문의 사람들 중 가장 선한 사람에 가까웠지요. 하지만, 그의 왜곡된 덕망은 그를 염세주의자로 만들었던 겁니다. 자신의 선조들이 덕망이 없다는 것에 실망을 하여, 결국 모든 인간은 정직하지 않다는 일반론을 끌어낸 거죠. 특히 거저 내주는 자선행위를 몹시도 불신했습니다. 그래서 더도 덜도 아닌 자신의 정확한 권리만을 취하는 사람을 찾는다면, 글렌가일의 모든 황금을 그 사람에게 주겠다고 맹세를 했답니다. 이렇게 인간에 대한 도전장을 내던진 그는 이 조건에 부응하는 사람은 없을 것이라고 생각하면서 스스로 은둔 생활로 들어간 것입니다. 하지만, 어느 날 귀머거리에다 어수룩해 보이는 한 사내가 멀리 떨어진 마을에서 뒤늦은 전보를 가지고 왔지요. 그래서 글렌가일은 짓궂은 마음에 이 사내에게 파싱* 하나를 더 얹어 주었지요. 그는 적어도 그것이 1파싱이라 생각하고 주었던 겁니다. 그러나 돌아서서 남은 돈을 살펴보고는 그 사내에게 내어준 것이 파싱이 아니라 1파운드짜리 금화였다는 것을 깨닫게 되었습니다. 그런데, 이 우연치 않게 일어난 사건은 그에게 세상에 대한 냉소적인 추측을 하도록 한 것이지요. 그 사내가 이대로 사라져서 동전을 훔친 도둑이 되거나, 알랑거리면서 덕망 있는 양 돌아와서는 정당한 대가를 바라는 속물이 되거나 둘 중 하나일 것이라 생각한 것이지요. 그러나 그날 한밤중에 글렌가일 경은 문을 두드리는 소리에 침대에서 일어나 저 귀머거리 바보에게 문을 열어주게 되었지요. 혼자 살고 있었으니까요. 이 바보 같은 사내는 정확히 19실링 11펜스에 3파싱까지 정확하게 잔돈을 챙겨가지고 나타났던 것입니다.

　그러자 이 유별나게 정확한 행위가 저 정신 나간 백작의 머리에 불을 당겨놓은 셈이지요. 그는 자칭 디오게네스라고 하면

---

* 4분의 1 페니로 영국 화폐 단위의 최소 단위. 곧 폐지되었다.

서, 평생 정직한 사내를 찾아왔고 이제서야 한 명을 찾았노라고 선언을 하고는 유언장을 고쳐 썼지요. 저는 이미 그것을 보았습니다. 백작은 이 정직한 젊은이를 이 커다랗고 황폐한 저택으로 불러들여 유일한 하인이자(이상한 방법이기는 하지만) 후계자로 삼았던 것입니다. 당사자인 저 유별난 사내는 다른 것은 몰라도 그 주인의 두 가지 생각, 즉 권리증이 모든 것이라는 것과 자신이 글렌가일 집안의 황금을 모두 가지게 되었다는 것만은 확실하게 이해하고 있었던 게지요. 지금까지의 이야기가 전부입니다. 간단하지요? 그래서 저 사내가 집안의 금붙이를 모두 떼어냈던 겁니다. 금이 아닌 것들은 털끝만큼도 손대지 않고 말입니다. 코담배 가루도 그대로 내버려두지 않았습니까. 낡은 종교 서적에서도 금으로 장식된 부분을 떼어내고 나머지는 온전하게 내버려두었고요. 이것이 제가 이해한 전부입니다. 그렇지만, 저 두개골이 문제였지요. 정말이지 인간의 머리가 감자밭에 묻혀 있다는 사실이 꺼림칙했습니다. 그걸로 아주 많이 골치를 썩고 있었는데, 플랑보가 던진 말로 단번에 해결이 되었던 거지요.

괜찮을 겁니다. 저 사람은 그 두개골에서 금니를 모두 뽑아내고는 그것을 제자리에 가져다둘 테니 말입니다."

아닌게 아니라, 그날 아침 플랑보가 언덕을 가로질러 가고 있을 때, 저 인색하고 기묘한 사내가 파헤쳐졌던 무덤을 다시 파고 있는 모습이 보였다. 산에서 부는 바람에 목에 두른 격자무늬 어깨걸이가 펄럭였고, 그의 머리에는 엄숙한 실크 모자가 씌어져 있었다.

사라딘 공작의 죄악

당신이 악당짓에서 손을 떼고 존경할 만한
사람이 된다면 저를 찾아와주십시오.
당신을 만나보고 싶습니다. 저는 이 시대의 모든
저명한 인물들을 모두 만나봤으니 말입니다.
형사가 다른 동료 형사를 체포하게 하고 달아난
당신의 재주는 프랑스 역사에 길이 남을 훌륭한
것이었습니다.
— 노퍽 리드 섬, 리드 저택의 사라딘 공작

웨스트민스터에 있는 자신의 탐정 사무실을 떠나 한 달간의 휴가를 보내게 된 플랑보는 작은 보트에 몸을 실었다. 노를 저어야 하는 아주 소형 보트였다. 그는 이 보트를 동부 쪽에 있는 작은 강으로 몰고 들어갔다. 이 강 역시 너무 작아서, 그가 타고 있는 보트는 목초지와 곡물 밭을 뚫고 땅 위에서 항해하는 마법의 보트 같았다. 플랑보가 타고 있는 보트는 두 사람이 타기에 꼭 알맞은 크기로, 공간이래야 필수품 정도만을 실을 수 있을 정도였다. 플랑보는 이 공간을 그 특유의 철학을 바탕으로 한 필수품목으로 채웠다. 그가 선택한 품목은 네 가지였다. 식욕이 없을 때를 대비한 연어 통조림과, 싸워야 할 때를 대비한 장전된 총, 지쳤을 경우에 필요한 브랜디 한 병, 그리고 마지막으로 그가 죽게 될지도 모르는 경우를 대비하여 신부 한 사람. 이게 전부였다. 그는 자그마한 노퍽의 강을 따라 내려가면서 결국에는 브로드*에 이를 작정이었지만, 지금은 불쑥 튀어나온 정원과 목초지, 수면에 비친 저택과 마을의 모습을 유유히 감상하며, 움푹 패인 곳이나 연못에서는 낚시질을 즐기기도 하면서, 어떤 의미에서는 해안을 가득 끌어안으면서 순항하고 있었다.

마치 진정한 철학자인 양, 플랑보는 아무런 목적 없이 휴가를 즐기고 있었다. 그러나 역시 진정한 철학자와 같이 나름대로 핑계는 있었다. 그러니까 이 휴가는 그에게 절반 정도의 목적 의식은 있었던 것이다. 그가 생각하고 있는 이 목적이라는 것은 성공할 경우에는 이번 휴가가 대성공을 거둔 중요한 시점이 되지만, 또 한편으로는 실패한다고 해도 휴가를 망치지는 않을 정도로 가벼운 것이었다.

몇 년 전, 그가 도적계의 황제이자 파리에서 가장 유명한 인물이었던 시기에는, 그의 행동에 지지를 보내거나 협박을 하는 편지는 물론 사랑을 고백하는 내용을 담은 편지에 이르기까지 다양한 내용의 편지를 자주 받았었다. 그 중 그의 기억에서

---

*The Broads. 영국 동부의 노퍽이나 서퍽 일대에 펼쳐지는 호소(湖沼) 지방.

떠나지 않는 편지가 한 통 있었다. 영국 소인이 찍힌 봉투였는데, 뜯어보니 편지라기보다는 명함이 한 장 들어 있을 뿐이었다. 그 명함의 뒤에는 불어로 '당신이 악당짓에서 손을 떼고 존경할 만한 사람이 된다면 저를 찾아와주십시오. 당신을 만나보고 싶습니다. 저는 이 시대의 모든 저명한 인물들을 모두 만나봤으니 말입니다. 형사가 다른 동료 형사를 체포하게 하고 달아난 당신의 재주는 프랑스 역사에 길이 남을 훌륭한 것이었습니다' 라고 초록색 잉크로 쓰여 있었다. 명함의 앞면에는 '노퍽 리드 섬, 리드 저택의 사라딘 공작' 이라고 정자체로 새겨져 있었다.

당시 플랑보는 이 공작이 남부 이탈리아 사교계의 영리한 거물이었다는 것만을 확인했을 뿐 그 이상은 신경쓰지 않았다. 이 공작은 젊은 시절, 지위가 높은 유부녀와 사랑의 도피 행각을 벌였었는데, 사실 이 스캔들 자체로는 사교계를 그리 놀라게 할 일은 아니었다. 하지만 그 일 때문에 심한 모욕을 당한 그 부인의 남편이 시칠리아에 있는 한 절벽에서 몸을 던져 자살했다는 스캔들이 비극적인 사건으로 확대되면서 사라딘 공작이 벌인 사랑의 도피 행각이 사람들의 가슴속에 깊이 각인 되었던 것이다. 이 공작은 한동안 비엔나에서 살다가 최근 몇 년 동안에는 정착하지 않고 끊임없이 여행을 하는 것 같았다. 공작처럼 유럽에서의 명성을 버리고 영국에 정착한 플랑보는, 노퍽의 브로드 지방에서 망명생활을 하고 있는 이 유명인사를 사전 연락 없이 갑작스레 방문하고 싶은 생각이 들었던 것이다. 플랑보는 공작이 사는 곳을 찾을 수 있을지도 확신하지 못했다. 그곳은 아주 작은 지역인데다가 거의 사라져가는 마을이었던 것이다. 그러나 우연찮게 그는 그 장소를 예상보다 빨리 발견하게 되었다.

어느 날 밤 신부와 플랑보는 키가 큰 풀과 가지를 바짝 친 작달막한 나무들로 덮인 둔덕 아래에다 보트를 정박시켰다. 힘들게 노를 젓고 난 뒤라 두 사람은 모두 일찍 잠이 들었다가 우연히도 해가 채 뜨기도 전에 눈을 뜨게 되었다. 정확히 말하자면, 그들은 새벽 빛이 들기 전에 잠에서 깨었던 것이다. 레몬색을 띠고 있는 커다란 달이 그들 머리 위의 높은 풀숲으로 지고 있었고, 하늘이 서서히 밝아오기는 했지만 아직은 선명한 보랏빛을 띤 푸른 밤의 빛깔에 젖어 있었다. 두 사람은 동시에 어린 시절의 추억으로 빠져들어, 숲처럼 뻗어 있는 커다란 풀숲에서의 모험과 작은 꼬마 요정을 떠올렸다. 커다랗고 낮게 걸려 있는 달을 등지고 피어 있는 데이지 꽃과 민들레꽃은 각각 거대한 거인 세계의 데이지와 민들레같이 비춰졌다. 또한 이 광경은 그들에게 어린이 방의 벽지를 생각나게 하였다.

강의 수면이 덤불과 꽃들의 뿌리 아래쪽에 있었으므로, 보트에 있는 두 사람은 풀들을 올려다볼 수밖에 없었다.

"이런, 세상에! 마치 요정의 나라에라도 와 있는 것 같지 않습니까?"

플랑보가 말했다.

브라운 신부는 보트에서 꼿꼿이 몸을 일으키고는 성호를 그었다. 그의 동작이 너무나 급작스러웠던 나머지, 플랑보는 살짝 흘겨보며 무슨 일이냐고 물어보았다.

"중세 발라드를 썼던 사람들은 자네보다 요정의 나라에 대해 더 많은 것을 알고 있었다네. 요정의 나라에서는 반드시 좋은 일들만 일어나는 것이 아닐세."

신부가 대답했다.

"맙소사! 이렇게 순수한 달빛 아래서는 좋은 일들 외에는 일어날 일이 없겠는데요. 정말 어떤 일이 생길지 이제 앞으로 나가봅시다. 죽기 전에 이런 환상적인 분위기와 아름다운 달빛을 다시는 못 볼지도 모르지 않습니까."

"그러세. 요정의 나라에 들어가는 것이 항상 나쁜 일이라고 말한 적은 없네. 다만, 항상 위험이 따르는 일이라고 말했을 뿐이지."

그들은 밝아오는 강을 천천히 거슬러 올라갔다. 반짝이는 보랏빛 하늘과 창백한 황금빛 달이 점점 희미해지면서 여명의 빛이 떠오르고 있는 광대한 우주 속으로 사라져 들어가고 있었다. 붉은빛과 황금빛, 그리고 회색 빛의 희미한 줄무늬가 지평선의 끝에서 끝까지 퍼지자, 강가에 위치한 시커멓고 거대한 마을이 그들의 앞을 가로막고 서 있었다. 이미 충분하게 여명이 밝아온 터라 그들이 이 작은 마을의 다리와 지붕들 아래에 도달했을 때는 주위의 모든 것을 알아볼 수 있을 정도였다. 길고 낮게 구부러진 지붕을 이고 있는 마을의 집들은 마치 거대한 잿빛이 도는 붉은색 소떼가 강가로 물을 마시러 내려온 것 같아 보였다. 새벽 빛이 넓게 퍼지면서 훤하게 밝아오더니 이 조용한 마을의 다리와 선창에 누군가 그 모습을 드러내기도 전에 대낮같이 밝아지고 있었다.

그런데 마침 셔츠 차림으로, 느리게 흐르는 강물 위로 솟아 있는 기둥에 몸을 기대고 있는 차분하고 유복해 보이는 한 남자가 두 사람의 눈에 띄었다. 조금 전에 서쪽 지평선으로 사라진 달만큼이나 둥그런 그의 얼굴에는 붉은 구레나룻 수염이 달려 있었다. 조급한 충동을 억누르지 못하고 플랑보는 흔들리는 보트 위에서 벌떡 일어나서, 그 남자에게 리드 섬이나 리드 저택을 알고 있는지 소리쳐 물었다. 그러자 그 사내는 얼굴에 가벼운 미소를 지으면서 바로 앞에 굽이져 있는 강의 상류 쪽을 말없이 손가락으로 가리켰다. 플랑보는 더이상 아무 말도 하지 않고 보트를 저어갔다.

보트는 풀이 우거진 모퉁이를 여러 번 지나 갈대가 우거진 조용한 강의 곳을 따라갔다. 그러나 목적지를 찾아가는 여정이 지루해지기도 전에, 삐죽한 모퉁이를 휙 돌아나가자 깊은 못이나 호수쯤 되어 보이는 탁 트인 곳으로 나가는가 싶더니, 두 사람의 시선을 사로잡는 매혹적인 광경이 눈앞에 펼쳐졌다. 넓은 수면의 중앙에 사방으로 풀이 무성한 작은 섬이 길고 낮게 펼쳐져 있던 것이다. 그 섬에는 대나무, 혹은 질긴 열대의 등나무로 지어진 낮고 기다란 집과 방갈로가 있었다. 대나무 장대로 길게 세워진 집의 벽은 연한 노란색이었으며, 같은 종류의 장대를 비스듬하게 세운 지붕은 갈색을 띠고 있는 어두운 붉은색이었다. 이 지붕이 아니었더라면, 이 기다란 집은 단순한 반복과 단조로움을 면치 못했을 것이다. 이른 아침 미풍이 섬 주변을 감싸고 있는 갈대를 스치고 지나가자, 그 바람결을 따라 골이 진 집은 마치 커다란 팬파이프를 불어대는 듯이 노래하고 있었다.

"훌륭하군! 여기가 바로 우리가 찾던 그곳인가 봅니다. 바로 리드 섬이란 말입니다. 과연 갈대 섬이군요. 게다가 리드 저택, 바로 갈대 저택 아닙니까. 저 구레나룻을 기른 뚱뚱한 사내가 요정이 아니었나 싶군요."

"그럴지도 모르지. 그렇다면 그는 나쁜 요정이었을 걸세."

신부가 덤덤하게 말했다.

신부의 말이 채 끝나기도 전에, 성미 급한 플랑보는 바스락거리는 갈대 숲 강가에 보트를 댔고, 두 사람은 예스럽고 조용한 저택이 있는 길고 매혹적인 섬에 내려 섰다.

저택은 선착장과 강을 등지고 있었으며, 현관은 긴 섬의 정원이 내려다보이는 반대쪽에 있었다. 그들은 집의 세 면을 돌아 낮은 처마 아래로 나 있는 좁은 길을 따라갔다. 세 개의 서로 다른 면에 나 있는 창문을 통해 안을 들여다보았지만, 불이 환하게 밝혀져 있는 긴 방 하나뿐이었다. 밝은색 나무로 벽을 대놓았고, 수많은 거울들이 있는 방 안에는 정결한 점심상이 차려져 있었다.

그들은 집을 돌아 현관에 다다랐다. 거기에는 두 개의 터키석으로 만들어진 푸른색 꽃병이 양쪽에 하나씩 놓여 있었다. 현관문이 열리면서 우울해 보이는 모습의 집사가 나타났다. 그는 키가 크고 말랐으며 잿빛 머리에 행동이 굼떠 보였는데, 사라딘 공작이 지금은 부재중이며 한 시간 정도 지나면 돌아올 것이라고 중얼거렸다. 그리고는 이 집은 언제나 공작과 그를 찾아오는 손님들을 위한 준비가 되어 있으니 들어오라고 덧붙였다. 플랑보가 초록색 잉크로 글씨가 씌어 있는 명함을 내밀자, 침울하고 양피지같이 창백하던 집사의 얼굴에 생기가 도는 듯하더니 몸을 떨었다. 그리곤 곧 정중함을 갖추고는 이 낯선 방문객들을 안으로 모셨다.

"공작님께서는 곧 돌아오실 겁니다. 잠시 들어오시지요. 공작님께서 초대하신 손님들께서 그냥 돌아가신다면, 매우 유감스러워하실 겁니다. 공작님께서는 항상 당신 자신과 친구분들을 위하여 조촐한 냉 요리를 준비하도록 분부하십니다. 분명히 공작님께서도 손님들께 대접해드리고 싶으실 겁니다."

이상야릇한 기분이 드는 보기 드문 모험에 마음이 끌린 플랑보는 흔쾌히 승낙하고 나이 든 집사를 따라 안으로 들어갔다. 집사는 얇은 판자벽을 댄 화려하고 기다란 방으로 그를 안내했다. 방 안에는 가볍고 비현실적인 분위기를 풍기는, 길고 낮게 걸린 직사각형의 수많은 거울들 외에는 특징적이라 할 만한 것은 아무것도 없었다. 그들은 마치 야외에서 식사를 하는 기분이었다. 천천히 둘러보니 두 개의 그림이 숨어 있는 것처럼 구석에 걸려 있었다. 하나는 제복을 입은 아주 젊은 사내의 사진이었고, 다른 하나는 긴 머리를 하고 있는 두 명의 소년들을 붉은색 크레용으로 스케치한 것이었다.

플랑보가 제복을 입은 저 사람이 공작이냐고 묻자 집사는 부정적인 어조로 공작의 동생 스테판 사라딘 대위라고 무뚝뚝하게 대답했다. 그러더니 마치 대화에 흥미를 잃었다는 듯이 입을 굳게 다물어버리는 것이었다.

아주 훌륭한 커피와 리큐어까지 곁들인 점심식사를 마치자, 집사는 정원과 서재, 그리고 가정부까지 그들에게 소개시켜주었다. 가정부는 피부가 검고 아름다웠으며, 당당한 모습이 저승의 마돈나 같은 느낌이 들었다. 집사와 가정부만이 유일하게 공작의 저택을 원래부터 돌보던 사람들이고, 지금 있는 다른 하인들은 모두 노픽 출신들로 가정부가 직접 고용했다고 소개했다. 가정부는 앤서니 부인이라고 불렀는데, 말투에 가볍게 이탈리아식 억양이 묻어났다. 플랑보는 앤서니라는 이름이 라틴 계통의 이름을 노픽식으로 바꾼 것이 틀림없다고 생각했다. 집사인 폴은 약간 이국적으로 생겼으나, 말투와 태도가 영국식이어서 세계적인 귀족을 섬기는 세련된 하인이라는 인상을 주었다.

이 장소는 아름답고 독특하기는 했지만, 이상하게도 밝은 슬픔이 주변을 감싸고 있었다. 몇 시간이 며칠처럼 느껴졌다. 길고 채광이 잘 되는 방들은 햇살이 넘쳐났지만, 죽은 빛 같았다. 그리고 이 집에서 들리는 모든 소리, 그러니까 그릇이 부딪치는 소리, 이야기 소리, 하인들이 지나가는 발소리 등 일상의 소리들까지도 저 강가에서 들려오는 물소리처럼 침울하게 들렸다.

"우리는 잘못된 모퉁이를 돌아 잘못된 장소로 오고 말았네."

은빛 강물과, 잿빛이 도는 초록 식물을 창 밖으로 내다보면서 브라운 신부가 말했다.

"그러나 신경쓰지는 말게. 사람은 가끔 잘못된 장소에서도 좋은 일을 해서 좋은 사람이 될 수도 있는 법이니 말일세."

브라운 신부는 평소 조용하기는 하지만, 이상하게도 공감력이 강한 사람이었다. 그리고 이번에도 역시 브라운 신부는 이곳에서 보낸 얼마 안 되는 시간 동안 전문탐정 플랑보다도 이 리드 저택의 비밀 속으로 더욱 깊숙이 빠져들어가고 있었다. 쑥덕거리는 소문을 듣는 데는 필수적이라 할 수 있는 친숙한 침묵의 성향을 지니고 있는 신부는 거의 말을 하지 않았는데도 그가 새롭게 만난 사람들로부터 들어야 할 말은 거의 빠뜨리지 않았다. 당연한 일이지만 집사는 이야기를 하려 하지 않았다. 그는 주인이 극히 불운한 일을 당했다고 말하면서 그에 대한 어두운 애정을 은연중에 내보였다. 주인을 주로 괴롭힌 사람은 그의 동생인 듯, 그의 이름만으로도 집사는 말라빠진 턱이 나오고 앵무새 같은 코에 조소가 떠올랐다. 스테판 대위는 건달이었으며, 그의 자비심 많은 형으로부터 수백 수천 파운드의 재산을 빼가는 바람에, 공작이 저 화려한 사교계의 삶을 접고 이렇게 조용히 칩거 생활을 할 수밖에 없게 되었다고 했다. 이것이 집사인 폴이 말한 이야기의 전부였다. 그의 어조에는 분명히 공작의 편을 들어주려는 의도가 가득했다.

이탈리아인 가정부가 조금 더 말이 많았는데, 브라운 신부의 생각에는 무언가 만족스럽지 못한 부분이 있는 것 같았다. 주인에 대한 말을 할 때 그녀의 어조는 외경심이 없지는 않았지만, 약간 쌀쌀맞은 구석이 있었다. 가정부가 집안 일을 하다가 방 안으로 갑자기 들어왔을 때, 플랑보와 브라운 신부는 거울이 많은 방에서 두 소년을 그린 붉은색의 스케치를 살펴보고 있었다. 이 방에는 벽에 거울이 죽 걸려 있어 사람이 들어오면 그 상이 네댓 개의 거울에 비쳤다. 그래서 브라운 신부는 돌아다보지 않고도 가정부가 들어오는 것을 알아채고는 이 집 가족들에 대해 하던 이야기를 중단했다. 그러나 그림에 얼굴을 바짝 대고 있던 플랑보는 이미 커다란 목소리로 말을 하고 있었다.

"제가 보기에 사라딘 형제는 둘 다 순진해 보이는군요. 누가 선하다 누가 악하다 말하기 힘들 것 같은데요."

브라운 신부의 대답이 없자, 플랑보는 그때서야 앤서니 부인이 들어와 있는 것을 알아차리고 얼른 화제를 다른 곳으로 돌렸다. 그리고는 정원을 산책하러 나가버렸다. 그러나 브라운 신부는 여전히 움직이지 않고 서서 붉은 크레용으로 그린 스케치를 바라보았고, 앤서니 부인은 그런 브라운 신부를 조용히 지켜보았다.

부인은 커다랗고 비통해 보이는 갈색 눈을 하고 있었고, 올리브빛의 얼굴은 무엇인가 의아해하는 듯하면서 고통스러운 기색으로 어둡게 빛났다. 마치 이 낯선 사람의 정체와 목적을 의심스러워하는 것 같았다. 저 작달막한 신부의 외투와 신념이 남부에서 겪은 어떤 참회의 기억을 상기시켰는지, 아니면 신부가 실제로 알고 있는 것보다 더 많은 것을 안다고 생각했는지 그녀는 공모자에게라도 말하는 것처럼 낮은 목소리로 말했다.

"어떤 면에서는 친구분께서 하신 말씀이 옳아요. 그분이 형제분들 중 선한 사람과 악한 사람을 집어내기 힘들다고 하셨죠? 맞아요. 그건 정말 힘들죠. 선한 사람을 선택하기는 불가능할 정도로 힘들답니다."

"무슨 말씀을 하시는 건지 모르겠군요."

브라운 신부가 슬그머니 물러나려 했다.

그러자 그녀는 눈썹을 치켜세우고 난폭할 정도로 몸을 앞으로 숙이고는 신부에게 바짝 다가섰다. 그녀의 모습은 마치 뿔을 낮추고 덤벼드는 황소 같았다.

"선한 사람은 없어요. 돈을 모두 빼앗아간 대위도 분명 나쁘지만, 돈을 내어준 공작도 선한 쪽은 아니라고 생각해요. 대위만이 공작에게 원한이 있는 건 아니에요."

외면하고 있는 성직자의 얼굴에 불빛이 비쳐들었다. 신부는 소리내지 않고 입 모양으로 '빼앗다'라고 했다. 그때 부인이 갑자기 어깨 뒤로 창백한 얼굴을 돌리더니 거의 쓰러질 듯한 표정을 지어 보였다. 문이 열리면서 창백한 얼굴을 한 폴이 어느새 문 쪽에 유령처럼 서 있었던 것이다. 벽이 반사하는 거울 요술로 동시에 다섯 개의 문에서 다섯 명의 폴이 들어오는 것처럼 보였다.

"공작님께서 방금 돌아오셨습니다."

바로 그때 한 남자의 모습이 마치 조명이 켜진 무대처럼 햇살 가득한 창틀을 가로지르며 첫번째 창문 밖을 지나갔다. 잠시 후에 그는 두번째 창문을 지나갔는데, 많은 거울이 씩씩하게 걸어가고 있는 그의 전신을 모두 온전하게 비추고 있었다. 그의 자세는 곧고 민첩했지만, 희끗희끗한 머리칼에 묘하게도 누런 상아빛 혈색을 하고 있었다. 적당히 길고 갸름한 볼과 턱에 어울리는 낮고 약간 굽은 로마풍의 코를 하고 있었는데, 얼굴은 코밑 수염과 뾰족한 황제 수염으로 대부분 가려져 있었다. 코밑 수염은 턱수염보다 훨씬 더 진해서 약간 극적인 효과를 내고 있었으며, 옷차림도 화려하여 그 효과를 배가시키고 있었다. 그는 흰색 실크 모자를 쓰고 있었으며, 외투에는 난초 꽃을 꽂고 있었다. 또한 노란색 조끼를 입고 같은 색의 장갑을 들고 있었는데, 그가 걸음을 옮길 때마다 그 장갑이 흔들거리기도 하고 펄럭거리기도 했다.

사내가 현관 앞으로 돌아오자, 뻣뻣한 폴이 문을 여는 소리가 들렸다. 집 안으로 들어선 사내가 '돌아왔네' 하고 활기차게 말하는 소리가 들렸다. 경직되어 있는 폴이 허리를 굽혀 인사를 하며 알아들을 수 없는 소리로 대답했다. 잠시 동안 두 사람이 대화하는 것 같았지만 들리지는 않았다. 그러더니 집사가 '원하시는 대로 하십시오' 하고 말했다.

장갑을 펄럭이며 사라던 공작이 활기차게 방으로 들어서서 브라운 신부와 플랑보를 맞았다. 두 사람은 다시 한번 다섯 개의 문으로 다섯 명의 공작이 방으로 들어오는 기괴하기 짝이 없는 광경을 보게 되었다.

공작은 흰색 실크 모자와 노란색 장갑을 벗어 탁자 위에 두고는 손을 내밀어 다정하게 악수를 청했다.

"만나뵙게 되어 기쁩니다, 플랑보 씨. 선생의 명성은 익히 들어 알고 있습니다. 실례되는 말은 아니겠지요?"

"별 말씀을요. 저는 별로 예민하지 않은 편입니다. 유명한 사람들 중에 어디 욕먹지 않는 사람이 있던가요."

플랑보가 웃으며 대답했다.

공작은 그 말이 어떤 개인적인 면을 꼬집는 말은 아닌지 판단하려는 듯이 순간 날카로운 시선으로 플랑보를 바라보았다. 그러더니 그도 역시 웃으면서 모두에게 의자를 권하고 자신도 자리에 앉았다.

"이곳은 작기는 하지만, 기분 좋은 곳입니다. 뭐 큰 일은 아니지만, 낚시질을 하기에는 정말 좋은 곳이지요."

공작이 초연한 태도로 말했다.

아기와 같은 진지한 눈빛으로 공작을 바라보던 신부는 무어라 표현할 수 없는 공상에 사로잡혔다. 그는 공작의 정성들여 넘긴 잿빛 머리카락과 하얀 얼굴과 마르고 맵시 나는 외모를 찬찬히 살펴보았다. 이런 모습 때문에 그가, 극장의 관람석에 나타난 유명인사처럼 눈에 확 띄는 것은 사실이었으나 그렇다고 이상하거나 어색해 보이지는 않았다. 뭐라 말할 수 없이 흥미로운 점은 그 외 다른 곳, 바로 얼굴의 윤곽에 있었다. 브라운 신부는 어디선가 본 듯한 이 얼굴의 윤곽을 떠올리려 애쓰고 있었다. 이 공작의 모습은 신부가 오랫동안 알고 있던 어떤 사람이 옷을 잘 차려입은 것 같아 보였다. 하지만 금세 방에 있던 거울들을 떠올리며, 한 사람을 여러 명으로 보이게 하는 그런

류의 착시일 뿐이라고 자신의 상상을 끌어내렸다.

　사라딘 공작은 아주 유쾌하고 재치 있는 태도로 브라운 신부와 플랑보를 세심하게 배려해주었다. 플랑보가 스포츠를 좋아하여 자신의 휴가를 스포츠를 즐기면서 보내고 싶어한다는 것을 눈치챈 공작은 플랑보의 보트를 낚시질하기에 가장 좋은 장소로 직접 안내해주었다. 그리곤 바로 자신의 카누에 몸을 싣고는 서재에 있는 브라운 신부에게로 돌아와 정중한 태도로 신부와 철학적인 즐거움을 나누는 데 뛰어들었다. 그는 분명 낚시와 책에 대하여 많이 알고 있는 듯했으며, 대여섯 개의 외국어도 구사할 줄 알았다. 물론 대부분 그 언어의 속어를 사용하기는 했지만 말이다. 그의 언행에는 그가 다양한 도시에서 아주 다양한 사회의 사람들과 어울려 지내온 사실이 여실히 드러나고 있었다. 왜냐하면 그가 말한 유쾌한 이야기들 중에는 도박장이나 아편굴, 오스트레일리아의 산적 소굴이나 이탈리아의 약탈자들에 관한 것들이 섞여 있었기 때문이다. 브라운 신부는 한때 저 유명했던 사라딘 공작이 최근 몇 년을 거의 끊임없이 여행하면서 보냈다는 것은 익히 알고 있었지만, 그 여행이 그렇게 점잖치 못하고 또 한편으로는 그렇게 유쾌한 여행이었으리라고는 생각지 못했었다.

　정말이지 사라딘 공작은 세상 물정에 밝은 사람다운 위엄을 갖추고 있었지만, 신부와 같이 예리한 관찰자의 눈에는 어쩐지 침착하지 못한데다가 믿음직하지 못했다. 그의 얼굴은 세심해 보였으나, 눈은 거칠어 보였다. 알코올이나 마약 중독으로 몸을 떠는 사람처럼 신경질적으로 경련하는 버릇이 있었으며, 집안 일에 신경을 쓰지도 않았고, 신경쓰고 있다고 공언하지도 않았다. 집안 일은 모두 저 나이 든 두 명의 하인들에게 맡겨진 것 같았다. 특히 누가 봐도 이 집안의 중심이 되는 기둥이라 할 만한 집사가 집안 일을 책임지고 있었다. 폴은 집사라기보다는 일종의 재산 관리인이나 의전관(儀典官)이라 할 만했다. 그는 주인과 거의 마찬가지로 화려한 생활을 할 뿐 아니라 식사도 혼자 따로 했다. 다른 하인들 역시 그를 두려워했으며, 그는 공작과 모든 일을 의논하는 데 있어 공손하기는 했지만, 전혀 뜻을 굽히는 법이 없었다. 이를 보면, 그가 마치 공작의 사무 변호사 같았다. 이에 비하면 가정부는 단지 그림자에 불과했다. 사실 그녀는 자신을 드러내지 않았으며, 집사만을 섬기는 것 같았다. 그래서인지 브라운 신부는 형의 재산을 갈취했다는 동생에 대한 이야기를 하던 그녀의 격렬한 속삭임을 더이상 듣지 못했다. 공작이 정말로 동생에게 재산을 갈취당했는지의 여부는 신부로서는 확신할 수 없었다. 하지만 전혀 믿음이 가지 않는 이야기를 늘어놓고 있는 사라딘 공작에 관해서 확실치 못하고 비밀스러운 무엇인가가 있는 것이 분명했다.

그들이 다시 창문과 거울이 있는 기다란 방으로 돌아왔을 때, 황금빛 석양이 강 수면과 버드나무로 뒤덮인 둑 위로 내리고 있었다. 그리고 저 멀리서 알락해오라기 우는 소리가 마치 꼬마 요정이 자신이 가지고 있는 아주 작은북을 치는 것처럼 들렸다. 슬프고 사악한 요정 나라에 대한 생각이, 마치 하늘에 잿빛 구름이 끼듯 신부의 마음속에 갑자기 밀려왔다.

"플랑보가 돌아왔으면 좋으련만."

신부가 중얼거렸다.

"숙명을 믿으십니까?"

사라딘 공작이 안절부절 못하고 갑작스레 물었다.

"아니오. 믿지 않습니다. 최후의 심판을 믿을 뿐입니다."

공작은 창문으로부터 몸을 돌려 신부를 이상한 태도로 바라보았다. 석양을 배경으로 한 그의 얼굴은 어둡게 그늘이 져 있었다.

"무슨 말씀이십니까?"

공작이 물었다.

"우리는 지금 엉뚱한 곳에서 헤매고 있는 겁니다. 여기서 일어나는 일들은 아무런 의미도 없어 보입니다. 다른 곳에서 일어나야 뭔가 의미를 가질 것입니다. 진짜 범인에게는 여기가 아닌 다른 곳에서 징벌이 내려질 것입니다. 여기선 엉뚱한 대상에게 불똥이 튄다는 말씀이지요."

공작이 마치 짐승처럼 알아들을 수 없는 소리를 냈다. 그림자가 진 그의 얼굴에서 눈이 이상하게 빛나고 있었다. 신부의 머릿속에 조용히 그러나 갑작스레 새로운 단상이 떠올랐다. 사라딘 공작의 명석함과 당돌함이 섞여 있는 모습에 무언가 다른 의미가 있단 말인가? 공작이 정말 제정신이란 말인가?

"엉뚱한 대상이라, 엉뚱한 대상⋯⋯."

공작은 사교적인 감탄사라고 하기에는 지나칠 정도로 같은 말을 반복하였다.

브라운 신부는 제 2의 진리를 뒤늦게 깨달았다. 신부는 그의 앞에 있는 거울들에서 문이 조용히 열리고 집사 폴이 평상시와 다름없는 창백하고 무표정한 얼굴로 조용히 방에 들어와 서 있는 것을 볼 수 있었다.

"즉시 알려드리는 것이 좋을 것 같아서요. 여섯 명의 사내가 노를 젓고 있는 보트가 선착장에 도착했고, 그 보트에는 신사한 분이 단호한 표정으로 앉아 있었습니다."

집사가 마치 오랜 가족 변호사인 듯이 담담하고 정중하게 말했다.

"보트라고?! 신사라고 했나?"

공작은 벌떡 일어섰다.

놀라움으로 숨을 멈춘 듯 정적이 흘렀고, 풀숲의 새가 지저 귀는 소리만이 들려올 뿐이었다. 그리고는 누군가가 미처 다시 말을 꺼내기도 전에, 마치 한두 시간 전에 공작이 지나오던 모습과 다를 바 없이 낯선 얼굴과 몸의 옆모습이 세 개의 햇살이 들어오는 창문으로 비쳐 들어왔다. 그러나 공작과 창에 비친 이 낯선 자의 윤곽이 우연히도 둘 다 독수리같이 생겼다는 것을 제외하고는 이 둘 사이의 공통점이라고는 거의 없었다. 사라딘 공작은 흰색 모자를 썼지만, 이 새로운 인물은 낡고 이국적인 모양의 검정모자를 쓰고 있었다. 모자 아래로 아주 심각한 표정의 얼굴이 보였는데, 깨끗이 면도를 하여 단호해 보이는 턱 주변이 푸르스름했다. 이는 젊은 시절 나폴레옹의 모습을 어렴풋하게나마 연상시키는 구석이 있었다. 그의 예스럽고 기묘한 옷차림새 때문에 이런 연상작용이 더 강했다. 마치 그의 조상들이 입었던 옷차림의 유행을 바꾸는 것을 귀찮아하기라도 하는 것 같았다. 그는 낡아빠진 푸른색 프록코트와 군인처럼 보이는 붉은색 조끼, 그리고 빅토리아 시대 초기에 유행했지만 지금은 어쩐지 어울리지 않는, 올이 굵은 흰색 바지를 입고 있었다. 이렇게 예스럽게 차려입은 그의 옷차림으로 인해 그의 올리브빛 얼굴은 이상스러울 정도로 젊어 보였고, 터무니

없이 진솔해 보였다.

"제기랄!"

사라딘 공작이 내뱉더니 그의 흰 모자를 집어 머리에 눌러쓰고는 직접 현관으로 나가, 해가 지고 있는 정원을 향해 문을 활짝 열어젖혔다.

그럴 즈음 새로 온 신사와 그의 수행원들은 군인들처럼 잔디 위에 열을 지어 서 있었다. 여섯 명의 사공들이 보트를 강가에 잘 끌어 올리고는 각자 들고 있는 노를 마치 창과 같이 수직으로 세워 들고 거의 위협적이라 할 정도로 보트를 호위하고 있었다. 피부가 가무잡잡한 사내들로 어떤 자들은 귀걸이를 하고 있었다. 그들 중 한 명이 앞으로 나서더니 붉은 조끼를 입은 올리브빛 얼굴의 젊은이 옆에 낯선 모양의 큼지막한 검은 상자를 들고 나란히 섰다.

"당신이 사라딘이오?"

젊은이가 물었다.

사라딘 공작이 성의 없이 아무렇게나 고개를 끄덕였다.

젊은이의 멍하고 강아지 같은 갈색 눈은 침착성 없고 반짝이는 공작의 잿빛 눈과는 거리가 멀었다. 브라운 신부는 다시 한 번 그 젊은이의 얼굴을 어딘가에서 본 듯한 생각에 고심하기 시작했다. 그러다가 다시 한번 거울이 둘러쳐진 방의 반복되는 상들을 기억해내고는 이러한 생각을 접어버렸다.

"유리로 되어 있는 장소 때문에 사람이 혼란스러워지는군. 모든 것이 몇 개의 상으로 보이니 마치 꿈을 꾸는 것 같지 않은가."

신부가 중얼거렸다.

"당신이 사라딘 공작이라면, 내 이름은 안토넬리라 말해두면 되겠소?"

젊은 사내가 말했다.

"안토넬리라고? 들어본 이름 같은데……."

공작이 맥없이 말했다.

"내 소개를 하겠소."

이탈리아인 젊은이가 말했다.

그는 왼손으로 정중하게 자신의 구식 모자를 벗어들더니, 오른손으로는 공작의 뺨을 찰싹 소리가 날 정도로 세게 후려치는 것이었다. 공작이 쓰고 있던 흰색 실크 모자가 계단으로 굴러 떨어졌고 푸른색 꽃병 하나가 받침대 위에서 흔들거렸다.

어떻든 공작은 겁쟁이가 아닌 것만은 분명했다. 그는 펄쩍 뛰어오르는가 싶더니 잔디 위로 상대를 밀어 넘어뜨릴 기세로 덤벼들어 상대의 멱살을 쥐었다. 그러나 상대는 어울리지 않는 정중함을 갖추며 살짝 몸을 빼내었다.

"그것으로 되었소."

젊은이가 숨을 헐떡이며 더듬거리는 영어로 말했다.

"내가 당신에게 모욕을 주었다면, 명예회복을 위해 결투할 기회를 드리겠소. 마르코, 상자를 열게."

그 옆에 서 있던 귀걸이를 하고 있는 사내가 커다란 검정색 상자를 열었다. 그는 상자에서 날카롭게 날이 서고 아름다운 철제 손잡이가 달린 기다란 이탈리아식 결투용 칼 두 개를 꺼내어 잔디 위에 꽂았다. 누렇고 복수심에 불타는 얼굴로 현관을 향하여 서 있는 젊은이와, 묘지에 꽂혀 있는 두 개의 십자가처럼 꽂혀 있는 두 개의 칼, 그리고 뒤쪽으로 노를 들고 한 줄로 정렬해 있는 뱃사공들의 모습이 한데 어우러져 마치 야만적인 이교도들의 법정과 같은 이상야릇한 모습을 연출하고 있었다. 그러나 변한 것은 아무것도 없었으며, 이들의 침입은 아주 급작스러운 것이었을 뿐이다. 석양의 황금빛 태양이 아직 잔디 위에서 반짝였으며, 알락해오라기는 무언가 끔찍한 운명이 다가오고 있음을 알리기라도 하듯 계속해서 울어대고 있었다.

"사라딘 공작,"

안토넬리라는 사내가 입을 열었다.

"내가 강보에 싸인 갓난아기일 때, 당신은 내 아버지를 죽이고 내 어머니를 빼앗아갔소. 그래도 내 아버지는 운이 좋은 편이었지. 당신은 그분을 정정당당히 죽이지 않았지만, 이제부터 나는 당신을 정당한 방법으로 죽일 거요. 당신과 사악한 내 어머니는 내 아버지를 차에 태우고 시칠리아의 한 절벽에서 그를 밀어버렸소. 그리고는 달아났던 거요. 나도 당신이 쓴 방법과 같은 방법을 쓸 수 있었지만, 당신을 그대로 따라한다는 것이 너무나도 수치스러웠소. 나는 당신을 쫓아 전 세계를 누비고 다녔지만, 당신은 운 좋게도 몸을 잘 숨겨왔소. 하지만 여기는 세상의 끝이자 당신의 무덤이 될 거요. 이제 당신을 찾아냈고, 당신이 내 아버지에게는 절대 주지 않았던 기회를 나는 당신에게 주고 있는 거요. 자, 칼을 하나 집어드시오."

사라딘 공작은 눈썹을 찡그리며 잠시 망설이는 것 같았지만 여전히 바람소리와 함께 들리는 새의 지저귐에 귀를 기울이면서 앞으로 튀어나가 칼자루 한 개를 잡아챘다. 브라운 신부 역시 이 싸움을 제지하려고 앞으로 튀어나갔으나, 곧 그가 나서는 것이 사태를 더 악화시킬 것이라는 사실을 깨달았다. 사라딘 공작은 프랑스의 프리메이슨단 소속으로 강력한 무신론자였기 때문에, 신부가 나서면 그를 더욱 흥분시키게 될 것 같았다. 게다가 그 상대는 신부는커녕 평신도도 그 마음을 움직일 수 있을 것 같지 않았다. 보나파르트 나폴레옹 같은 얼굴과 갈색 눈을 하고 있는 젊은이는 청교도보다도 훨씬 더 단호한 이교도였다. 그는 세상의 여명기로부터 온 살해자이며, 석기 시대의 인간으로 돌같이 완고한 사내였다.

유일한 희망은 집 안의 하인들을 불러모으는 것뿐이었다. 브라운 신부는 집 안으로 뛰어들어갔지만, 독재권을 가진 폴이 모든 하인들에게 하루 동안의 휴가를 주어 집을 비운 상태였다. 앤서니 부인만이 불안하게 기다란 방을 들락거리고 있었다.

그녀가 파랗게 질린 유령 같은 얼굴을 돌리는 순간, 신부는 이 거울의 집이 가지고 있는 수수께끼 하나를 풀어냈다. 안토넬리의 저 짙은 갈색 눈이 앤서니 부인의 짙은 갈색 눈을 쏙 빼어닮은 것이다. 순간 신부는 사건의 진상 중 절반을 알아낸 것 같았다.

"당신의 아드님이 밖에 와 있습니다. 아드님이나 공작 중 한 명이 죽게 될 겁니다. 폴 씨는 어디에 있습니까?"

신부가 거두절미하고 다급하게 말했다.

"폴은 선착장으로 갔어요. 그 사람은, 그 사람은 도움을 청하러 갔어요."

부인이 머뭇거리며 대답했다.

"앤서니 부인, 그런 말도 안 되는 말을 할 시간이 없습니다. 내 친구는 강으로 낚시를 갔고, 당신의 아드님의 배는 그의 하인들이 지키고 있습니다. 남은 것이라고는 저 카누 한 척밖에 없는데, 그걸로 폴 씨가 도대체 무엇을 할 수 있단 말입니까?"

신부가 심각하게 말했다.

"맙소사! 저도 모르겠어요."

부인은 카펫이 깔린 바닥 위로 쓰러지고 말았다.

브라운 신부는 그녀를 들어 소파로 옮기고 단지의 물을 그녀의 얼굴에 뿌리면서 큰 소리로 도움을 요청한 다음, 이 작은 섬에 있는 유일한 선착장으로 달려 내려갔다. 그러나 카누는 이미 강의 중간쯤에 떠 있었고 폴은 그 나이에 믿을 수 없을 만큼 세찬 힘으로 노를 저어가고 있었다.

"주인님을 구할 겁니다. 아직은 그를 구할 수 있어요."

그는 미치광이처럼 타오르는 눈을 빛내며 외쳤다.

브라운 신부는 몸부림치듯이 물살을 거슬러 나아가는 보트를 바라보며, 이 늙은 사내가 제시간에 마을 사람들을 불러 모아오기를 간절히 기도했다.

"결투는 아니야."

신부는 헝클어진 뿌연 갈색 머리카락을 쓸어 올리며 중얼거렸다.

"아무리 결투라고는 해도 이번 결투는 뭔가 잘못됐어. 이렇게 느낄 수 있는데, 그게 도대체 뭘까?"

신부가 석양이 흔들리며 비치는 강의 수면을 바라보며 서 있는데, 섬의 다른 끝에 있는 정원에서 작지만, 분명히 강철이 부딪치는 차가운 소리가 들려왔다. 신부는 소리가 나는 쪽으로 고개를 돌렸다.

기다란 섬의 가장 끝에 있는 곳에 무성하게 피어 있는 장미 덤불 너머 잔디밭 위에서 결투자들은 이미 서로의 검을 겨루고 있었다. 그들의 머리 위에는 석양이 순수한 황금빛으로 둥글게 천장을 이루고 있어, 멀리서이기는 하지만 그들의 동작 하나하나를 분명하게 볼 수 있었다. 그들은 둘 다 외투를 벗어붙이고 있었다. 노란색 조끼를 입은 백발이 성성한 사라딘 공작과 붉은색 조끼와 하얀색 바지를 입은 안토넬리의 모습은, 지고 있는 태양 빛 아래서 마치 춤추고 있는 태엽인형의 색깔처럼 반짝였다. 두 개의 날카로운 칼날이 두 개의 다이아몬드 핀처럼 불꽃을 튀기며 부딪쳤다. 두 사람의 모습이 너무도 작고 쾌활해 보여 오히려 겁이 날 정도였다. 둘은 마치 서로를 코르크 마개에 핀으로 찔러두려는 두 마리의 나비처럼 보였다.

브라운 신부는 짧은 다리를 열심히 놀리며 있는 힘을 다해 달렸다. 그러나 그가 결투가 벌어지고 있는 현장에 이르렀을 때, 그는 노에 기대어 서 있는 험상궂은 시칠리아인들의 그림자 아래서 이 싸움을 말리기에도 너무 늦었고, 이 싸움의 비극

적 결말을 예상하기에는 또 너무 이르다는 것을 깨달았다. 두 사람 모두 아주 훌륭한 칼 솜씨를 뽐내고 있었기 때문이다. 공작은 비웃는 듯한 확신에 차서 그의 능수능란한 칼 솜씨를 유감없이 발휘하고 있었고, 상대는 살기에 가득 차서 무기를 휘두르고 있었다. 갈대로 둘러싸인 강에 떠 있는 잊혀진 섬에서 벌어지고 있는 불꽃 튀는 이 결투보다 더 훌륭한 펜싱 경기도 없을 것 같았다.

이 현란한 싸움이, 어느 쪽이 특별히 우세하지 않고 오랫동안 균형을 유지하고 있자, 신부는 다시금 기운을 차리고 희망을 가지게 되었다. 이렇게 싸움이 길어지고 있는 사이에 도움을 청하러 간 폴이 경관을 데리고 곧 도착할 것이다. 그렇지 않다 하더라도 플랑보가 낚시에서 돌아오기만 해도 안심이었다. 플랑보의 체력이라면, 네 사람 몫은 단단히 할 것이었다. 그러나 플랑보가 돌아올 기미는 보이지 않았다. 더욱 이상한 것은 경관을 부르러 간 폴이 돌아올 생각을 않는 것이었다. 이미 강을 건널 수 있는 도구라고는 뗏목 하나 막대기 하나도 남아 있지 않았다. 저 광활한 못에 버려진 이 섬에서 사람들은 태평양 한가운데 떠 있는 암초 위에 버려진 것같이 고립되어 있었다.

신부가 이런 생각에 빠져 있는 동안 두 개의 칼날이 부딪치는 소리가 더 빠르게 울리는가 싶더니, 공작의 팔이 위로 올라가고 날카로운 칼끝이 그의 견갑골 사이를 뚫고 지나갔다. 장난감 마차 바퀴를 누가 뒤집은 것처럼 공작은 커다랗게 선회하며 비틀거렸고, 칼은 저 멀리 강물 속으로 유성처럼 날아가 떨어졌다. 공작은 커다란 장미나무를 부러뜨리면서 고꾸라졌는데, 땅이 흔들리는 듯하면서 붉은 흙먼지 구름이 하늘 위로 피어올랐다. 마치 이교도들이 희생물을 바칠 때 피어오르는 연기와 같았다. 저 젊은 시칠리아인은 그의 아버지 영령에 피의 제물을 바친 것이었다.

신부는 곧 거기로 가서 무릎을 꿇고 앉았다. 그러나 싸늘한 시체를 확인했을 뿐이었다. 신부가, 가망은 없지만 마지막으로 시체를 살펴보고 있는데, 저 멀리 강의 상류에서 처음으로 사람의 목소리가 들리기 시작했다. 신부가 고개를 들어보니 경찰 보트가 선착장으로 날쌔게 다가오고 있었고 그 안에는 경관과 다른 사람들이 흥분한 폴과 함께 있었다. 신부는 의심스럽다는 기색을 역력히 내보이며 얼굴을 찡그리고 일어섰다.

"어째서, 도대체 어째서 조금 더 일찍 도착하지 못했단 말인가?"

신부가 중얼거렸다.

7분쯤 지나자, 섬은 마을 사람들과 경관들로 가득 찼다. 경관들은 결투의 승리자의 양팔을 잡으며 묵비권을 행사할 수 있다는 피의자의 권리를 상투적으로 상기시켜주었다.

"나는 아무 말도 않겠소. 더이상 아무 말도 하지 않겠소. 나는 아주 행복하오. 이제 교수형을 당하고 싶을 뿐이오."

안토넬리가 얼굴 가득 평화롭고 의기양양한 표정을 띠며 편집광적인 태도로 말했다.

그는 입을 굳게 다물고 경관들이 이끄는 대로 끌려갔다.

이상한 일이지만, 틀림없는 사실은 그가 재판에서 '유죄'라고 한마디 한 것을 제외하고는 이 세상에서는 두 번 다시 입을 열지 않았다는 것이다.

브라운 신부는 갑작스럽게 붐비고 있는 정원과 살인자가 체포되는 모습, 그리고 의사가 막 검시를 마치고 들어내가는 시체를 바라보며 서 있었다. 마치 아주 끔찍한 꿈에서 막 깨어나려 할 때 어른거리는 광경 같았다. 신부는 그렇게 미동도 하지 않고 악몽을 꾸는 사람처럼 그 자리에 못박혀 있었다. 그는 목격자로서 그의 이름과 주소를 적어주고는 마을까지 보트를 태워주겠다는 그들의 제안을 거절한 채, 홀로 섬에 남아 부러진 장미 덤불과 설명할 수 없는 비극이 휩쓸고 지나간 초록색 무대를 바라보았다. 강을 따라 빛이 사그라지고 축축한 둑에서는 안개가 피어올랐으며, 미처 보금자리를 찾아들지 못한 몇 마리 새들이 하늘을 가르고 날아갔다.

그가 평소와는 달리 아주 활발하게 움직이고 있는 잠재의식 속에 집요하게 매달려 있다는 것은, 말로 표현할 수는 없지만 여전히 설명되지 않은 무엇인가가 있다는 확신이 있음을 의미했다. 그가 하루 종일 매달려 있던 이런 느낌은 '거울 나라'에 관한 그의 환상으로도 완전히 설명이 될 수 없었다. 어찌 되었든, 그가 본 것은 실제 이야기가 아니라 일종의 게임이나 가면극이었다. 그러나 이런 수수께끼 놀이 때문에 칼로 상대의 몸을 찌르거나 교수형을 당하는 사람은 없을 것이다.

그가 이런 것들을 곰곰이 생각하며 선착장 계단에 앉아 있으려니, 반짝이는 강물을 가르고 배 한 척이 조용히 다가오고 있는 것이 보였다. 신부는 눈물이라도 흐를 것 같은 감정이 북받쳐오르는 것을 느끼며 벌떡 일어났다.

"플랑보!"

신부는 양손을 번쩍 들어 계속해서 흔들어 보이면서 소리쳤다.

낚시 도구를 손에 들고 강변에 배를 대고 내려서는 스포츠맨의 얼굴에는 놀라움이 가득했다.

"플랑보, 자네 살아 있었구먼."

"살아 있다니요? 아니, 그게 무슨 말씀입니까?"

플랑보가 더욱 놀라며 되물었다.

"다른 사람들이 다 그렇게 되었다네. 사라딘 공작이 살해당했고, 안토넬리는 교수형을 당하겠다고 했다네. 안토넬리의 어머니는 기절을 하고, 나는, 나는 말일세. 도무지 이 세상에 있는지, 저 세상에 있는지 분간을 할 수가 없네. 그러나 주님의 가호가 있어 자네가 나와 같은 세상에 있구먼."

신부가 두서 없이 말하고는 어리둥절해 있는 플랑보의 팔을 잡았다.

두 사람이 선착장을 돌아 대나무로 낮게 지어진 저택의 처마 밑으로 나오자 그들이 처음 도착했을 때처럼 하나의 창문에서 안이 훤히 들여다보였다. 그들은 등불로 환히 밝혀진 내부에 그들의 눈길을 끌 만한 일이 벌어지고 있는 것을 보았다. 기다란 식당에는 사라딘 공작의 살해자가 마치 번개 같은 기세로 섬에 상륙했을 때 차려져 있던 만찬이 그대로 있었다. 그리고 지금은 저녁식사가 차분하게 진행되고 있는 중이었다. 앤서니 부인이 탁자 발치에 약간 부어 있는 얼굴로 앉아 있었고, 맞은편 주인 자리에는 폴이 앉아서 최고급 요리를 먹고 마시고 있었다. 그의 흐릿하고 푸르스름한 눈은 이상하게 튀어나와 보였으며, 여윈 얼굴에는 알 수 없는 표정이 떠올라 있었지만, 꽤 만족스러워하는 인상이었다.

참을 수 없다는 듯이, 플랑보가 창문을 흔들어 비틀어 열고는 화난 얼굴을 램프 불빛이 새어나오는 방으로 들이밀었다.

"이보시오!"

플랑보가 소리쳤다.

"기분전환을 위해서 식사할 필요가 있다는 것은 이해하오. 하지만, 주인이 살해되어 정원에 버려져 있는 마당에 주인의 만찬을 슬쩍한다는 것은……."

이상한 분위기의 노신사 폴이 침착하게 대꾸했다.

"나는 이 길고 유쾌한 인생을 살면서 아주 많은 것을 훔쳐왔지요. 이 저녁식사야말로 내가 훔치지 않은 몇 안 되는 것들 중 하나요. 이 만찬과 이 집과 정원은 모두 내 것이란 말이오."

플랑보는 지금 막 어떤 생각이 떠올랐다는 듯 입을 열었다.

"당신의 말은, 당신이 사라딘 공작의 유언에 따라……."

"내가 사라딘 공작이오."

소금을 뿌린 아몬드를 우적우적 씹으면서 폴이 대답했다.

밖에서 새들을 바라보고 있던 브라운 신부가 마치 총에라도 맞은 듯이 펄쩍 뛰어오르며 멍한 얼굴을 창문으로 들이밀었다.

"뭐라고 하셨소?"

신부가 떨리는 목소리로 물었다.

"폴 사라딘 공작입니다. 잘 부탁드립니다."

저 근엄한 사내가 정중하게 셰리주가 들어 있는 잔을 들며 대답했다.

"나는 이곳에서 아주 조용히 가정적인 사람으로 살아왔습니다. 그리고 나의 불운한 동생 스테판과 구분하기 위해 폴이라는 이름을 썼지요. 지금 들으니 그가 죽었다더군요. 저 정원에서 말입니다. 물론 동생에게 원한을 품은 자가 이곳으로 그를 추적해왔다 해도 제 잘못이 아니지요. 그의 인생이 유감스럽게도 난잡했기 때문이니까요. 그는 가정적인 성격이 못 되었거든요."

그리고는 다시 입을 다물고는 침울한 얼굴을 숙이고 있는 여인의 바로 위쪽의 벽을 바라보았다. 플랑보와 신부는 여기 앉아 있는 폴 사라딘 공작과 죽은 그의 동생이 많이 닮아 있다는 것을 확인했다. 얼마쯤 그대로 앉아 있던 사내의 어깨가 마치 목이 메이기라도 하는 듯이 조금씩 들먹이며 흔들리는가 싶었지만 표정은 전혀 변하지 않았다.

"세상에! 웃고 있잖아!"

잠시 말을 멈추었던 플랑보가 소리쳤다.

"어서 가세나. 어서 이 지옥 같은 집에서 벗어나 조용한 보트로 돌아가세."

백지장같이 창백해진 얼굴로 브라운 신부가 말했다.

두 사람이 섬에서 완전히 빠져나올 즈음에는 강과 풀숲에 밤

이 내려앉아 있었다. 강물의 흐름을 타고 내려오면서 마음을 녹이려 피워문 두 개의 담배 불빛이 배의 부드러운 등불처럼 어둠 속에서 반짝이고 있었다.

브라운 신부가 담배를 입에서 떼어내며 말했다.

"이제 이 이야기의 전말을 알 수 있겠나? 결국 두 명의 적을 가진 한 사내에 대한 유치한 이야기구먼. 그자는 아주 현명한 자였네. 그래서 한 명의 적보다는 두 명의 적이 더 낫다는 것을 알아챘던 걸세."

"잘 모르겠는데요."

플랑보가 대답했다.

"저런, 이건 아주 간단한 이야기라네. 순수함과는 거리가 멀지만 단순한 이야기이지. 사라딘 형제는 둘 다 망나니였네. 그중에서 형이라는 자가 꼭대기에 오르는 유형의 망나니였는가 하면, 동생인 대위는 저 밑바닥으로 떨어지는 유형의 망나니였다고 할 수 있네. 이 비열한 장교는 돈을 구걸하는 것에서 빼앗는 것으로 방향을 바꾸어 타락의 길을 걷게 되었네. 그러다가 어느 날부터 형인 공작에게 손을 뻗은 것이지. 대위가 형을 협박한 문제는 분명 가벼운 문제가 아니었을 걸세. 사라딘 공작은 '품행이 좋지 못하다'는 점에서는 솔직했고 어떤 가벼운 잘못 때문에 사교계에서 잃을 명성도 이미 없었을 테니 말이네.

스테판이 그 형의 목에 말 그대로 올가미를 걸었을 정도라면, 사회에 알려지는 대로 교수형감이었을 것이 자명하네. 스테판은 저 시칠리아에서의 사건의 진상을 알아냈고 폴이 산중에서 안토넬리 경을 살해했다는 사실을 증명할 수 있었을 거네. 대위는 십 년 동안이나 입을 다물어주겠다는 조건으로 형의 돈을 갈취해갔지. 나중에는 공작의 굉장한 재산이 우습게 보일 정도가 되었던 게지.

하지만 사라딘 공작에게는 흡혈귀 같은 동생말고도 또다른 문제가 있었다네. 바로 안토넬리, 살인을 저지를 당시만 해도 어린아이에 불과했던 그 아이가 시칠리아식의 야만스러운 충절심을 기르며 아버지의 복수만을 위해 살아가고 있다는 사실을 공작이 알게 된 것이네. 교수대로 보낼 복수가 아니라, 그에게는 스테판이 가지고 있는 법적 증거라는 것이 없었으니 실제 무기를 갈며 복수를 준비하고 있었단 말일세. 이 소년이 이제 칼 솜씨를 연마해서 완벽하게 써먹을 준비가 되자, 공작은 저 사교계 신문이 떠들어댔듯이 여행을 다니기 시작했네. 사실은 목숨을 부지하러 마치 쫓기는 범죄자처럼 이곳에서 저곳으로 도망을 다닌 게지. 그의 뒤를 쫓고 있는 것은 저 인정사정 볼 것 없는 잔인한 사내였단 말이네. 이런 것이 폴 공작의 입장이었는데, 전혀 좋은 입장은 아니라고 봐야겠지. 그런데 안토넬리를 피하는 데 돈을 많이 쓰면 쓸수록 동생 스테판에게 빼앗기는 돈이 줄어들고, 반대로 동생에게 더 많은 돈을 주면 줄수록 안토넬리를 피할 수 있는 기회가 적어진다는 사실을 깨닫게 되었다네. 여기서 바로 저 위대한 사라딘 공작이 나폴레옹과 같은 천재성을 몸소 보여주게 된 것이라네.

그는 이 두 명의 적에게 저항을 하는 대신, 둘 모두에게 항복을 한 거지. 그는 스모선수처럼 한 걸음 뒤로 물러서서는 마침내 그의 적들을 그 앞에 굴복시킨 거라네. 그는 세계를 돌아다니는 힘겨운 경주를 그만두고 그의 거처를 안토넬리에게 알리고는 자신이 가진 모든 것을 동생에게 넘겨주었네. 그는 스테판에게 좋은 옷을 해 입히고 편안한 여행을 할 수 있도록 충분한 돈과 함께 편지를 보냈다네. 그 편지에는 '이것이 내게 남은 모든 것이로구나. 네가 내 모든 것을 가져갔다. 노퍽에 작은 집과 하인이 있다. 원한다면 이것들도 네게 주마. 와서 가져가려무나. 그러면 나는 네 친구든 하인이든 뭐든지 하면서 함께 살겠다'라고 씌어 있었지. 공작은 안토넬리가 사진으로 말고는 실제로 사라딘 형제를 본 적이 없다는 걸 알고 있었네. 물론 그 청년은 이 두 형제가 모두 회색의 뾰족한 턱수염을 기르고 있으며 서로 닮았다는 것을 알고 있었네. 그래서 사라딘 공작 자신은 그 수염을 깎아버리고 이 청년을 기다리고 있었던 게지.

이 덫에 제대로 걸려든 거지. 불행한 대위는 새 옷을 입고는 승리감에 젖어 공작이 되어 저 집에 들어와 살다가 시칠리아인의 칼에 맞아 죽게 되었던 것이네.

여기에는 한 가지 장애가 있었는데, 인간 본성에 있어 명예로운 것이라 할 수 있는 것이지. 사라딘 같은 악의 화신도 인간의 미덕을 고려하지 않기 때문에 자주 실수를 저지르곤 한다네. 그는 저 이탈리아인의 복수의 일격이 자신이 했던 것처럼 어둡고 폭력적이며 익명으로 이루어질 것이 당연하다고 생각했네. 그래서 저 희생자는 밤에 단검에 찔리거나, 덤불 뒤에서 저격을 당하거나 해서 말할 틈도 없이 죽임을 당할 것이라고 생각했던 거라네. 안토넬리가 기사도 정신을 발휘하여 모든 것을 설명하면서 정식으로 결투를 제안하게 되자, 폴 공작은 낭패를 보게 된 것이지. 이래서 바로 내가 혈안이 되어 보트에 몸을 싣고 섬을 떠나는 폴의 모습을 보게 된 것이네. 안토넬리가 자신의 정체를 알게 되기 전에 달아나야 했기 때문에 모자도 쓰지 않은 채 보트에 몸을 실었던 거라네.

하지만 아무리 마음이 동요하고 있다고는 했지만, 희망이 아주 없는 것은 아니었지. 그는 한쪽은 무모한 모험가이며 또 다른 한쪽은 광신자라는 사실을 잘 알고 있었으니 말이네. 저 모험가인 스테판은 입을 다물 가능성이 다분했지. 연극을 하는

데 단순히 기쁨을 느끼는 사람이었고 안락한 새 집에 계속 눌러앉고 싶어하는 데다가 악당답게 자기의 운과 좋은 칼솜씨를 믿고 있었으니 말이야. 게다가 저 광신자인 안토넬리는 입을 굳게 다물고 자기 가족에 대한 이야기를 하지 않고 조용히 교수형을 당할 위인이지. 폴은 이 싸움이 끝이 났다는 것을 알게 될 때까지 강 위를 떠돌아다녔네. 그리고는 마을로 올라가서 경찰을 데려와서는 두 명의 적이 모두 패배해서 영원히 눈앞에서 사라지는 모습을 목도한 거라네. 그리고는 저렇게 앉아서 만면에 미소를 지으며 만찬을 즐기고 있지 않는가."

"웃고 있었죠. 하느님 맙소사! 그런 생각은 악마에게서 얻은 것일까요?"

플랑보가 몸을 떨며 말했다.

"그자는 그 방법을 자네에게서 배웠네."

신부가 대답했다.

"뭐라구요?"

플랑보가 갑자기 소리를 질렀다.

"제게서 배웠다니 도대체 무슨 말씀이십니까?"

신부는 그의 주머니에서 명함을 꺼내서 희미하게 반짝이는 담배 불빛에 들어올려 비춰 보였다. 그러자 초록색 잉크로 휘갈겨 쓴 글귀가 보였다.

"그자가 자네를 처음 초대하면서 했던 말을 기억하지 못하겠나?"

신부가 물었다.

"그자는 자네가 범죄에 써먹은 방법을 칭찬하지 않았나. '형사가 다른 동료 형사를 체포하게 하고 달아난 당신의 재주는 프랑스 역사에 길이 남을……'이라고 직접 쓰지 않았나 이 말이네. 그자는 단지 자네가 이용한 기술을 모방한 것뿐이네. 두 명의 적을 서로 맞붙여놓고 자신은 잽싸게 빠져나와서는 둘이 서로를 죽이도록 한 것이지."

플랑보는 신부의 손에서 사라딘 공작으로부터 받은 명함을 빼앗아 난폭하게 잘게 찢었다.

"이것으로 저 악한하고도 끝장입니다."

플랑보는 잘게 찢은 명함 조각들을 어둠 속에 뿌렸다. 그리고는 넘실거리는 강물 사이로 그것들이 사라지는 것을 바라보며 말했다.

"하지만 이래도 저 물고기들에게는 독이 될지도 모르겠습니다."

초록색 잉크가 묻어 있는 흰 명함의 마지막 조각이 가라앉아 사라졌다.

희미하고 활기에 넘치는 새벽녘의 빛이 하늘의 모습을 바꾸고, 풀숲 뒤의 달빛은 점점 더 희미해졌다. 두 사람은 침묵 속에서 강을 떠다니고 있었다.

"신부님,"

플랑보가 갑자기 신부를 불렀다.

"이것이 꿈이었다고 생각하십니까?"

신부는 그 말을 부인하는 것인지 알 수 없다는 뜻인지 아무 말 없이 고개만 저었다. 산사나무와 과수나무의 냄새가 어둠을 타고 그들에게로 다가와 바람이 깨어 있음을 그들에게 알려주었다. 다음 순간 바람이 불어 그들이 타고 있는 작은 보트의 돛을 부풀리는가 싶더니 구부러진 강 아래쪽, 악한 사람들이 없는 조금 더 행복한 곳으로 그들을 밀고 나아갔다.

신의 철퇴

"어떻게 이 모든 걸 알아냈소? 당신은 악마란

말입니까?"

"나는 인간입니다."

브라운 신부가 엄숙하게 대답했다.

"그렇기 때문에 마음속에 모든 악마를 가지고

있지요. 자, 들어보십시오."

보언 일가가 살아온 작은 마을은 아주 가파른 언덕 위에 자리잡고 있어서 교회의 높은 첨탑이 작은 산의 봉우리처럼 보였다. 교회의 발치에 있는 대장간에는 붉은 불길이 치솟고 있었고, 망치와 쇳조각들이 어지러이 널려 있었다. 자갈이 깔린 오솔길들이 엇갈리는 저 너머, 대장간의 반대편에는 이 마을의 유일한 여관 '푸른 멧돼지'가 있었다.

납빛과 은빛이 뒤섞인 새벽이 밝아올 즈음 두 형제가 바로 이 교차로에서 만나 이야기를 나누고 있었다. 한쪽은 하루를 시작하려 하고 다른 한쪽은 하루를 마치려 하고 있었다. 윌프레드 보언은 매우 믿음이 깊은 목사로, 이때도 금욕적인 기도 의식이나 새벽 기도를 하러 가는 길이었다. 그의 형 노먼 보언 대령은 독실함과는 거리가 먼 위인으로, 야회복을 입고 '푸른 멧돼지'의 야외 벤치에 앉아서 홀로 술잔을 기울이고 있는 참이었다. 철학적인 관찰자라면 이것을 화요일의 마지막 잔이라고 하든 수요일의 첫 잔이라고 하든 마음대로 생각할 수 있을 만한 모습이었다. 대령은 그런 일에 개의치 않는 사람이었다.

보언 가문은 중세시대까지 거슬러올라가는 몇 안 되는 진정한 귀족 가문들 중 하나로, 그들 가문의 문장은 팔레스타인에서도 찾아볼 수 있었다. 하지만 그러한 집안이 기사도적인 전통에서 높은 지위를 차지하고 있다고 생각하는 것은 커다란 실수라 하지 않을 수 없다. 대체로 가난한 사람들이 전통을 간직하는 법이다. 귀족들은 전통으로 사는 것이 아니라 유행으로 살아간다. 보언 집안은 앤 여왕 시절에는 저 흉포한 귀족 도당인 모호크 단원들이었으며, 빅토리아 여왕 시절에는 난봉꾼들이었다. 유서 깊은 집안에서 흔히 볼 수 있듯이 이 집안은 지난 두 세기를 지내면서 타락하게 된 것이었다. 술주정뱅이들과 허세나 부리는 방탕아들만 배출하면서 결국에는 사람들이 이 집안에 미치광이의 피가 흐르는 것이 아닌가 하고 수군거릴 정도가 되었다. 확실히, 탐욕스러울 정도로 쾌락을 쫓는 대령의 모습은 제정신을 가진 인간이라 볼 수 없을 정도로 지나쳤고, 무슨 일이 있어도 아침까지 집에 들어가지 않는 저 끈질긴 결의는 끔찍한 불면증의 정신병적인 징후가 엿보였다. 그는 키가 크고 훤한 인물로, 나이는 꽤 들었지만 머리카락은 놀라울 정도로 노란 빛을 그대로 간직하고 있었다. 그를 단순히 금발 미남이나 사자상(像)이라고 할 수도 있겠지만, 푸른 눈이 깊게 들어가 있어 얼핏 검은색으로 보였다. 눈 사이는 지나치게 좁아 두 눈이 모여 있는 것 같았다. 코 양쪽 옆에서부터 턱까지 길게 잡힌 주름 자국을 따라 노란색의 코밑 수염을 길게 기르고 있었는데, 이로 인해 얼굴은 늘 냉소를 띠고 있는 것같이 보였다. 그는 연회복 위에 이상할 정도로 연한 노란색 외투를 걸치고 있었는데, 외투라기보다는 잠옷 위에 걸치는 가벼운 가운같이 보였다. 게다가 밝은 초록색의 테가 넓은 모자를 쓰고 있었는데, 아무래도 되는 대로 사 모은 동양 골동품인 듯했다. 그는 이렇게 어울리지 않는 옷차림으로 사람들 앞에 나서는 것을 자못 자랑스러워했다. 사실은 그가 항상 이런 옷들을 어울리게 입어내고 있다는 점을 자랑스러워하는 것이다.

그의 동생은 목사로, 역시 노란색 머리에 우아한 모습이었다. 검은 옷의 단추를 턱까지 채우고 깨끗하게 면도한 얼굴은 교양 있고 약간은 신경질적으로 보였다. 그는 종교만을 위하여 사는 사람 같았다. 그러나 혹자는 그의 이러한 종교에의 귀의가 신에 대한 사랑이기보다는 고딕 건축에 대한 사랑에서 기인

하는 것이라고도 했다. 게다가 그가 유령처럼 교회의 여기저기를 돌아다니는 것을 보면 마치 그의 형이 미친 듯이 술과 여자들의 뒤꽁무니를 정신없이 쫓아다니는 데 쏟아붓는 아름다움에 대한 거의 병적인 갈증과 동일하며, 다만 그것이 좀더 순수한 방향으로 향한 것뿐이라는 것이다. 이러한 비난은 근거 없는 것으로, 이 사내의 실질적인 신앙심은 의심의 여지가 없는 것이었다. 정말이지 그 비난은 대부분 저 고독하고 은밀한 기도에 대한 사랑을 잘못 이해한 무지의 소치이며, 그가 제단 앞이 아닌 지하실이나 회랑 심지어는 높은 종루에서도 무릎을 꿇고 기도하는 모습을 보였기 때문에 생긴 일이었다.

어찌 되었든, 이런 그가 교회로 들어가려고 대장장이의 마당을 막 지나왔을 때, 형의 깊은 눈이 자신과 같은 방향을 향하고 있는 것을 보고 얼굴을 찡그린 채 걸음을 멈추었다. 그는, 대령이 교회에 흥미를 가지고 있을지도 모른다는 가정을 해보는 헛수고 따위는 하지 않았다. 교회를 제외하면 그 방향에는 대장간밖에 없었는데, 대장장이는 청교도인으로, 윌프레드 보언 목사의 교회에 오는 사람은 아니었다. 다만 그는 아름답기로 유명한 대장장이의 아내에 대한 스캔들은 들어본 적이 있었다. 목사는 의심 어린 시선을 대장간 쪽으로 돌렸다. 그러자 대령이 웃으면서 일어나서는 그에게 말을 걸었다.

"좋은 아침이구나. 윌프레드. 나는 훌륭한 영주처럼 불철주
야 내 백성들을 지켜보고 있었단다. 이제는 저 대장장이를 방
문할 거란다."

윌프레드 목사는 땅을 바라보며 말했다.

"대장장이는 지금 없어요. 그린포드에 간걸요."

"나도 알고 있단다."

상대가 조용히 웃으며 대답했다.

"그러니 내가 대장장이를 방문한다는 게 아니냐."

"형님, 벼락을 맞을까 두려워해보신 적은 없으시오?"

목사가 길가에 깔린 자갈만 바라보며 말했다.

"그게 무슨 말이냐? 네 취미가 기상학이었냐?"

대령이 물었다.

"내 말은, 주님께서 거리를 멀쩡히 걸어가고 있는 형님 머리
에 벼락을 내리실 거라 생각해보신 적은 없느냐는 말이오."

윌프레드가 여전히 올려다보지 않은 채 말했다.

"아차차, 미안하구나. 네 취미가 민속학인 게로구나."

"형님 취미는 신성 모독이라는 것을 익히 알고 있었습니다."

그의 본성의 살아 있는 유일한 곳을 찔린 듯 신앙심 깊은 목
사가 응수했다.

"형님이 신을 두려워하지는 않는다 하더라도, 인간을 두려워

할 만큼의 충분한 분별력은 있겠지요."

목사의 형이 눈썹을 고상하게 치켜올리며 말했다.

"사람을 두려워한다고?"

"대장장이 반즈는 이 부근에서 누구에게도 뒤지지 않을 정도로 덩치도 크고 힘도 셉니다. 형님이 겁쟁이나 약골이 아니라는 것은 알고 있지만, 그자라면 형님을 번쩍 들어서 담장 너머로 던져버릴 수도 있을 겁니다."

목사가 엄격한 목소리로 말했다.

급소를 찌르는 말이었다. 언짢아진 대령의 입과 코 옆의 주름이 더욱 어둡게 깊어졌다. 잠시 동안 그는 얼굴에 무거운 냉소를 지으며 서 있었다. 그러나 곧 보언 대령은 그 특유의 유쾌한 유머와 웃음을 되찾고는 그의 누런 코밑 수염 아래로 두 개의 앞니를 훤히 드러내 보이며 다소 경솔하게 말했다.

"그럴 경우를 대비해서 말이다, 내 사랑하는 동생 윌프레드야. 저 보언 가문의 최후의 후계자는 현명하게도 부분 갑옷을 입고 나왔지."

그러면서 대령은 이상하게 생긴 초록색 둥근 모자를 벗어서 강철로 안을 댄 모자의 안쪽을 보여주었다. 그때서야 윌프레드 목사는 그것이 집 거실에 대대로 걸려 있던 전리품으로부터 뜯어낸 동양식의 가벼운 투구라는 것을 알아챘다.

"이것이 가장 가까이 있더구나. 모자는 항상 가장 가까운 곳에 있지. 여자도 마찬가지란다."

노먼 대령이 쾌활하게 설명했다.

"대장장이는 그린포드에 갔습니다. 그가 언제 돌아올지 모르는 일입니다."

윌프레드 목사가 조용히 말했다.

그리고는 몸을 돌려 부정한 영혼의 구원을 원하는 사람처럼 성호를 그으면서 머리를 숙이고 교회로 들어갔다. 그는 차가운 여명이 비치는, 높은 고딕 양식으로 지어진 교회 안에서 이러한 외설스런 장면을 한시라도 빨리 잊고 싶을 뿐이었다. 그러나 그날 아침에는 그의 조용한 종교 의식이 여기저기서 작은 충격을 받아 중단될 운명에 처해 있었던 모양이다.

그가 교회 안으로 들어섰을 때, 그 시간에는 항상 비어 있던 이곳에 누군가 무릎을 꿇고 있다가 황급히 일어서서 밝은 아침의 빛이 비치는 문을 향하여 다가오고 있었다. 목사가 그의 모습을 제대로 보게 되었을 때, 그는 놀라서 그 자리에 우뚝 서버리고 말았다. 그도 그럴 것이 이른 아침부터 기도를 드리고 있던 사람은 다름 아닌 이 마을의 바보인 대장장이의 조카였던 것이다. 그는 교회는 물론 그 어떤 것에도 개의치 않을 뿐 아니라 그럴 수도 없는 인물이었던 것이다. 그는 '미치광이 조'라고

만 불려, 이름이 아예 없는 듯 취급되었다. 그는 우둔하고 힘만 센 보잘것없는 사내로 백지장같이 창백한 얼굴에 검은 생머리를 하고 있었으며, 입은 항상 벌리고 다녔다. 그가 신부의 옆을 지나갔지만, 그의 백치 같은 표정은 그가 무엇을 하고 있었고 무슨 생각을 하고 있었는지, 아무런 기미도 내비치지 않았다. 이전에는 기도라는 것을 전혀 몰랐을 사내였다. 도대체 무슨 기도를 드렸을까? 분명히 특별한 기도였을 것이다.

윌프레드 보언은 마치 그 자리에 뿌리라도 내린 듯이 꼼짝않고 서서는 그 바보가 햇살이 비치는 교회 밖 마당으로 나가는 것을 끝까지 지켜보았다. 방탕한 형이 조의 숙부라도 되는 듯이 익살스럽게 조에게 커다란 목소리로 말을 거는 모습까지도 보았다. 보언 목사가 마지막으로 본 광경은 대령이 조의 입을 향하여 동전을 던지는 모습이었는데, 마치 그의 입을 정말로 명중시키려는 듯 자못 심각한 표정을 하고 있었다.

햇살 아래서 벌어지고 있는 지상의 잔인함과 어리석음을 여실히 보여주는 이 흉악한 장면을 보고서는, 금욕주의자는 새로이 마음을 정화시켜줄 기도에 정진하기로 했다. 그는 회랑에 있는 기도석으로 올라갔다. 백합을 들고 있는 천사가 그려진 푸른색 창문 아래 위치로, 그가 제일 좋아하고 그의 영혼을 잔잔하게 해주는 자리였다. 이곳에 오니 멍텅구리같이 생긴 바보의 납빛 얼굴과 물고기같이 벌어진 입에 그리 많은 신경이 쓰이지 않았으며, 끔찍한 굶주림에 젖어 난폭하게 방황하고 있는 말라빠진 사자와 같은 사악한 형의 일도 잊혀지는 것 같았다. 그는 은빛의 꽃과 사파이어 빛 하늘의 차갑고 감미로운 색채 속으로 점점 더 깊이 빠져들어가고 있었다.

이곳에서 있은 지 30분이나 지났을까, 마을의 구두 수선공 깁스가 허둥지둥 그를 찾아왔다. 깁스가 직접 이렇게 교회당까지 찾아온 것을 보면, 뭔가 작은 문제는 아닌 듯싶었다. 구두 수선공은 여느 마을에서나 마찬가지로 무신론자였는데, 그가 교회에 나타난다는 것은 미치광이 조가 교회에 발걸음을 하는 것만큼이나 이례적인 일이라 할 수 있었다. 이날 아침은 실로 신학적인 수수께끼로 가득 차 있었다.

"무슨 일입니까?"

윌프레드 보언은 떨리는 손을 뻗어 그의 모자를 잡으며, 다소 딱딱하게 물었다.

무신론자의 입에서 나오는 대답은 생각했던 것과는 달리 놀랄 정도로 정중했으며, 쉰 목소리에 동정심마저 깃들어 있었다.

"실례합니다만, 즉시 알려드리지 않으면 안 될 것 같아서 왔습니다. 끔찍한 일이 일어났습니다. 저, 형님께서……"

윌프레드는 그의 허약해 보이는 양손을 꽉 움켜쥐며 무의식적인 열정을 보이며 언성을 높였다.

"형님이 지금 무슨 나쁜 짓이라도 저지르고 있습니까?"

"저, 그런 것이 아니라, 그분은 아무 짓도 저지르지 않으셨고, 앞으로도 그런 짓을 저지르지 못할 겁니다. 돌아가셨으니까요. 목사님께서 좀 가보셔야 할 것 같은데요."

구두 수선공 깁스가 말했다.

목사는 구두 수선공을 따라 짧은 나선형 계단을 내려가 거리보다 조금 더 높은 교회의 입구로 나갔다. 그리고 한눈에 마치 그림같이 그의 발 아래 평평하게 펼쳐진 참혹한 비극적인 광경을 보게 되었다.

대장간 마당에는 대부분 검은 옷을 입고 있는 대여섯 명의 사람들이 있었는데, 그 중 한 명은 경관 제복을 입고 있었다. 의사와 장로교 목사, 대장장이 아내가 소속되어 있는 로마 가톨릭 성당의 신부도 보였다. 신부가 목소리를 낮추고 빠르게 말을 하고 있는 상대는 대장장이의 아름다운 아내였는데, 붉은 황금빛 머리를 하고 벤치에 앉아 무작정 흐느껴 울고 있었다.

이 두 무리의 사람들 사이, 그리고 망치가 쌓여 있는 더미에서 약간 떨어져서 야회복 차림으로 독수리처럼 활개를 펴고 똑바로 누워 있는 사내가 있었다. 윌프레드 목사는 지금 자신이 서 있는 높은 곳에서도 그 사내가 입고 있는 옷과 모습에서 그의 손가락에 끼워진 반지에 이르기까지 모든 품목들을 확인할수 있었다. 다만, 그 사내의 두개골만이 끔찍하게 짓이겨져 있어 시커멓고 붉은 피로 이루어진 별과 같아 보였다.

윌프레도 보언은 그것을 흘끗 보고는 계단에서 마당으로 뛰어 내려왔다. 그의 가족 주치의가 인사를 했지만, 목사는 그에게는 눈길조차 보내지 않았다. 목사는 단지 더듬더듬 중얼거릴 뿐이었다.

"형님이…… 죽었군요. 이게 무슨 일이지요? 이 무슨 끔찍한 수수께끼란 말입니까?"

침울한 침묵이 흘렀다.

모인 사람들 중 가장 솔직한 구두 수선공이 마침내 입을 열어 대답했다.

"아주 끔찍한 일이긴 합니다만, 그렇게 커다란 수수께끼는 아니죠."

"무슨 말씀이시오?"

윌프레드가 백지장같이 창백한 얼굴로 물었다.

"분명한 일이지요. 이 근방에서 저렇게 세게 사람의 머리를 내려칠 수 있는 사람은 단 한 명뿐이지요. 게다가 그자는 그렇게 할 충분한 이유도 있으니 말입니다."

깁스가 대답했다.

"조급하게 판단을 해서는 안 됩니다."

키가 크고 검은 턱수염을 기른 의사가 다소 초조하다는 듯이 끼여들었다.

"저 타격상의 상태에 대해 깁스 씨가 한 말을 확인할 자격이 내게 있다고 생각하기에 말씀드립니다. 깁스 씨는 저런 일격을 가할 수 있는 사람이 이 지역에서 단 한 사람뿐이라고 했는데, 저라면 그런 사람은 없다고 말하겠습니다."

목사의 작은 몸이 미신에 대한 두려움으로 떨려왔다.

"이해할 수 없는 일입니다."

목사가 말했다.

"보언 목사님,"

의사가 낮은 목소리로 말했다.

"이것은 어떤 비유로도 표현할 수 없습니다. 두개골이 마치 계란 껍질처럼 잘게 으깨져 있다고 말해도 그 표현이 부족할 정도입니다. 뼈 조각들이 시체와 바닥에 뿌려져 있습니다. 마치 진흙으로 만든 벽에 총알이 박혀 있는 것처럼 말입니다. 거인의 손이 아니고는 이렇게 만들 수 없지요."

그리고는 안경 너머로 엄숙한 표정을 지어 보이면서 잠시 침묵을 지키다 덧붙였다.

"이 사실은 한 가지 이로운 점이 있지요. 다시 말해서 단번에 모든 사람들로부터 혐의를 말끔히 거둬낸다는 겁니다. 여러분이나 나나 혹은 이 나라의 여느 평범한 사람이 이 범죄로 고발당한다 해도 무죄 방면될 수밖에 없을 겁니다. 넬슨의 동상 기둥을 훔친 죄로 어린아이를 무죄 석방할 수밖에 없듯이 말입니다."

"제 말이 바로 그거라니까요. 제가 뭐라고 했습니까. 이런 짓을 할 사람은 단 한 사람뿐이라니까요. 대장장이 시미언 반즈는 어디 있습니까?"

구두 수선공이 끈질기게 반복해서 말했다.

"그는 그린포드에 가 있습니다."

목사가 머뭇거리며 대답했다.

"프랑스에라도 있다고 하는 것이 더 그럴 듯하겠군요."

구두 수선공이 중얼거렸다.

"아니오. 그린포드도, 프랑스도 아닙니다."

사람들 틈에 섞여 있는 작달막한 로마 가톨릭 신부로부터 작고 생기 없는 목소리가 들려왔다.

"사실은, 지금 저기 길을 올라오고 있습니다."

작달막한 신부의 외모는 보잘것없었으며, 짧게 자른 갈색 머리에 둥글고 둔감해 보이는 얼굴을 하고 있었다. 그러나 그가 아폴로와 같이 멋진 모습을 하고 있었다 한들 그 순간에 그에게 눈길을 주는 사람은 아무도 없었을 것이다. 모두가 일제히 몸을 돌려 저 아래 평원 건너에 구불구불하게 나 있는 오솔길을 따라 어깨에 하얀 망치를 짊어지고 성큼성큼 걸어오고 있는 대장장이 시미언을 바라보았다. 그는 골격이 굵고 체구가 컸으며, 깊고 어두운 눈이 사악해 보였으며, 검은 턱수염을 기르고 있었다. 그는 옆에 있는 두 명의 다른 사내들과 이야기를 하며 걸어오고 있었다. 그 모습은 특별히 유쾌해 보이지는 않았지만, 꽤나 안정되어 있는 것 같았다.

"하느님, 맙소사!"

무신론자인 구두 수선공이 외쳤다.

"범행에 사용했던 망치도 가지고 있군요."

"아닙니다."

황색 콧수염이 있고, 분별 있어 보이는 경감이 처음으로 입을 열었다.

"범행에 사용된 망치는 저쪽 교회 벽 옆에 있습니다. 시체도 망치도 현장을 발견했을 때와 똑같이 그냥 두었습니다."

사람들이 모두들 그쪽으로 시선을 돌렸다. 키가 작은 신부는 망치가 놓여 있는 곳으로 가서 말없이 그것을 내려다보았다. 그것은 망치들 중에서도 가장 작고 가벼운 것으로, 다른 것들에 섞여 묻혀 있는 듯했지만 그 끝에는 피와 노란 머리카락이 진득하니 엉겨붙어 있었다.

침묵을 지키고 있던 신부가 고개를 들지 않은 채 둔탁하지만 새로운 목소리로 말했다.

"수수께끼가 없다는 깁스 씨의 말이 옳다고 하기가 어렵겠습니다. 적어도 한 가지의 수수께끼가 생기는군요. 왜 그렇게 덩치 큰 사람이 저렇게 커다란 일격을 가하면서 이렇게 작은 망치를 사용했을까요?"

"그런 건 아무러면 어떻습니까. 저 시미언 반즈를 어떻게 하면 좋겠습니까?"

깁스가 열에 달떠 소리쳤다.

"내버려두십시오. 직접 이리로 올 겁니다. 제가 그와 함께 있는 두 사람을 알고 있습니다. 그린포드에 살고 있는 아주 선량한 사람들이죠. 장로교 예배당 일로 오는 길일 겁니다."

신부가 말을 채 마치기도 전에 키가 큰 대장장이가 교회 모퉁이를 획 돌아 나오더니, 대장간 마당 안으로 성큼 들어섰다. 그리고는 그 자리에 우뚝 멈추어 서더니 그의 손에서 망치를 떨어뜨렸다. 딱딱하게 예의를 갖추고 침착함을 잃지 않고 있던 경감이 바로 그에게로 다가갔다.

"반즈 씨, 이곳에서 일어난 일에 대하여 당신이 알고 있는지 어떤지는 묻지 않겠습니다. 당신이 말할 의무는 없습니다. 그러나 저는 당신이 이 일을 알지 못하고, 또 그것을 증명할 수 있기를 바랍니다. 하지만, 아무래도 여기서 노먼 보언 대령을 살해한 죄로 당신을 국왕의 이름으로 체포한다는 정식 수속을 밟아야하겠습니다."

"당신은 어떠한 말도 할 의무는 없소. 이분들이 모든 것을 다 입증하실 테니 말이오. 머리가 저렇게 으깨어져 있어 아직은 저것이 보언 대령인지도 입증되지는 않았지만 말이오."

구두 수선공이 주제넘게 나서며 말했다.

"그것은 확실하오."

신부 옆에 서 있던 의사가 말했다.

"그건 수사와는 별도의 이야기입니다. 나는 대령의 주치의였습니다. 그의 몸에 관해서라면, 대령 자신보다도 더 잘 알고 있습니다. 대령은 아주 고운 손을 가지고 있지요. 하지만, 아주 특이한 점이 있습니다. 검지와 중지의 길이가 같다는 거지요. 저건 대령의 시신이 맞습니다."

의사가 땅에 누워 있는 머리가 으깨어진 시신을 흘끗 바라보자, 미동도 않고 있던 대장장이의 시선도 그를 따라 대령의 시신에 머물렀다.

"보언 대령이 죽었나요?"

대장장이가 조용히 말했다.

"그렇다면, 천벌을 받은 거겠지요."

"아무 말도 하지 마시오! 제발 아무 말도 하지 말란 말이오."

무신론자인 구두 수선공이 영국의 법률 체제에 감탄해 마지
않는다는 듯이 환희에 젖어 춤까지 덩실덩실 추며 소리쳤다.
비종교적인 사람만큼 훌륭한 법률 옹호자는 없는 법이다.

대장장이가 어깨 너머 구두 수선공 쪽으로 몸을 돌리자 광신
자의 당당한 얼굴이 드러났다.

"당신 같은 이교도들은 여우같이 교묘히 빠져나가는 것에 능
하다는 것을 알고 있소. 속세의 법이 그런 당신네들을 좋아하
니 말이오. 하지만 주님께서는 당신의 법률을 주머니 속에 고
이 간직하고 계시오. 당신도 오늘 그것을 보게 될 거요."

대장장이가 말했다.

그리고는 대령을 가리키며 말을 이었다.

"이 죄악에 물든 짐승 같은 놈이 죽은 때가 언제요?"

"말을 조심하시지요."

의사가 말했다.

"성경에 있는 말을 고치라고 하시오. 그러면 나도 말을 고칠
테니. 이자가 언제 죽었습니까?"

"오늘 아침 여섯시에 살아 있는 그를 만났습니다."

윌프레드 보언 목사가 더듬거리며 말했다.

"주님께서는 인자하시오. 경감 나으리, 나는 체포되는 것에
대해 아무런 이의도 제기하지 않고 순순히 따르겠습니다. 나를
체포하는 것에 반대하게 될 사람은 바로 경감님이시오. 어차
피, 나는 내 인격에 오점 하나 없이 법정을 떠나 돌아올 수 있을
테니 말입니다. 아마도 경감님 전적에 아주 고약한 실패를 안
고 법정에 남게 될지도 모를 일이지요."

대장장이가 말했다.

견실한 경감이 처음으로 눈을 빛내며 대장장이를 바라보았
다. 경감뿐 아니라, 그곳에 모인 모든 사람의 시선이 일제히 대
장장이를 향했다. 단 한 사람, 작달막한 키에 이상하게 생긴 가
톨릭 신부만이 대령의 두개골에 끔찍한 일격을 가하는 데 쓰인
조그마한 망치를 조용히 내려다보고 있었다.

대장장이는 차분하게 장황한 이야기를 늘어놓았다.

"저와 함께 온 두 사람이 지금 밖에 와 있습니다. 여러분 모
두 알고 있는 그린포드에 사는 선량한 상인들입니다. 저 사람
들이 자정 전부터 새벽녘까지 나와 함께 있었다는 것을 증명해
줄 것이오. 뿐만 아니라, 그후 오랫동안 내가 신앙부흥 특별 전
도회의 위원회실에 있었다는 것도 증명해줄 것입니다. 그린포
드에는 이 모든 것을 증명해줄 사람들이 스무 명은 될 겁니다.

만약 내가 이교도였다면 말입니다, 경감님께서 파멸의 길로 걸어가도록 내버려두겠지만, 기독교인으로서, 경감님께 내 알리바이를 여기서 들으실 건지 법정에서 들으실 건지를 물어볼 기회를 드려야 할 것 같은 의무감을 느끼게 되는군요."

경감이 처음으로 동요하는 빛을 나타내며 말했다.

"물론, 당신이 여기서 모든 혐의를 벗는다면 더할 나위 없이 기쁘겠습니다."

대장장이는 마당을 들어올 때와 같이 성큼성큼 편안한 걸음걸이로 나가더니 곧 그린포드에서 함께 온 두 친구들과 되돌아왔다. 이 두 사람은 실제로 이곳에 있는 거의 모든 사람의 친구이기도 했다. 이들은 각각 몇 마디 말을 함으로써 사람들의 의혹을 말끔히 거두어냈다. 그들이 이야기를 마치자, 시미언의 결백은 그들 위로 솟아 있는 거대한 교회만큼이나 확고해졌다.

어떤 말보다도 더이상 참을 수 없는 기묘한 침묵이 모여 있는 사람들을 감싸고 돌았다. 무슨 말이라도 해야겠다는 듯이 목사가 필사적으로 가톨릭 신부에게 말을 걸었다.

"브라운 신부님께서는 저 망치에 아주 큰 흥미를 보이시는 것 같군요."

"그렇습니다. 왜 저렇게 작은 망치를 이용했을까요?"

브라운 신부가 말했다.

의사가 신부에게로 휙 돌아서면서 소리쳤다.

"맙소사, 그렇군요. 여기 이렇게 널려 있는 커다란 망치들을 내버려두고 하필 저렇게 작은 망치를 집어들 사람이 누가 있을까요?"

그리고는 목소리를 낮추더니 보언 목사의 귀에다 대고 말했다.

"커다란 망치를 들 수 없는 사람만이 할 짓이지요. 이건 남자와 여자 사이의 힘이나 용기에 대한 문제가 아닙니다. 문제는 어깨로 들어올리는 힘이지요. 용감한 여자라면 가벼운 망치 하나로 열 번의 살인을 저지르고도 태연할 수 있지요. 무거운 망치로 딱정벌레를 죽일 수는 없는 일 아닙니까."

윌프레드 보언 목사는 일종의 최면이라도 걸린 듯한 공포에 젖어 의사를 노려보았다. 반면에 브라운 신부는 머리를 한쪽으로 약간 기울이고는 진정으로 흥미 있고 주의 깊게 의사의 이야기를 듣고 있었다.

의사는 쉿 소리를 내며 더욱 힘주어 말을 이었다.

"왜 이 어리석은 사람들은 항상 아내의 정부를 싫어하는 사람이 그 남편뿐이라고 생각하는 걸까요? 아내의 정부를 누구보다도 싫어하는 사람의 십중팔구는 바로 그 아내입니다. 대령이 어떤 오만함과 배신을 그녀에게 보여줬을지 누가 압니까? 저기 좀 보십시오."

의사는 순간적인 몸짓으로 벤치에 앉아 있는 붉은 머리의 여인을 가리켰다. 마침내 그녀는 머리를 들어올렸는데, 그녀의 아름다운 얼굴에는 눈물 자국이 말라가고 있었다. 그녀의 시선은 충격에 휩싸인 채 시체에 고정되어, 제정신이 아닌 것 같았다.

윌프레드 보언 목사는 알고자 하는 모든 욕망을 떨쳐내려는 듯이 맥빠진 몸짓을 해 보였지만, 브라운 신부는 대장간의 화덕으로부터 날아온 재를 소매에서 털어내며 무관심한 어조로 말했다.

"당신도 여느 의사들과 같으시군요. 당신의 정신과학은 정말로 암시하는 바가 많습니다. 도무지 불가능한 것은 당신의 물리과학입니다. 여자 쪽에서 남편보다 더 정부를 죽이고 싶어한다는 의견에 저도 동의합니다. 그리고 여자라면, 커다란 망치보다는 작은 망치를 집어드는 것이 당연하겠지요. 하지만 물리적으로 이것이 불가능하다는 것입니다. 이 세상의 어떤 여자도 사내의 두개골을 저렇게 납작하게 짓이겨놓을 수는 없는 일이지요."

그리고는 잠시 말을 끊었다가 조심스럽게 덧붙였다.

"여러분은 사건의 전모를 파악하지 못하신 겁니다. 저 사내는 실제로 강철로 된 투구를 쓰고 있었습니다. 그런데 그 강철 투구가 조각조각 깨진 유리와 같이 되어버리지 않았습니까. 저 여인을 보십시오. 그녀의 가녀린 팔을 한번 보십시오."

침묵이 다시금 그들을 엄습해왔다. 그러자 의사는 약간 퉁명스럽게 말했다.

"뭐, 제가 틀렸을 수도 있지요. 모든 것에는 이견이 있게 마련 아닙니까. 하지만 저는 핵심적인 주장은 고수하겠습니다. 바보가 아니고서는 어떤 사내도 큰 망치를 사용할 수 있는데도 저렇게 작은 망치를 집어들지는 않을 겁니다."

그러자 윌프레드 보언 목사는 떨리는 가느다란 양손을 머리 위로 들어올리더니 많지도 않은 노란 머리카락을 잡아뜯었다. 잠시 후 목사는 손을 내리고 큰 소리로 말했다.

"그게 내가 원했던 말입니다. 잘 말씀해주셨습니다."

그러더니 목사는 마음의 동요를 가라앉히며 계속 말을 이었다.

"방금 하신 말, '바보가 아니고서는 어떤 사내도 저렇게 작은 망치를 집어들지 않는다'는 그 말씀 말입니다."

"예, 그런데요?"

의사가 말했다.

"바로 그겁니다. 바보가 이 범행을 저지른 겁니다."

목사가 말했다. 나머지 사람들의 시선이 그를 향해 고정되었다. 마음이 미세하게 흔들렸으나, 그래도 그는 열에 들떠서 계속 말을 이었다.

"저는 목사입니다. 목사는, 피를 흘리도록 해서는 안 됩니다. 다시 말해서 어느 누구도 교수대로 가게 해서는 안 된다는 겁니다. 저는 지금 제가 그 범죄자를 분명하게 알아냈다는 것에 대해 주님께 감사드립니다. 왜냐하면, 그는 교수대로 보내질 수 없는 범죄자이기 때문입니다."

떨리는 듯한 목소리였다.

"그자를 고발하지 않으실 작정이십니까?"

의사가 물었다.

"내가 그를 고발한다 해도, 그는 교수형을 당하지 않을 겁니다."

윌프레드 목사는 험악하지만 묘할 정도로 행복해 보이는 미소를 지으며 대답했다.

"제가 오늘 아침 교회에 들어섰을 때, 한 미치광이 사내가 그곳에서 기도를 하고 있는 것을 발견했습니다. 태어날 때부터 정상이 아닌 불쌍한 조였지요. 그애가 무슨 기도를 했는지는 신께서만 알고 계십니다. 하지만, 그런 비정상적인 사람의 기도가 모두 뒤죽박죽 되어 있다고 생각해도 무리는 없을 것입니다. 미치광이가 사람을 죽이기 전에 기도를 하는 것은 그럴 듯한 일이지요. 저는, 불쌍한 조가 형님과 함께 있는 것을 마지막으로 보았습니다. 게다가 형님이 그를 놀리고 있었지요."

"맙소사!"

의사가 소리쳤다.

"이제야 말이 되는 이야기가 나오는군요. 하지만 어떻게……."

윌프레드 목사는 스스로 진실의 빛을 보았다는 것에 흥분한 나머지 거의 몸을 떨고 있었다.

"자, 모르시겠습니까? 모르시겠어요?"

목사는 열에 들떠 소리쳤다.

"이것만이 모든 이상한 것들을 설명할 수 있을 뿐 아니라 두 개의 수수께끼에 대답이 되는 이론입니다. 대장장이는 커다란 일격을 가할 수는 있었지만, 작은 망치를 고르지 않았겠지요. 그의 아내라면 작은 망치를 집어들기는 했겠지만, 저렇게 큰 일격을 가하지는 못했을 겁니다. 하지만, 미치광이라면 이 두 가지를 다 해낼 수 있었을 겁니다. 저 작은 망치에 대해서는 어차피 미치광이니까 뭐든지 집히는 것을 들었겠죠. 그리고 저 강한 일격에 대해서는 의사 선생께서 더 잘 알고 계시리라 생각합니다. 미치광이가 발작을 하면, 열 사람 몫의 힘을 발휘한다고 하지 않습니까?"

의사가 깊은 숨을 들이쉬더니 말했다.

"맞습니다. 목사님께서 하신 말에 한치도 틀림이 없는 것 같습니다."

브라운 신부는 이야기를 하고 있는 목사의 눈을 아주 오랫동안 계속 바라보았다. 황소같이 커다란 잿빛 눈이 그의 얼굴과 잘 어울린다는 것을 입증이라도 하려는 것 같았다. 침묵이 흐르자 신부는 아주 정중하게 말했다.

"보언 목사님, 목사님의 이론은 그야말로 유일하게 빈틈없는 이론입니다. 반론의 여지가 없습니다. 그래서 그것이 사건의 진상이 아니라는 것을 말씀드려야 할 것 같습니다."

그리고는 이상야릇한 분위기를 풍기는 작달막한 신부는 다시 망치가 있는 곳으로 가더니 그것을 바라보는 것이었다.

"저 신부는 알아야 하는 것보다 더 많은 것을 알고 있는 것 같군요. 저런 가톨릭 성직자는 상당히 음흉한 구석이 있지요."

의사가 언짢은 듯이 윌프레드 목사에게 속삭였다.

"그렇지는 않아요. 그렇지 않습니다. 범인은 미치광이입니다. 미치광이예요."

보언 목사는 피곤한 기색을 역력히 내보이며 말했다.

두 명의 성직자와 의사는, 경관과 체포되었던 대장장이와 함께 모여 있는 사람들과는 떨어져 있었다. 하지만, 그들이 흩어지자, 저쪽에 모여 있는 사람들의 이야기가 들리기 시작했다. 브라운 신부는 대장장이가 큰 소리로 떠드는 목소리를 들으며, 고개를 들었다가 다시 조용히 아래를 내려다보았다.

"이제 납득이 가시겠지요, 경감님. 말씀하셨듯이 저는 힘이 세죠. 하지만 그렇다 하더라도 그린포드에서 여기까지 망치를 던져 날릴 수는 없지 않습니까. 망치에 날개가 달려 울타리와 들판을 지나 일 킬로미터나 날아오지 않고서는 말입니다."

경감이 친근하게 웃으며 말했다.

"그렇군요. 당신을 용의자에서 제외시켜도 될 것 같습니다. 보기 드문 우연의 일치이기는 합니다만 말입니다. 그렇다면 당신만큼 크고 힘센 사람을 찾을 수 있도록 도와달라는 부탁밖에 드릴 수 없군요. 맙소사! 그러고 보니, 그자를 잡으려면 당신의 힘을 빌려야겠군요! 생각나는 사람 없습니까?"

"생각나는 게 있기는 합니다. 하지만 남자가 아닙니다."

대장장이가 창백한 얼굴로 말했다.

그리고는 벤치에 앉아 있는 그의 아내에게로 겁에 질린 시선을 돌리면서 커다란 손을 그녀의 어깨 위에 얹고 말했다.

"물론 여자도 아닙니다."

"무슨 말이요? 설마 암소가 망치를 휘둘렀다고 생각하는 것은 아니겠지요?"

구두 수선공이 익살스럽게 물었다.

"육체를 가진 인간이 저 망치를 잡았다고는 생각하지 않습니다. 인간의 입장에서 말하자면, 대령은 혼자서 죽은 겁니다."

대장장이는 숨이 막힐 듯한 목소리로 말했다.

윌프레드 목사가 갑자기 앞으로 나서면서 불타오르는 듯한 눈으로 대장장이를 노려보았다.

"그렇다면 번즈, 망치가 저절로 뛰어올라 저 사내를 때려눕혔다는 거요?"

구두 수선공의 날카로운 목소리가 들려왔다.

"아, 모두 날 우습게 보시는구려. 성직자분들이 일요일날 신께서 저 예루살렘을 취하려던 아시리아의 왕 센나케리브를 어떻게 소리도 없이 때려눕히셨는지에 대한 이야기를 들려줬습니다. 모든 사람의 집에 모습을 보이지 않고 걸어 들어가시는 분이 나의 명예를 지켜주셨고 불경한 모독자를 내 문 앞에서 쓰러뜨리셨다고 믿습니다. 저 일격의 힘은 실로 지진이 일어날 때의 힘과 다를 바가 없는 것입니다."

"나도 형님에게 벼락을 조심하라고 말했던 참이었소."

윌프레드는 뭐라 설명할 수 없는 목소리로 말했다.

"그런 대행자라면, 내 관할권 밖이군요."

경관이 살짝 미소를 띠며 말했다.

"그러나 당신도 예외없이 그분의 관할권 안에 있습니다. 곧 알게 될 거요"

대장장이는 이렇게 말하더니 그 넓은 등을 돌리고는 집 안으로 들어가버렸다.

떨고 있던 윌프레드는, 그를 친절하고 편안하게 대해주는 브라운 신부에 이끌려 그 자리를 떠났다.

"자, 이 끔찍한 장소를 어서 벗어납시다. 보언 목사님. 교회를 좀 구경시켜주시겠습니까? 이 교회가 잉글랜드에서 가장 오래된 교회들 중 하나라고 들었습니다. 이래봬도 오래된 잉글랜드 교회에 꽤 흥미를 가지고 있습니다."

브라운 신부가 제법 우스꽝스러운 표정을 지어 보이면서 말했다.

윌프레드 보언 목사는 유머에 능한 사람이 아니었으므로 웃지 않았다. 하지만, 그는 장로교도 대장장이나 무신론자인 구두 수선공보다는 조금 더 공감해줄 것 같은 사람에게 기꺼이 고딕 양식의 훌륭함을 설명할 준비가 되어 있는지라 열정적으로 고개를 끄덕였다.

"좋고말고요. 자, 이쪽으로 들어가시지요."

보언 목사는 이렇게 말하면서 계단 꼭대기에 있는 옆문으로 브라운 신부를 안내했다. 브라운 신부가 목사를 따라 막 첫번째 계단을 오르려는데, 누군가가 그의 어깨에 손을 얹었다. 뒤를 돌아본 신부의 앞에는 가무잡잡하고 마른 모습의 의사가 서 있었는데, 그의 얼굴은 의혹으로 더욱 어두워 보였다.

"신부님, 신부님께서는 이 의혹으로 가득 찬 사건에 대해서 뭔가 비밀을 알고 계신 것 같은데, 그냥 혼자서만 간직하고 계실 참이십니까?"

의사가 거칠게 말했다.

"이것 보시오, 의사 선생. 나와 같은 직업을 가진 사람은 어떤 일을 확신할 수 없을 때, 그걸 그냥 마음속에 비밀로 간직해야 하는 이유가 있답니다. 또한 확신한다 해도 여전히 마음속에 비밀로 간직해야 하는 의무가 있지요. 하지만, 내가 당신이나 다른 분들에게 실례가 될 정도로 지나치게 과묵하다고 생각하신다면, 관례가 최대로 허용하는 한도내에서 아주 커다란 힌트 두 가지를 드리지요."

신부가 부드럽게 웃으며 대답했다.

"그래 주시겠습니까?"

의사가 침울하게 말했다.

"첫째, 이 문제는 역시 당신의 영역입니다. 물리과학의 문제라는 말입니다. 대장장이가 잘못 알고 있는 겁니다. 그 일격이

신이 하신 것이라는 말보다는 그것이 기적에 의하여 일어났다고 하는 말이 잘못된 겁니다. 이것은 기적이 아닙니다. 이상하고 사악하며 영웅심이 뒤섞인 인간 자체가 기적이라면 모르겠지만 말입니다. 두개골을 부순 힘은 과학자들에게 아주 잘 알려진 힘입니다. 자연의 법칙 중에서도 가장 자주 논의되는 힘이지요."

신부가 조용히 말했다.

얼굴을 찡그리며 신부를 바라보던 의사가 한마디 했다.

"두번째 힌트는 뭡니까?"

"두번째 힌트는 바로 이겁니다. 대장장이가 한 말 기억하십니까? 비록 기적을 믿기는 했지만, 망치에 날개가 달려 시골길을 일 킬로미터나 날아왔다는 동화 같은 이야기를 하면서 있을 수 없는 일이라고 비웃었지요."

신부가 말했다.

"그랬지요. 기억합니다."

의사가 말했다.

"자, 이 동화 같은 이야기야말로 오늘 사람들이 이야기한 것 중 진정으로 진실에 가장 가까운 것이지요."

브라운 신부가 만면에 미소를 띠며 덧붙였다. 그리고는 몸을 돌려 목사를 따라 계단을 올라갔다.

윌프레드 목사는, 신부가 잠깐 지체했을 뿐이었는데도 신경이 금세 끊어질 듯 날카로워져서 안절부절못하며 기다리고 있었다. 신부가 가까이 오자, 목사는 창백한 얼굴로 자신이 가장 좋아하는 장소로 신부를 데리고 갔다. 그곳은 조각된 지붕에 가장 가까운 회랑의 일부로, 천사가 그려진 아름다운 창문에서 빛이 비쳐들고 있었다. 작달막한 가톨릭 신부는 모든 것을 빠짐없이 살펴보며 감탄을 아끼지 않았다. 교회를 둘러보는 동안 신부는 내내 쾌활하지만 낮은 목소리로 이야기를 하고 있었다. 그러다가 윌프레드 목사가 형이 사망했다는 소식을 듣기 직전에 나갔던 옆 출구와 구부러진 계단을 발견했다. 브라운 신부는 원숭이와 같이 민첩한 동작으로 재빠르게 계단을 올라갔다.

위쪽에 있는 야외 연단에서 보언 목사를 부르는 신부의 밝은 목소리가 들려왔다.

"이리로 올라오십시오. 보언 목사님. 공기가 좋습니다."

보언 목사가 신부를 따라 올라가서는 건물의 외부에 돌로 만들어진 발코니로 나갔다. 그곳에서는 작은 언덕과 저 멀리 보랏빛 지평선까지 뻗어 있는 숲, 그리고 인가와 농장이 점점이 흩어져 있는 끝없이 펼쳐진 평원이 보였다. 바로 발 아래로는 깨끗하고 작은 사각형의 대장장이의 마당이 보였다. 경감이 여전히 그곳에 서서 무언가를 열심히 적고 있었으며, 대령의 시신은 마치 으스러진 파리처럼 그 자리에 누워 있었다.

"세상의 지도를 보는 것 같지 않습니까?"

브라운 신부가 말했다.

"그렇군요."

보언 목사가 고개를 끄덕이며 아주 진지하게 말했다.

두 사람이 서 있는 주변과 바로 아래로는 고딕 건물의 선들이 자살행위와 유사하게 아찔한 속도로 공간 속으로 뛰어들 듯이 밖으로 뻗어 있었다. 중세 시대의 건축에는 거인과 같은 에너지의 요소가 있어 어느 쪽에서 보더라도 마치 격노한 말의 강한 등을 타고 보는 것처럼 항상 돌진하고 있는 느낌을 주었다. 이 교회는 아주 오래되고 정밀한 돌을 깎아 만들었는데, 곳곳에는 오래된 버섯들이 수염처럼 나 있었고, 벽면이 새들의 둥지로 더럽혀져 있었다. 그래도, 두 사람이 아래서 올려다볼 때는 별을 향해 치솟는 분수와 같이 보였는데, 지금 위에서 아래를 내려다보고 있자니 무언의 심연 속으로 떨어지는 폭포수처럼 보였다. 탑 위의 두 성직자는 고딕 건축의 가장 무시무시한 면을 접하고 있었던 것이다. 여기서 보면 모든 것이 끔찍하게도 축소되고 균형을 잃은 모습으로 비춰졌으며, 어질어질하게 펼쳐져 있는 원경에서는 커다란 것은 작게 그려지고 작은 것은 커다랗게 비추어지고 있었다. 이곳은 그야말로 공중에 떠

있는 돌로 만들어진 거꾸로의 세계가 아닐 수 없었다. 돌의 세
부적인 모양들은 저 멀리 있는, 난쟁이처럼 보이는 들판과 농
장을 배경으로 터무니없이 크게 보였으며 뚜렷하게 두드러져
보였다. 건물 한 귀퉁이에 조각되어 있는 새인지 짐승인지 모
를 동물은 마치 걸어다니거나 날아다니면서 아래쪽에 펼쳐진
마을과 목장을 망쳐놓을 것 같은 용처럼 보였다. 전체적인 분
위기는 마치 거대한 수호신이 날개치고 있는 한복판으로 들어
올려지는 것처럼 어질어질하고 위험했다. 더군다나 대성당만
큼이나 높고 화려한 이 교회 건물 전체는 마치 햇살이 비치는
시골 하늘에 폭우를 퍼붓는 구름처럼 자리를 잡고 있는 듯했
다.

"기도를 하기 위해서라지만 이렇게 높은 곳에 서 있는 것은
다소 위험한 것 같군요. 높은 것은 올려다봐야지 내려다볼 것
은 못 되는 것 같습니다."

브라운 신부가 말했다.

"떨어지기라도 할까봐 그러십니까?"

윌프레드 목사가 물었다.

"몸이 떨어지지 않는다 해도 그 영혼이 떨어질 것 같습니다."

신부가 말했다.

"무슨 말씀인지 모르겠군요."

보언 목사가 애매하게 말했다.

"예를 들어, 저 대장장이를 보십시오."

브라운 신부가 말을 이었다.

"선량한 사람입니다만, 기독교인이 아니지요. 냉혹하고 거만하며 용서할 줄을 모릅니다. 그가 믿고 있는 스코틀랜드인 종교는 언덕이나 높은 바위산에서 기도하며 하늘을 올려다보기보다는 세상을 내려다보는 것을 배운 사람들이 만들어낸 종교입니다. 겸손함은 거인의 어머니입니다. 골짜기에 있는 사람들은 거대한 것을 봅니다. 하지만, 정상에 있는 사람들은 작은 것들을 볼 뿐이지요."

"하지만, 그는…… 그는 범행을 저지르지 않았습니다."

보언 목사가 떨리는 목소리로 말했다.

"그렇습니다. 범행을 저지르지 않았지요. 우리 모두 그 사실을 알고 있습니다."

신부가 이상한 목소리로 말했다.

잠시 후에 신부는 창백한 잿빛 눈으로 차분하게 저 멀리 평원을 바라보며 계속 말을 이었다.

"내가 알고 있던 한 사내는 다른 사람들과 함께 제단 앞에서 예배를 드리기 시작했습니다. 그러나 그는 기도를 드리기 위해서 높고 고독한 장소를 더 선호하기 시작했습니다. 종루나 뾰족탑에 있는 구석이나 틈새 같은 곳 말입니다. 그래서 일단 이 현기증 나는 장소에 오르게 되면 온 세상이 수레바퀴처럼 자기 발 밑에서 돌아가고 있으니, 머리도 같이 돌아 자신이 마치 신이라도 된 양 환상에 빠지곤 했죠. 그래서 그는 선량한 사람이 었음에도, 아주 커다란 범죄를 저지르게 되었답니다."

윌프레드 목사는 얼굴을 돌리고 있었으나, 뼈가 앙상한 그의 손은 핏기를 잃은 채 돌의 난간을 꽉 붙잡고 있었다.

"그는 세상을 판단하고 죄인을 단죄하는 것이 자신에게 허용 되었다고 생각하게 되었습니다. 그가 다른 사람들과 함께 교회 바닥에 엎드려 기도를 했다면, 그런 생각은 결코 하지 않았을 겁니다. 하지만, 그는 모든 인간들이 마치 곤충처럼 걸어 다니 는 것을 보았던 것입니다. 그는 자신의 발 바로 아래서 특히 거 드름을 피우고 있는 한 사내를 보았습니다. 그 사내는 아주 오 만했고 밝은 초록색 모자를 쓰고 있어 눈에 확 띄었지요. 마치 독충처럼 말입니다."

종루의 구석구석에서 까마귀가 울어대고 있었을 뿐, 브라운 신부가 말을 이을 때까지 정적이 그곳을 감싸고 돌았다.

"또 한 가지 이 높은 종루 위에는 그에게 유혹의 손길을 뻗치 는 것이 있었습니다. 이곳에서는 자연의 가장 강력한 추진력 중 하나가 그의 손아귀에 쥐어져 있었던 것입니다. 바로 중력 말입니다. 지구상의 모든 피조물들은 일단 해방이 되면 지구의 심장으로 되돌아가려는 강한 회귀성으로 인하여 광적이고 무서운 속도로 돌진하게 되지요. 저기 우리 바로 아래 경감이 걸어다니고 있는 것이 보이시지요? 만일 제가 이 난간에서 아주 작은 돌멩이 하나라도 떨어뜨리게 된다면, 그것이 그의 머리에 맞을 때쯤에는 총알과 같은 위력을 가지게 될 겁니다. 만일 망치를 떨어뜨린다면……그것이 아주 작은 것이라 해도……."

윌프레드 보언 목사는 그의 한쪽 다리를 난간 밖으로 내밀었고 브라운 신부는 순간 그의 옷깃을 움켜쥐었다.

"그쪽 문으로는 안 됩니다. 그 문은 지옥으로 통하지요."

신부가 조용히 말했다.

보언 목사는 뒤쪽으로 비틀비틀 물러나 벽에 기대더니 두려움 가득한 눈으로 신부를 뚫어지게 쳐다보았다.

"어떻게 이 모든 걸 알아냈소? 당신은 악마란 말입니까?"

"나는 인간입니다."

브라운 신부가 엄숙하게 대답했다.

"그렇기 때문에 마음속에 모든 악마를 가지고 있지요. 자, 들어보십시오."

신부는 잠시 말을 끊었다가 계속했다.

"나는 당신이 했던 짓을 알고 있습니다. 적어도 그 대부분을 추측할 수 있지요. 당신이 형님과 헤어졌을 때, 당신은 정당하지 않은 분노로 괴로워했으며 그가 욕을 퍼붓자 심지어는 그를 죽이려고 작은 망치까지 낚아챘습니다. 그러나 주춤거리게 되었고, 당신은 그 망치를 버튼이 채워진 외투 아래로 감추고 교회로 서둘러 들어갔습니다. 그리고는 여러 장소를 다니며 필사적으로 기도를 했지요. 저 천사의 창문 아래에서, 저 위쪽의 연단에서, 그리고 한층 더 높은 연단에서 열심히 기도를 했습니다. 그런데 그 마지막 장소에서 당신은 여기저기를 기어다니고 있는 초록색 딱정벌레의 등짝과 같은 대령의 동양식 모자를 보게 되었습니다. 그러자 당신의 영혼에서 무엇인가가 탁 소리를 내며 끊어졌고, 당신은 주님을 대신해서 벼락을 때렸던 겁니다."

윌프레드 목사는 약하디약한 손으로 그의 머리를 감싸며, 낮은 목소리로 물었다.

"형님의 모자가 초록색 딱정벌레처럼 보였다는 것은 어떻게 아셨습니까?"

"아, 그거라면, 상식이지요."

신부가 미소의 그늘을 보이며 대답했다.

"조금 더 들어보시겠습니까. 내가 모든 것을 알고 있다고 말했지만, 다른 사람들은 아무도 이걸 알지 못할 겁니다. 다음 일은 모두 당신에게 달려 있습니다. 나의 임무는 여기서 끝입니다. 고백성사를 행했다고 생각하고 이 일을 가슴속 깊이 봉인해두겠습니다. 그 이유를 물으신다면, 그야 많은 이유가 있겠지만, 당신과 관계 있는 이유는 하나뿐입니다. 내가 모든 것을 당신에게 맡기는 이유는 당신이 암살자치고는 너무 많이 타락하지 않았기 때문입니다. 당신은 대장장이나 그의 아내에게 죄를 덮어씌우려면 못할 것도 없었는데, 그렇게 하지 않았지요. 당신은 저 저능아 조를 범죄자로 몰려고 했습니다. 왜냐하면 당신은 그가 고통받지 않을 수 있다는 것을 알고 있었기 때문입니다. 한가닥 빛을 암살자에게서 찾아내는 것이 내 직업이기도 하지요. 자 이제 마을로 내려갑시다. 그리고는 바람만큼 자유롭게 가고 싶은 길을 가십시오. 나는 이미 마지막 말을 마쳤습니다."

그리고는 말 한마디 없이 침묵 속에서 구불구불한 계단을 내려와서는 대장간 옆 햇살이 비치는 곳으로 나왔다.

윌프레드 보언 목사는 마당에 있는 나무문을 조심스럽게 열고는 경감에게 다가가서 말했다.

"자백하겠습니다. 내가 형을 죽였습니다."

아폴로의 눈

어서 계속하시오. 신의 이름으로, 계속하시오.

악마가 부추긴 아주 지독한 범죄라도, 참회를 한

후에는 가벼워지는 법이오. 제발 참회하시오.

어서요. 폴린의 눈에는…….

혼미함과 투명함을 동시에 띠고 있는 특이한 흐린 섬광은 템스 강의 기묘한 비밀 중 하나였다. 태양이 웨스트민스터의 위쪽으로 높이 떠오르자 섬광은 회색에서 찬란한 빛으로 서서히 변해가고 있었다. 그때 두 명의 사내가 웨스트민스터 다리를 건너고 있었다. 한 사람은 키가 아주 컸고, 다른 한 사람은 아주 작았는데, 이 둘을 환상적으로 비교하자면, 의회의 거만하게 솟은 시계탑과 보다 소박한 사원의 둥근 굴곡에 견줄 만했다. 왜냐하면 이 키 작은 사내가 성직자 복장을 하고 있었기 때문이다. 키 큰 사내는 사립탐정 에큘 플랑보였으며, 사원 입구 맞은편에 있는 아파트 건물에 마련한 그의 사무실로 향하고 있는 길이었다. 작은 사내의 이름은 브라운이며, 성 프란시스 사비에르 수도회 소속의 신부였다. 그는 캠버웰에 묻힌 임종자의 곁을 떠나, 친구의 새로운 사무실을 보러 오는 길이었다.

사무실이 있는 건물은 그야말로 미국적이었다. 초고층으로 지어진데다 전화기나 승강기 같은 기계들에 정교하게 기름칠까지 해둔 것을 보면 말이다. 그러나 공사가 끝난 지 얼마 되지 않아 아직 많은 사람들이 입주하지 않은 상태였다. 세 명의 세입자가 들어 있을 뿐이었는데, 플랑보의 사무실 바로 위층과 아래층을 차지하고 있었다. 그 위로 두 개의 층과 아래로 세 개의 층은 아직 아무도 입주하지 않았다.

이 새로운 고층 건물은 한눈에 시선을 사로잡는 무엇인가가 있었다. 몇 개의 공사용 발판이 남아 있는 것은 둘째치고라도 플랑보의 사무실 바로 위의 사무실 밖으로 번쩍이는 물체 하나가 불쑥 튀어나와 있었다. 이것은 인간의 눈을 본떠 거대한 금박을 씌워 만든 형상이었는데, 황금빛 광선으로 둘러싸여 있고 사무실 창문 두세 개만큼의 공간을 차지하고 있었다.

"도대체, 저게 뭔가?"

브라운 신부가 그 자리에 멈추어 서며 물었다.

"아, 새로운 종교지요."

플랑보가 웃으며 말했다.

"사람에게는 원래 죄가 없었다고 말하면서 죄를 사하는 새로운 종교들 중 하나죠. 크리스천 사이언스*와 비슷한 것 같습니다. 자칭 칼론**이라는 자가 제 사무실 바로 위층을 쓰고 있지요. 이름이 뭔진 몰라도 절대 그 '칼론'은 아닐 겁니다. 그리고 아래층에는 두 명의 여자 타이피스트가 들어 있답니다. 저 위층에 이사 온 열광적인 늙은 사기꾼은 자칭 '아폴로를 섬기는 새로운 성직자'라고 하면서 태양을 숭배하더군요."

"그자를 조심하는 게 좋겠군. 태양신은 신들 중에서도 가장 잔인하니 말일세. 그런데, 저 괴물같이 생긴 눈은 뭔가?"

브라운 신부가 물었다.

"제가 알기로는 그들의 이론 중에 인간은 마음이 확고하다면 무엇이든지 견딜 수 있다는 이론이 있답니다. 저들의 상징은 두 가지가 있는데, 바로 태양과 눈이라고 하더군요. 왜냐하면, 진정으로 건강한 사람이라면, 태양을 똑바로 바라볼 수 있다는 말이 있거든요."

"진정으로 건강한 사람이라면, 태양을 똑바로 바라보는 성가신 일은 하지 않을 텐데……"

---

* 1866년 미국 보스턴에서 M.B 에디 부인이 창시한 종교 단체. 그리스도를 통한 건강하고 도덕적인 생활 영유를 목표로 한다. 체스터튼은 이를, 결국 과학과 신앙 둘 다를 교묘하게 부정하는 것이라고 주장하며 은근히 멸시했다.
** Kalon. 그리스어로 아름답다는 뜻.

신부가 말했다.

"자, 이것이 제가 저 신흥 종교에 대하여 알고 있는 전부입니다."

그러더니 플랑보는 성의 없이 한마디를 덧붙였다.

"물론, 저 종교도 모든 신체적인 질병을 치유할 수 있다고 주장하더군요."

"그렇다면 저 종교가 단 하나인 영혼의 질병도 과연 치유할 수 있을까?"

브라운 신부가 자못 심각한 호기심으로 물었다.

"그런데, 그 단 하나인 영혼의 질병은 뭡니까?"

플랑보가 미소를 지으며 물었다.

"자신의 영혼이 아주 건강하다고 생각하는 거라네."

신부가 대답했다.

플랑보는 위층의 화려한 사원보다는 아래층의 조용하고 작은 사무실에 더 많은 관심이 갔다. 그는 두뇌가 명석한 남부인으로, 자신이 가톨릭 신자가 아니면 무신론자일 수밖에 없다고 생각하고 있었다. 그러니 저 유망하지만 사람 냄새 안 나는 신흥 종교에 관심을 가질 리 만무했다. 그러나, 인간애에는 항상 관심을 가지고 있었다. 특히 그 대상이 아름다울 경우에는 그 관심이 더욱 컸는데, 아래층에 입주해 있는 숙녀들이 그런 부류에 속하는 인물들이었다. 사무실은 두 자매가 사용하고 있었는데, 둘 다 가냘픈 몸매에 가무잡잡한 피부를 지니고 있었으며, 그중 한 명은 키가 크고 인상적이었다. 그녀는 옆에서 보면 어둡고 열정적이며 매부리코여서, 산뜻하게 갈아놓은 칼날이 연상되는 그런 얼굴이었다. 그녀는 삶을 스스로 개척하려는 것 같았다. 그녀의 눈은 놀라울 정도로 빛이 났는데, 이는 다이아몬드보다는 강철 같은 빛이었다. 몸매는 곧고 날씬했으나, 우아하다고 하기에는 너무 뻣뻣한 기색이 있었다. 그녀의 동생은 언니의 축소판이었다. 하지만 조금 더 살결이 희고 창백해서 그다지 눈에 띄지는 않았다. 그들은 둘 다 사무적으로 보이는, 약간 남성스러운 커프스와 칼라가 달린 검정옷을 입고 있었다. 런던의 사무실에는 그렇게 무뚝뚝하고 부지런한 여성들이 수도 없이 있지만, 이들에게 흥미 있는 점은 겉으로 보이는 그들의 지위보다는 실질적인 지위에 있었다.

언니 폴린 스테이시는 사실 엄청난 재산에다 한 지방의 절반과 한 가문을 물려받은 상속녀였다. 그녀는 정원이 딸린 성에서 자라났는데, 커서는 현대 여성에 걸맞게 쌀쌀맞은 맹렬함이 발휘되어, 더 가치가 있다고 여겨지는 거친 사회 생활을 시작하게 되었던 것이다. 물론 유산을 포기하지는 않았다. 그랬다면, 그녀의 능란한 공리주의에는 아주 어울리지 않는 낭만적이거나 수도자적인 재산 포기가 되었을 것이다. 그녀는 실용적인 사회적 목적에 사용하게 될 거라면서 재산을 그대로 보유하고 있었다. 재산의 일부는 그녀의 사업에 투자하여 모범적인 타자 기술 시장의 중심적인 핵을 설립하였다. 또, 그녀는 이런 일을 하는 다른 여성들의 진보를 위해 다양한 연맹과 운동에 그 일부를 배분하였다. 그녀의 동생이자 동업자인 조운이, 약간은 무미건조한 언니의 이상주의에 얼마나 동조하고 있었는지는 아무도 모를 일이었다. 하지만 그녀는 지도자의 위치에 있는 언니를 묵묵히 따르고 있었는데, 충견과 같은 그녀의 애정은 비극적이기까지 해서, 언니의 굳고 숭고한 영혼보다 더욱 매력적으로 보였다. 폴린은 비극과는 인연이 없는 인물로, 비극의 존재를 부정하고 있다고밖에는 추측되지 않았다.

플랑보가 처음 아파트에 입주하던 날, 그는 그녀의 완고한 민첩성과 냉랭한 성급함 때문에 그녀에게 적잖은 흥미를 가지게 되었다. 그는 현관에서, 각 층을 안내해주는 엘리베이터 보이를 기다리며 승강기 근처를 서성이고 있었다. 그러나 매처럼 밝은 눈의 매부리코 아가씨는 그런 격식을 차리는 일로 지체되는 것을 참을 수 없다는 태도를 역력히 보였다. 그녀는 자신이 승강기에 대한 것이라면 뭐든지 알고 있으므로 엘리베이터 소년은 물론 어떤 남자에게도 의존할 필요가 없다고 날카롭게 말했다. 그녀의 사무실은 3층에 있었지만, 엘리베이터가 올라가는 그 짧은 시간 동안 즉석에서 그녀가 지닌 기본적인 관점에 대한 이야기를 플랑보에게 많이 들려주었다. 요점은 그녀가 현대 직장 여성인 만큼 현대적인 기계에 관해 알아두는 것이 당연하다는 것이었다. 그녀의 반짝이는 검은 눈은, 기술과학을 비난하고 낭만의 부흥을 요구하는 사람들에 대한 추상적인 분노로 이글거렸다. 그녀는 자신이 승강기를 다룰 수 있는 것처럼 모든 사람들이 기계들을 다룰 수 있어야 한다고 말했다. 그러면서 그녀는 플랑보가 그녀에게 승강기 문을 열어주려는 것조차 싫은 내색을 보였다. 그래서 이 신사 양반은 저 성미 급한 여인의 자립심을 떠올리며, 미묘한 감정이 뒤섞인 미소를 띤 채 그의 사무실로 올라갔다.

폴린은 확실히 노련하고 실용적인 기질을 지니고 있어서, 그 가늘고 우아한 손을 급작스럽고 파괴적으로 사용하기도 했다. 한번은, 플랑보가 타자를 칠 일이 있어 그녀의 사무실을 찾아간 적이 있었다. 그곳에서 그는, 그녀가 여동생의 안경을 바닥에 내던지고 그것을 짓밟고 있는 모습을 보게 되었다. 그녀는 바닥에 깨어진 '병약한 의학 기구'에 대해 윤리적으로 질책하고, 그런 기구를 사용하는 것은 자신의 나약함을 병적으로 인정하는 거라며 장황하게 설명하고 있었다. 그녀는 동생에게 이런 인위적이고 건강하지 못한 잡동사니를 다시는 이곳에 들이지 말라고 엄포를 놓았다. 그녀는 대체 자신이 의족이나 가발 혹은 안경 따위를 쓸 것 같냐고 물었는데, 이렇게 말하는 그녀의 눈이 마치 수정같이 날카롭게 번뜩였다.

플랑보는 이런 광신적인 모습에 당황하여, 왜 안경을 쓰는 것이 승강기보다 더욱 병적인 나약함의 표시인지, 그리고 과학이 한 가지 성과로 우리를 도울 수 있다면 왜 다른 성과로는 우리를 도울 수 없는지를, 직설적인 프랑스식 논리로 폴린에게 묻지 않을 수 없었다.

"그건 아주 다른 문제예요. 배터리와 모터와 같은 것들은 인간 힘의 표시지요. 그래요, 플랑보 씨, 그러니까 이건 여성들의 힘의 표시이기도 한 겁니다. 거리를 단축하고 시간을 거부하는 이 위대한 엔진을 우리가 차지할 차례가 된 거라구요. 기계는 아주 숭고하고 훌륭해요. 바로 진정한 과학이란 말입니다. 하지만 의사들이 팔고 있는 이런 시시한 물건들은, 글쎄요, 뭐랄까, 저 비겁한 훈장에 지나지 않는다는 말입니다. 의사들은 마치 우리가 불구나 병든 노예로 태어난 것처럼 다리나 팔을 만들어 붙이지요. 하지만 플랑보 씨, 저는 자유롭게 태어났어요. 사람들은 힘과 용기를 배우는 대신 단지 두려움을 배웠기 때문에 이런 물건들이 필요하다고 생각하는 것뿐입니다. 마치 멍청한 유모들이 아이들에게, 태양을 똑바로 바라봐서는 안 된다고 말하기 때문에 아이들이 눈을 깜빡이지 않고는 태양을 똑바로 바라볼 수 없게 되는 것처럼 말이에요. 그렇지만, 그 수많은 별들 중에 왜 내가 바라봐서는 안 되는 별 하나가 있는 거죠? 태양은 나를 다스리지 못해요. 그러니까 내 마음이 내키면 눈을 크게 뜨고 그걸 똑바로 바라볼 수 있는 거지요."

폴린이 거만하게 말했다.

"당신의 눈이 오히려 태양을 눈부시게 할 것 같군요."

플랑보가 이국적으로 절을 끄덕 하면서 말했다. 그는 이 이상할 정도로 뻣뻣한 미인에게 찬사의 말을 하는 것을 재미있어 했다. 그 이유 중 하나는 그런 말에 그녀가 약간 평정을 잃는 것 같았기 때문이다. 하지만, 그는 위층에 있는 자신의 사무실로 걸음을 옮기면서 한숨 섞인 소리로 중얼거렸다.

"그러니까, 황금빛 눈을 하고 있는 저 위층의 마법사의 손아귀에 그녀도 걸려든 셈이로군."

플랑보는 칼론의 신흥 종교에 대하여 아는 것은 거의 없었지만, 태양을 똑바로 바라보는 것에 대한 독특한 철학은 들은 적이 있었던 것이다.

그는 위층과 아래층 사이의 정신적인 유대가 꽤나 가까울 뿐 아니라, 점점 더 그 친밀도가 강해지고 있음을 곧이어 알게 되었다. 칼론이라고 자칭하는 사내는, 체격에 있어서는 아폴로 교의 최고 고위 성직자가 될 만큼 훌륭한 인물이었다. 거의 플랑보만한 키에 그보다 훨씬 흰한 용모, 황금빛 턱수염과 강건하고 푸른 눈을 하고 있었으며, 길고 숱이 많은 머리는 마치 사자의 갈기처럼 뒤에서 나풀거렸다. 골격은 영락없이 니체의 황금 갈기를 지닌 짐승*이었는데, 이러한 모든 동물적인 아름다움은 천재적인 지성과 정신적인 숭고함으로 인하여 부드러워지고 격이 높아졌을 뿐 아니라 그 찬란한 빛을 발하게 되었다. 만일 그가 저 위대한 색슨 족의 왕들 중 하나와 닮았다고 한다면 성인이기도 했던 왕들 중 한 사람과 닮았다고 할 수 있었다. 그의 외모에서 풍기는 이러한 분위기는 그를 둘러싸고 있는 환경이 런던 특유의 분위기를 띠고 있는 것에도 아랑곳없었다. 빅토리아 거리에 있는 빌딩에 사무실을 가지고 있고, 커프스와 칼라가 있는 옷을 입은 평범한 젊은 사무원이 그와 복도 사이에 있는 바깥쪽 방에 앉아 있으며, 이름이 새겨진 동판과 금박을 입힌 교리의 상징이 안과의사의 광고판처럼 밖에 내걸려져 있었지만, 그럼에도 천박한 이 모든 것들도 칼론이라 불리는 사내의, 영혼과 신체로부터 나오는 선명한 영감과 고

---

* 니체의 『차라투스트라는 이렇게 말했다』에서 정신의 세 가지 변신 단계 중 두번째 단계가 사자이다.

뇌의 흔적을 지울 수 없었던 것이다. 어느 모로 보나, 이 사기꾼 앞에 선 사람이라면, 위대한 사람 앞에 서 있다고 느끼게 되었던 것이다. 그가 사무실에서 작업복으로 입는 헐렁한 린넨 재킷을 입고 있다 해도 매혹적인 분위기와 얕잡아볼 수 없는 인상을 풍겼으니, 흰색 성직자 예복을 입고 황금빛 장식 고리가 달린 왕관을 쓰고서 매일 태양 예배를 드릴 때는, 거리를 지나가는 사람들이 비웃다가도 어느 순간 갑작스럽게 그들의 입술에서 그 비웃음이 그대로 얼어버릴 정도로 그야말로 너무나 훌륭한 모습이었다. 신흥 태양 숭배자는 아침에 해가 뜰 때와 정확히 정오가 되었을 때, 그리고 해가 질 때, 이렇게 하루에 세 번, 웨스트민스터와 면해 있는 사무실의 작은 발코니로 나와서는 그의 찬란하게 빛나는 신에게 장황한 기도의 말을 늘어놓는 것이었다.

브라운 신부와 그의 친구 플랑보가, 흰색 성직자 예복을 차려입은 아폴로교의 사제를 처음으로 올려다보게 된 것도 의회와 교구 교회의 탑으로부터 정오의 태양빛이 여전히 어렴풋이 흔들리고 있는 동안이었다.

플랑보는, 태양신에게 드리는 기도를 매일 보아온 터라 무심하게 지나쳐, 그의 성직자 친구가 따라 들어오는지도 보지 않고 높은 건물의 현관으로 뛰어들어갔다. 하지만 브라운 신부는 의식에 대한 직업적인 관심이었는지, 광대짓에 대한 강한 개인적인 관심이었는지는 모르지만, 그 자리에 멈추어 서서 태양 숭배자의 발코니를 올려다보았다.

예언자 칼론은 은백색 의상을 입고 꼿꼿이 서서는 두 손을 머리 위로 들어올렸다. 태양을 숭배하는 장황한 기도를 중얼거리는, 이상스러울 정도로 날카로운 목소리가 사람들로 붐비는 거리로 울려퍼졌다. 기도는 이미 중반에 이르러 있었고 그의 눈은 불타는 태양에 고정되어 있었다. 그가 지구상에 있는 어느 누구 하나 어느 것 하나나 보고 있을까 의심스러운 판에, 오가는 군중들에 섞여 눈을 껌뻑이며 그를 올려다보고 있는 둥근 얼굴의 왜소한 신부의 모습 같은 것은 눈에 띄지도 않으리라는 것은 불을 보듯 뻔한 일이었다. 이렇게 멀리 떨어져 있는 두 사람 사이에는 가장 놀랄 만한 차이가 있었다. 브라운 신부는 무엇 하나 눈을 깜빡이지 않고는 볼 수 없는 반면, 저 아폴로교의 신부는 정오의 불타는 태양을 눈꺼풀의 떨림도 없이 바라보고 있다는 것이었다.

"오, 태양이여."

예언자가 소리쳤다.

"오, 저 작은 별들 가운데 속하기에는 너무나 커다란 별이여! 우주라 불리는 비밀스러운 곳에서 조용히 흐르는 샘이여. 희고 지치지 않는 모든 것들, 하얀 불꽃, 하얀 꽃들과 봉우리들의 아버지시여. 아버지시여, 당신은 당신의 가장 순수하고 조용한 자식들보다 더 순수하십니다. 원초적인 청순함, 그 평화 속으로……."

그때, 로켓이 추락하는 듯한 굉음이 들리고 곧 갈라지는 듯한 날카로운 비명 소리가 이어졌다. 다섯 사람이 건물의 문으로 뛰어들어가는 것과 동시에 안에서 세 사람이 뛰어나왔다. 그리고 한순간 그들은 서로에게 소리를 질러 귀를 멍하게 만들었다. 아주 끔찍한 공포가 갑작스레 엄습해왔고, 순간 불길한, 그것이 무엇인지 아무도 모르기 때문에 더욱 불길한 소식이 거리를 반쯤 채워놓는 것 같았다. 와르르 무너지는 듯한 이런 소동이 일어났는데도 여전히 그 자리를 지키고 있는 두 인물이 있었다. 위쪽의 발코니에 서 있는 아폴로교의 아름다운 사제와 아래쪽에서 그를 올려다보고 있는 그리스도교의 못생긴 신부였다.

마침내, 키가 크고 거인같이 정력적인 플랑보가 건물 입구에 나타나서 거리의 작은 군중을 제지했다. 그는 크고 탁한 소리를 있는 대로 높여 누구라도 외과의사를 좀 불러달라고 말하고는, 사람들이 몰려 있는 어두운 건물 입구로 되돌아갔다. 브라운 신부는 대수롭지 않다는 듯이 플랑보의 뒤를 따랐다. 비록 신부가 군중들을 헤치며 건물 안으로 뚫고 들어가고는 있었지

만, 저 태양신을 섬기는 사제의 샘과 꽃의 친구인 행복한 신을 부르는 단조롭고 장엄한 가락은 여전히 그의 귓가에 들려왔다.

브라운 신부가 입구에 들어섰다. 평소에는 승강기가 내려오는 공간의 주변에 플랑보와 함께 여섯 명의 사람들이 서 있었다. 그러나 승강기는 내려와 있지 않았고, 무언가 다른 것, 승강기를 타고 내려왔어야 할 그 무엇인가가 내려와 있었다.

꽤 오랫동안 플랑보는 그것을 내려다보고 있었다. 비극의 존재를 거부했던 아름다운 여인의 머리가 깨져 피가 흐르고 있었다. 작은 의혹의 여지도 없이 그것은 폴린 스테이시였다. 플랑보는, 비록 의사를 부르기는 했지만, 그녀가 이미 죽었다는 사실에는 한치의 의혹도 품지 않았다.

그는 자신이 그녀를 좋아했는지 싫어했는지도 확실하게 기억할 수 없었지만, 그녀를 아주 좋아하기도 하고 싫어하기도 했던 것 같았다. 그에게 그녀는 그런 사람이었기 때문에 그녀의 세세한 모습과 습관이 떠오르면서, 참을 수 없는 비애감이 상실감이라는 작은 단검으로 바뀌어 그의 가슴을 찌르는 듯했다. 그녀의 아름다운 얼굴과 건방진 말투가 죽음의 비통함으로 인해 갑작스럽게 은밀하게도 생생하게 떠올랐다. 순간적으로 저 아름답고 도전적인 육체가 어딘지 알 수 없는 곳으로부터의 낙뢰와 같이, 혹은 푸른 하늘에서 떨어지는 벼락과 같이, 입을 벌리고 있는 승강기의 빈 공간으로 내던져져 죽음의 밑바닥에 이르게 된 것을 의심하게 되었다. 자살이었을까? 그렇게 오만한 낙천주의자에게 자살이 가당키나 한 말인가? 그렇다면, 타살인가? 하지만, 거의 사람이 들어 있지 않은 건물에 누가 있어 살인을 저지른다는 말인가?

플랑보는 일부러 세고 큰 소리로 외쳤다.

"칼론이라는 사내는 어디 있소?"

그러나 약하디약한 소리가 들렸을 뿐이었다. 묵직하고 조용하며 충실한 목소리가, 칼론은 지난 15분 동안 발코니에서 그의 신을 예찬하고 있노라고 확인시켜주었다. 플랑보는 이 목소리와 함께 브라운 신부의 손이 어깨에 와 닿는 것을 느끼고는, 가무잡잡한 얼굴을 돌려 말을 건넸다.

"그가 내내 거기 있었다면, 도대체 누가 이런 짓을 한 걸까요?"

"자, 위층으로 올라가서 알아보는 것이 좋겠네. 경찰이 오기까지 삼십 분 정도의 여유가 있으니 말일세."

신부가 말했다.

살해당한 상속녀의 시체를 의사에게 맡겨둔 채 플랑보는 타자로 문서를 작성해주는 사무실을 향하여 계단을 뛰어올라갔다. 그 사무실이 비어 있는 것을 확인한 플랑보는 자신의 사무실로 돌진했다가 곧 전과는 다르게 핏기 없는 창백한 얼굴로 신부에게로 되돌아 나왔다.

"그녀의 여동생은…… 산책이라도 하러 나간 모양입니다."

플랑보가 진지하게 말했다.

브라운 신부가 고개를 끄덕이며 말했다.

"아니면, 저 태양 사내의 사무실에 올라가 있는지도 모르겠구먼. 내가 자네라면, 우선 그것부터 확인하겠네, 그리고는 자네 사무실에 가서 이야기를 하세. 아니지……."

신부가 갑자기 무언가가 떠올랐다는 듯이 덧붙였다.

"도대체 언제쯤에나 나는 이 어리석음에서 벗어나려는지 원…… 물론 아래층에 있는 타자 사무실에서 이야기를 나누어야지."

플랑보의 눈이 휘둥그레해졌다. 그러나 그는 곧 신부를 좇아 아래층으로 내려갔다. 속을 알 수 없는 신부가 사무실 바로 입구 쪽에 커다란 붉은색 가죽의자를 놓고 앉아서 기다리고 있었다. 거기서라면 층계와 출입구를 훤하게 내다볼 수 있었다. 그리 오래 기다리지 않아 세 사람이 계단을 내려오는 것을 볼 수 있었다. 그 첫번째 사람은 죽은 여인의 여동생이었다. 그녀는 위층에 있는 아폴로교의 임시 사원에 있었던 것이 분명했다. 두번째 인물은 바로 아폴로교의 사제였는데, 이제 막 기도를 마치고 아주 장엄하게, 텅 비어 있는 계단을 내려오고 있었다. 그의 흰옷이며 수염과 흐트러진 머리는, 도레*가 그린 총독본부를 떠나는 그리스도의 모습과 닮아 있었다. 마지막 세번째 인물은 플랑보로, 검은 눈썹을 찡그린 그는 약간 당황스러워하는 것 같았다.

가무잡잡한 얼굴에 찡그린 표정을 하고 있는 조운 스테이시는, 나이에 어울리지 않게 희끗희끗한 새치가 나 있었다. 그녀는 곧장 자신의 책상으로 가더니 능숙한 솜씨로 서류를 펴놓았다. 그녀의 단순한 행동이 다른 모든 사람들을 제정신이 들도록 했다. 만일 조운이 범죄자라면, 아주 냉혈한임에 틀림없는 일이었다. 브라운 신부는 그녀를 잠시 살펴보더니 이상하고 작은 미소를 지어 보였다. 그리고는 그의 시선을 그녀에게서 떼지 않은 채 또다른 사람에게 말을 걸었다.

"예언자 양반, 내게 당신의 종교에 관해서 설명을 좀 해주시지요."

칼론을 향하여 하는 말 같았다.

"기꺼이 그러고 싶습니다만, 제가 뭘 알겠습니까."

칼론이 여전히 왕관을 쓰고 있는 머리를 숙이며 말했다.

---

* Doré, Gustave (1832~1883). 프랑스의 화가이며 조각가.

"저런, 이런 것 같군요."

브라운 신부가 의심스러움을 그대로 드러내며 말했다.

"만일 어떤 사람이 아주 나쁜 사고방식을 가지고 있다면, 어느 정도는 반드시 그 사람 자신에게 잘못이 있다고 배웠습니다. 하지만 그 중에서도 또렷한 양심은 있으나 자신의 양심을 모욕하는 사람이 있는 반면, 온갖 궤변들로 자신의 양심조차 흐리멍덩하게 만들어버리는 사람이 있습니다. 이 두 부류는 분명 다른 것입니다. 당신은 정말 살인이 옳지 않은 일이라고 생각하시나요?"

"심문하시는 겁니까?"

칼론이 아주 조용하게 물었다.

"아닙니다. 변호의 말이지요."

브라운 신부가 이에 질세라 부드럽게 대답했다.

방 안에는 놀라움으로 인한 긴 침묵이 흘렀고 마침내 아폴로교의 예언자가 천천히 일어섰는데, 그 모습이 흡사 태양이 떠오르는 것 같았다. 그는 마치 솔즈베리 평원*도 쉽게 채울 수 있다는 듯한 자세로 방 안을 빛과 생명으로 가득 채웠다. 그의 하얀 의상은 방 전체를 고전적인 커튼으로 장식해놓은 것 같았

---

* 스톤헨지가 있는 영국 윌트셔 주의 평원.

고, 그의 웅장한 몸짓이 효과를 더욱 극대화시켰다. 검은 옷을 입은 현대의 땅딸막한 신부의 모습은 그리스의 저 아름다운 장대함을 뭉그러뜨리는 하나의 오점이자 침입자이며 둥글고 검은 얼룩처럼 보였다.

"우리가 마침내 만났군요. 가야파* 어른."

예언자가 입을 열었다.

"당신의 교회와 저의 성전만이 이 지구상에 유일한 현실입니다. 나는 태양을 숭배하고 당신은 태양의 빛을 앗아가지요. 당신은 죽어가고 있는 신의 사제이며, 나는 살아 있는 신의 사제입니다. 당신이 현재하고 있는 의혹과 중상은 당신의 신부복과 교리에 알맞습니다. 당신이 몸담고 있는 교회는 어둠의 경찰에 지나지 않는단 말입니다. 당신은, 배반을 하거나 고문을 해서 사람들로부터 죄의 고백을 받아내려는 탐정이자 스파이에 지나지 않을 뿐입니다. 당신은 인간의 범죄를 입증하지만, 나는 그들의 결백을 입증하지요. 당신은 그들의 죄악을 입증하지만, 나는 그들의 미덕을 입증한단 말입니다.

악의 책을 읽는 당신에게 그 근거 없는 악몽을 영원히 날려줄 한마디만 덧붙이겠습니다. 당신이 나를 고발하건 그렇지 않

---

* 예수에게 사형선고를 내린 예루살렘의 대사제.

건 나는 신경쓰지 않는다는 사실을 당신이 알 리는 없겠지요. 당신이 불명예니 끔찍한 교수형이니 하고 부르는 것들이, 내게는, 다 자란 어른에게 비친 어린이 그림책에나 나오는 도깨비 정도로밖에 여겨지지 않는다는 말입니다. 변호의 말을 하는 거라 말씀하셨지요. 나는 이 공허한 세상을 신경쓰지 않기에, 나를 고발할 수 있는 근거를 당신에게 제공하려 합니다. 이 사건에서 나에게 불리하게 작용하는 것이 딱 한 가지 있습니다. 죽은 여인은 나의 연인이며, 나의 신부입니다. 당신의 깡통 같은 교회당에서 합법적이라고 부르는 방식으로 맺어진 것이 아니라, 당신이 이해하고 있는 것보다 더욱 순수하고 엄격한 방식에 의해 맺어진 나의 신부란 말입니다. 그녀와 나는 당신들의 세계와는 다른 세계를 걸었습니다. 당신들이 벽돌로 된 터널과 복도를 터벅터벅 걷는 동안 우리는 수정으로 된 장소를 거닐고 있었던 것입니다. 자, 경관이란 사람들은, 신학적이거나 그렇지 않거나 간에 사랑이 있는 곳에는 항상 미움이 존재한다고 생각하지요. 당신은 여기서 나를 고발할 그 첫번째 문제가 되는 점을 포착하게 되었지요. 그리고 두번째로 문제가 되는 점은 더욱 강력합니다. 그래도 모두 다 말하지요. 폴린이 나를 사랑했다는 것이 사실일 뿐 아니라, 바로 오늘 아침 그녀는 바로 그 책상에서 나와 나의 신흥 교회에 오십만 파운드의 유산을 남기겠다는 유서를 썼습니다. 자, 수갑은 어디에 있습니까? 내가, 당신들이 내게 하는 이 바보 같은 짓거리들을 신경이나 쓴다고 생각하십니까? 징역을 사는 것은 길거리 역에서 그녀를 기다리는 것과 다를 바 없습니다. 그리고 교수형이라고 해봤자 그녀에게 조금 더 일찍 다가가는 것일 뿐입니다."

간담이 서늘해질 정도로 웅변가다운 권위를 보이며 칼론이 말을 했기 때문에, 플랑보와 조운 스테이시는 놀라움에 가득 찬 감탄의 시선으로 그를 바라보았다. 반면, 브라운 신부의 얼굴은 극심한 고뇌의 빛으로 가득했는데, 그는 고통으로 인해 한 줄로 깊게 주름이 잡힌 이마를 아래로 향한 채 바닥을 내려다보고 있었다. 태양신의 예언자는 벽난로 앞의 장식에 몸을 기대며 말했다.

"나는 당신들 앞에, 이 사건에서 나에게 불리한 점을 모두 털어놓았습니다. 이것이 전부입니다. 이번에는 더 간결한 말로, 여전히 남아 있을 의혹을 산산이 조각내서 흔적도 없이 만들어 버리겠습니다. 내가 이 범죄를 저질렀는지의 여부는, 한마디의 말로 그 진위를 가릴 수 있다는 것입니다. 내가 이 범죄에 연루될 수 없었음을 말씀드리자면, 폴린 스테이시가 열두시 오분쯤에 승강기 바닥으로 곤두박질칠 때, 나는 내 사무실의 발코니에서 열두시 정각부터 열두시 십오분까지 이어지는 공개 기도를 드리고 있던 중이었습니다. 이에 대해서는 수십 명을 증인 석에 세울 수도 있습니다. 내 사무원이, 물론 이 친구는 나와는 아무런 연고도 없는 클랩햄 출신의 믿음직한 젊은이인데, 오전 내내 내 사무실의 바깥쪽 방에 앉아 있었으므로 아무도 드나드 는 사람이 없었다는 것을 증명해줄 것입니다. 뿐만 아니라 내 가 사무실로 들어간 것은 사건이 일어나기 십오 분 전인 열한 시 오십분이었으며, 그 이후로는 사무실이나 발코니를 떠나지 않았다는 것도 증명해줄 것입니다. 아무도 이렇게 완벽한 알리 바이를 가질 수는 없을 테지요. 웨스트민스터의 모든 시민 중 절반은 증인이 될 수 있으니 말입니다. 수갑은 집어넣으시는 편이 좋지 않을까요. 사건은 이제 끝입니다.

자, 마지막으로 조금이라도 남아 있을지 모르는 어리석은 혐 의를 완전히 벗어버릴 한마디를 더하지요. 여러분 모두 알고 싶어하실 겁니다. 나는 내 불행한 친구가 어떻게 죽음에까지 이르게 되었는지 알고 있습니다. 이 때문이라면 나를 비난하거 나 혹은 적어도 내 신념이나 철학을 비난하셔도 좋습니다. 하 지만 이것으로 나를 잡아 가두지는 못할 겁니다. 특정 숙련자 와 자칭 철인이라는 사람들이 공중 부양력, 즉 허공에서 스스 로 몸을 띄울 수 있는 힘을 터득했다는 사실은, 보다 높은 진리 를 공부하는 사람들에게는 잘 알려진 일입니다. 이는 우리 신비학의 지혜에 주된 요소가 되는, 물질을 일반적으로 정복하고 자 하는 것의 일부에 지나지 않습니다. 가엾은 폴린은 충동적 이고 야심적인 성정을 지니고 있었습니다. 그녀는 실제보다 자 신이 신비스러움에 다소 더 깊이 다가섰다고 생각했던 것 같습 니다. 그녀와 함께 승강기를 타고 내려올 때면, 인간의 의지가 충분히 강하다면 깃털처럼 가볍게 상처 하나 없이 공중에 떠서 내려올 수 있을 것이라는 말을 그녀가 종종 하곤 했습니다. 나 는 그녀가 그러한 숭고한 생각의 황홀경에 빠진 나머지 그 기 적을 실행에 옮긴 것이라고 진심으로 믿고 있습니다. 그녀의 의지나 신념은 결정적인 순간에 그녀를 저버렸고 그보다 낮은 물질 법칙이 끔찍한 복수를 했던 것입니다. 이것이 사건의 진 상입니다. 아주 슬픈 일이지요. 여러분들은 아주 주제넘고 사 악한 일이라고 생각하실지도 모르겠습니다. 하지만 분명한 것 은 이것이 범죄가 아닐뿐더러 더구나 나와는 아무런 관계가 없 다는 사실입니다. 즉결 재판기록부에 자살이라고 적어두는 편 이 나을 겁니다. 나는 이런 것을 과학의 진보, 혹은 천국으로 천 천히 오르는 여정의 실패라고 부르겠지만 말입니다."

패배한 브라운 신부의 모습을 보는 것이 플랑보에게는 처음 있는 일이었다. 신부는 절망한 듯이 고통스럽고 깊게 주름 잡 힌 얼굴을 하고는 바닥을 바라보며 미동도 없이 앉아 있었다.

한층 더 당당하고 순수한 자연의 자유와 건강의 기운을 담은 예언자의 고매한 말들은, 사람을 의심하는 게 전문인 음울한 신부를 완전히 압도해버렸다. 마침내, 신부가 아주 괴로운 듯이 눈을 껌뻑이며 입을 열었다.

"그것이 사실이라면, 당신이 말한 그 유언장을 가지고 가버리기만 하면 되는 것 아닙니까. 그 불쌍한 여인이 그 유언장을 어디에 두었는지 궁금하군요."

"문 옆에 있는 그녀의 책상 위에 있을 겁니다."

칼론은 누가 봐도 죄가 없을 것 같은 당당하고 결백한 태도로 말했다.

"그녀는 오늘 아침에 유언장을 쓰겠다고 내게 말했습니다. 그리고 실제로 내가 승강기를 타고 내 사무실로 올라갈 때, 그녀가 그것을 쓰고 있는 것을 보았지요."

"그렇다면, 그녀의 사무실 문이 열려 있었군요?"

신부가 깔개 귀퉁이에 시선을 두고 물었다.

"그렇습니다."

칼론이 침착하게 대답했다.

"아! 그렇다면 그 이후 계속해서 문이 그대로 열려 있었겠군요."

신부가 여전히 깔개를 응시하며 말했다.

"서류가 여기 있네요."

냉정해 보이는 조운이 다소 이상한 목소리로 말했다.

그녀는 이미 문 옆에 있는 언니의 책상으로 가서 푸르스름한 종이 한 장을 집어들고 있었다. 그녀의 얼굴에는 그 상황에 어울리지 않는 냉소가 어려 있었는데, 플랑보는 얼굴을 찡그리고는 그런 그녀를 바라보았다.

예언자 칼론은 내내 훌륭한 초연함을 지키며 그 종이 가까이는 가려고도 하지 않았다. 그러나 플랑보는 조운으로부터 그 종이를 획 낚아챘다. 그 종이에는 정말로 정식 유언이 적혀 있었다. 그러나 '내가 죽었을 때 소유하고 있는 모든 재산을 아래의 사람에게 남긴다'라는 말 이후에는 펜이 긁힌 자국만 있을 뿐 내용은 없었다. 게다가 유산 상속인의 이름은 눈을 씻고 찾아봐도 없었다. 이상하게 여긴 플랑보는 그것을 신부에게 넘겨주었고, 그것을 한번 훑어본 신부는 아무 말 없이 그것을 태양의 사제에게 건네주었다.

유언장을 받아든 칼론은 질질 끌리는 기도복으로 바닥을 쓸고 다녔다. 그리곤 성큼성큼 두 걸음에 방을 가로질러서 조운을 향해 가서, 그 푸른 눈을 번뜩이며 그녀 앞에 버티고 섰다.

"여기다가 무슨 재주를 부린 거지? 이건 폴린이 쓴 전부가 아니야."

칼론이 소리쳤다.

나머지 사람들은 그가 높고 날카로운 미국 북부인의 어조를 담고, 전혀 들어보지 못한 목소리로 말하는 것을 듣고 깜짝 놀랐다. 그의 훌륭하고 위엄 있는 영어는 마치 외투처럼 벗어던진 것 같았다.

"책상 위에 있는 것은 그것뿐이에요."

조운이 여전히 악의 가득한 미소를 띠고 그에 맞서고 있었다.

사내는 갑작스럽게 믿을 수 없을 정도의 욕설을 마구 퍼부어댔다. 칼론의 가면이 벗겨지는 충격적인 순간으로, 이 사내의 진정한 얼굴이 드러나고 있었다.

"이것 봐!"

욕설을 퍼붓다가 숨이 차는 듯이 그는 노골적인 미국식 영어로 소리쳤다.

"나는 모험가일지 모르지만, 당신은 살인자야. 그렇소, 여러분, 여기서 폴린의 죽음이 설명되는군요. 공중 부양 따위는 거론할 필요도 없습니다. 저 불쌍한 폴린이 내게 유리한 유언을 쓰자, 그녀의 동생이 들어와서는 유언을 마치기도 전에 펜을 빼앗고 승강기 구멍으로 그녀를 끌어넣은 겁니다. 젠장! 결국 수갑이 필요하겠군요."

"당신이 말한 대로, 당신의 사무원은 맹세가 무엇인지를 아는 아주 믿음직스러운 젊은이지요. 그러니 그 사람은 어떤 법정에 서더라도 타자로 문서를 정리하기 위해 제가 사건이 발생하기 오 분 전부터 그 이후 오 분 동안 당신의 사무실에 있었다는 것을 증언해줄 거예요."

조운이 불쾌할 정도로 침착하게 대답했다.

침묵이 흘렀다.

"그렇다면, 폴린은 혼자서 떨어져 죽은 거로군요. 자살인가요?"

플랑보가 외쳤다.

"추락할 때 그녀는 혼자였지만, 자살은 아니었네."

브라운 신부가 말했다.

"그렇다면, 그녀가 어떻게 죽었단 말씀입니까?"

플랑보가 성급하게 물었다.

"살해된 거라네."

"하지만 그녀는 계속 혼자 있었는데요."

플랑보가 반박했다.

"그녀가 혼자 있을 때, 살해된 걸세."

방 안에 있는 모든 사람들이 그를 바라보았지만, 그는 아랑곳없이 둥근 이마를 찌푸리고는 절망과 슬픔이 깃든 멍한 표정으로 대답했다. 그의 목소리에는 힘이 하나도 없었다.

"내가 알고 싶은 것은 저 피에 굶주린 사악한 여자를 잡으러 경찰이 오냐는 겁니다. 저 여자가 피를 나눈 자신의 언니를 죽였습니다. 게다가 신성하게 내 소유가 된 오십만 파운드를 빼앗아갔단 말입니다."

칼론이 소리쳤다.

"진정하시오, 예언자 양반. 이 세상이 모두 공허하다고 하신 말씀 기억 안 나시오?"

플랑보가 냉소를 띠며 끼여들었다.

태양신의 사제는 어떻게 해서든 자신의 원래 지위로 다시 올라가려고 애쓰고 있었다.

"이것은 돈만의 문제가 아니오. 비록 그 돈으로 온 세상에다가 이 신조를 퍼뜨릴 수 있을지는 모르지만, 이것은 또한 나의 사랑하는 사람의 소망이었습니다. 폴린에게는, 이것은 아주 성스러운 것이오. 폴린의 눈에는……."

브라운 신부가 갑자기 벌떡 일어서는 바람에 의자가 뒤로 넘어갔다. 그의 얼굴은 죽은 듯이 창백했으나, 희망의 빛이 번뜩였다. 그의 눈이 빛나고 있었던 것이다.

"바로 그거네!"

신부가 분명한 목소리로 소리쳤다.

"그게 바로 이 사건의 시작이네. 폴린의 눈에는……"

키가 큰 예언자는 거의 미칠 듯 혼란스러워하며 자그마한 신부의 앞에서 한걸음 물러서며 외쳤다.

"무슨 말을 하는 거야! 어떻게 당신이 감히……"

"폴린의 눈에는……"

신부가 점점 더 눈을 빛내며 뒤의 말을 이었다.

"어서 계속하시오. 신의 이름으로, 계속하시오. 악마가 부추긴 아주 지독한 범죄라도, 참회를 한 후에는 가벼워지는 법이오. 제발 참회하시오. 어서요. 폴린의 눈에는……"

"비켜나라, 이 악마 같으니라고! 너는 누구냐? 이 저주받을 스파이 같으니. 내 주변에 거미줄을 치고 나를 엿보고 있었다니. 비켜라."

칼론이 마치 묶여 있는 거인처럼 몸부림을 치며 우레와 같이 소리쳤다.

"붙잡을까요?"

칼론이 이미 문을 활짝 열어젖히고 밖으로 나간 다음이라, 플랑보가 출입구 쪽으로 뛰어나갈 태세를 보이며 물었다.

"그냥 놔두게."

브라운 신부가 마치 우주의 심연으로부터 나오는 것 같은 이상할 정도로 깊은 한숨을 쉬며 말했다.

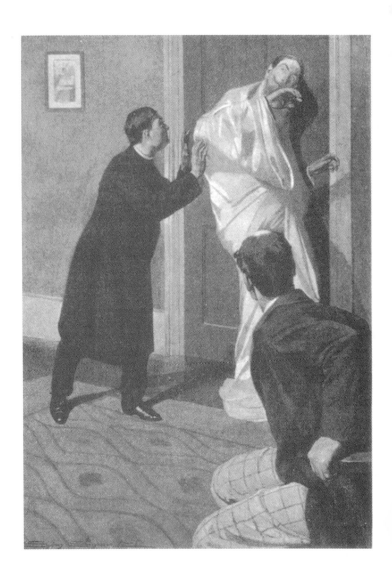

"카인으로 하여금 빠져나가게 그냥 두게나. 그는 신의 것이네."

칼론이 방을 나가자 방 안에는 긴 침묵이 흘렀다. 이 침묵은 물어보고 싶은 것을 꾹 참고 있는 성미 급한 플랑보에게는 참을 수 없이 기나긴 고통의 시간이었다. 조운은 매우 차분하게 책상 위에 있는 서류 뭉치들을 묶고 있었다.

"신부님."

마침내 플랑보가 입을 열었다.

"이건 호기심에서뿐만 아니라 제 의무이기도 하기 때문에 알아야겠습니다. 누가 범인입니까?"

"어떤 범죄에 대한 범인 말인가?"

브라운 신부가 물었다.

"우리가 다루고 있는 범죄는 물론 하나이지 않습니까."

성급한 성격의 플랑보가 대답했다.

"우리는 두 개의 범죄를 다루고 있네. 경중이 아주 다른 두 범죄지. 성격도 아주 다른 두 개의 범죄라네."

신부가 대답했다.

조운은 서류를 정리해서 모으더니 서랍에 넣고 잠가버렸다. 브라운 신부는, 그녀가 자신에게 신경을 쓰지 않듯이 역시 그녀를 무시한 채 말을 이었다.

"이 두 개의 범죄는 같은 사람의 같은 약점을 이용해서 그녀의 돈을 갈취할 목적으로 행해졌다네. 보다 커다란 범죄를 저지른 자가, 자신의 계획이 보다 작은 범죄에 의해서 좌절됐다는 것을 알게 된 거라네. 결국 작은 범죄를 저지른 자가 돈을 차지하게 된 셈이지."

"제발, 또 강의를 시작할 생각하지 마시고, 간단하게 몇 마디로 말씀해주시지요."

플랑보가 투덜거렸다.

"한마디로 말해주겠네."

신부가 대답했다.

조운은 작은 거울 앞에서 사무적으로 보이는 화난 표정을 하고 검은 모자를 눌러썼다. 그리고는 대화가 진행되고 있는 와중에 자신의 손가방과 우산을 집어들더니 서둘러 방을 나가버렸다.

"진상은 한 단어, 그것도 짧은 한 단어만으로도 말할 수 있다네. 폴린 스테이시 양은 바로 장님이었네."

브라운 신부가 말했다.

"장님이요!"

플랑보는 놀라 자리에서 일어났다.

"그녀에게는 유전적으로 장님의 피가 흐르고 있었네. 그녀의 여동생도 폴린이 말리지만 않았다면 안경을 사용했을 거네. 하지만, 병을 받아들이게 되면 병이 더 커지게 된다는 것이, 바로 폴린의 특별한 철학이자 변덕이었던 거라네. 폴린은 눈이 흐려진다는 것을 인정하려 하지 않았네. 오히려 의지로 그것을 떨쳐버리려 했던 거지. 그래서 그녀의 눈은 과로로 점점 더 나빠지게 된데다가, 눈에 가장 치명적인 부담을 주게 되는 일이 생겼다네. 저 칼론인지 뭔지 하는 위대한 예언가가 이글이글 불타오르는 태양을 맨눈으로 쏘아보도록 가르쳤기 때문이지. 그런 행위가 소위 아폴로를 받아들이는 것이라면서 말일세. 저 새로운 이교도들이 고대의 이교도들이었다면, 조금 더 현명했을 것을, 쯧쯧…… 고대 이교도들은, 무조건 자연 숭배를 하는 것에는 잔인한 측면이 있다는 것을 알고 있었네. 그들은 적어도 아폴로의 눈이라 불리는 태양을 바라보는 것이 눈을 망쳐 장님이 되게 한다는 것을 알고 있었다네."

잠시 숨을 돌린 신부는 부드럽지만 다소 고르지 못한 목소리로 계속 말을 이었다.

"저 악마가 의도적으로 그녀를 장님이 되도록 했건 아니건 간에, 그녀가 장님인 것을 이용해서 계획적으로 그녀를 살해한 것은 의심의 여지가 없네. 범죄는 아주 단순했지만, 속이 메스꺼워질 정도로 추악하네. 자네도 알다시피, 저 사내와 폴린 양은 직원의 도움 없이 승강기를 타고 오르내렸네. 자네도 승강기가 얼마나 부드럽고 조용하게 움직이는지는 알 걸세. 칼론은 승강기를 타고 그녀가 있는 층에 내려서는 열린 문을 통해 그녀가 그에게 약속했던 유언장을 점차 보이지 않는 눈으로 써내려가고 있는 것을 보았네. 그자는 그녀를 쾌활하게 부르면서 승강기를 잡아두었다며 준비되면 나오라고 말했네. 그리고는 버튼을 눌러 소리 없이 문을 닫고는 자신의 사무실로 올라갔지. 이렇게 해서 사무실로 들어온 그는 발코니로 나가서 거리의 군중들 앞에서 안전하게 기도를 드리고 있었던 거네. 한편, 유서 쓰는 일을 마친 불쌍한 폴린 양은 즐거운 발걸음으로 사랑하는 사람과 승강기가 기다리고 있는 곳으로 나와서는 발을 내밀어……."

"그만두십시오. 이제 됐습니다."

플랑보가 소리쳤다.

"승강기의 버튼을 누르는 것만으로 칼론은 오십만 파운드를 받을 수 있었던 거라네."

작달막한 신부는 끔찍한 이야기를 할 때 그렇듯이 담담한 목소리로 계속 말을 이었다.

"하지만 그 계획은 완전히 망쳐졌네. 왜냐하면, 그녀의 돈을 원하고 또한 그녀가 시력을 잃어가고 있다는 비밀을 알고 있는 또다른 한 사람이 있었기 때문일세. 유서에는 아무도 알아차리지 못했던 중요한 점이 한 가지 있네. 본인의 서명도 없고 완성되지도 못한 유서였지만, 사실 이미 증인란에는 서명이 되어 있었다는 사실이야. 조운과 주위의 몇몇 사람들이 증인으로서 서명을 해둔 유서였단 말일세. 조운은 법적인 형식을 흔히 무시하는 전형적인 여자처럼 자기가 먼저 사인을 했지. 폴린이 나중에 마무리할 거라고 하면서 말이야. 즉 조운은 폴린이 증인들이 보는 앞에서 유서를 쓰기를 원치 않았던 거야. 왜냐구? 조운은 폴린이 결국 유서에 사인을 하지 못하기를 바랐던 것이지.

스테이시 자매와 같은 사람들은 항상 만년필을 쓰게 마련이지. 폴린 역시 당연했을 것일세. 강한 의지와 기억력을 지닌 폴린은 마치 눈이 보이는 사람처럼 글을 쓸 수 있었네. 하지만 언제 잉크를 채워야 하는지는 알 수 없는 노릇이었지. 그렇기 때문에, 그녀의 만년필 잉크는 동생 조운이 맡아서 채워야 했지. 이 만년필은 조운이 특별히 신경써서 잉크를 가득 채우지 않았다네. 몇 줄을 써내려가는 동안에는 충분했지만, 몇 줄 쓰지 않아 곧 잉크가 나오지 않았던 거지. 그래서 예언자는 오십만 파운드도 받지 못하고 인간 역사상 가장 잔인하고 영리한 살인들 중 하나를 저지른 악한이 되고 말았네."

열려져 있는 문으로부터 계단을 올라오는 경관들의 발소리가 들려왔다. 플랑보가 돌아서면서 말했다.

"십 분 만에 칼론이 범인인 것을 알아내시다니, 신부님은 모든 것을 아주 철저히 조사하셨군요."

브라운 신부가 놀라며 말했다.

"아! 그런 건 아니네. 치밀하게 조사해야 했던 것은 조운 양과 만년필에 관한 것이었다네. 칼론이 저지른 범죄라는 것을, 나는 빌딩 입구에 들어서기 전에 이미 알고 있었네."

"농담하지 마십시오."

플랑보가 말했다.

"정말이래도. 그가 무슨 짓을 했는지 알기 전부터 그가 한 짓이라는 것을 알고 있었단 말일세."

신부가 대답했다.

"하지만, 어떻게요?"

"저런 이교도 사제는 항상 그들의 힘 때문에 실패하기 마련이네. 아래쪽 거리에서 요란한 소리가 나고 비명 소리가 들려도 아폴로의 사제는 놀라기는커녕 주위를 둘러보지도 않더구먼. 나는 그게 무엇인지는 몰랐으나, 그가 무엇인가를 미리 예상하고 있었다는 것을 알고 있었네."

부러진 검의 의미

"현명한 사람이라면, 조약돌을 어디에다
숨기겠는가?"

"해변에 숨기겠죠."

"현명한 사람이라면, 잎사귀를 어디에다
숨기겠는가?"

"숲속에 숨기죠."

"누군가 시체를 숨겨야 한다면,
어디에다 숨기겠는가?"

숲속의 수천 개의 나무들은 잿빛을 띠고, 그 수천 개의 나무들이 지닌 수백만 개의 가지들은 은빛으로 빛나고 있었다. 어두운 초록빛과 짙은 파란빛이 섞여 있는 청회색 하늘에는 별들이 깨어진 얼음 조각처럼 쓸쓸하고 밝게 빛나고 있었다. 겹겹이 숲으로 둘러싸여 있고, 인가가 드문 시골 마을은 모질고 차가운 서리로 경직되어 보였다. 나무 줄기 사이의 시커먼 공간은 끝없어 보였으며, 마치 무자비하게 추운 곳으로 알려진 냉혹한 스칸디나비아 지옥의 어두운 동굴같이 보이기도 했다. 교회의 네모난 돌탑조차도 이교도적인 느낌을 줄 정도로 북방적으로 보여, 마치 아이슬란드 해안의 암초들 사이에 있는 야만인들의 탑과 같았다. 누구든지 간에 교회 묘지를 찾기에는 이상한 밤이었다.

하지만, 반면에 아주 해볼 만한 일이 될 수도 있었다.

묘지는 숲 한가운데 있는 잿빛 황무지에 불쑥 솟아 있었다. 별빛을 받아 회색으로 보이는 그 묘지는 마치 녹색 잔디밭의 혹이나 어깨처럼 보였다. 대부분의 무덤은 경사면에 있었고, 교회로 올라가는 오솔길은 계단처럼 가팔랐다.

언덕의 꼭대기에 있는 평평한 장소에는 주변에 있는 특징 없는 무덤들과 묘한 대비를 이루면서 그 장소를 유명하게 만들고 있는 기념비가 서 있었는데, 유럽의 아주 유명한 조각가의 작품이었기 때문이다. 하지만 이 조각가의 명성은 그가 만들어놓은 이 사람의 이미지가 지닌 명성으로 인해 사람들에게 바로 잊혀졌다.

그것은 한 군인의 거대한 금속상(像)으로, 단단하게 마주잡은 두 손은 영원한 기도를 드리고 있었으며, 거대한 머리가 총을 베개삼아 누워 있었다. 장엄한 얼굴은 무게 있어 보이는 옛날의 뉴컴 대령*식의 턱수염, 아니 그보다는 구레나룻으로 덮여 있었다. 군복은 간결한 터치로 표현되긴 했어도, 요즘 전장에서 입는 복장 그대로였다. 오른쪽으로는 끝이 부러진 검이 조각되어 있고, 왼쪽에는 성경이 있었다. 햇살이 밝은 여름날

---

* 19세기의 영국 소설가 새커리의 소설 『뉴컴 일가 *The Newcomes*』에 나오는 인물로, 당시 인도의 장교들처럼 수염을 무성하게 길렀다.

오후에는 사륜 경마차가 이 조상(彫像)을 보려는 미국인들과 교양 있는 교외의 거주자들을 가득 싣고 왔다. 그러나 그러한 때조차도 사람들은 뭉툭하게 튀어나온 둥근 무덤 하나와 교회가 있는 이 거대한 숲을, 기이하게도 외면당하고 버려진 곳으로 느끼는 것이었다. 하물며 한겨울의 얼어붙은 어둠 속에 서 있는 조각상은, 가는 은빛 연필로 그려진 듯한 별과 함께 홀로 버려진 듯 보였다. 그런데 빽빽한 숲의 고요함 속에서 나무로 만든 문이 삐그덕 소리를 내며 열리는가 싶더니 두 사람의 희미한 모습이 무덤가의 작은 길을 따라 올라오고 있었다.

차가운 별빛이 너무도 희미하여 이 두 사람이 검은 옷을 입고 있으며, 한쪽이 굉장히 크고 이에 비해서 한쪽은 놀라울 정도로 작다는 것밖에는 이들의 정체를 알아볼 수 없었다. 그들은 역사적인 한 병사의 커다란 묘지가 있는 곳까지 올라가서 몇 분간 그것을 응시하며 서 있었다. 주위에는 사람은커녕 살아 움직이는 것이라고는 아무것도 눈에 띄지 않았다. 병적인 환상을 가진 사람이라면, 이 두 사람의 모습이 과연 사람일까 의심했을 것이다. 어찌 되었든, 이들의 대화의 첫머리도 이상하기 짝이 없는 것이었다.

잠시 후 작은 사내가 먼저 입을 열었다.

"현명한 사람이라면, 조약돌을 어디에다 숨기겠는가?"

"해변에 숨기겠죠."

키 큰 사내가 낮은 목소리로 대답했다.

작은 사내가 고개를 끄덕이더니 잠시 후 물었다.

"현명한 사람이라면, 잎사귀를 어디에다 숨기겠는가?"

"숲속에 숨기죠."

상대방이 대답했다.

다시 침묵이 흘렀고 이번에는 키 큰 사내가 말했다.

"말씀하신 뜻은, 현명한 사람이라면 진짜 다이아몬드를 숨길 때는 가짜 다이아몬드들 사이에 숨긴다는 겁니까?"

"아닐세, 아니야. 흘러간 것은 흘러간 것대로 내버려두게."

작은 사내가 웃으며 말했다. 그는 얼어붙은 발을 잠깐 동안 구르더니 덧붙였다.

"내가 생각한 것은 그런 것이 아니라 조금 다른 것이라네. 아주 엉뚱한 일이지. 성냥불 좀 켜주겠나?"

커다란 체구의 사내가 주머니에서 성냥을 더듬어 찾아서 성냥을 긋자, 기념비의 평평한 측면 전체가 황금빛으로 눈에 들어왔다. 거기에는 많은 미국인들이 경건한 마음으로 읽고 갔던 유명한 글귀가 검게 새겨져 있었다.

아서 세인트 클레어 장군을 기리며. 항상 그의 적을 무찌

르고 항상 그들을 용서했던 영웅이며 순교자, 마침내 안타깝
게도 그 적의 손에 쓰러지도다. 그가 믿고 의지했던 하느님
께서 그에게 보상해주시고 그의 복수를 해주시기를.

성냥불은 키 큰 사내의 손가락 끝까지 타들어가 까맣게 된
후 떨어졌다. 그가 다시 다른 성냥을 그으려 하자 키 작은 일행
이 그를 막았다.

"괜찮네, 플랑보. 내가 보려 했던 것은 다 보았네. 혹은 내가
보고 싶지 않은 것을 보지 않았다고 해도 좋네. 다음 여관까지
가려면 길을 따라 이 킬로미터는 족히 걸어야 한다네. 그런 다
음 이 일에 관해 모든 이야기를 들려주겠네. 사람이라면, 그런
이야기를 하는 데 따뜻한 불과 맥주 한잔쯤은 있어야 한다는
것을 하늘도 알고 계실 테지."

그들은 깎아지른 듯한 좁은 길을 내려와서는 녹이 슨 문을
다시 걸어 잠그고 얼어붙은 숲속의 길을 힘찬 걸음걸이로 걸어
내려갔다. 얼마쯤 내려왔을까, 작은 사내가 다시 입을 열었다.

"그렇지. 현명한 사람이라면 조약돌을 해변에 숨기지. 하지
만, 해변이 없다면 어쩌겠는가? 자네는 저 위대한 세인트 클레
어 장군의 불운에 대해 알고 있는 것이 있나?"

"영국 경찰에 관해서라면 조금 알지만 영국 군인에 대해서는

아는 바가 없지요, 브라운 신부님."

키 큰 사내가 웃으며 대답했다.

"제가 아는 것이라고는 신부님에게 이끌려 누군지도 모르는 이 사내의 성지 곳곳을 따라 꽤나 먼 거리를 다녔다는 것밖에 없지요. 이 사내는 서로 다른 여섯 군데의 장소에 묻혀 있는 것 같습니다. 웨스트민스터 대수도원에서도 세인트 클레어 장군의 기념비를 보았는가 하면, 템스 강변 거리에서도 그 장군이 승마복 차림으로 있는 걸 봤고, 그가 태어났다는 거리와 그가 살았다는 또 다른 거리에서도 장군의 메달을 본데다가 이제는 어두워지고 나니 신부님은 저를 그의 관이 있는 마을 교회 묘지로 끌고 오시는군요. 이제는 이 장군의 훌륭한 성품에도 적잖이 질리기 시작했습니다. 특히 그가 누군지도 모르는 상황에서 말입니다. 도대체, 신부님은 이 묘지와 동상을 두루 찾아다니면서 무엇을 찾고 계시는 겁니까?"

"단 한마디의 말을 찾으러 다니고 있다네. 저기 적혀 있지 않은 말이기는 하네만."

브라운 신부가 말했다.

"저, 제게 이야기를 좀 해주실 수 없습니까?"

플랑보가 물었다.

"이야기를 하려면 둘로 나누어야 하네. 하나는 모든 사람들이 알고 있는 것이고, 다른 하나는 내가 알고 있는 이야기라네. 모든 사람들이 알고 있는 이야기는 간단하고 평범하지. 게다가 전부 틀린 이야기라네."

"좋습니다. 그 잘못된 이야기부터 들어보죠. 모두가 다 알고 있다는, 진실이 아닌 그 이야기부터 해보십시오."

플랑보가 활기차게 말했다.

"모두에게 알려져 있는 이야기는 완전히 허위는 아닐지라도, 적어도 아주 불충분한 것이네. 아서 세인트 클레어 장군은 위대하고 성공적인 영국 장군이었다는 사실, 인도와 아프리카에서 아주 훌륭하고 신중한 작전을 수행한 뒤 저 위대한 브라질의 애국자 올리비에가 최후 통첩을 했을 때, 대(對) 브라질 전투를 지휘했다는 것, 그리고 그 당시 세인트 클레어 장군이 소규모의 병력으로 올리비에의 대군을 공격했고 영웅적인 저항을 하다가 적에게 사로잡혀서 가장 가까운 나무에 그의 목이 매달려 문명 사회의 증오를 불러일으켰다는 사실이 전부라네. 브라질 군이 후퇴한 후 발견된 시신의 목 둘레에는 부러진 검이 매달려 있었네."

"그런데 그 유명한 이야기가 사실이 아니란 말입니까?"

"아니, 이야기 그 자체로는 거짓이 전혀 없지."

"그럼 알려진 이야기가 사실이라면, 대체 뭐가 이상하다는 겁니까?"

신부는 깊이 생각에 잠긴 듯이 손가락 끝을 물어뜯었다. 그리고 이 말에 대답을 한 것은 두 사람이 수백 개의 잿빛 유령 같은 나무들을 지나친 다음이었다.

"여기서 미스터리라는 것은 심리적인 미스터리를 말한다네. 브라질 전쟁에서 현대 역사상 가장 유명한 두 인물이 그들의 성격과는 정반대의 행동을 한 점일세. 올리비에와 세인트 클레어는 둘 다 영웅이라네. 둘 다 노장이며, 실수를 저지를 사람들이 아니지. 이것은 마치 헥토르*와 아킬레우스 사이의 싸움과 같은 것이었다네. 자, 아킬레우스가 겁쟁이이고 헥토르가 배신자였다고 한다면, 자네는 뭐라고 말하겠는가?"

"어서 계속 말씀해보십시오."

플랑보는, 신부가 다시 손가락을 물어뜯기 시작하자 성미 급하게 말했다.

"아서 세인트 클레어는 구식 성직자 타입의 군인으로 인도 반란에서 영국을 구하기도 했었다네. 그는 돌진하는 유형이라기보다는 의무를 다하는 사람으로, 개인적으로는 용맹하지만 신중한 지휘관이었네. 특히 불필요한 일로 병사들을 잃게 되는

---

* 트로이 전쟁 당시 트로이의 왕자로 아킬레우스에게 죽임을 당했다.

것에는 분개하는 사람이었지. 하지만 어찌된 일인지, 이 마지막 전투에서만은 어린아이조차도 불합리한 일이라고 판단할 수 있는 일을 감행했던 걸세. 그 전투가 지극히 무모한 전투라는 것은 전략가가 아니더라도 알 수 있었단 말이네. 마치 자동차가 오는 길에서는 멈추어 서야 한다는 아주 자명한 사실처럼 말일세. 그런 것이야 전략가가 아니어도 판단할 수 있으니까. 자, 이것이 그 첫번째 수수께끼라네. 도대체 무엇이 저 영국의 위대한 장군의 머리를 이상하게 만들었을까.

두번째 수수께끼는, 무엇이 브라질 장군의 마음을 바꾸어놓았을까 하는 점이네. 올리비에 대통령을 몽상가니 성가신 사람이니 부르는 것이야 상관없는 일이네만, 그의 적들조차도 그가 기사도 수련을 했다고 할 만큼 관대하다는 사실을 인정하고 있네. 그에게 잡혔던 거의 모든 포로들이 풀려났으며, 심지어는 물질적인 도움을 입은 포로들도 있었다네. 그에게 평소 유감이 있던 사람들도 그의 수수함과 관대함에 감동을 받고 물러나올 정도였지. 그런 그가 왜 일생에 단 한 번 극악무도한 복수를 하지 않으면 안 되었을까? 게다가 자신에게 큰 해도 되지 않았던 공격에 대해서 말이야. 자, 문제는 바로 여기에 있네. 가장 현명한 사람들 중 한 명이 이유도 없이 백치 같은 행동을 했고, 세상에서 가장 착한 사람들 중 한 명이 아무런 이유 없이 악마 같은 행동을 했네. 이것이 전부일세. 다음 판단은 자네에게 맡겨두지."

"아뇨, 그러지 마십시오. 그것도 신부님에게 맡기겠습니다. 모든 이야기를 흔쾌히 해주시겠지요?"

플랑보가 긴 숨을 들이마시며 말했다.

"세상 사람들이 생각하는 것이 내가 말했던 것뿐이라고 한다면 공정하지 않겠지. 그 뒤로 두 가지 일이 더 일어났다네. 이 두 가지 일이 새로운 빛을 던져주었다고는 말할 수 없네. 그걸 이해할 수 있는 사람은 아무도 없었으니 말이네. 오히려 새로운 종류의 어둠을 보았을 뿐이지. 실로 새로운 방향으로 어둠을 던져준 일들이었네. 그 첫번째는 세인트 클레어의 가족 주치의가 그 가족들과 다투고는 다분히 폭력적인 일련의 글들을 발표하기 시작했는데, 그 내용인즉슨 죽은 장군이 종교적인 광신자라는 것이었네. 하지만 그 이야기만으로는 그가 종교적인 사람이라는 것 이상은 말해주지 않거든. 그래서 그 이야기는 유야무야 사라지고 말았다네. 물론, 모든 사람들이 세인트 클레어가 청교도적인 신앙심에 몇 가지 기벽을 지닌 것은 알고 있었지.

두번째로 일어난 사건은 조금 더 주목할 만한 것이었다네. 블랙 강* 전투에서 무모한 시도를 했으나 지원도 받지 못한 불운

---
* 브라질의 리오 프레토 강을 가리킨다.

한 연대에는 키스 대위라는 사람이 있었는데, 그는 당시 세인트 클레어의 딸과 약혼한 상태였고, 이후 그녀와 결혼을 한 사람이네. 그 역시 올리비에에게 포로로 잡힌 사람들 중 한 명으로 장군을 제외한 그 나머지들처럼 관대한 대접을 받고 바로 자유롭게 풀려났다네. 그로부터 이십 년이 지난 후, 그때는 중위가 된 그가 〈버마와 브라질에서의 한 영국 장교〉라는 제목의 자서전을 펴냈네. 저 수수께끼 같은 세인트 클레어의 재난에 대한 사실을 확인하려고 아무리 찾아보아도 그 이야기만이 쏙 빠져 있었지. 단 그 일에 대해서는 이렇게만 언급이 되어 있었네.

'영국의 영광은 그 자체로 소중히 할 가치가 충분히 있다는 필자의 오랜 생각에 따라, 이 책의 모든 부분은 일어났던 사건을 정확하게 그대로 기록하였다. 단, 예외적인 부분이 있다면, 블랙 강에서의 패전에 관한 일이다. 이것은 개인적인 명예와 관련된 것으로 언급할 수 없다. 하지만, 두 명의 뛰어난 인물의 사후평판을 공평하게 하기 위하여 다음의 말을 덧붙인다. 세인트 클레어 장군은 이 전투에서 무능했다고 비난받아왔지만, 적어도 필자는 이 작전이야말로 장군의 생애에 있어 가장 영리하고 슬기로운 것이었음을 입증할 수 있다. 또 올리비에 대통령은 비슷한 보고서에 의하여 무자비한 악한이라는 오명을 쓰고 있다. 하지만 필자는, 적장의 명예를 위하여 그가 이 전투에서

는 그의 선량한 성품 이상의 호의로 이 사건에 임했다고 생각
한다. 쉽게 말하자면, 세인트 클레어는 절대로 그런 바보가 아
니며, 올리비에 역시 세상에서 말하는 것과 같은 극악무도한
인물이 아님을 분명히 밝히는 바이다. 이것이 블랙 강 전투에
대하여 필자가 할 수 있는 모든 이야기이며, 세상의 어떤 사정
이 있다 해도 더 이상 한마디도 쓰지 않을 것이다.'"

번쩍이는 눈덩이처럼 커다랗게 얼어붙은 듯한 달이 그들 앞
에 얽혀 있는 잔가지들 사이로 보였다. 신부는 키스 대령의 책
을 복사한 그 종이를 달빛에 비춰보면서 추리를 새롭게 더듬어
갔다. 신부가 그 종이를 접어서 다시 주머니에 넣자 플랑보는
그의 손을 들어 프랑스인 특유의 몸짓을 하며 소리쳤다.

"잠시만 기다려보세요, 잠시만요. 처음 한 이야기로 진실의
전말을 추측할 수 있을 것 같습니다."

플랑보는 거칠게 숨을 몰아쉬면서 검은 머리와 황소같이 굵
은 목을 앞으로 내밀고는 마치 경보 대회에서 우승이라도 노리
는 사람처럼 성큼성큼 앞으로 걸어가고 있었다. 체구가 작은
신부는 그런 플랑보의 모습이 재미있기도 하고 흥미 있기도 했
지만, 그의 옆에 서서 따라가는 데 어려움을 겪고 있었다. 그들
바로 앞에는 나무들이 양쪽에서 뒤로 물러나고 있었고 길은 다
시 새로운 숲을 향하여 내달리는 토끼처럼 달빛이 비치는 계곡

을 가로질러 나 있었다. 더 멀리 있는 숲의 입구는 조그맣고 둥글게 보이는 것이 마치 멀리 있는 기차 터널의 검은 구멍처럼 보였다. 하지만 몇백 미터 이내로 거리가 좁혀지자 시커먼 숲이 동굴처럼 입을 떡 벌리고 있었고, 이 즈음에서 플랑보가 다시 입을 열었다.

"알 것 같습니다."

그는 그 커다란 손으로 무릎을 치며 외쳤다.

"사 분 정도 생각해봤는데, 이젠 저도 사건의 진상을 이야기할 수 있을 것 같습니다."

"좋아, 말해보게."

신부가 동의했다.

플랑보는 고개를 꼿꼿이 들기는 했지만, 목소리는 낮추고 이야기를 시작했다.

"아서 세인트 클레어 장군은 집안 대대로 유전적인 광기를 타고났습니다. 그래서 장군은 이 사실을 그의 딸과 가능하면 그의 미래의 사위에게도 감추려 했습니다. 옳건 그르건 간에 그는 마지막 발병이 다가왔다고 생각하고는 자살을 결심한 겁니다. 하지만 일반적인 자살 방법은 그가 그토록 알리고 싶어 하지 않는 그의 병을 세상에 알리는 결과를 가져올 것이 자명했죠. 전투가 임박해짐에 따라 그의 머릿속에 어두운 구름이

드리워졌고, 마침내 광기 어린 그 순간에 그의 사적인 의무를 다하기 위하여 공적인 의무를 희생시켰던 겁니다. 그는 단번에 적의 공격에 쓰러지기를 바라며, 맹렬하게 전투에 돌입했지요. 하지만 불명예스럽게도 포로로 잡히게 되었던 겁니다. 그의 머릿속에 굳게 막아두었던 폭탄이 터졌던 거죠. 그래서 그는 자신의 검을 부러뜨리고 스스로 목을 매달았던 겁니다."

플랑보는 앞에 놓인 숲의 회색 빛 입구를 지그시 바라보았다. 시커먼 구멍이 동굴의 입구처럼 보였고 그 안으로 길이 나 있었다. 이렇게 길이 숲속 깊숙이 빨려들어간 것처럼 보이자 자기가 말한 비극적인 장면이 선명하게 보인 듯 그는 몸을 떨었다.

"끔찍한 얘기지요."

"끔찍한 이야길세. 하지만 이야기의 진상은 아니네."

고개를 숙이고 있던 신부가 말했다. 그러더니 고개를 뒤로 젖히고는 절망적으로 외쳤다.

"아, 나도 그것이 진상이라면 좋겠네."

키가 큰 플랑보는 얼굴을 돌리고 신부를 물끄러미 바라보았다.

"자네가 한 이야기는 아주 순수하구먼. 저 달처럼 순백하고 아주 아름답고 순수하며, 지극히 정직한 이야기란 말일세. 광기와 절망은 충분히 순수한 것이지. 실상은 그렇지 않은 것이라네, 플랑보."

브라운 신부가 깊이 감동한 듯이 말했다.

그러자 플랑보는 신부가 말한 달을 뚫어지게 올려다보았는데, 검은 나뭇가지 하나가 마치 악마의 뿔처럼 구부러져 달을 가로질러 걸려 있었다.

"신부님, 실상은 제가 한 이야기보다 더 심하다는 말입니까?"

플랑보가 프랑스인다운 몸짓을 보이며 말하더니, 앞서서 빠른 걸음으로 걷기 시작했다.

"그보다 심하고말고."

마치 무덤에서 들리는 메아리처럼 신부가 대답했다. 그리고는 두 사람 모두 숲속으로 나 있는 좁고 어두운 길로 들어섰다. 그들 옆으로 나무 줄기가 희미한 발을 친 것처럼 늘어서 있었는데, 이는 흡사 꿈에서나 보이는 어두운 복도와 같았다.

두 사람은 곧 숲속의 가장 은밀한 내부에 이르렀고, 그들 주변에서 눈에 보이지 않는 나뭇잎들을 느꼈다. 그때, 신부가 다시 입을 열었다.

"현명한 사람은 나뭇잎을 어디에 숨길까? 숲속에 숨기겠지. 그렇지만, 숲이 없다면 어떻게 할까?"

"글쎄요. 어떻게 할까요?"

플랑보가 약간 화가 난다는 듯이 말했다.

"그것을 숨기기 위해서 숲을 만들겠지. 끔찍한 죄악일세."

신부가 희미한 목소리로 말했다.

"이것 보십시오, 신부님."

플랑보가 참지 못하겠다는 듯이 소리쳤다. 주위의 어두운 숲과 신부의 애매한 말투가 그의 신경을 어지간히 거스른 모양이었다.

"이야기를 해주실 겁니까, 말 겁니까? 이 밖에 다른 증거가 더 있나요?"

"단편적인 증거가 세 개 더 있다네. 내가 샅샅이 뒤져 찾아낸 것이지. 이걸 얘기하자면, 연대순보다는 논리적인 순서를 따르는 게 좋겠군. 우선 첫째로, 전투의 경과에 대한 권위 있는 보고서라는 것은 올리비에 자신이 직접 작성한 것인데, 이는 아주 명백하다네. 그는 블랙 강 아래로 이어진 언덕 위에서 두세 연대와 진을 치고 있었네. 그 반대쪽은 낮은 지대였을 뿐 아니라 습지였다네. 이 너머에는 완만하게 솟아오른 곳이 있었는데, 그곳에는 영국의 전초부대가 있었지. 이 부대는 후방 부대로부터 지원을 받고 있기는 했지만, 후방 부대는 멀리 뒤쪽에 있었지. 영국의 군사력은 전체적으로 그 수에 있어 우세했네. 하지만, 특별히 이 연대만은 본부와 매우 멀리 떨어져 있어서, 올리비에는 강을 건너 이 부대를 바로 쳐버릴까 하는 계획도 세웠을 정도였다네. 하지만, 진지가 특히 견고했기 때문에, 해질 무렵까지는 그대로 있기로 했지. 다음날 아침 동이 틀 무렵, 올리비에는 기겁을 하고 말았네. 길을 잃은 것 같은 소수의 영국 부대가 후방 부대로부터 전혀 지원을 받지도 않은 채 강을 건너고 있는 것이 아닌가. 반은 오른쪽으로 다리를 절반 정도 건넜고, 나머지 반은 여울을 건너 올라오고 있는 길이었네. 그러더니 올리비에의 바로 아래 늪지대에서 집결을 하지 않았겠나.

그렇게 적은 수의 부대로 그렇게 견고한 진지를 공격한다는 것 자체가 믿을 수 없는 일이었네. 하지만, 올리비에의 눈에는 그보다 훨씬 더 놀라운 광경이 눈에 들어왔다네. 이 정신 나간 부대는 더욱 견고한 진지를 마련할 생각은 하지 않고 단 한 번의 무모한 돌격으로 강을 건넜을 뿐, 꿀에 달려든 파리 떼처럼 늪지대에 달라붙어 있었네. 말할 필요도 없이, 브라질 부대는 그런 영국군에게 포격을 가해 대열에 큰 틈을 만들었지. 영국군의 기세는 좋았지만, 점점 사그라드는 소총으로 반격을 하는 게 고작이었단 말이네. 그래도 영국군은 절대로 흩어지지 않았다네. 그래서 올리비에의 기록은 이 어리석은 자들의 신비스러운 용맹에 경의를 표하는 헌사로 끝을 내고 있다네. 올리비에는 이렇게 쓰고 있네.

'우리 군대는 최후의 전진을 해서 적들을 강으로 몰아넣고, 세인트 클레어 장군과 몇몇 다른 장교들을 사로잡았다. 대령과 소령은 전투중 쓰러졌다. 나는 이 색다른 연대의 마지막 저항보다 더 훌륭한 광경은 역사상 찾아볼 수 없을 것이라고 단언할 수 있다. 부상을 당한 장교들은 죽은 병사들의 소총을 들고 장군 자신은 말 위에서 모자도 쓰지 않은 채 부러진 검을 들고 우리 부대를 맞아 대항했던 것이다.'

그런데 올리비에 역시 키스 대위와 마찬가지로 이후 장군의 신상에 일어난 일에 대해서는 일언반구의 언급도 없었다네."

"그렇군요. 다음 증거는 뭡니까?"

플랑보가 신음 소리를 내며 물었다.

"다음 증거는 찾아내는 데 꽤 오랜 시간이 걸렸네만 얘기하는 데는 그리 오래 걸리지 않을 걸세. 마침내 나는 링컨셔에 있는 양로원에서 블랙 강에서 부상을 입었을 뿐 아니라 그 연대의 대령이 숨을 거두는 장면을 실제로 그 옆에 무릎을 꿇고 지켜보았다는 한 늙은 병사를 만났네. 죽은 대령은 클랜시라는 이름의 사내로 우악스럽게 생긴 아일랜드 출신이었는데, 그가 죽은 것은 적의 총탄도 총탄이지만, 화를 이기지 못해서였던 것 같다더군. 대령에게는 어찌 되었든, 그 바보 같은 공격에 대한 책임은 없었네. 장군이 그에게 무리하게 강요했던 것 같으니 말일세. 이 정보를 제공해줬던 노병의 말에 따르면, 그가 죽으면서 마지막으로 남긴 말이 '저 저주받을 늙은 당나귀 같으니라고, 끝이 부러진 검을 들고 돌진하고 있어. 검 끝이 아니라 그의 머리가 부러졌더라면 좋았을 텐데'였다네. 이것으로 보더라도 모두들 이 부러진 검에 대해 알고 있었던 것 같네. 물론 사람들은 죽은 클랜시 대령과는 달리 이 부러진 검을 숭상해 마지않지만 말일세. 자 이제 세번째 증거로 넘어가세나."

두 사람이 걷고 있는, 숲속을 통해 난 좁은 길은 오르막길로 바뀌기 시작했고, 신부는 다시 말을 시작하기 전에 숨을 고르기 위하여 잠깐 말을 멈추었다. 그러더니 다시 전과 같은 사무적인 말투로 이야기를 계속했다.

"불과 한두 달 전에 올리비에와 크게 다투고는 고국을 떠난 한 브라질 출신의 병사가 영국에서 죽었다네. 그는 영국에서뿐 아니라 대륙에서도 잘 알려진 인물로, 에스파도라는 스페인식 이름을 지닌 사람이었네. 나도 개인적으로 그를 알고 있는데, 누런 얼굴의 나이 지긋한 멋쟁이로 매부리코를 하고 있었다네. 여러 가지 개인적인 이유로 인해 나는 그가 남긴 서류들을 볼 수 있게 되었네. 그는 물론 가톨릭 신자로 임종에 즈음하여 나를 불렀던 거지. 그가 가지고 있던 서류에는 특별히 세인트 클레어 사건의 수수께끼에 광명을 던져줄 만한 구석이라고는 없었네. 영국 병사들의 일기로 가득 채워진 대여섯 권의 흔한 노트들이었지. 내 짐작으로는 전사한 영국군의 시체들 가운데서 찾아냈던 것 같았네. 어찌 되었든, 그 일기는 전투가 있기 바로 전날 밤을 마지막으로 끝나 있었네.

그래도, 이 불쌍한 사내의 인생에 있어 그 마지막 날에 대한 기록은 확실히 읽을 만한 가치가 있었네. 지금 그것을 가지고는 있지만, 이곳이 너무 어두워 읽지는 못하겠구먼. 내 요약해주지. 일기의 첫 시작 부분은 농담으로 가득 차 있네. 분명히 병사들 사이에 떠도는 농담이었을 것으로 대머리 독수리라는 별명으로 불리는 사내에 대한 것이었네. 그의 정체는 분명치 않지만, 그들의 동료는 아니었으며 영국인도 아니었네. 뭐 그렇다고 딱히 적군 중의 한 명이라는 말도 없었지. 아마도 민간인으로 그 지역의 중개인이거나 안내자, 아니면 기자였던 것 같더구먼. 아무튼, 그 사내는 나이 든 클랜시 대령과 밀담을 한 일이 있는데, 그보다도 소령과 이야기를 나누는 것을 더 자주 보았다고 하네. 사실, 소령은 이 병사의 일기에서는 꽤나 자주 등장하는 사람일세. 호리호리하고 검은 머리의 사내로 이름은 머레이, 북아일랜드 출신의 청교도였네. 일기에는 계속해서 북아일랜드인의 엄격함과 클랜시 대령의 유쾌함을 대비시키는 농담이 이어지고 있네. 농담 중에는 저 대머리 독수리라는 별명을 가진 사내가 화려한 색의 옷을 입고 있는 것에 대한 것도 있었네.

하지만, 이러한 모든 경거망동한 행동들도 출정을 알리는 피리 소리가 들리자 산산이 흩어지고 말았지. 영국군 진영의 뒤쪽에는 이 지역의 몇 안 되는 큰 도로들 중 하나가 강과 평행으로 놓여 있었는데, 이 길은 서쪽으로 완만하게 구부러져 있었고 앞서 언급했던 강에 놓인 다리로 이어져 있었다네. 길의 동쪽으로는 뒤쪽의 황야를 향하고 있어 그 길을 따라 이 킬로미터 정도를 가면 다음 영국 전초부대가 있었네. 그런데 이 방향에서 그날 저녁 으리으리한 기병대가 도착했는데, 놀랍게도 그 속에 장군의 모습이 섞여 있었다네. 장군은 신문이나 왕립 미술관의 그림으로 낯익은 아주 훌륭한 백마를 타고 있었다더군. 그러니 거기서 병사들이 한 경례는 단순한 의례가 아니었음을 알 수 있을 거네. 적어도 그 장군은 그런 예법에 낭비할 시간이 없다는 듯이 말에서 바로 뛰어내려 장교들과 함께 섞여서 단호하고 확신에 찬 어조로 이야기를 나눈 것 같네. 이 일기를 쓴 사내의 관심을 끈 것은 이 장군이 머레이 소령과 따로 이야기를 나누려고 했다는 사실이네. 하지만 사실, 장군이 소령을 선택한 것은 그리 눈에 띌 일은 아니었지. 둘 다 공감하는 부분들을 가지고 있었으니까. 다시 말해서 두 사람은 모두 성서를 열심히 읽었으며, 신앙심이 깊은 구식 장교들이었지. 어찌 되었건,

장군이 다시 말에 오를 때까지도 그가 머레이 소령과 진지하게 이야기를 계속했던 것이 분명할 뿐 아니라, 장군이 강 쪽으로 말머리를 돌려 천천히 걸어내려갈 때도 키 큰 북아일랜드인 소령은 그의 말 재갈 옆에 서서 걸으며 열심히 무언가를 논의하고 있었다네. 병사들은 이 두 사람이 강을 향하여 길을 돌아 나무가 우거진 풀숲 뒤로 사라질 때까지 그들을 지켜보았지. 마침내 대령이 그의 막사로 돌아가고 다른 병사들도 초소로 돌아갔지만, 이 일기를 쓰고 있던 사내는 사 분이나 더 오래 그 자리에 머물러 있었네. 그리고 놀라운 광경을 목격하게 된 거라네.

길 아래로 천천히 마치 많은 대열에 끼어 행진하듯 걸어가던 저 훌륭한 백마가 이제는 경주라도 하는 듯이 필사적인 기세로 되돌아 뛰어오는 것이 아니겠나. 처음에는 모두 말이 등에 사람을 태운 채 도망가려는 것으로 생각했네. 하지만 곧 뛰어난 기수인 장군 자신이 말을 전속력으로 몰고 있다는 것을 알게 되었지. 말과 기수가 마치 돌풍처럼 그들에게로 달려오더니 장군은 비틀거리는 말의 고삐를 잡아당기면서, 불타는 듯한 얼굴을 돌리더니 죽은 자들을 불러 깨우는 나팔처럼 큰 소리로 대령을 불러댔네.

생각건대, 지진과도 같은 이 파국의 사건은 일기를 쓰고 있던 이 친구와 같은 사람들의 마음속에서는 쌓아놓았던 통나무

더미가 서로의 머리 위로 굴러 떨어지는 것처럼 느껴졌을 테지. 꿈을 꾸는 것 같은 혼란스러운 흥분 속에서 자신도 모르게 대열을 짜고 있는 자신들을 발견했고, 즉시 강을 건너 공격을 하게 될 것이라는 사실을 알게 되었네. 장군은 소령과 함께 이야기를 나누던 도중 다리에서 무엇인가를 발견하게 되었고, 살아남으려면 공격을 감행할 수밖에 없었다고 말했다네. 소령은 즉시 길의 뒤쪽을 따라 후속 부대로 지원을 요청하러 떠났지만, 시간에 맞추어 지원 병력이 나타날지는 알 수 없는 일이라고 했다더군. 반면 그들은 그날 밤 강을 건너서 아침까지는 적의 고지를 확보해야 한다는 것이었네. 심장이 고동치는 흥분으로 가득한 저 낭만적인 야간 행진을 끝으로 일기는 갑작스레 끝이 나고 있지."

브라운 신부는 앞서서 오르막을 오르고 있었다. 숲속의 오솔길은 점점 더 좁고 가파르게 구부러지기 시작해서 마치 나선 계단을 오르는 것 같은 느낌이 들 정도였다. 신부의 목소리는 어둠 속 위쪽에서 들려왔다.

"여기에는 또 다른 하나의 사소하지만 놀라운 일이 있었네. 바로, 장군이 병사들에게 기사도적인 돌격 명령을 내릴 때, 장군은 그의 칼집에서 검을 반쯤 뽑아 들었다는 것일세. 그리고는 그런 감상적인 지휘 방법이 부끄러웠던지, 다시 검을 칼집에 꽂았다고 되어 있네. 여기서도 다시 검이 언급되고 있네."

그들 위의 나뭇가지들이 얼기설기 얽힌 사이로 달빛이 새어 들어와 그들의 발치에 그물망 모양의 유령 같은 그림자를 드리웠다. 두 사람은 다시 훤하게 탁 트인 곳을 향하여 오르막을 오르고 있었다. 플랑보는 진상이 그를 둘러싸고 있다는 걸 느꼈지만, 머릿속에 명쾌하게 떠오르지는 않았다. 그가 혼란스러워하며 물었다.

"그 검이 도대체 뭐가 문제가 되죠? 장교들은 대개 검을 차고 있지 않나요?"

"현대전에서는 검이 자주 등장하지 않는다네. 그런데 이 경우에는 여기저기서 검이 언급되고 있다는 말일세."

브라운 신부는 냉정하게 대답했다.

"그게 어떻단 말입니까? 노장군의 검이 마지막 전투에서 부러졌다는 등의 사건은 싸구려 잡지에도 나오는 겁니다. 신문에서 그런 것들을 알아내는 것은 당연한 일이지요. 우리가 본 무덤과 기념물 들에는 그 검의 끝이 모두 부러져 있었습니다. 설마 신부님께서는 그림에 대해 감식안이 있는 두 남자가 세인트 클레어의 부러진 검을 보았다고 해서 극지 탐험과 같은 이 대장정에 저를 끌고 다니신 것이 아니기를 바랍니다."

플랑보가 신음하듯 말했다.

"물론 그렇지 않네. 하지만, 그의 부러지지 않은 검을 본 사람이 있나?"

브라운 신부가 마치 권총이 발사되는 것 같은 날카로운 소리로 외쳤다.

"그게 무슨 말씀입니까?"

플랑보가 별빛 아래 우뚝 서며 물었다. 두 사람은 어느새 숲의 회색빛 출구로 나와 있었던 것이다.

"누구 하나 장군의 온전한 검을 본 사람이 있느냐고 물었네."

브라운 신부가 완고하게 반복해서 말했다.

"하긴, 일기를 쓴 사람도 적어도 부러진 검을 보지는 못했겠군. 장군이 때마침 도로 칼집에 검을 꽂았으니 말일세."

플랑보는 달빛 아래서 주위를 둘러보았는데, 마치 햇빛이 내리쬐는 대낮에 갑자기 장님이 된 사내가 주변을 두리번거리는 모습과 같았다. 신부는 처음으로 아주 열성적인 어조로 말을 이었다.

"플랑보, 나는 무덤들을 샅샅이 뒤지고 다녔지만 이것을 증명할 수 없네. 이제 모든 것을 전복시켜버릴 더 사소한 사실 하나를 덧붙이겠네. 이상한 우연이기는 하지만, 클랜시 대령은 맨 처음 적의 총알에 맞아 전사한 사람이었네. 그는 두 부대가 서로 접근하기도 전에 쓰러졌단 말이네. 하지만 그런 그가 세인트 클레어 장군의 검이 부러지는 것을 보았네. 그것이 왜 부러졌겠는가? 어떻게 부러졌을까? 이보게, 그 검은 전투가 시작되기 전에 부러져 있었단 말이네."

"그래요?"

플랑보는 아주 쓸쓸해 보이는 익살스러운 표정을 하고는 말했다.

"그렇다면 그 부러져나간 조각은 어디에 있습니까?"

"벨파스트*에 있는 개신교 교회 묘지의 북동쪽 모퉁이에 있네."

신부가 재빠르게 대답했다.

"정말입니까? 그걸 찾아내셨습니까?"

"찾아낼 수 없었네."

브라운 신부가 서운한 빛을 역력히 드러내며 말했다.

"그 위에는 아주 거대한 대리석으로 된 기념비가 세워져 있었네. '영웅적인 머레이 소령, 유명한 블랙 강 전투에서 장렬하게 전사하다'라고 적혀 있더구먼."

플랑보가 갑자기 활기를 띠며 말을 하기 시작했다.

"그렇다면, 세인트 클레어 장군이 머레이를 증오한 나머지

---

* 영국 북아일랜드의 수도.

전투중에 소령을 살해했다는……."

"자네는 아직도 순수하고 선한 생각을 하고 있구먼. 이건 그보다 더 지독하다네."

"사악한 짓거리에 대한 저의 상상력은 다 말라버렸나 봅니다."

신부는 어디서부터 이야기를 시작해야 할지 망설이는 것 같더니 마침내 입을 열었다.

"현명한 사람은 어디에다가 나뭇잎을 숨긴다고 했나? 숲속이지."

플랑보는 대꾸도 하지 않았다.

"만일 숲이 없다면, 그는 숲을 만들려 할 거란 말일세. 그가 만약 죽은 잎사귀를 숨기고 싶어한다면, 그는 죽은 숲을 만들려 하겠지."

여전히 플랑보는 대답이 없었고, 신부는 한층 더 온화하고 조용하게 덧붙였다.

"자, 누군가 시체를 숨겨야 한다면, 그는 그것을 숨기기 위하여 시체 더미를 만들 것이란 말일세."

플랑보는 시간상으로나 거리상으로 지체되는 것을 참을 수 없다는 듯이 성큼성큼 앞으로 나가기 시작했다.

"아서 세인트 클레어 장군은 내가 이미 말했듯이 자신만의

방식으로 성서를 읽는 사람이었네. 그것이 바로 그의 문제였
네. 모든 이들의 성서를 읽지 않고 자신만의 방식으로 성서를
읽는 것은 소용없는 짓이라는 것을 사람들은 언제나 이해하게
될지 답답하구먼. 출판업자는 오자를 찾기 위하여 성서를 읽
고, 모르몬교도들은 성서에서 일부다처제의 근거를 찾아낸다
네. 또 크리스천 사이언스 신자들 역시 그들만의 성서를 읽고
는 사람에게 손도 발도 없다는 부분을 찾아내지. 세인트 클레
어 장군은 인도에서 자란 영국인으로 개신교 신자였네. 자, 이
제 무슨 말인지 알겠나. 맙소사, 아직도 이해가 안 가는 모양이
군. 이는 열대의 태양이 내리쬐는 동양 사회에서 살면서, 분별
도 없고 길잡이도 없이 동양의 책들을 탐독하고 있었다는 이야
기네. 물론, 그는 신약보다 구약 성서를 더 자주 읽었지. 그리
고 자신이 원하는 것, 즉 육욕, 전제(專制), 그리고 반역을 바로
구약 성서에서 찾아낸 거라네. 나는 그가 정직하다는 것을 부
인하는 건 아니네. 하지만 정직하지 않은 것을 찬양하는 정직
한 사람을 선량하다고 말할 수 있나?

　그는 뜨겁고 비밀스러운 열대의 나라에 정부(情夫)를 두고
증인을 고문하며, 옳지 못한 방법으로 부를 축적했네. 하지만,
그렇다 하더라도 그 사람은 눈을 똑바로 뜨고 신의 영광을 위
하여 그렇게 했다고 말할 거네. 내가 알고 있는 신학대로라면,

그에게 그것이 어떤 신이냐고 물어봐야 할 거네. 어찌 되었든, 그러한 악이라면 지옥으로 들어가는 문이 차례대로 열려 점점 더 좁은 방으로 들어서게 되는 법이네. 범죄에서 진정한 문제가 되는 것은 점점 더 거칠어진다는 것이 아니라 점점 더 비열해진다는 것일세. 세인트 클레어 장군은 곧 뇌물과 협박으로 인해 고통받게 되었고 점점 더 많은 돈을 필요로 하게 되었네. 그래서 블랙 강 전투에 즈음해서는, 단테가 그리고 있는 가장 밑바닥 세계로까지 타락을 거듭하고 있었다네."

"무슨 말씀이십니까?"

"말 그대로네."

신부는 갑자기 달빛이 내리비치는, 얼음으로 뒤덮인 연못을 손가락으로 가리키며 말했다.

"단테가 얼음으로 둘러싸인 곳에 어떤 사람을 넣었는지 기억하나?"

"반역자지요."

플랑보가 몸을 떨며 말했다. 조롱하는 듯이 음란하게 흔들리는 나무들로 둘러싸인 비인간적인 풍경을 둘러보며, 플랑보는 마치 자신이 단테가 되고, 작은 시냇물 소리 같은 목소리로 얘기하는 신부는 그를 영원한 죄악의 세계로 인도하는 베르길리우스 같다는 환상에 젖어들었다.

신부의 목소리는 계속되었다.

"자네도 알다시피, 올리비에는 극도의 의협심이 넘쳐나는 사람으로 비밀스러운 활동이나 스파이를 허용하지 않았네. 그러나 모든 일이 그렇듯, 그가 알지 못하는 곳에서 이런 일들이 공공연히 벌어지고 있었네. 이런 일을 행한 것이 내가 알고 있는 바로 그 사내, 에스파도였지. 그가 바로 화려한 옷을 입고 있던 멋쟁이로 매부리코에 대머리 독수리라는 별명으로 불리던 사내였다네. 그는 전선에서 서성거리는 박애주의자로 둔갑하여 영국군 내부로 침투해 들어갔네. 그리고 마침내 한 명의 타락한 사내를 찾아냈지. 아, 그런데 불행스럽게도 그 사내는 바로 최고의 지위를 가진 장군이었단 말이네. 세인트 클레어는 옳지 못한 일을 위해 돈을 필요로 하고 있었네. 그것도 거액으로. 신용할 수 없는 가족의 주치의가 엄청난 폭로를 하겠다고 협박을 하고 있었다네. 이 폭로는 미뤄지다가 결국 그대로 사라진 셈이 되었네만. 그 폭로하려던 이야기란, 이전에 파크 레인에서 일어난 추악하고 야만적인 사건이네. 영국의 복음주의자가 행한 일로 인신공양과 많은 흑인 노예들과 관련 있는 사건이라네. 장군은 이뿐만 아니라 자신의 딸의 지참금을 마련하기 위해서도 돈이 필요했지. 그에게는 부가 가져오는 명성이 부 그 자체만큼이나 기분 좋은 것이었단 말일세. 그는 마지막 선을 넘어 브라질에 정보를 흘려넣었다네. 그러자 그쪽에서 돈이 쏟아져 들어왔지. 하지만 또 다른 사람, 저 대머리 독수리로 불리는 에스파도와 이야기를 했던 사람이 있었네. 북아일랜드 출신의 검은 머리에 다소 무뚝뚝한 젊은 소령이 그 추악한 진상을 예측하게 되었다네. 그래서 장군과 둘이 블랙 강의 다리를 향해 가면서 머레이 소령은 장군에게 당장 사퇴하지 않으면 군법회의에 넘겨 총살하겠다고 협박을 했던 거라네. 장군은 우물쭈물 시간을 벌면서 다리 옆에 있는 열대 나무 숲까지 소령을 데려갔지. 그리고는 강물이 흐르고 태양이 빛나는 야자나무 아래서 장군은 그의 군도를 뽑아들었네. 나는 지금도 마치 그 장면이 눈앞에서 보는 것처럼 생생하다네. 그 군도를 소령의 몸 깊숙이 찔러넣었던 거지."

겨울 길은, 날카로운 서리 속에 잔인하다 싶을 정도로 시커먼 관목 숲과 덤불 숲이 있는 등성이 너머로 구불구불 뻗어 있었다. 그러나 플랑보는 그가 그 길 저편에서 별빛도 아니고 달빛도 아닌 인간이 피워놓은 불과 같은 섬광의 언저리를 희미하게 본 것 같은 환상이 들었다. 그가 그 불빛을 지켜보고 있을 때, 이야기는 끝을 향해 치닫고 있었다.

"세인트 클레어는 악마 같은 인간이었네. 아니, 그는 타고난 악마였네. 맹세컨대, 그는 그의 발 아래서 가엾은 머레이 소령이 차가운 시체로 누워 있었을 때 가장 명석하고 강인한 정신을 지니고 있었을 거네. 키스 대위가 말했듯이, 그가 승리한 모든 전투들도 세상이 냉소를 보냈던 이 마지막 패배의 위대함에는 비할 수 없었을 거네. 그는 검에 묻은 피를 닦아내기 위하여 검을 내려다보았네. 그런데, 그 검 끝이 부러져서 죽어 있는 소령의 어깨에 박혀 있는 것이 아니겠는가. 그는 마치 클럽의 유리창을 통하여 들여다보듯이 침착하게 앞으로 일어날 일들을 아주 침착하게 보고 있었던 걸세. 그는 부하들이 수수께끼의 시체를 발견하고는 저 수수께끼의 칼 끝을 뽑아내면, 역시 수수께끼의 부러진 검도 알아볼 것이 틀림없다고 생각했지. 그러니 검은 숨겨봤자 소용없는 일이었네. 그는 소령을 죽이기는 했지만, 입을 다물게 하지는 못했던 걸세. 그러나 이 예기치 않았던 재난에 대해 그의 오만방자한 지성이 머리를 들어 마지막 남은 한 가지 방법을 생각해냈네. 그 방법이란, 그 시체를 수수께끼처럼 보이지 않게 하면 되는 것이었지. 그는 이 시체를 덮을 만한 시체 언덕을 만들 수 있었던 걸세. 그러고 나서 이십 분이 지나자 팔백여 명의 영국 군인들이 죽음을 향한 행진을 시작했네."

시커먼 겨울 숲 뒤쪽으로부터 더욱 따뜻한 빛이 점점 더 풍부하게 밝아오고 있었고, 플랑보는 그곳에 닿기라도 하려는 듯 성큼성큼 걸음을 옮겼다. 브라운 신부도 그의 걸음을 빨리 하기는 했지만, 자신이 하고 있는 이야기에 완전히 몰두하고 있는 것 같았다.

"영국 병사들의 용맹함과 명령을 내리는 자의 천재성으로 저 언덕을 단번에 공격했다면, 그 광기 어린 행군도 요행을 바랄 수 있었을지 모를 일이네. 그러나 병사들을 전당포에 맡긴 물건처럼 다루었던 저 사악한 마음에는 다른 목적과 이유가 있었던 거지. 그들은 영국군 병사들의 시체가 더이상 신기한 모습으로 비춰지지 않을 정도로 여기저기 널려 있게 될 때까지 다리 옆의 늪지에 못박혀 있어야 했다네. 게다가 이것은 백발이 성성한 성자와도 같은 장군이 더이상의 살육을 막기 위하여 부러진 검을 들어 항복을 한다는 의사를 표시하게 될 마지막 장대한 장면의 연출을 위한 것이기도 했네. 즉석에서 작전을 짠 것치고는 아주 잘 짜여진 각본이었지. 입증할 수는 없지만 내 생각엔, 부대가 이 유혈이 낭자한 습지에 못박혀 있는 동안 누군가가 이것을 의심하기 시작했네. 누군가가 추측을 한 것이지."

신부는 잠시 동안 말을 끊었다가 다시 이었다.

"어디선지 모르게 들려와 나에게 이것을 알려준 목소리가 있었네. 그 일을 알아챈 그 사람은 바로…… 장군의 딸과 결혼하기로 한 바로 그 남자였네."

"하지만, 올리비에와 목을 매단 일은 어찌 된 겁니까?"

플랑보가 물었다.

"올리비에는 한편으로는 기사도 정신으로, 또 한편으로는 정책상, 전투에서 사로잡은 포로들은 모두 방면한다네. 그는 대부분의 경우 모두 방면하지. 이번에도 예외는 아니었네."

"장군을 제외한 모두를 방면한 거로군요."

"아니, 모두 다 방면했네."

"도대체 이해할 수 가 없군요."

플랑보가 검은 눈썹을 찡그리며 말했다.

"여기에는 또 다른 상황이 있네, 플랑보."

신부가 신비스러울 정도로 나지막한 음성으로 말했다.

"이것 역시 입증할 수는 없지만, 그 이상의 추측은 가능하네. 찌는 듯한 열대의 아침, 나무 한 그루 없는 언덕에서 진영은 해체되고, 브라질 군복을 입은 병사들이 열을 맞춰 행진 준비를 하고 있었네. 올리비에는 붉은 셔츠와 긴 턱수염을 바람에 나부끼는 채로 서 있었고, 그의 손에는 챙이 넓은 모자가 들려 있었네. 그는 그가 막 풀어주려는 위대한 적의 부대에게 작별인사를 하려던 참으로, 영국군의 백발이 성성한 사령관에게 작별 인사를 고했고 그 역시 부하들을 대신하여 감사의 인사를 전하고 있었네. 영국 병사들은 그뒤에 차려 자세로 서 있었지. 그 옆에는 후퇴용 식량과 차량이 늘어서 있었고, 북소리가 울리면서 브라질 군은 움직이기 시작했네. 영국 병사들은 여전히 동상처럼 그 자리에 서 있었네. 그렇게 그들은 적국 부대의 마지막 웅성거림과 그 모습이 열대의 지평선으로 사라져갈 때까지 서 있었다네. 그리고 나서는 일시에 그들은 대열을 허물고는 죽은 자가 살아 돌아오기라도 했다는 듯이 오십여 개의 얼굴이 장군을 향해 돌아섰네. 잊혀지지 않는, 잊혀질 수 없는 얼굴들이었지."

"아니, 설마……."

플랑보는 펄쩍 뛰어오르며 큰 소리로 외쳤다.

"그렇다네."

브라운 신부가 깊고 감동적인 음성으로 말했다.

"영국 병사의 손으로 세인트 클레어 장군의 목에 밧줄을 감은 것일세. 바로 그의 딸의 손가락에 결혼 반지를 끼운 바로 그 손으로! 장군의 시신을 나무로 끌고 가 매단 손 역시 승리를 위하여 전투마다 장군의 뒤를 따르며 그에게 충성을 다했던 영국 병사들의 손이었네. 그리고 이국의 태양 아래 야자나무의 초록색 교수대에서 흔들리고 있는 그의 시신을 바라보며 증오심에 불타 그의 영혼이 지옥으로 떨어지기를 기도한 것 역시 영국 병사들이었네. 주님, 우리 모두를 용서하소서!"

두 사람이 산등성이에 오르자, 붉은색 커튼이 드리워진 영국 여관의 강한 진홍색 불빛이 타는 듯이 시야에 들어왔다. 그 여관은 도로에서 옆으로 조금 들어간 곳에 있었는데, 환영하는 마음을 충분히 표시하기 위하여 옆으로 물러서 있는 것 같았다. 세 개의 문이 손님들을 초대라도 하는 듯이 열려져 있었으며, 두 사람이 서 있는 곳까지도, 그날 밤을 즐겁게 보내고 있는 사람들의 웃음소리와 노랫소리가 들려왔다.

"더이상 이야기가 필요 없을 것 같네. 그들은 황야에서 장군을 재판하고 그를 처형했네. 그러고 나서는 영국 군인들과 그의 딸의 명예를 위하여 변절자의 부정한 돈지갑과 암살자의 칼날에 대한 이야기는 영원히 비밀에 부치기로 맹세했다네. 아마도, 하느님이 그들이 잊어버리는 것을 도우셨을 게야. 자, 우리도 이런 것들을 모두 잊어버리도록 하세. 여관에 다 도착했군."

"정말 잊고 싶군요."

플랑보가 말하며 밝고 시끄러운 바로 성큼 들어서려는 순간, 흠칫 뒤로 물러서면서 거의 길가에 넘어질 뻔했다.

"저길 좀 보세요. 빌어먹을!"

플랑보는 길가에 내걸린 네모난 나무간판을 가리켰다. 그 간판에는 허술한 군도 모양의 자루와 끝이 없는 칼날이 희미하게, 고풍스러운 글씨체로 '부러진 검의 의미'라고 새겨져 있었다.

"짐작하지 못했었나?"

브라운 신부가 온화하게 물었다.

"장군은 이 지방에서는 신과 같은 존재라네. 여관은 물론이고 공원과 거리의 절반은 그와 그의 이야기를 따서 이름 붙인다네."

"도덕적으로 타락할 대로 타락한 자와는 인연이 끝난 줄 알았습니다."

플랑보는 길가에 침을 뱉었다.

"영국에 있는 한 그와는 인연을 끊을 수 없을 거네."

신부가 바닥을 내려다보며 말했다.

"천재지변이 없는 한은 말이지. 그의 대리석으로 된 조각상은 여러 세기 동안이나 자긍심과 순수함으로 가득 찬 소년들의 영혼을 일으켜세울 것이며, 그의 마을에 있는 무덤은 백합과 같이 충절의 향기를 낼 것일세. 그를 전혀 알지 못하는 수백만 명의 사람들이 그를 아버지처럼 사랑하게 되겠지. 그를 알고 있는 극소수의 사람들은 그를 외면하겠지만. 그는 성자가 될 것이며, 그에 대한 진실은 절대로 밝혀지지 않을 걸세. 왜냐하면, 내가 마침내 결심을 했기 때문이지. 비밀을 폭로하는 데는 장점과 단점이 모두 너무 많기에, 내 행동을 시험해보려는 것이네. 장군의 기사를 실은 신문은 모두 사라지고 있고, 반 브라질적인 풍조도 이미 없어져서, 올리비에도 여기저기서 존경을 받고 있네. 하지만, 만일 어딘가에, 금속이건 대리석이건 간에 피라미드처럼 영원히 남을 무엇인가에 클랜시 대령이나 키스 대위, 올리비에 대통령이나 그밖에 무고한 사람들이 비난을 받고 있는 글이 있다면, 이 모든 것을 폭로하겠다고 결심했네. 그렇지만 세인트 클레어 장군이 부당하게 칭송받고 있는 것뿐이라면, 침묵을 지키기로 마음먹었다네. 아무래도 침묵을 지키게 될 것 같구먼. 그렇게 되겠지."

두 사람은 붉은색 커튼이 드리워진 선술집 안으로 들어섰다. 그곳은 안락할 뿐 아니라 자못 화려하기까지 했다. 탁자 위에는 세인트 클레어 장군의 무덤을 본떠서 만든 은제 모형이 서 있었는데, 장군의 모형은 백발의 머리를 숙이고 있었으며, 검은 그 끝이 부러져 있었다. 벽에는 컬러 사진이 몇 장 붙어 있었는데, 장군의 묘지 사진과 마차에서 그것을 관광하고 있는 관광객들의 사진이었다. 두 사람은 푹신한 의자에 앉았다.

"이것 참, 꽤 춥구먼. 포도주나 맥주 한잔 어떤가."

브라운 신부가 말했다.

"브랜디도 좋죠."

플랑보가 말을 받았다.

세 개의 흉기

사람들은 웃는 것을 좋아하는 법이지요.

하지만 내내 미소를 띠고 있는 것을 좋아하는 것

같지는 않아요. 유머 없는 쾌활함은 참으로

참기 어려운 것이지요.

　브라운 신부는 소명으로 인해서든 자신의 신념 때문이든, 사람이 죽을 때는 누구나 고귀하다는 것을 누구보다도 잘 알고 있었다. 하지만, 그러한 브라운 신부조차도 새벽녘에 문을 두드리는 소리에 놀라 깨어서, 아론 암스트롱 경이 살해되었다는 말을 들었을 때는 혼란스러운 상심에 젖지 않을 수 없었다. 그렇게 상냥하고 인기 있는 인물이 비밀스러운 폭력에 연관되어 있다는 것은 모순적으로 보일뿐더러 있을 법하지도 않은 일이었다. 암스트롱은 우스꽝스러울 정도로 상냥한 성격 때문에 전설적인 인기를 누리고 있었다. 그가 살해됐다는 소식은 마치 동시에 나오는 명랑한 서니 짐이 목을 맸다거나 디킨스 소설에 나오는 순진한 픽윅이 한웰 정신병원에서 사망했다는 소식을

들은 것처럼 어이없었다. 그의 몸은 건강이 넘쳐흘렀고, 도덕
관은 낙천주의로 점철되어 있었던 것이다. 게다가 박애주의자
로서 사회의 어두운 면을 돌봤으며, 이것을 가능한 한 가장 밝
은 방법으로 돌보고 있다는 데서 스스로를 자랑스러워하고 있
었다. 그의 정치적이고 사회적인 연설에서는 재미있는 사건과
'커다란 웃음소리'가 끊임없이 터져나왔다. 그는 음주 문제를
가장 즐겨 다루었는데, 부유하고 절대적인 금주주의자들이 그
러하듯, 지칠 줄 모르는 명랑한 태도로 이 문제에 임했다.

그의 개종 이야기는 이제 전설이 되어 좀더 청교도적인 강연
장이나 연단에서는 익숙한 얘기였다. 이 이야기는 어렸을 때,
그가 어떻게 스코틀랜드 신학으로부터 스코틀랜드 위스키로
전향했는지, 또, 어떻게 이 두 가지로부터 벗어나 현재의 자신
이 되었는지에 관한 것들이었다. 그는 이런 얘기를 할 때는 아
주 겸손하게 말했다. 무수한 만찬과 의회에 모습을 나타내는
경의 순진무구한 얼굴, 거기에 넓게 자리잡은 턱수염과 반짝이
는 안경을 보면, 이 사람이 정말 칼뱅파 사람, 혹은 초기 알코올
중독자였다고는 도무지 믿겨지지 않았다. 그야말로 누구에게
나 세상에서 인생을 가장 즐겁게 살아가는 사람으로 여겨졌다.

암스트롱은 햄스테드의 외곽에 있는 훌륭한 저택에서 살고
있었다. 이 저택은 높기는 하지만 넓지는 않은 현대적이고 단

순한 탑 같은 건물이었다. 건물의 한쪽 귀퉁이는 철로가 놓여 있는 가파른 녹색 언덕 위에 살짝 걸쳐져 있었다. 기차가 지나갈 때면 건물 전체가 흔들리곤 했지만 암스트롱은 이에 대해 전혀 신경쓰지 않는다고 목소리를 높여 설명한 바 있었다. 하지만 어쨌든, 그 동안 기차가 이 집에 자주 충격을 줬다고 하더라도, 이날 아침만은 반대로 이 집이 기차에게 충격을 준 셈이 되었다.

기차가 속도를 줄이더니 저택과 가파른 잔디 언덕이 딱 맞닿은 바로 그 지점 위에 멈추어 섰다. 대부분 움직이는 기계를 멈추게 하는 데는 시간이 걸리기 마련이다. 하지만 이번에 기차를 멈추게 한 생물의 동작은 민첩하기 그지없었다. 온통 검은색 옷으로 차려입은 한 사내가 손에 검은 장갑까지 끼고는 기차가 달리는 언덕 위에 나타나서 검은 손을 마치 악마의 풍차처럼 흔들었던 것이다. 이것만으로는 아무리 천천히 달리는 기차라 할지라도 멈추게 하기는 힘들었을 것이다. 하지만 정말 황당하고 처음 들어보는 듯한 외침이 그의 입에서 터져나왔다. "살인이다!"

기관사는 설혹 그 단어의 뜻을 못 알아들었다 해도 무시무시하고 또렷한 목소리에 역시 기차를 세울 수밖에 없었을 것이라고 말하고 있다.

기차는 일단 멈추었다. 얼핏 봐도, 그곳에는 비극의 흔적이 널려 있음을 알 수 있었다. 언덕 위에 있던 검은 옷의 사내는 암스트롱의 하인 매그너스였다. 주인은 늘 하인의 음울해 보이는 검정색 장갑을 유쾌하게 웃음거리로 삼았지만, 적어도 지금만큼은 아무도 그를 비웃을 것 같지는 않았다.

곧, 기차가 왜 갑자기 멈추었는지 궁금히 여긴 승객들 한두 명이 기차에서 내려, 매연으로 더럽혀진 생울타리를 넘어왔다. 그곳에서 그들이 본 것은 아주 선명한 진홍빛 안감이 대어진 노란색 실내복을 입은 노인의 시체가 강둑 바닥으로 굴러 떨어져 있는 모습이었다. 그의 다리에는 밧줄이 감겨 있었는데, 몸부림을 치다가 얽힌 것 같았다. 적은 양이었지만, 핏자국도 보였다. 게다가 시체는 사람의 몸이라고는 생각하지 못할 정도로 꺾이고 뒤틀려져 있었다. 그 시체는 바로 아론 암스트롱이었다. 모두들 어쩔 줄 몰라 잠시 당황해하는 사이 덩치가 크고 금빛 수염을 기른 사내가 나타났다. 기차를 타고 있던 몇몇 승객들은 그를 알아보고 인사를 했다. 그의 이름은 패트릭 로이스이며, 암스트롱의 비서로, 한때 자유분방한 사교계에 잘 알려졌을 뿐 아니라, 자유로운 예술가로도 명성을 날렸었다. 그는 하인의 모습을 본따기라도 한 듯 더 애매하지만 한층 설득력 있게 고뇌하는 모습을 보였다. 기차가 막 다시 움직이려 할 때,

세번째 인물이 모습을 드러냈다. 비틀거리면서 정원으로 들어선 사람은 경의 딸, 앨리스 암스트롱이었다. 기차는 누군가에게 도움을 청하기 위해, 기적을 울리고 증기를 뿜으며 다음 역으로 나아갔다.

이렇게 해서 한때 자유분방했고 체격 좋은 비서 패트릭 로이스의 요청으로 브라운 신부가 허둥지둥 불려오게 되었다. 로이스는 아일랜드 출신으로 완전히 궁지에 빠지지 않는 한 종교를 결코 생각하는 일이 없는 변덕스러운 가톨릭 신자였다. 하지만, 형사들 중 한 명이 사립 탐정인 플랑보의 숭배자이자 친구가 아니었더라면, 브라운 신부를 불러달라는 로이스의 요구가 그렇게 빨리 충족되지는 못했을 것이었다. 그도 그럴 것이 플랑보의 친구라면, 브라운 신부에 대한 이야기를 귀에 못이 박히도록 들어 익히 알고 있었을 테니 말이다. 그래서인지, 작달막한 신부가 머튼이라는 젊은 경관의 길 안내를 받으며 들판을 가로질러 선로로 다가가는 동안 두 사람이 나누는 대화는 처음 만나는 사이에서는 기대할 수 없을 것 같은 친숙함이 배어 있었다.

"제가 알고 있는 한도 내에서는…… 이 사건은 뭐가 뭔지 도무지 짐작이 가지 않습니다. 수상하다고 여겨지는 사람이 아무도 없으니까요. 매그너스는 근엄하기만 한 어리석은 노인네라 살인을 저지를 리 없습니다. 로이스는 몇 년 동안이나 경과 친분을 쌓아온 아주 절친한 사이 아닙니까. 게다가 경의 따님이야 의심할 여지없이 경을 아주 좋아했지요. 무엇보다도, 모든 것이 이치에 맞지 않습니다. 도대체 암스트롱 경처럼 그렇게 명랑한 노신사를 살해할 사람이 누가 있습니까? 도대체 누가 남들 앞에서 즐거운 웃음을 선사하는 사람의 피에 손을 담그겠느냐는 겁니다. 이건 마치 산타클로스를 살해하는 것과 같지 않습니까?"

머튼이 솔직하게 말했다.

"그렇지요. 아주 유쾌한 집이었지요, 경이 살아 있는 동안은. 하지만 그가 죽은 지금도 그곳이 유쾌할까요?"

브라운 신부가 말했다.

머튼은 조금 놀라는 듯하더니, 눈을 빛내며 신부를 바라보며 신부의 말을 되풀이했다.

"경이 죽은 지금 말씀입니까?"

"예."

신부가 무신경하게 말을 이었다.

"경은 아주 쾌활한 사람이었지요. 하지만 그의 쾌활함을 나눌 만한 사람이 있었나요? 솔직히 말해서, 경을 제외하고 그렇게 쾌활했던 사람이 집 안에 또 있었던가요?"

머튼의 마음의 창에 기묘한 놀라움의 빛이 들어와 지금까지 줄곧 보고도 몰랐던 것을 처음으로 깨닫게 되었다. 머튼은 박애주의자에 대한 사소한 경찰 업무로 암스트롱의 집을 여러 번 드나들었지만, 지금 생각해보니, 그 집은 그 건물 자체로도 침울해 보였다. 방은 지나치게 천장이 높아 을씨년스러웠다. 장식품은 조야하고 세련되지 못했을뿐더러 바람이 스며드는 복도에는 달빛보다도 흐릿한 조명이 겨우 어둠을 밝히는 정도였다. 암스트롱이 지나는 곳마다 그의 홍조 띤 얼굴과 은색 수염은 화롯불처럼 타올랐지만, 온기는 남기지 못했다. 이 집의 유령과 같은 불쾌함도 따지고 보면, 부분적으로는 바로 이 주인의 넘치는 활력 때문이었음을 부인할 수 없는 것도 사실이었다. 암스트롱은 항상, 자신은 늘 온기를 품고 있어 난로도 램프도 필요 없다고 말하곤 했었다.

하지만 머튼이 다른 식구들을 돌이켜보니, 그들이 암스트롱의 그림자와 같은 존재에 지나지 않았음을 인정하지 않을 수 없었다. 검은색 장갑을 끼고 있는 무뚝뚝한 하인은 악몽에서나 볼 법한 인물이었다. 비서인 로이스는 체격이 크고 단단해서, 트위드 천 양복을 입은 큰 황소 같았다. 그의 짧은 담황색 수염은 놀랍게도 희끗희끗했으며, 넓은 이마는 젊은이답지 않게 주름이 깊이 패어 있었다. 로이스는 성격이 좋은 사내였지만, 그 좋은 성품에는 일종의 슬픔이 서려 있어, 마음에 깊은 상처를 입은 사람 같았다. 아닌게아니라, 그에게는 인생에서 실패를 맛본 사람들에게서나 찾아볼 수 있는 분위기가 깃들어 있었다. 암스트롱의 딸로 말할 것 같으면, 그녀가 그의 딸이라는 것을 거의 믿을 수 없을 정도였다. 왜냐하면, 혈색이 창백해서 외모가 아주 신경질적으로 보였기 때문이다. 그녀는 우아했지만, 버드나무 가지처럼 보이는 그녀의 몸은 항상 떨고 있었다. 머튼은 가끔 지나가는 기차의 시끄러운 소음 때문에 겁을 먹고 있는 게 아닐까 궁금해하곤 했던 것이다.

"아시겠소?"

브라운 신부가 겸손하게 눈을 깜빡이며 말했다.

"암스트롱 경의 쾌활함이 다른 사람들에게도 유쾌했는지는 의문이 가는군요. 경관께서는 그렇게 유쾌한 노인을 살해할 사람은 아무도 없다고 말했지만, 나는 그렇게 생각하지 않습니다. 네 노스 인두카스 인 텐타티오넴*. 내가 누군가를 살해한다면, 낙천주의자를 살해할 것 같군요."

신부는 아주 명쾌하게 덧붙였다.

"왜죠? 사람들이 쾌활함을 싫어한다는 말씀입니까?"

---

* ne nos inducas in tentationem. 주기도문의 한 구절로 '우리를 시험에 들게 하지 마옵시며' 라는 뜻이다.

머튼이 놀라서 물었다.

"사람들은 웃는 것을 좋아하는 법이지요. 하지만 내내 미소를 띠고 있는 것을 좋아하는 것 같지는 않아요. 유머 없는 쾌활함은 참으로 참기 어려운 것이지요."

두 사람은 기찻길 옆, 바람 부는 풀이 무성한 둑을 따라 얼마쯤을 아무 말 없이 걷다가 높은 암스트롱의 저택이 길게 그림자를 드리운 곳까지 이르렀다. 브라운 신부가 갑자기 진심으로 제안한다기보다는 불길한 생각을 떨쳐버리려는 듯이 불쑥 말을 꺼냈다.

"물론, 술을 마시는 것은 그 자체로는 좋을 것도 나쁠 것도 없지요. 하지만 암스트롱 경 같은 사람도 슬픔에 젖어보기 위하여 술을 한잔쯤은 하고 싶어하리라 생각합니다."

머튼의 고참인 반백의 유능한 형사 길더가 초록빛 둑 위에서 검시관을 기다리며 패트릭 로이스와 이야기를 나누고 있었다. 로이스의 넓은 어깨, 곤두선 턱수염과 머리카락이 길더의 머리 위로 솟아 보였다. 이런 그의 모습이 특히 눈에 띄었는데, 이는 로이스가 마치 손수레를 끄는 무소와 같이 항상 건장하게 몸을 구부리고 걸었으며, 진중하고 겸손한 자세로 사무적이고 자질구레한 집안일들을 돌봤기 때문이었다.

로이스는 신부의 모습을 보자 평소와는 다르게 기쁜 빛을 보이며, 그를 몇 걸음 떨어진 곳으로 데리고 갔다. 그 동안 머튼은 고참 형사에게 보고를 했는데, 존경심을 담지 않은 건 아니나, 어린아이 같은 성급함이 엿보였다.

"저, 길더 형사님, 수수께끼는 많이 해결되어가고 있습니까?"

"수수께끼라고 할 것이 뭐 있겠는가?"

꿈꾸는 듯한 눈길로 하늘의 까마귀 떼를 바라보며 길더가 대답했다.

"어찌 되었든, 제게는 엄청난 수수께끼입니다."

머튼이 웃으며 말했다.

"이건 아주 단순한 사건이라네. 자네가 로이스 씨의 부탁으로 신부를 데리러 떠난 지 삼 분도 채 지나지 않아서 모든 것이 해결되었어. 자네도, 달리는 기차를 세웠던 검은 장갑을 낀 창백한 얼굴의 하인을 알지 않나?"

길더는 뻣뻣하게 선 흰 수염을 쓰다듬으면서 말했다.

"어디서든 알아볼 수 있을 정도로 잘 알지요. 그를 보면, 왠지 섬뜩한 느낌이 들거든요."

"그런데 말이네."

길더가 천천히 점잔을 빼며 말을 이었다.

"기차가 다시 출발을 하자, 그자도 사라졌단 말이네. 아주 냉정한 범죄자 아닌가? 경찰을 부르러 가는 바로 그 기차를 타고 도주를 하다니⋯⋯. 그것 참."

"정말 그렇군요. 그런데 그자가 정말로 주인을 살해한 범인이라는 증거라도 있습니까?"

머튼이 말했다.

"그렇다네. 이 친구야. 확실한 증거가 있네. 그자가 주인의 책상에 있던 지폐 이만 파운드를 가지고 사라졌단 말일세. 문제는 그가 어떤 방법으로 그를 죽였는가 하는 것이지. 두개골이 커다란 무기로 내려친 것처럼 부서져 있는데, 주변에는 흉기가 될 만한 것이 없었다네. 살인자가 그렇게 커다란 흉기를 지니고 다닌다는 것은 아주 거추장스러운 일일 텐데 말일세. 그게 아니라면, 흉기가 알아볼 수 없을 정도로 아주 작다는 말인데⋯⋯."

"어쩌면, 흉기가 너무 커서 알아보지 못하는지도 모르지요."

신부가 묘한 웃음을 지으며 말했다. 신부의 어이없는 대답에 길더는 뒤를 돌아다보며 그게 무슨 말인지 물었다.

"좀 이상하게 들리긴 하죠."

브라운 신부가 사과하듯 덧붙여 말했다.

"무슨 동화처럼 들릴지는 모르겠지만, 불쌍한 암스트롱 경은 거인의 곤봉에 맞아 살해당한 겁니다. 초록빛의 커다란 곤봉이지요. 너무 커서 눈에 띄지 않는 바로 대지(大地)라고 부르는 홍기에 맞은 겁니다. 우리가 발을 딛고 서 있는 이 초록빛 둑에 머리를 부딪쳐서 죽은 것이지요."

"그게, 도대체 무슨 말씀이십니까?"

형사가 재빠르게 물었다.

브라운 신부는 달덩이 같은 얼굴을 들어 집의 좁은 정면을 향하더니 절망적으로 눈을 껌벅거렸다. 그의 시선을 따라 건물을 올려다보니, 건물의 밋밋한 뒤쪽 꼭대기에 다락방 창문 하나가 열려 있었다.

"보이시지요? 경은 저기서 내던져진 것입니다."

신부가 어린아이처럼 어색하게 그곳을 가리키며 설명했다.

길더는 눈살을 찌푸리며, 창문을 한참 바라보더니 말했다.

"흠, 정말 그렇군요. 하지만 신부님께서 어째서 그렇게 확신을 하시는지 모르겠군요."

브라운 신부는 잿빛 눈을 동그랗게 뜨더니 말했다.

"저런, 죽은 경의 다리에 밧줄이 걸려 있지 않습니까. 창문 구석에 그 밧줄의 다른 끝이 걸려 있는 것을 보지 못하셨습니까?"

그 높이에서는 밧줄이 아주 가는 먼지나 머리카락의 파편처럼 보였지만, 날카로운 눈을 가진 노련한 길더는 충분히 알 수 있었다.

"정말 그렇군요. 신부님에게 한수 배웠습니다."

길더가 브라운 신부에게 한마디 했다.

그가 말을 마치기가 무섭게 객차를 하나만 연결한 특별 열차가 그들의 왼편에 있는 선로 모퉁이에 멈추어 서더니 다른 한 무리의 경찰들을 쏟아냈다. 그 중에는 몰래 도망쳤던 매그너스의 풀 죽은 모습도 있었다.

"그렇지! 범인을 잡았군."

길더가 외치면서 새로이 정신을 차리고 앞으로 나아갔다.

"돈은 찾았소?"

길더가 처음 만난 경찰에게 물었다. 그러자 그는 이상하다는 듯이 길더의 얼굴을 바라보며 말했다.

"아니오."

그러더니 짤막하게 덧붙였다.

"적어도 여기에서는 아닙니다."

"어느 분이 형사님이십니까?"

매그너스라는 사내가 물었다.

그가 입을 열자 모든 사람들이 순간 어째서 이 목소리가 기차를 세울 수 있었는지를 이해하게 되었다. 그는 검은 생머리에 창백한 얼굴을 하고 있었는데, 옆으로 가늘게 찢어진 눈과

입가에서는 희미하게 동양적인 냄새가 풍겼다. 실은, 아론 경이 런던 식당에서 종업원을 하던 그를 '구출했을 때' 부터 (사람들의 말에 따르면, 조금 더 지독한 환경에서 그를 아론 경이 구원해주었다고 했다) 그의 혈통과 이름은 미심쩍었다. 하지만 그의 목소리는 죽어가는 낯빛과는 정반대였다. 외국어를 정확히 말하기 위해서인지 아니면 가는 귀를 먹은 주인에 대한 존경에서였는지, 매그너스의 목소리는 쩌렁쩌렁 울리는 것이 귀를 멍멍하게 할 정도여서 그가 입을 연 순간 그곳에 모인 사람들 모두 깜짝 놀랄 정도였다.

"저는 이런 일이 일어날 줄 알았습니다. 우리 불쌍한 주인님은 항상 제가 검정색 옷을 입고 다니는 걸 놀리셨지만, 저는 늘 주인님의 장례식을 대비한 것이라고 말씀드렸거든요."

매그너스가 강하면서도 부드러운 어조로 크게 말하더니 검정색 장갑을 낀 두 손을 들어 순간적인 몸짓을 해 보였다.

"경사."

길더 형사가 매그너스의 검정색 장갑을 낀 손을 보더니 분노에 차서 말을 했다.

"어째서 이자에게 수갑을 채우지 않은 거요? 아주 위험해 보이는 인물이 아닌가."

"저, 사실은…… 수갑을 채울 수 있는지 모르겠습니다."

경사가 이전과 다름없는 어리둥절한 표정으로 말했다.

"그게 무슨 소린가? 저자를 체포한 것이 아니란 말인가?"

길더 형사가 날카롭게 물었다.

희미한 냉소가 매그너스의 입가에 번졌고, 마침 다가오는 기차의 기적 소리가 마치 조롱하는 듯이 메아리쳤다.

"체포를 하기는 했죠. 저자가 하이게이트에 있는 경찰서에서 나올 때 말입니다. 그런데 그가 가지고 있던 주인의 돈을 모두 그곳 로빈슨 경감에게 맡겼습니다."

경사가 침착하게 대답했다.

놀란 길더 형사는 매그너스를 바라보며 물었다.

"도대체 왜 그런 짓을 한 거지?"

"물론, 주인님의 돈을 범인으로부터 지키기 위해서죠."

매그너스가 차분하게 대답했다.

"아론 경의 돈은 아론 경의 가족들에게 맡겨야, 누가 봐도 안전하지 않겠는가?"

이 말의 마지막 부분은 덜컹거리며 대지를 뒤흔들듯 지나는 기차의 굉음으로 들리지 않았다. 하지만, 저 불행한 집안이 정기적으로 시달리는 끔찍한 소음 속에서도 매그너스의 대답만은 한마디 한마디가 벨소리처럼 또렷하고 분명하게 들렸다.

"아론 경의 가족들을 신뢰할 이유가 없습니다."

그곳에 미동도 않고 있던 사람들은 누군가 곁에 다가와 있는 기척을 느꼈다. 그래서인지, 머튼이 고개를 들었을 때 브라운 신부의 어깨 너머로 경의 딸 앨리스의 창백한 얼굴을 보고도 그리 많이 놀라지 않았다. 그녀는 깔끔한 스타일로, 젊고 아름다웠지만, 그녀의 머리카락은 부스스한데다가 윤기 없는 갈색을 띠고 있어 빛의 각도에 따라서는 백발로 보이기도 했다.

"말 조심하시오. 앨리스 양을 놀라게 하다니."

로이스가 거친 목소리로 말했다.

"그랬으면 좋겠습니다."

매그너스가 분명한 목소리로 말했다.

앨리스는 움찔했고 모든 사람들이 이상하게 생각하는 사이 매그너스는 말을 이었다.

"저는 아가씨가 몸을 떠는 모습에 익숙합니다. 여러 해 동안 보아왔으니 말입니다. 어떤 분들은 아가씨가 추워서 몸을 떤다고 하는가 하면, 어떤 분들은 두려워서 몸을 떤다고 하더군요. 하지만 저는 아가씨가 증오와 사악한 분노로 몸을 떨고 있다는 것을 압니다. 바로 오늘 아침의 일을 일어나게 했던 광기라고 할 수 있죠. 제가 아니었더라면, 아가씨는 지금쯤 사랑하는 애인과 주인님의 돈을 가지고 멀리 달아났을 겁니다. 우리 불쌍한 주인님이 아가씨가 저 술주정뱅이 불한당 같은 녀석과 결혼하는 걸 허락하지 않으신 이래로……."

"그만두게."

길더 형사가 아주 엄격한 목소리로 말했다.

"이 집안에 대한 자네의 공상이나 의혹에는 관심 없네. 실질적인 증거를 가지고 있는 것이 아니라 자네의 단순한 의견이라면……."

"그렇다면 실질적인 증거를 보여드리지요."

매그너스가 분명한 어조로 형사의 말을 끊었다.

"형사님, 저를 소환해주십시오. 그러면 저는 진실만을 말해야 하지 않겠습니까. 그 진실이라는 것은 이렇습니다. 우리 주인님이 창 밖으로 내던져진 직후에 제가 다락방으로 달려 올라갔고 저는 거기서 아가씨가 피 묻은 단검을 손에 든 채로 바닥에 기절해 있는 것을 발견했습니다. 그 단검도 사건을 조사하실 분께 전해드리도록 해주십시오."

그러더니, 매그너스는 주머니에서 피가 묻은 길고 뿔자루가 달린 단검을 정중하게 경사에게 전해주었다. 그리고는 뒤로 물러나서는 뚱뚱한 중국인 같은 냉소를 얼굴 가득 지어 보였는데, 안 그래도 찢어져 보이는 그의 눈이 더욱 작아졌다.

사내의 모습에 머튼은 거의 속이 뒤집힐 지경이었다. 그는 길더 형사에게 낮은 소리로 말했다.

"저 사내의 증언에 대한 앨리스 양의 변명도 들어보셔야 겠지요?"

브라운 신부는 갑자기 고개를 들었는데, 그 표정은 마치 방금 얼굴을 씻은 사람처럼 아주 밝아 보였다.

"물론이지요. 하지만 과연 앨리스 양이 그의 증언을 부정할까요?"

신부가 말했다.

그러자 앨리스는 놀라움에 찬 작은 외마디 비명을 질렀다. 모두가 그녀를 바라보았다. 그녀의 몸은 마비라도 된 것처럼 뻣뻣했고, 희미한 갈색 머리카락에 둘러싸인 얼굴만이 살아 있는 느낌을 주었다. 그녀의 얼굴은 간담이 서늘해질 정도로 놀란 표정을 짓고 있었다. 그러다 갑자기 그녀는 올가미에 걸려 목이 졸리는 것처럼 그 자리에 못박혀 있었다.

"이 친구가, 당신이 범행 직후 단도를 쥔 채 의식을 잃었다고 하는군요."

길더 형사가 심각하게 말을 꺼냈다.

"그의 말은 사실이에요."

앨리스가 대답했다.

그 다음, 사람들은 패트릭 로이스가 머리를 숙인 채, 사람들이 둘러선 틈을 성큼성큼 비집고 들어와서 중얼거리는 말을 들었다.

"어차피 가야 한다면, 우선 작은 즐거움을 먼저 누리고 싶군."

순간, 로이스의 커다란 어깨가 들썩이는가 싶더니, 그 무쇠 같은 주먹을 날려 매그너스의 침착한 몽골인 같은 얼굴을 후려쳤다. 급작스런 일격을 당한 사내는 마치 불가사리처럼 잔디밭에 납작하게 나가떨어졌다. 두세 명의 경관이 로이스의 양손을 붙잡았다. 모든 세상 이치가 깨져버리고 우주가 어리석은 어릿광대극으로 바뀌어가는 것 같았다.

"폭력은 그만두시오, 로이스 씨. 당신을 폭행죄로 체포하겠소."

길더 형사가 권위 있는 목소리로 말했다.

"아니오. 그럴 수 없습니다. 저는 살인죄로 체포될 겁니다."

강철같이 단호한 로이스의 목소리가 들렸다.

길더 형사는 놀라서 눈을 휘둥그레 뜨고 나가떨어진 사내를 흘끗 보았다. 폭행당한 사내는 이미 일어나 앉아 얼굴에서 피를 닦아내고 있었다. 상처는 아직 보이지 않았다. 길더 형사는 짤막하게 물었다.

"그건 무슨 의미입니까?"

"이놈이 말한 대로 앨리스 양은 손에 단검을 쥐고 기절해 있었습니다. 틀림없는 사실입니다. 하지만 그녀는 아버지를 공격하려고 칼을 집어든 것이 아니라 방어하려고 집어든 것입니다."

"경을 방어하려고? 누구로부터 방어를 하려 했다는 말입니까?"

길더 형사가 진지하게 물었다.

"저로부터 방어하려 한 겁니다."

로이스가 대답했다.

앨리스는 혼란스럽고 의아해하는 얼굴로 그를 바라보더니 낮은 목소리로 말했다.

"결국…… 그래도 당신이 용감하다는 것이 기쁘군요."

"위층으로 가시지요. 저주스러운 현장을 모두 보여드리지요."

패트릭 로이스는 무겁게 말했다.

다락은 비서 로이스의 방으로, 그렇게 덩치 큰 사내에게는 다소 작아 보였는데 폭력적인 참극의 흔적이 역력했다. 바닥의 가운데쯤에 커다란 권총이 내던져지듯 놓여 있고, 그 근처 왼쪽에는 위스키 병이 굴러 떨어져 있었는데, 병마개는 열린 채 술이 반쯤 남아 있었다. 작은 테이블보가 끌어내려져 짓밟혀 있었으며, 시체에 얽혀 있던 것으로 보이는 밧줄이 창문턱에 아무렇게나 걸려 있었다. 벽난로 장식 위에는 두 개의 꽃병이 깨져 있었으며, 바닥의 카펫 위에도 하나가 깨져 있었다.

"저는 취해 있었습니다."

로이스가 말했다. 너무나 일찍 삶에 지쳐버린 남자의 단순한 이 말에는 처음으로 죄를 저지른 어린아이의 비애감이 배어 있었다.

"여러분은 모두 저에 대해서 알고 계십니다."

로이스는 목 쉰 소리로 말을 이어갔다.

"제 이야기가 어떻게 시작되었는지는 모두 알고 계실 겁니다. 그러니 그 이야기를 같은 방식으로 끝내게 된 겁니다. 저는 한때는 영리한 사내라는 말도 들었습니다. 그리고 행복한 사람이 될 수도 있었죠. 암스트롱 경은 술집에서 껍데기뿐인 제 몸과 머리를 구해주셨지요. 그리고 항상 진심으로 저에게 친절히 대해주셨습니다. 불쌍한 분이시죠! 단 한 가지, 그렇게 친절한 분이셨지만, 제가 여기 있는 앨리스와 결혼하는 것만은 허락해 주지 않으셨던 겁니다. 어찌 보면 당연한 일이지요. 이제 결론은 스스로 내리십시오. 제가 더이상 자세하게 설명하기를 바라지는 않으시죠? 저 구석에 있는 것이 제가 반쯤 마셔버린 위스키 병입니다. 그리고 저것이 제가 카펫에 대고 쏘아버린 권총입니다. 시체에서 발견된 밧줄은 제 상자에서 꺼낸 것이지요.

그리고 시체를 내던진 창이 바로 이곳입니다. 제가 저지른 비극을 파헤치려 형사들을 동원하실 필요는 없습니다. 제가 스스로 교수대에 오르겠습니다. 이게 답니다!"

길더가 아주 미묘한 신호를 보내자 경찰들이 이 커다란 사내의 주변에 모여들어 그를 끌어내려 하고 있었다. 그런데, 바로 그때 방해받지 않고 일을 진행하려는 경관들 앞에 난데없이 브라운 신부가 나타났다. 신부는 일종의 품위 없는 기도라도 드리듯 문 쪽에 있는 카펫에 무릎을 꿇고 손을 짚은 채 엎드렸다. 자신이 사람들에게 어떻게 비치든 상관없다는 듯이 신부는 여전히 같은 자세로 엎드린 채, 그의 밝고 둥근 얼굴만을 들어 사람들에게 돌렸다. 그것은 마치 아주 우스꽝스러운 인간의 머리를 지닌 동물의 모습같이 보였다.

"보십시오."

신부가 온화하게 말했다.

"이건 정말 이상하지 않습니까. 처음에는 아무런 흉기도 찾아내지 못했는데, 지금은 너무 많은 흉기를 찾은 셈이군요. 찌르는 데 쓰인 단도와 목을 조르는 데 쓰인 밧줄, 그리고 권총까지 말입니다. 그런데 결국 경은 창 밖으로 떨어져 바닥에 머리를 부딪히고는 목이 부러져 죽었습니다. 정말 이상하군요. 아주 비경제적이에요."

그리고는 바닥을 들여다보며 풀을 뜯고 있는 말처럼 고개를 저었다.

길더 형사가 진지한 의도로 입을 열려 했으나, 그러기 전에 바닥에 머리를 숙인 괴상한 자세를 하고 있던 신부가 유창하게 언변을 늘어놓기 시작했다.

"세 가지 일어날 수 없는 일들이 있습니다. 첫째, 카펫에 뚫려 있는 구멍들인데, 이것은 여섯 발의 총알 자국이지요. 도대체 어느 누가 카펫에다 대고 총을 발사하겠습니까? 아무리 술 취한 사내라 해도, 자기를 보고 히죽거리는 적을 겨냥해서 총알을 날리는 법이지, 상대의 발에 싸움을 걸거나 그 슬리퍼를 공격하지는 않을 것입니다. 다음은 저 밧줄인데, 아무리 취중이라지만, 어느 누가 상대의 목에 밧줄을 걸려다가 결국 다리를 묶어버리겠느냐 하는 겁니다. 어찌 되었든, 로이스 씨는 그렇게까지 취해 있지도 않았을 겁니다. 그랬다면 지금쯤 통나무처럼 늘어져 잠들어 있을 테니 말입니다. 무엇보다도 명백한 것은 위스키 병입니다. 알코올중독자가 위스키 병을 빼앗으려고 싸우다가 마침내 그것을 손에 넣었는데, 그것을 구석에 데굴데굴 구르도록 놔두고, 더구나 반만 남기고 반은 쏟아버리는 짓을 할 것이라고 생각하십니까? 어떤 알코올중독자도 이런 짓은 하지 않습니다."

카펫에서 볼 일을 마친 신부가 주머니에 손을 넣었지만, 여전히 무릎은 바닥에 대고 있었다.

잠시 후 신부는 어색하게 몸을 일으켜 세우더니, 스스로 살인자라고 자백한 사내에게 다가가 명쾌한 참회의 어조로 말했다.

"아주 미안한 말이지만, 당신의 이야기는 터무니없는 엉터리 거짓말이군요."

"저, 신부님. 개인적으로 잠시 드릴 말씀이 있습니다."

앨리스가 낮은 목소리로 신부에게 말했다. 이 요청으로 말 많은 신부도 통로에서 비켜나지 않을 수 없게 되었다.

옆방으로 들어서자 신부가 미처 말을 꺼내기도 전에 앨리스는 이상할 정도로 날카롭게 이야기를 해대기 시작했다.

"신부님은 정말 영리하신 분이군요. 신부님께서 패트릭을 구하려고 하신다는 걸 알아요. 하지만 소용 없는 일이에요. 이 사건의 핵심은 캄캄한 암흑 속에 있어요. 신부님께서 더 많은 것을 밝혀내면 밝혀낼수록 제가 사랑하는 저 불쌍한 사람에게 불리해질 거예요."

"왜죠?"

신부가 그녀를 빤히 쳐다보며 물었다.

"왜냐하면 제가 직접 그의 범행을 목격했으니까요."

그녀가 침착하게 대답했다.

"아! 그렇다면, 그가 무엇을 하고 있던가요?"

신부가 태연하게 물었다.

"저는 이 방을 사용하고 있어요. 그의 옆방이죠. 방문은 모두 닫혀 있었지만, 갑자기 '지옥의 악마다. 악마야. 나쁜 놈' 하고 으르렁거리는 생전 처음 듣는 듯한 목소리가 반복해서 들렸어요. 그리곤 문 두 개가 뒤흔들릴 정도로 커다랗게 첫번째 총성이 울렸어요. 제가 문 두 개를 열어젖히고 연기가 자욱한 방에 들어설 때까지 세 발의 총성이 더 울렸지요. 제가 갔을 때 패트릭의 손에 총이 쥐어져 있었어요. 그가 마지막 피비린내 나는 총을 쏘아대는 것을 직접 봤어요. 아버지는 공포에 사로잡혀 창틀에 매달려서 버둥대고 있었죠. 그는 아버지에게로 달려들더니 밧줄로 아버지의 목을 감으려 하다가 밧줄이 어깨를 타고 발 아래로 미끄러져 떨어져버리자 아버지의 발을 묶어서는 마치 미치광이처럼 끌고 다녔어요. 바로 패트릭이요. 그래서 저는 단도를 집어들고 두 사람 사이에 끼여들어 겨우 밧줄을 끊고는 기절하고 말았던 겁니다."

"알겠습니다. 고맙습니다. 앨리스 양."

브라운 신부는 여전히 무표정하게 정중한 태도로 말했다.

저 끔찍한 사건을 다시 떠올리며 비통해하고 있는 그녀를 뒤로 하고 신부는 옆방으로 되돌아왔다. 그곳에는 길더 형사와 머튼 형사, 그리고 수갑을 차고 앉아 있는 패트릭 로이스 이렇게 세 사람만이 남아 있었다.

"여러분들의 입회하에 죄수와 이야기를 나눌 수 있을까요? 그리고 잠시 동안만 저 우스꽝스러운 수갑을 좀 풀어주실 수 없겠습니까?"

신부가 말했다.

"그 사내는 힘이 아주 셉니다. 왜 수갑을 풀어달라시는 겁니까?"

머튼이 낮은 목소리로 말했다.

"글쎄요. 아무래도 그와 악수를 하게 될 큰 영광을 얻을 수 있을까 해서 그럽니다."

신부가 겸손하게 대답했다.

두 형사가 신부를 빤히 쳐다보자, 브라운 신부가 로이스에게로 시선을 향했다.

"자, 로이스 씨, 이제 말씀해주시지 않겠습니까?"

의자에 앉아 있는 사내는 헝클어진 머리를 가로저었고 신부는 참을성 없이 돌아섰다.

"그렇다면 내가 말하겠소. 개인의 생명이 공적인 명성보다 더욱 중요합니다. 나는 살아 있는 사람을 구하고 죽은 자들로

하여금 그들의 죽음을 묻어두도록 하겠소."

신부는 사람이 떨어져 죽은 창문 앞으로 가더니 눈을 깜빡이며 이야기를 계속했다.

"앞서 말했듯이, 이 사건에는 죽은 사람은 하나인데, 흉기가 너무 많아요. 이제 그 흉기들은 흉기가 아니었다고 말하겠어요. 다시 말해서 살인을 위해 사용된 도구들이 아니란 말이지요. 저 올가미와 피 묻은 칼, 불을 뿜는 권총, 이 모든 기분 나쁜 도구들은 아주 이상한 자비의 도구들이었던 것이지요. 이 도구들은 모두 아론 경을 죽이기 위하여 사용된 것이 아니라 그를 구하기 위하여 사용했던 것들이란 말입니다."

"그를 구하기 위해서라구요! 도대체 무엇으로부터 구한단 말입니까?"

길더 형사가 놀라서 물었다.

"아론 경 자신으로부터지요. 그는 자살광이었습니다."

"뭐라구요? 그렇지만, 저 쾌활함의 종교는……."

머튼이 의심스럽다는 어조로 외쳤다.

"그것이 아주 잔인한 종교지요."

신부가 창 밖을 내다보며 말했다.

"왜 사람들이 그를 조금이라도 울도록 내버려두지 않았을까요? 그의 아버지나 그 선조들처럼 말입니다. 그의 계획은 경직

되어 있었으며, 그 훌륭한 의견도 싸늘해져갔으며, 저 즐거움의 가면 뒤에는 무신론의 허망한 마음이 있었던 겁니다. 마침내, 사회적 신망을 좋게 유지하기 위하여 오래 전에 끊었던 술에 기대게 되었지요. 하지만 절대 금주가에게 알코올중독은 지독한 공포의 대상이지요. 경은 자신이 다른 사람들에게 경고했던 마음속 지옥의 세계를 떠올리게 되었고, 그 환상은 너무나 일찍 찾아와, 경은 오늘 아침까지 그런 상태로 여기에 앉아서 자신이 지옥에 와 있는 것처럼 앨리스 양이 생전 처음 들었다는 광기 어린 목소리로 목이 터져라 소리를 지른 겁니다. 그는 미친 듯이 죽음에 열중해 있었고, 올가미와 권총, 단검과 같은 여러 가지 다양한 죽음의 도구들을 늘어놓았지요. 그때 마침 로이스 씨가 우연히 들어왔다가 소스라치게 놀라 조치를 취했던 겁니다. 우선 그는 단검을 들어 경의 뒤에 있는 침대 매트 위로 던지고, 권총을 잡아채서 총알을 빼낼 시간이 없었기 때문에 모두 바닥에다 쏘아댔습니다. 저 자살광은 네번째 자살 방법을 찾아내고는 창가로 갔고 그를 구하려는 로이스 씨는 창틀에서 버둥대는 경에게 달려들어 그의 손과 발을 묶었던 것이지요. 그게 그가 할 수 있는 유일한 방법이었을 테니 말입니다. 그때, 운이 나쁘게도 앨리스 양이 뛰어들어왔고 둘이 엉겨붙어 밀치고 당기는 모습을 보고 오해를 한 겁니다. 그녀는 그녀의

아버지를 풀어주려고 했고, 그걸 저지하는 불쌍한 로이스 씨의 손가락 마디를 베어서 이 작은 사건에 피가 튀게 된 겁니다. 물론, 여러분들도 로이스 씨가 저 하인의 얼굴을 때렸을 때 봤겠지만, 맞은 얼굴에는 상처 하나 없었는데 피가 묻어 있지 않던가요? 그런데 저 불쌍한 여인은 안간힘으로 아버지를 묶었던 밧줄을 풀어주었던 겁니다. 그녀는 곧바로 의식을 잃었고, 결국 경은 창 밖으로 몸을 날려 영원의 세계로 떨어진 게지요."

오랜 침묵이 흐른 후, 길더 형사가 패트릭 로이스의 손목에서 수갑을 풀어주는 금속성 소리만이 그 침묵을 갈랐다. 브라운 신부가 아무 말도 없는 로이스에게 말을 건넸다.

"당신이 진상을 말해야 했어요. 당신과 앨리스 양이 암스트롱의 사망기사보다 더 중요하지 않습니까?"

"암스트롱 경의 기사를 막아주십시오. 앨리스가 알아서는 안 되겠기에 저지른 일이라는 것을 모르시겠습니까?"

로이스가 거칠게 소리쳤다.

"뭘 몰라야 한다는 겁니까?"

머튼이 물었다.

"뻔한 일이지요. 그녀가 자신의 아버지를 죽인 것이나 다름없게 되지 않느냔 말입니다. 진짜 생각이 없군요. 그녀만 아니었으면, 경은 아직도 살아 있을 거란 말입니다. 그녀가 이 사실을 알면 미쳐버릴 겁니다."

로이스가 으르렁거렸다.

"아닙니다. 그렇지 않을 거요."

브라운 신부가 모자를 집어들면서 말했다.

"제가 직접 앨리스 양에게 말을 해주는 것이 좋을 것 같군요. 가장 치명적인 실수조차도 죄악과는 달라서 인생을 해치지는 않는다오. 어찌 되었거나, 이제 두 사람은 더 행복해지시겠군요. 이제 나는 농아학교로 돌아가야겠습니다."

신부가 세찬 바람이 부는 풀밭으로 나가자 하이게이트로부터 온 낯익은 사내가 그를 불러 세우고는 말했다.

"검시관이 도착했습니다. 조사가 곧 시작될 텐데요."

"나는 지금 농아학교로 돌아가야 합니다. 유감이지만 조사에 응할 수가 없군요."

브라운 신부가 말했다.

브라운 신부와 체스터튼

이안 커[*]

　G. K. 체스터튼은 그의 『자서전 *Autobiography*』(1936)을 통해 '외적 단순함과 내적 섬세함'이 혼합된 브라운 신부라는 인물을 어떻게 창조해내었는지 설명하고 있다. 소설가들은 종종 실존하는 인물에게서 작품에 등장할 인물에 대한 아이디어를 구하기도 하지만, 그렇다고 창조된 인물이 실존 인물과 똑같다고 생각하는 것에는 오류가 있다고 지적한다. 브라운 신부가 실존 인물을 모델로 하고 있는 것은 사실이지만 '성직자 탐정'이라는 것을 연상시킨 실제의 신부와는 큰 차이가 있다고 명시했다.

---

[*] Ian Ker. 옥스퍼드 대학의 신학 교수. 그의 주된 관심사는 문학과 신학의 관계이다.

'브라운 신부'는 체스터튼의 친구 존 오코너 신부에게서 그 인격과 지성을 따온 것이 사실이지만, 많은 부분에 있어서 두 인물은 확연히 달랐다. 브라운 신부라는 캐릭터의 핵심은 그가 주목을 끌지 않는 평범한 인물이어야 한다는 것이었다. 그의 특징은 '특징 없다'가 되어야 했다. 즉 '그의 뛰어난 자질이 쉽게 다른 사람의 눈에 띄어서는 안 된다'라는 것이었다. 그가 보여주는 예측할 수 없는 긴장과 지성에 확실히 대조를 이루도록 외모를 설정했다. 초라하고 볼품없는 옷차림에다, 둥근 얼굴은 무표정하며 사람들을 대하는 태도도 노련하지 못하고 서툰 인물로 만들었다. 실제 오코너 신부의 모습은 이와는 정반대였다. 그는 '초라하지 않고 깔끔한 편'이었으며, '서툴지 않고 매우 섬세하고 재치가 있는' 사람이었다. 또한 그는 '잘 웃으면서 남을 잘 웃기기도 하는 사람'이었다. 게다가 오코너 신부는 '섬세하고 재치 있는 아일랜드인'이었으나 브라운 신부는 영국 동부에 있는 이스트앵글리아 출신의 '서픽 촌뜨기'였다.

그렇지만, 체스터튼도 설명했듯이 오코너 신부가 이 이야기들에 지적인 영감을 주었다는 것은 아주 '실제적인 의미'에서이다. 체스터튼이 처음 그를 만난 것은 그가 요크셔의 웨스트 라이딩에 있는 케슬리 대학에서 강의할 때였다. 가톨릭 신부의 입장으로 동네 주민들은 물론, 개신교 사람들과도 거리낌없이 어울리는 오코너의 재치와 유머는 체스터튼에게 깊은 인상을 심어주었다. 브라운 신부에게 어울리는 '인격'을 발견해 낸 것이었다.

그러던 어느 날, 브라운 신부 이야기에 오코너 신부를 끌어들이게 되는 결정적인 사건이 일어난다. 체스터튼은 '다소 지저분한 사회적 범죄와 타락들'에 대해 글을 쓰려고 한다고 얘기를 꺼내던 참이었다. 오코너 신부는 그의 정보가 부족하거나 아니면 그가 오해하고 있는 부분이 있다고 답하면서, 자신이 알고 있던 온갖 끔찍한 사건들에 대해서 말해주었다. 그처럼 조용하고 밝은 독신의 성직자가 그토록 어두운 세계에 대해서 작가인 자신보다도 더 잘 알고 있다는 사실이, 체스터튼으로서는 충격적인 일이었다. 사실 그는 세상에 그렇게 소름끼치는 일들이 일어나고 있다는 것을 미처 상상하지 못했었다. 얘기를 마치고 함께 돌아가는 길에, 그들은 두 명의 캠브리지 대학 학부생을 만났다. 그 중 한 사람이 오코너 신부의 교양있고 학식 높은 대화에는 감탄하면서도, 수도원에 갇혀 지내는 사람이 실제 세상에 대해서 얼마나 알겠느냐고 말했다. 조금 전까지 오코너 신부에게서 소름끼치도록 끔찍한 실제 사건들을 전해 들으면서 몸을 떨었던 체스터튼은 이 말이 빚어내는 황당하고 놀라운 아이러니에 하마터면 웃음을 터뜨릴 뻔했다. 신부가 그

동안 처절하게 전투를 벌여온 '악'에 대해 이 두 명의 캠브리지 대학생은 유모차에 누워 있는 갓난아기 수준 정도밖에 이해하지 못한다는 것을 깨달았기 때문이었다. 어쨌거나 그 순간 체스터튼에게는 이렇게 우습고도 비극적인 아이러니를 작품에 담아봐야겠다는 생각이 어렴풋이 떠올랐다. 추리소설의 역사는 이 순진한 대학생들에게 빚을 진 셈이 되었다. 그는 아무것도 모르는 것처럼 보이는 신부가 실상은 범죄자들보다도 범죄에 대해서 더 잘 알고 있다는 내용의 작품을 구상하게 되었다.

그는 친구인 오코너를 근엄한 틀만 유지하는 범위 내에서 마음대로 바꾸어버렸다. 친구의 모자와 우산은 납작하게 두들겨 볼품없이 만들어버리고, 옷을 지저분하게 구겨버리고, 지적인 표정의 우아한 얼굴을 둥글고 무표정해서 어리석어 보이는 얼굴로 변형시켰다. 이렇게 해서 오코너 신부는 브라운 신부로 변장하게 된다.

영국의 작가 녹스는 브라운 신부 이야기를 추리소설이라고 하기에는 적절하지 않다고 했다. 우선, 추리소설에는 셜록 홈스처럼 범죄를 해결하는 전문 탐정이 등장하는 법인데, 브라운 신부는 제대로 된 탐정이 아니기 때문이다. 신부가 가진 유일한 전문성이라고는 인간의 감정에 대한 깊은 지식뿐이다. 종교로부터 나온 이러한 그의 지식은 두 가지에 기초한다. 우선, 그는 인간의 원죄를 믿는다. 인간이 언제라도 악한 일을 행할 수 있다는 것을 믿는다. 그가 죄인을 이해할 수 있는 것은, 자신 또한 한 사람의 인간으로서 죄악을 저지를 수 있다고 생각하기 때문이다. 그는 인간을 문제의 연구 대상으로 삼는 범죄학을 인정하지 않는다. 그에게는 범죄자도 이상한 사람이 아니라 친구이고 다 같은 사람이다. 브라운 신부는 범죄자를 밖에서 관찰하려고 하지 않고, 그의 내면으로 들어가려 한다. 가능하면 직접 범죄자의 입장이 되어보기도 한다. 이러한 것에 대해 그는 한 작품에서 이렇게 언급한다.

사람은 자신이 얼마나 사악한 인간인지, 혹은 얼마나 사악해질 수 있는 지 알 때 비로소 선한 사람이 됩니다. 범죄자들을 마치 외딴 숲속에서 지내는 유인원이라도 되는 것처럼 조롱하고 비웃으며 그들을 이야깃거리로 삼을 권리가 얼마나 있는지 깨닫게 될 때까지는, 그들이 불완전한 두개골을 가진 하등 동물이라고 떠들어대는 자기기만을 그치게 될 때까지는, 아직 선한 사람이라고 할 수가 없습니다.

또한, 당연하게도 브라운 신부는 패러독스를 즐기기도 한다. '사물은 너무 가까이 있으면 잘 볼 수가 없다네. 사람이 자기 자신을 볼 수 없는 것과 마찬가지'라고 하면서 말이다. 그러나 작가가 갑자기 개입하는 방식이 아니라, 추리의 전체적 흐름과 매우 밀접하게 관련 있다는 범위에서 말하는 것이다. 다음과 같은 브라운 신부의 시각을 이해하는 것은 아주 중요하다.

오직 현실적인 이익만을 위해서 살아가고 다른 것은 아무 것도 믿지 않으며, 세속적 성공과 즐거움만이 삶의 전부인 세속적인 인간은, 자신의 세상을 모두 잃어버리고 아무 것도 남지 않게 될 위험에 처하게 되면 정말로 무엇이든지 할 수 있는 사람입니다. 어떤 범죄라도 저지를 수 있는 사람은 혁명가가 아니라, 오히려 사회에서 인정받는 사람인 것이지요. 그들은 체면을 유지하기 위해서는 어떤 일도 서슴지 않을 것입니다.

플롯을 구성하는 데 있어 발휘하는 체스터튼의 천재성은 실제 일어날 가능성의 범위를 넘어서지 않고 철저히 사실주의에 기초한다는 데에 있다. 추리소설이라는 장르는 에드가 앨런 포에 의해서 처음 확립되었다고 하는데, 포에게 있어 범죄란 철저하게 지적인 문제일 뿐이었다. 포가 만들어낸 탐정 뒤팽이 논리적인 추론에 의해서만 사건을 해결하려고 하는 듯했지만, 사실상 포의 업적은 '이성의 승리'라기보다는 '마술을 거는 듯한 속임수'에 있었다. 그래서 브라운 신부의 이야기 중 많은 부분이, 뒤팽이 등장하는 가장 유명한 단편인 「도둑맞은 편지」의 테마를 천재적으로 변용한 것이라고 보는 의견들도 있다. 체스터튼과 포의 차이점을 설명해주는 것은 바로 이 둘 사이에 코난 도일이 있다는 점이다. 뒤팽의 절친한 친구가 가지지 못했던 '인격'을 왓슨이 가지고 있었듯이, 뒤팽과는 좀 다른 면모를 지닌 것이 셜록 홈스였다.

이런 점에서 체스터튼은 코난 도일에게 큰 빚을 진 셈이다. 셜록 홈스 이야기는 무미 건조한 런던의 풍광에 로맨스를 불어넣는 역할을 했다. 그렇지만, 코난 도일의 뒤에는 '익숙한 것에서 낯선 것을 발견하는 대가' 디킨스가 있다. 체스터튼은, 자신의 가장 훌륭한 작품 중 하나인 『찰스 디킨스 *Charles Dickens*』 (1906)에서 디킨스가 항상 어둡고 단조로운 런던의 한 모퉁이를 생생하게 살아 있는 것처럼 묘사했던 극단의 사실주의의 실례를 제시하며, 어떻게 실제보다 더 사실적으로 보일 수 있는지를 설명하고 있다. 체스터튼은 '그 정도의 사실성은 현실에 존재하지 않는다. 견디기 힘든 가상의 사실주의이다'라고 하면서 디킨스가 어떤 식으로 사실주의를 구현하였는지 다음과 같이 말하고 있다.

디킨스는 가장 완벽한 예를 제시한다. …… 그는 자신이 세인트 마틴스 레인에서 살던 비참했던 시기에 그가 자주 들르곤 했던 커피숍에 대해서 이처럼 언급하고 있다. '내가 기억할 수 있는 것은 그 커피숍이 교회 근처에 있었고, 안으로 들어가면 'COFFEE ROOM'이라고 쓰여진 타원형 간판이 거리 쪽을 향하여 걸려 있었다는 것이다. 지금은 그곳과 전혀 상관없는 다른 커피숍에 가게 되더라도, 거리 쪽을 향해 걸려 있는 유리창의 간판을 안에서 보게 되면, 그래서 반대편에서 거꾸로 'MOOR EEFFOC'이라고 읽게 되면 (그때는 비참한 백일몽을 꾸듯이 종종 이렇게 하곤 했다), 갑자기 온몸에 충격이 일곤 한다.' 이 무의미한 단어 'MOOR EEFFOC'은 사실주의의 효과적인 구현을 위한 모토가 된다. 이 작품은 사실주의의 원칙을 보여주는 명작이다. 그 원칙이란 다름 아닌, '터무니없는 기묘한 일이라고 생각되는 것이 사실은 종종 실제로 일어나는 일이다'라는 것이다. 이런 장난 같은 사실주의를 디킨스는 모든 곳에 응용했다.

체스터튼의 디킨스와의 유사성은 바로 여기에 있다. 영국의 편집자 롭슨은, '브라운 신부 전집에서 몇몇 작품들은 디킨스의『에드윈 드루드의 모험 *The Mystery of Edwin Drood*』에 비견할 만하다. 그의 작품에는 서스펜스와 전율, 온갖 복선들과 주의를 다른 곳으로 돌리는 장치들이 가득 차 있으며, 진짜 수수께끼와 가짜 수수께끼가 환상적으로 뒤섞여 있다' 라고 했다.

『브라운 신부 전집』으로 체스터튼은 추리소설 장르에 독보적이고 독창적인 공헌을 하게 된다. 추리소설 특유의 자유로운 형식 덕택에, 그는 특히 이 작품들을 통해 작가로서의 자신의 역량과 자신의 가장 특유한 사상들을 표현할 수 있었다. 따라서『브라운 신부 전집』은 G. K. 체스터튼의 저작과 사상에 들어서는 우수한 입문서이기도 하다.

홍희정

홍익대학교 영어영문학과와 서강대학교 영어영문학과 대학원을 졸업했다.
옮긴 책으로는 『부동산 투자로 부자 되는 다섯 가지 비밀』이 있다.

브라운 신부 전집 1—**결백**

1판 1쇄   2002년 7월 24일
1판 11쇄   2022년 10월 12일

지은이   G. K. 체스터튼
옮긴이   홍희정
펴낸이   김정순
책임편집   이승희 김라현 변지영
펴낸곳   (주)북하우스 퍼블리셔스
출판등록   1997년 9월 23일 제406-2003-055호

주소   04043 서울시 마포구 양화로 12길 16-9(서교동 북앤빌딩)
전자우편   editor@bookhouse.co.kr
홈페이지   www.bookhouse.co.kr
전화   02-3144-3123
팩스   02-3144-3121

ISBN   978-89-5605-015-5 04840
ISBN   978-89-5605-014-7 (세트)

The Brother Cadfael Mysteries

캐드펠 시리즈

역사와 추리가 절묘하게 조화된 고급 추리소설

캐드펠 시리즈는 한권 한권이 각각 독립된 추리소설입니다.